LE PETIT CAFÉ
DU BONHEUR

FELICITY HAYES-MCCOY

LE PETIT CAFÉ DU BONHEUR

Traduit de l'anglais
par Ève Vila

EDITIONS PRISMA

Titre de l'édition originale :
Summer at the Garden Café

First published in Ireland in 2017 by Hachette Books Ireland

Responsable éditoriale : Ambre Rouvière
Éditeur : Nicolas Rabeau
Correction : Sophie Loria
Composition : Nord Compo Multimédia
Illustration de couverture : © Ruth Botzenhardt
Conception graphique de la couverture : Maryse Claisse

ISBN : 978-2-8104-2449-8

Pour Roberta,
avec tout mon amour

D'après les habitants de Finfarran, il est possible de voir défiler les quatre saisons en une seule journée. Si vous mettez en doute cette affirmation un brin poétique, ils vous font remarquer que l'on ne sait jamais comment s'habiller, et qu'il vaut donc mieux être prêt à tout.

Carrick à l'est, le chef-lieu du comté, s'ouvre sur la péninsule de Finfarran, qui s'étire dans l'Atlantique, sur la côte tourmentée à l'ouest de l'Irlande. C'est un endroit parsemé de ports de pêche et de villages, parmi lesquels la petite ville de Lissbeg avec ses boutiques, son école et ses entreprises, de hautes falaises, une forêt dense, des fermes isolées, et de longues plages au sable doré. Les nuages arrivent de l'océan, chargés de pluie, bientôt suivis par des arcs-en-ciel. Des matins frais pailletés de rosée peuvent annoncer de longues journées aux ciels ardents bleu turquoise, embrasés, sur leur fin, par des couchers de soleil cuivrés. La fraîcheur de l'air vous renvoie chez vous, devant le crépitement d'un feu de cheminée, un whisky chaud à la main. Avec le combustible extrait de la forêt et la tourbe des milieux humides, les logis de Finfarran n'ont jamais manqué de confort. Pourtant, éparpillées le long de la péninsule se trouvent les maisons des émigrants, où l'âme des lieux a vacillé en même temps que le feu dans l'âtre.

La bâtisse que les gens continuent d'appeler la maison de Maggie se dresse sur une falaise, dans un champ creusé d'ornières profondes, le dos tourné à un étroit sentier. Pendant des années, elle est restée inoccupée, ses fenêtres aveugles orientées vers l'océan et ses petites ardoises fracassées par les orages. Saules et ajoncs jaunes envahissaient le champ qui descend en pente douce vers la falaise. Quant aux murets bornant le terrain, ils disparaissaient sous des entrelacs de ronces. À l'intérieur de la maison, des plumes de corbeau voletaient dans le conduit de la cheminée et se déposaient sur les cendres froides du foyer. Dehors, près du mur pignon gisaient les ruines d'un appentis en pierre qui avait autrefois abrité un tas de tourbe. Machines à laver et réfrigérateurs couverts de rouille, meubles cassés, carcasses de vélos et vieilles tondeuses… La moitié des ordures de la commune semblait avoir atterri dans le champ de Maggie. Chaque été, ces détritus s'effaçaient sous les fleurs et les hautes herbes ondoyantes avant de ressortir en hiver comme les squelettes de bêtes affamées.

Ainsi, au fil des ans, la maison et le champ paraissaient davantage à l'abandon. Malgré tout, à l'automne, lorsque fleurs et herbes libéraient leurs graines, la promesse d'un renouveau s'enracinait dans la terre. Et sous les pierres, au niveau du mur pignon, se dissimulaient dans l'obscurité silencieuse les germes d'une histoire prête à éclore en pleine lumière.

Chapitre 1

Bien qu'Hanna ait vécu ici un peu plus d'une année, elle éprouvait encore un ravissement étonné en ouvrant les yeux tous les matins. Elle s'étira avec délice dans un rayon de soleil et regarda autour d'elle. Sa chambre était tout juste assez grande pour accueillir un lit double, une chaise et une commode. Elle avait peint les murs d'une douce nuance de jaune pour contraster avec le gris intense des encadrements de fenêtres. Un placard intégré, s'élevant jusqu'au plafond et recouvert d'un gris plus pâle, faisait office de penderie, et les montants du vieux lit en laiton avaient été repeints d'une laque crème.

La porte d'entrée s'ouvrait sur un champ étroit qui descendait en pente douce vers un muret en pierre, au-delà duquel s'étendait une petite avancée herbeuse, puis un dénivelé abrupt vers les flots agités de l'Atlantique. Le bâtiment trônait seul en pleine nature, c'est pourquoi Hanna n'avait accroché aucun rideau aux fenêtres orientées vers l'océan, afin que les petites pièces reçoivent le plus de lumière possible.

Blottie sous la couette, en ce paisible dimanche matin, elle recroquevilla ses orteils avec délectation. Elle observait les particules de poussière flotter dans la lumière. Elles tournaient autour des boules en laiton des colonnes de lit qu'Hanna avait astiquées pour leur restituer leur éclat doré.

C'était la fin du printemps, quand la météo sur la côte atlantique de l'Irlande oscillait entre douces journées et tempêtes hurlantes apportant trombes d'eau et neige fondue à vous glacer les os.

Hier, Hanna s'était affairée autour du foyer et du plan de travail en ardoise, près de la cuisinière. Elle avait versé du babeurre, de la farine et du bicarbonate de soude dans un verre doseur de couleur verte, puis pétri et découpé des scones, avant de les glisser dans le four. Ensuite, un scone recouvert de beurre et de jambon dans une main, et un livre sur les genoux, elle était restée assise près du feu, pendant que le vent projetait la pluie contre la fenêtre. Mais à présent, la chaleur du soleil l'appelait au-dehors. Repoussant la couette aux motifs jaunes, verts et gris, évoquant son jardin printanier, elle saisit son kimono et fila dans la salle de bains.

Plus tard, toujours drapée dans son kimono, les pieds enfoncés dans des bottes en caoutchouc, elle emporta un café et une pomme au bas du champ. Là, elle grimpa l'échalier et s'assit sur le banc de bois, installé sur le promontoire, par-delà le mur d'enceinte. Le soleil réchauffait son visage. La vue s'étirait sur des kilomètres depuis le bord de la falaise jusqu'à la ligne d'horizon argentée et chatoyante où le ciel rejoignait l'océan.

Le week-end, les matinées reposantes comme celle-ci faisaient partie de sa routine. Les autres jours de la semaine démarraient avec la sonnerie du réveil, un petit-déjeuner pris en vitesse et une douche rapide, avant de parcourir les cinq kilomètres de trajet jusqu'à son travail. Bien qu'elle adorât son emploi à la bibliothèque de Lissbeg, elle appréciait intensément les heures passées dans sa maison. Ce qu'elle aimait le plus, c'était ce sentiment d'indépendance. Après un divorce pénible, elle avait vécu plusieurs années avec sa fille adolescente, Jazz, dans le pavillon de sa mère. Cette dernière, veuve, y avait emménagé à sa retraite. Cela n'avait pas été de tout repos. À bien des égards, Mary Casey était une femme compliquée. À présent que Jazz avait quitté le nid, Hanna était encore plus heureuse d'avoir son propre foyer, car elle avait échappé à un futur qu'elle pensait inéluctable : vivre enfermée avec une mère autoritaire. La distance physique avait facilité leurs relations, mais Mary pouvait encore se montrer enragée. Aujourd'hui, elle avait convoqué sa fille et sa petite-fille pour un déjeuner familial qu'Hanna aurait été ravie d'annuler. Malgré tout, elle serait très heureuse de voir Jazz. Et, en dépit de ses idées arrêtées et de son caractère explosif, Mary préparait un délicieux rôti du dimanche.

En vidant le marc de café, Hanna se dit qu'il lui restait encore plusieurs heures à profiter de son jardin avant de se rendre chez sa mère. Tandis qu'elle flânait dans le champ pour rejoindre la maison, elle se demanda si elle ne devrait pas nettoyer les vitres. Le vent du large les avait recouvertes d'une pellicule de sel. Elles étaient aussi opaques que les fenêtres protégées de papiers gras dont parlait l'un de ses livres sur l'Amérique des pionniers.

La simplicité de sa maison la ravissait. Quand elle l'avait fait restaurer, elle avait voulu conserver son authenticité. Néanmoins, ayant grandi dans la région, elle avait opté sans hésitation pour le triple vitrage. Il ne s'agissait pas d'une résidence secondaire, dont elle aurait profité en plein été, puis qu'elle aurait fermée, une fois l'hiver soufflant au nord et à l'est. Comme les autres demeures de la péninsule, sa maison avait été bâtie pour une famille qui cultivait les champs, brûlait de la tourbe dans le foyer et terminait sa journée au coin du feu, paralysée par les rhumatismes. Hanna savait que, si la tante de son père, Maggie – dont elle avait hérité la maison –, avait eu l'occasion d'installer le triple vitrage, elle l'aurait saisie de ses deux mains noueuses. Alors, même si Hannah souhaitait conserver l'authenticité de la bâtisse et qu'elle faisait attention à ne pas trop dépenser, elle n'avait pas lésiné sur les équipements pratiques : une minuscule extension à l'arrière de la maison abritait une salle de bains bien chauffée et une buanderie. Elle disposait d'un four électrique et d'une gazinière, en cas de coupure de courant. Et elle avait acheté son triple vitrage avec une garantie en bonne et due forme.

Hanna sourit en se remémorant sa lecture sur les cabanes en rondins des pionniers. Les certificats de mariage servaient souvent à fabriquer les fenêtres : les précieux documents, souvent l'unique matériau que possédait chaque couple, étaient soigneusement graissés ou recouverts de cire par l'homme de la maison, quand il bâtissait un foyer pour sa famille. Aujourd'hui, aucun homme ne faisait partie de l'histoire d'Hanna et, en s'approchant de la maison par le champ creusé d'ornières, elle pouvait affirmer avec sincérité que cela ne lui manquait pas. Elle était à nouveau Hanna Casey, plus Mme Malcolm Turner. Son mariage se trouvait derrière elle, son futur devant, et quoi que ce dernier lui réserve, dans l'immédiat, elle savourait sa solitude.

Plus de quarante ans plus tôt, sa grand-tante Maggie lui avait légué la maison et le champ surplombant la falaise. Quand, à l'âge de douze ans, Hanna en avait entendu parler pour la première fois, elle avait été déconcertée. « Mais pourquoi ? », avait-elle demandé. « Qu'est-ce que je vais en faire ? » Son père avait haussé les épaules et lui avait souri. « La vie est longue, mon cœur. On ne sait jamais ce qui peut arriver. »

Le temps lui avait donné raison. Hanna avait oublié cet héritage en ruine durant presque toute sa vie adulte, mais aujourd'hui, elle remerciait sa bonne étoile. C'était l'unique bien à ne pas être entaché par le chagrin ou la colère de son divorce et, au cours de la restauration, la maison était devenue à la fois un refuge et une consolation.

Maggie Casey, qui avait vécu jusqu'à quatre-vingts ans, était une harpie. Comme bon nombre de personnes de sa génération, elle avait passé du temps en Angleterre, mais Hanna se souvenait d'elle ici, dans la maison, comme d'une vieille femme au teint blafard et au mauvais caractère, qui chassait constamment les poules et se plaignait du prix du pétrole. Au terme de sa vie, s'étant fâchée avec la plupart de ses voisins, elle dépendait énormément de son neveu, Tom, le père d'Hanna, qui l'aidait et lui tenait compagnie. Mais le temps et l'attention qu'exigeait Maggie exaspéraient la mère d'Hanna, Mary. Au début, celle-ci n'avait d'autre choix que de s'en accommoder. Mais, dès qu'Hanna avait été assez grande, elle avait pris l'habitude de l'envoyer chez Maggie pour lui donner un coup de main : n'était-ce pas bon pour une jeune fille de se rendre utile, disait-elle, et n'y avait-il pas assez de travail à la maison pour que Tom continue de s'y atteler ? Écartelé entre deux femmes intransigeantes, Tom avait accepté. Ce serait sans doute préférable pour tout le monde. Enfant, Hanna n'avait pas conscience de cet entrelacs de ressentiment, dépendance, pitié et résignation. En revanche, elle savait pertinemment que sa propre relation avec un père aimant et doux faisait naître une profonde jalousie chez sa mère, qui adorait son époux. Et, par conséquent, elle se réjouissait à chaque occasion de s'échapper des pièces exiguës qui l'avaient vue grandir, au-dessus du bureau de poste tenu par la famille.

Les dernières semaines de la vie de Maggie, Hanna effectuait ses corvées et lui tenait compagnie. La conversation de la vieille dame se résumait essentiellement à des ordres lâchés d'un ton sec pour qu'Hanna lave les tasses, ainsi qu'à des plaintes pleines d'amertume à propos de voisins bruyants, des poules envahissantes et du coût de l'huile pour les lampes. Malgré tout, Hanna et elle s'entendaient bien. Maggie n'acceptait d'autres lois que les siennes, qui étaient toujours arbitraires. Elle vouait un véritable amour aux petites pommes de terre nouvelles qu'elle appelait *poreens.* Alors, même si les récolter était mal vu, puisqu'elles pouvaient encore grossir en terre, tous les ans, elle envoyait Hanna déterrer les plus petites du bord des sillons, laissant les autres arriver à maturité pendant encore quelques semaines. Elle les lavait à l'eau courante avant que Maggie ne les fasse sauter dans la marmite noire, suspendue à la crémaillère en fer, au-dessus du feu de tourbe. Ensuite, elles les mangeaient directement sur la table de la cuisine, trempant chaque bouchée d'abord dans le sel, puis dans un bol de babeurre.

Hanna et sa tante savaient toutes les deux que Mary aurait désapprouvé ces manières, ce qui rendait ces repas encore plus savoureux. D'après Maggie, Dieu faisait les pommes de terre pour qu'on les mange avec les doigts. D'après Mary, Il savait tout des germes et des bactéries, ce qui expliquait pourquoi Il avait créé les couverts. Les mêmes règles contraires s'appliquaient à la lessive : Mary lavait avec le dernier produit biologique et Maggie frottait au savon de Marseille. Et aux restes des repas, que Mary enfermait dans des sacs en plastique hermétiques et que Maggie partageait avec le chat. Les plaisirs liés à la nourriture tirée de la terre, aux draps réchauffés par le soleil et séchés par le vent chargé de sel enchantaient Hanna. Elle avait donc appris à tenir une maison d'après les règles de Maggie, chez Maggie, et à tenir sa langue chez elle. Aujourd'hui, quarante années plus tard, dont plus de vingt passées à Londres, la maison et son champ étaient à nouveau la forteresse d'Hanna érigée contre sa mère. Bien qu'elle ne comprenne toujours pas pourquoi sa grand-tante la lui avait léguée.

En atteignant le sommet du champ, Hanna décida d'oublier les vitres et de réfléchir plutôt au jardin. Elle projetait de transformer le terrain longeant la falaise en un potager et de créer un jardin d'herbes aromatiques et de fleurs à proximité de la maison. L'année précédente, elle avait nettoyé la parcelle, éliminé ajoncs et ronces, élagué les saules au niveau du mur pignon sud et délimité les parterres. Près de la maison, se trouvait un entassement de pierres effondrées, vestiges du mur du vieil appentis. Plutôt que de les dégager, elle avait décidé de les transformer en une rocaille. Là, elle enfouissait des bacs pour y planter des herbes, comme la marjolaine et l'ail des ours, qui poussaient à profusion. Hanna devrait travailler dur, mais le résultat en vaudrait la peine. Après avoir enfilé un jeans et une polaire maculée de peinture, elle alla chercher des gants de jardinage bien épais pour déplacer les pierres.

Au bout d'une heure, lors d'une pause café, elle prit du recul et examina son œuvre. Après avoir empilé les pierres en amas de différentes tailles, elle avait mis au jour deux ou trois blocs disposés en angle droit, qui correspondaient probablement aux fondations de l'ancien appentis. Hanna se dit que leur surface plane pourrait lui être utile ailleurs et elle voulut se rendre compte de leur poids. En s'accroupissant pour les observer de plus près, elle se rendit compte que l'une des surfaces grises, qu'elle avait prise pour une pierre, était en réalité une vieille boîte en fer. Elle était coincée dans l'angle entre les blocs, à demi enterrée et cabossée. Très intriguée, Hanna alla chercher une pelle pour faire levier.

La pelle libéra la boîte, et quelque chose de dur bougea à l'intérieur. Hanna souleva la boîte de ses mains gantées et l'observa : c'était une boîte à biscuits rectangulaire ; quelques traces anciennes d'un motif coloré subsistaient sur sa surface ternie. L'interstice entre le couvercle et le réceptacle était recouvert d'une grosse croûte de terre. Hanna la déposa sur le seuil de sa maison et alla chercher un couteau de cuisine. Dix minutes plus tard, assise sur la marche, entourée de terre et d'éclats de peinture, elle en retirait le couvercle. À l'intérieur, enveloppé dans un emballage de pain tranché, se trouvait un cahier d'écriture à un penny, relié par une couverture en carton épais sur laquelle était écrit à l'encre et à la main le nom de Maggie Casey.

Chapitre 2

Dans sa chambre sous les combles, au cœur de *L'Ancienne Forge*, Jazz lançait des regards noirs à son reflet dans le miroir. Par petites touches, elle appliqua du blush sur ses pommettes avant de se frotter les joues d'un geste agacé. Puis, elle défit sa queue-de-cheval et secoua ses cheveux. Quels que soient ses efforts, elle était certaine que sa mère et sa grand-mère lui trouveraient de toute façon une petite mine, et elle n'avait pas le temps de tester d'éventuelles solutions de camouflage. Le déjeuner au pavillon de Mamie, toujours appelé « dîner », était servi à heure fixe, et gare à vous si vous n'étiez pas là-bas au moment de passer à table. Vingt minutes au four par livre, auxquelles on ajoutait vingt minutes encore, c'était la règle de Mary. Ensuite, la viande reposait vingt minutes sur le plan de travail, les légumes verts étaient égouttés et les pommes de terre posées sur la table. Elle organisait ses dimanches matin avec une précision d'horloger et attendait de ses invités qu'ils fassent de même. C'était une des nombreuses manies de sa grand-mère qui rendaient sa mère complètement dingue. Jazz, elle, ne s'en formalisait pas. Au contraire, les règles et les attentes de Mary Casey la rassuraient, même si elle vous scrutait et vous titillait, et malgré ses bouderies légendaires. Jazz attrapa un pull sur son lit et descendit l'escalier en courant, avant de faire un détour par la cuisine.

L'ancienne forge et la maison attenante appartenaient à Günther Winterhalder, un jeune Allemand, et à sa femme Susan, une Irlandaise. La maison comptait cinq chambres, avec salle de bains, et les Winterhalder y avaient aussi leur logement. Quant à la forge, ils l'avaient transformée en une grande pièce entièrement ouverte, où les repas étaient servis sur de longues tables en bois et où les clients pouvaient se détendre au coin d'un feu de cheminée. Günther cuisinait, Susan faisait le ménage. Ensemble, ils cultivaient des légumes, élevaient des chèvres et fabriquaient du fromage qu'ils vendaient dans certaines boutiques de la région. Au départ, ils avaient dû s'accrocher, mais à présent, leur affaire tournait bien. À tel point qu'ils avaient embauché Jazz pour la saison.

Pour la jeune fille, il s'agissait moins d'un choix que les conséquences d'un stupide accident de voiture, survenu l'année précédente. Avant l'accident, elle travaillait comme hôtesse de l'air pour une compagnie aérienne low cost. C'était son premier emploi. Il lui avait permis de voyager à travers le monde et de mener une vie trépidante en France, dans un appartement en colocation. Après l'accident et l'ablation de la rate, elle s'était retrouvée clouée au sol. Enchaîner les voyages aurait nécessité de se faire vacciner en permanence afin de renforcer son système immunitaire affaibli. Alors, malgré ce que le médecin qualifiait de « magnifique rétablissement », on lui avait signifié de changer de métier.

Aux yeux de son père, servir des boissons sur des vols bon marché pour Malaga n'avait jamais représenté un travail convenable de toute façon, alors, avait songé Jazz, la mine sombre, l'accident devait avoir comblé ses attentes. Dès qu'elle s'était rétablie, il avait propagé des rumeurs sur son retour à Londres – où elle avait passé la majeure partie de son enfance –, et son entrée à Oxford pour décrocher un diplôme quelconque. Elle avait toujours eu un don pour le marketing, avait-il dit, l'imaginant déjà en éminente femme d'affaires. Mais sans consulter personne, elle était partie et avait accepté cet emploi dans la maison d'hôtes. Elle appréciait Susan et Günther, qui la traitaient plus comme un membre de la famille que comme une employée. Le travail était facile et elle adorait l'ancienne forge, idéalement située entre la forêt de chênes et les falaises. En outre, cette décision avait véritablement agacé son père, ce qui lui procurait une intense satisfaction.

À l'instant où elle passa la tête dans la cuisine, Günther leva les yeux de l'évier. Il était attendu à

Lissbeg à une heure moins le quart, et il la déposerait chez sa grand-mère. Plus tard, sa mère la ramènerait d'un coup de voiture. Inutile donc qu'elle prenne la sienne. Jazz avait fait cette requête à Günther, mais cela ne le dérangeait pas le moins du monde. Il était ainsi : facile à vivre, aussi blond que bienveillant, aux antipodes de son père, avec ses manières mielleuses de fouine.

Günther sourit quand elle jeta un œil dans la cuisine. Puis, empoignant sa veste, il se dirigea vers la porte, étreignant Susan au passage. Jazz patienta le temps qu'il sorte la voiture de la remise. Il se pencha pour lui ouvrir la portière, puis manœuvra pour rejoindre la route avec le même savoir-faire décontracté qui caractérisait tous ses gestes.

Jazz s'adossa au siège passager en cuir élimé. Aujourd'hui elle aurait une grande explication avec sa mère. Le jour était venu. Loin des oreilles de sa mamie, bien entendu, parce que cela ne regardait qu'elles deux. Elles iraient dans un endroit calme, à la plage par exemple. À condition qu'elles puissent sortir se promener après le dîner. D'une manière ou d'une autre, il était temps d'exprimer clairement sa position.

À l'approche de la bifurcation vers Lissbeg, elle se tourna vers Günther.

– Tu peux me déposer ici. À pied, c'est tout près.

– Tu en es sûre ?

– Oui. Laisse-moi au virage, tu n'auras pas à faire demi-tour.

En marchant le long de la nationale, elle regrettait de ne pas pouvoir rester avec lui. Ou bien dans sa chambre à la Forge, la tête enfouie sous la couette.

Hanna arriva au pavillon avec un bouquet de narcisses du jardin. Elle fut aussitôt accueillie par le fumet exquis de l'agneau rôti. Jazz était penchée sur le plan de travail : elle retirait des lambeaux de viande encore accrochés à l'os, tout en esquivant les coups de torchon de Mary.

– Veux-tu bien arrêter de le picorer et de le tripoter comme une sauvage ! (Mary retira l'os et le posa sur un plat.) Prends ce truc, aiguise ce couteau et assieds-toi là-bas à table.

Le « truc » était un morceau de grès ramassé cinquante ans plus tôt sur une plage et utilisé depuis comme pierre à aiguiser. Tous les couteaux avaient succombé, les uns après les autres, aux manipulations violentes de Mary Casey, mais le bruit monotone de la pierre sur l'acier faisait partie intégrante des tout premiers souvenirs d'Hanna, au même titre que le « manteau du dimanche » porté par sa mère à la messe et la barre de chocolat à six pennies achetée avec les journaux.

Une fois les narcisses disposés dans un vase sur le buffet, les trois femmes s'assirent à table. Mary se mit à empiler la nourriture dans les assiettes.

Jazz secoua la tête devant les pommes de terre :

– Franchement, Mamie, j'en ai déjà des tonnes !

– Au nom de Dieu, mon enfant, tu n'as que la peau sur les os, pas une once de chair.

Hanna observait sa fille entre ses paupières mi-closes. Jazz laissa retomber ses cheveux foncés vers l'avant comme pour dissimuler son visage. Mary avait raison. Les rondeurs héritées de l'enfance avaient disparu des mois auparavant, durant la convalescence de la jeune femme. À présent, à vingt-deux ans, Jazz était plus mince qu'elle ne l'avait jamais été, et les saillies nouvelles sur son visage rappelaient celui de son père de manière frappante. De l'accident de voiture, elle ne gardait pas que cet air pâlichon. Hanna décelait chez Jazz une tension nerveuse, qui n'existait pas auparavant. Elle se demanda si Jazz appréciait réellement son travail. Hanna était ravie qu'elle ait décidé de rester en Irlande, mais à la vue de ses traits tirés et de ses épaules crispées, il était difficile de la croire heureuse.

Une fois le repas terminé, Jazz et Hanna partirent se promener sur la plage. Mary avait refusé de les accompagner. Elle avait agité prestement son torchon dans leur direction : elle n'avait aucune intention de remplir ses chaussures de sable. Hanna et Jazz, qui étaient deux ramasseuses compulsives de coquillages, déposèrent leurs chaussures sur un rocher plat, sitôt après les dunes. Puis elles déambulèrent pieds nus en quête de coquillages et de galets découverts par la marée basse. Plus tard, les poches remplies de trouvailles, elles s'assirent sur un morceau de bois flotté pour contempler l'océan.

Toutes deux gardèrent le silence un moment. Puis Jazz s'exprima, les yeux rivés sur la ligne d'horizon.

– J'ai toujours pensé que Mamie n'aimait pas Papa, parce qu'il était anglais. Un étranger finalement. Pas l'un de nous. Mais ce n'est pas ça, n'est-ce pas ? Il y a autre chose.

Hanna se raidit en attendant la suite. D'après Mary Casey, Malcolm était un *hoor*[1] égoïste, qui avait des oursins plein les poches. Aujourd'hui, Hanna estimait que cette appréciation était plutôt juste. Après des années de mariage, après s'être impliquée à fond dans la carrière de son mari, elle l'avait surpris au lit avec l'une de ses collègues, une femme qu'Hanna considérait comme une amie. Furieuse et accablée de chagrin, elle avait pris sous son bras Jazz, encore adolescente, et l'avait embarquée jusqu'en Irlande. Là, bien que Mary l'ait accueillie les bras ouverts, elle ne cessait de critiquer le comportement de Malcolm. Au point de rendre Hanna presque folle. Les années suivantes, elle avait mis toute son énergie à élever sa fille et à ne pas trucider sa mère. Pardessus tout, elle avait protégé Jazz de la véritable nature de Malcolm. Ce fut difficile et elle n'était même pas sûre d'avoir raison. Mais Malcolm, un avocat de haut vol, passé maître dans l'art de la manipulation, avait assuré à Jazz que le divorce s'était réglé à l'amiable, sans lui révéler un traître mot de sa liaison de longue date. Incapable de révéler la vérité à sa fille de peur de l'inquiéter, Hanna avait dû participer à ce mensonge.

1. Terme irlandais pour « fripouille ».

Jazz se tourna vers sa mère.

– Il y a quelques semaines, quand j'étais à Londres, il m'a demandé de m'asseoir. Je ne sais pas vraiment pourquoi il a décidé de me raconter la vérité. (Elle enfonça son talon dans le sable.) Tous ces trucs comme quoi personne n'était responsable. Pourquoi j'ai gobé ça, je me le demande. Bref, ce qui est fait est fait. Papa avait bien ficelé son histoire et tu n'as presque rien dit. Et la petite princesse à son papa a cru tout ce qu'on lui racontait.

Hanna choisit ses mots avec précaution.

– Écoute, en temps de guerre sainte, les gens veulent protéger leurs enfants.

– Non. *Tu* voulais me protéger. Papa voulait protéger son image immaculée.

Hanna regarda ses pieds : les grains de sable y dessinaient des pointillés. Ceux de Jazz étaient plus fins que les siens et elle avait verni ses ongles. Mais, à la forme de leurs orteils, on devinait qu'elles étaient mère et fille.

– Maintenant, il te l'a dit.

– Il m'a dit qu'il avait une liaison avec Tessa. Et que tu l'avais découvert et que tu l'avais quitté, ce qui expliquait pourquoi nous étions venues ici, vivre avec Mamie. Sympa d'apprendre que ton père s'envoyait en l'air avec une amie de ta mère, avant même ta naissance.

Hanna tressaillit en se remémorant la voix de Malcolm pontifier devant ses collègues, lors de dîners. Il avait toujours dit à ses clients de ne pas se confesser à moitié. « N'avouez rien à moins d'y être contraint et, dans ce cas, ne cachez rien. Si vous le faites, on vous extorquera le reste, disait-il, et à la fin, vous passerez pour plus méchant encore. »

Jazz lui lança un coup d'œil.

– Tu l'as obligé à me le dire, n'est-ce pas ?

– Je lui ai dit que tu étais une adulte maintenant, et que je ne te mentirais plus si tu me questionnais.

Jazz reporta son regard sur l'océan.

– Et tu n'as jamais réellement menti, n'est-ce pas ? Pendant des années, tu t'es contentée de tergiverser, paniquée à l'idée que Mamie crache le morceau.

– Elle pensait que tu devais savoir. Et elle avait peut-être raison.

– Ouais, et peut-être pas.

Un silence s'ensuivit, durant lequel Jazz continua de contempler l'océan.

– Écoute, Maman, ça n'a pas d'importance, tu as fait ce que tu pensais être le mieux. Je suis une idiote de l'avoir cru.

Hanna pivota brusquement et saisit sa fille par l'épaule.

– Tu n'es pas une idiote, ne pense jamais une chose pareille !

Jazz haussa les épaules et sourit avec ironie.

– « Pour être un gagnant, il n'y a qu'un seul moyen fiable : faire en sorte que votre adversaire se sente bête. »

C'était une autre des tirades répétées en boucle par Malcolm lors de dîners. Hanna n'avait jamais eu conscience que Jazz en prenait note.

– Et il excelle là-dedans, pas vrai ? Malcolm Turner, conseiller de la reine. T'amener là où il veut et te garder sous sa coupe. (Jazz ratissa à nouveau le sable de son talon.) Je parie qu'il ne t'a même pas proposé un accord financier décent.

Hanna afficha un large sourire.

– Non. Mais je lui ai dit où il pouvait se carrer son argent, alors ceci explique peut-être cela.

– Alors c'est pour ça que tu as fini par vivre dans la maison de Maggie. Je croyais que tu jouais juste les excentriques. Mais c'est tout ce que tu peux t'offrir.

– Est-ce que ce n'est pas en fin de compte exactement ce que je voulais ? J'adore cet endroit. Bien sûr, j'ai eu des craintes concernant ma situation, mais je savais qu'il ne te laisserait jamais sans argent.

Envoyer balader Malcolm et son argent lui avait procuré une grande satisfaction. Pourtant, avec le recul, elle s'était demandé plus d'une fois si cette réaction n'avait pas été stupide. Depuis, elle avait appris à choisir ses mots avec plus de précaution. Aujourd'hui, elle inspirait toujours profondément avant de prendre la parole.

– Écoute, mon amour, ne transforme pas ton père en monstre. Je t'ai enlevée du jour au lendemain pour t'emmener ici sans lui demander son avis. Il a dû avoir très peur de te perdre.

– Alors il a inventé ce tissu de mensonges pour me protéger. Désolée, Maman, je n'avalerai pas ça. Et je ne pense pas que ce soit un monstre. Juste un type infidèle et pathétique.

Hanna s'efforça de trouver une réponse. Malcolm était assurément un homme infidèle et il s'était comporté de façon pathétique. Mais la vie en général, et leur vie commune en particulier, lui paraissait bien trop complexe et nuancée pour la résumer en une phrase.

Jazz lui donna un petit coup d'épaule.

– Franchement, Maman. Ça n'a pas d'importance. De l'eau a coulé sous les ponts.

Néanmoins, malgré son sourire réconfortant et son ton rassurant, Jazz n'avait pas convaincu sa mère.

Chapitre 3

Alors qu'Ameena descendait Broad Street, elle aperçut son reflet dans la vitrine de l'épicerie. Elle plissa les yeux pour observer sa chevelure sombre, relevée sur sa tête, sa veste élégante et sa chemise blanche unie. Son allure lui convenait. Elle s'était fait percer le nez quelque temps auparavant, pas seulement pour faire plaisir à sa mère, mais parce qu'elle aimait ce style. Mais comme un anneau pouvait paraître bizarre aux yeux de certaines personnes, aujourd'hui, elle portait un discret clou en or.

C'était Mlle O'Rourke, sa professeure de terminale, qui avait repéré l'article dans le *Finfarran Inquirer*. Il parlait de la nouvelle boutique de souvenirs qui s'ouvrait à la bibliothèque de Lissbeg et qui cherchait du personnel pour l'été. Elle avait convoqué Ameena dans la salle des professeurs pour lui en parler.

– Je sais que tu souhaites trouver un job d'été ici à Lissbeg, alors tu pourrais postuler. Si tu as l'air intéressé et que tu présentes bien, ils te donneront probablement quelques heures. Tu ne recherches pas un temps plein, n'est-ce pas ?

Non, Ameena ne voulait pas d'un temps plein. Elle aurait même de la chance si elle pouvait faire accepter à sa mère un boulot à temps partiel. Elle devinait que Mlle O'Rourke en avait parfaitement conscience. Pourtant, si elle avait discuté de ce problème avec une enseignante, elle aurait eu l'impression de critiquer sa famille, alors elle s'était contentée de sourire et de la remercier. Par la suite, elle avait envisagé les options possibles. Dès la fin des examens, la plupart de ses amis s'en iraient trouver un petit boulot à Cork ou Dublin. Certains nourrissaient même le projet de s'envoler jusqu'à Londres et de chercher du travail sur place. S'ils obtenaient le bon nombre de points aux examens et une place dans leurs cours préférés, nombre d'entre eux partiraient ensuite pour l'université. Ameena ne voyait pas aussi loin. Pour commencer, elle attendait l'occasion de prouver à sa mère qu'une vie à soi n'impliquait pas forcément le rejet de ses origines.

En scrutant son reflet dans la vitrine, elle vit que, derrière les piles de fromages et les bols d'olives, la jeune fille du comptoir la regardait. Gênée, Ameena baissa la tête, mais la fille se contenta de sourire : elle était petite et jolie, avec des cheveux roux relevés et attachés avec un foulard de couleur vive. L'épicerie, qui s'appelait *La Mercerie*, se trouvait en face de la bibliothèque. Dans la boutique juste à côté, une vieille pendule, portant l'inscription « Grainetiers », était bloquée sur trois heures moins le quart. Broad Street, l'artère principale de Lissbeg, s'élargissait à cet endroit, au cœur de la ville. À cet emplacement, qui était autrefois la place du marché, se trouvait un abreuvoir à chevaux aujourd'hui rempli de fleurs. De l'autre côté de la rue se dressait le centre de l'ancien couvent qui avait jadis abrité les religieuses et l'école des filles. Dans le jardin des nonnes, il y avait maintenant un café qui proposait des gâteaux et des sandwiches préparés à l'épicerie. La moitié des habitants de Lissbeg semblait s'y réunir et l'endroit était très animé.

Ameena traversa la rue et s'approcha de la bibliothèque. On y entrait par un portail voûté qui conduisait à une petite cour. Sur le mur près du portail, elle repéra une plaque indiquant les heures d'ouverture et une grande affiche plastifiée. Un bandeau posé en diagonale disait : « EXPOSITION ET BOUTIQUE DE SOUVENIRS OUVERTURE EN JUIN ». Elle s'arrêta pour étudier l'affiche qui montrait les pages d'un vieux livre couvert d'écritures latines et de petites illustrations d'une qualité d'orfèvre. De sa poche, elle extirpa l'article de l'*Inquirer*. Elle se demanda si c'était une bonne idée de venir à l'improviste pour demander du travail. Mais, selon Mlle O'Rourke, c'était courant. Alors Ameena releva le menton et pénétra dans la cour.

En face du portail se trouvait l'entrée principale de l'ancienne école. On y accédait par des marches peu élevées. Un écriteau au-dessus indiquait : « Accueil ». Ameena était sur le point de grimper l'escalier, quand elle remarqua l'entrée de la bibliothèque : une porte vitrée à sa gauche. Alors qu'elle vivait à Lissbeg depuis qu'elle était petite, elle n'y avait jamais mis les pieds. Parfois, des élèves étudiaient à la bibliothèque après l'école, surtout à l'approche des examens, mais d'après sa mère et son père, elle avait une chambre absolument parfaite pour travailler. Traîner en ville après les heures de classe était tout à fait exclu. Quand elle s'en plaignait, son père riait puis lui faisait une grimace. Quelle est la quantité de travail réellement abattu, disait-il, par rapport au temps passé à regarder son téléphone et à envoyer des textos ? Ameena ne savait pas, parce qu'elle n'avait jamais eu l'occasion de l'expérimenter. Bien que, aux dires de ses camarades, Mlle Casey, la bibliothécaire, se montrât très stricte quant à l'extinction des portables.

Elle jeta un œil au sien sur-le-champ pour vérifier qu'il était bien éteint – même si elle savait que c'était le cas. Puis, elle passa la porte et se retrouva dans le hall d'entrée. Sur une porte vitrée, juste devant elle, était accroché un panneau indiquant : « EXPOSITION. OUVERTURE EN JUIN ». Un autre, perpendiculaire au premier, annonçait : « BIBLIOTHÈQUE PUBLIQUE DE LISSBEG ».

Conor McCarthy, le type au bureau, leva les yeux dès qu'elle ouvrit la porte. Assis, il tournait le dos à la paroi vitrée qui séparait la bibliothèque de l'espace d'exposition. Ameena constata que, derrière la vitre, les travaux continuaient. On avait calé une échelle contre un mur et des outils gisaient sur une housse de protection. Le contraste frappant entre la bibliothèque lambrissée de bois foncé et l'espace éclatant et moderne était plutôt attrayant. Elle ne connaissait Conor que de vue. Il avait environ six ans de plus qu'elle, et elle ne lui avait jamais adressé la parole. En regardant autour d'elle, elle ne vit aucune trace de Mlle Casey.

– Je cherche la bibliothécaire.

Conor lui adressa un large sourire.

– C'est moi. Bon, ce n'est pas vraiment moi, parce que je ne suis que l'assistant. Mais Mlle Casey est partie avec le bibliobus, alors peut-être puis-je t'aider ?

– Je suis venue pour un emploi à la boutique de souvenirs.

– Eh bien, la boutique n'ouvrira pas avant le début de l'exposition.

Elle n'était pas au courant, mais elle garda son calme.

– Bien. Puis-je laisser mon nom ?

– Bien sûr.

Conor chercha un morceau de papier sur le bureau.

– Je ne sais pas si c'est Mlle Casey qui attribuera le poste, mais de toute façon, je le lui transmettrai.

Ameena essaya d'avoir l'air intelligent. Manifestement, cela ne marcha pas, parce que Conor lui tendit une brochure.

– Cela t'aidera sûrement de lire un peu là-dessus, si tu cherches un travail ici.

Cachant sa joie, Ameena jeta un coup d'œil au dépliant.

– C'est le psautier de Carrick, n'est-ce pas ?

Elle avait vu le nom écrit à l'extérieur. Conor acquiesça, aussi poursuivit-elle :

– Je ne suis pas très calée en manuscrits médiévaux.

– Eh bien, je ne suis pas du tout expert, j'en sais plus sur les vaches.

Elle le dévisagea d'un air hébété et il lui sourit à nouveau.

– Je travaille à mi-temps. La moitié du temps, ici, à la bibliothèque, et l'autre moitié, à la ferme de mon père. Si je pouvais, je resterais ici à temps plein, mais on a besoin de moi à la maison.

– Oh, je connais ça ! acquiesça Ameena. Pas la ferme, mais être attendu chez soi.

Elle ne savait pas vraiment pourquoi elle avait dit cela, mais il avait l'air tellement gentil. Elle ne voulait pas qu'il ait l'impression de perdre son temps avec elle. Heureusement, un homme approcha du bureau avec une pile de livres. Lorsque Conor se tourna vers lui, elle glissa la brochure dans son sac, lui adressa un sourire de remerciement et quitta la bibliothèque.

Plus tard, au *Café du jardin*, elle étala le dépliant sur la table. Le psautier de Carrick était en effet un manuscrit médiéval. C'était un livre de psaumes, écrit à la main et illustré par des moines du VIIIe siècle, résidant ici, dans la péninsule. Ameena se demanda pourquoi l'exposition avait lieu dans la bibliothèque de Lissbeg qui était bien plus petite que celle du comté, à Carrick. Comme le donateur était un homme riche qui avait gardé le manuscrit pendant des lustres, elle supposa que c'était lui qui en avait décidé. D'après la brochure, il avait également subventionné l'espace d'exposition. Un plan en montrait la scénographie. Chaque visite guidée commencerait dans la salle qu'elle avait vue depuis la bibliothèque. Le psautier y serait exposé dans une vitrine et des écrans interactifs suspendus sur les murs montreraient les images numérisées des pages. Le guide les présenterait et répondrait aux questions. Dans la salle suivante, le groupe regarderait un film. Puis, il repartirait par la boutique de souvenirs qui donnait sur la rue. Apparemment, nul besoin d'en savoir des tonnes sur le psautier pour être vendeuse dans la boutique. Mais elle devinait que ce serait un plus d'en parler au cours d'un entretien d'embauche. Avec un peu de discernement, pensa-t-elle, elle aurait pu prévoir qu'une bibliothèque publique dans une ville aussi petite que Lissbeg n'aurait pas de boutique de souvenirs, tandis qu'une exposition comme celle-ci attirerait sans nul doute des tas de visiteurs, tous désireux de rapporter un objet.

Mademoiselle O'Rourke l'avait tellement bassinée sur l'importance d'une expérience professionnelle qu'Ameena n'avait plus pensé qu'à cela. Mais en réalité, l'expérience avait vraiment l'air cool et excitante.

Chapitre 4

Comme toujours, Hanna appréciait de conduire. L'itinéraire du bibliobus s'étendait de la préfecture de Carrick à l'extrémité est de la péninsule, jusqu'au centre touristique à l'ouest, qui autrefois était un petit port de pêche. Elle le parcourait deux fois par semaine : un jour pour desservir les populations au nord, l'autre pour celles du sud. Elle retirait un plaisir singulier de ces heures en solitaire, à rouler à travers des paysages magnifiques. Mais elle savourait aussi le contact régulier avec les habitants des fermes et des villages reculés, que leurs vies bien remplies empêchaient de venir jusqu'à la bibliothèque.

Elle braqua brusquement pour éviter un nid-de-poule. Elle attendait avec impatience non seulement la journée à venir, mais aussi la soirée, particulièrement le moment où elle examinerait le livre de Maggie. À cause de l'agneau rôti de Mary Casey et de la discussion avec Jazz sur la plage, elle n'avait pas eu le temps d'y revenir.

Le carrefour près de *L'Ancienne Forge* était l'une de ses haltes régulières au nord de la péninsule. En se garant sur le parking, elle aperçut la file d'habitués en train de patienter. La plupart étaient assis sur le mur à l'extérieur de la forge, à l'endroit où leurs parents et leurs grands-parents attendaient que le forgeron accomplisse son travail.

Après avoir traité les retours de livres et remis les nouveaux prêts, Hanna s'accorda une pause pour papoter avec Susan Winterhalder, qui était sortie de la maison d'hôtes, une tasse de thé à la main. Aucune trace de Jazz. Elle se trouvait probablement à la réception. Susan ne tarissait pas d'éloges à son sujet. C'était assez facile de se faire aider au ménage et à la vaisselle, dit-elle, mais Jazz était vraiment exceptionnelle.

– Franchement, mademoiselle Casey, c'est une perle rare. Elle n'est pas seulement bonne en informatique et contente de gérer les réservations, elle a aussi de l'expérience avec les clients. Et elle parle intelligemment de marketing : elle a un véritable sens des affaires.

Il avait fallu dix ans à Susan et Günther pour transformer un Bed & Breakfast pour randonneurs de passage en une maison d'hôtes florissante. Ils proposaient une cuisine savoureuse et des chambres luxueuses. Ils avaient restauré la vieille forge eux-mêmes et avaient lancé en parallèle un commerce de fromage artisanal et un potager de légumes bio. Ils s'étaient tués à la tâche. Aujourd'hui, ils pouvaient enfin s'offrir une aide à temps plein.

Ils avaient du mal à croire en leur chance. Günther n'était pas du genre à montrer ses émotions, confia Susan à Hanna, mais elle le savait vraiment très stressé. Aucun d'eux n'avait pris de congés depuis une éternité. Ils élevaient leur petite fille de six ans en même temps, et par moments, cela faisait un peu trop. Le grand Günther aux cheveux blonds, avec ses larges épaules et son humeur égale, avait deux fois plus d'endurance que la plupart des hommes. Malgré tout Susan s'était inquiétée pour lui. À présent, la pression s'était allégée. Avec Jazz à bord, ils s'octroyaient des temps de repos et, pour la première fois depuis des années, ils se sentaient à nouveau comme une famille ordinaire.

Sur le chemin du retour, Hanna se remémora les mois et les années chaotiques qu'elle avait traversés à son retour à Finfarran. À l'époque, elle s'inquiétait tout le temps. À quel point le changement d'école perturberait-il l'éducation de Jazz ? Quitter la maison londonienne ne serait-il pas trop pénible pour elle ? Se retournant sans cesse dans son lit chez Mary Casey, elle avait passé des nuits blanches à se torturer à cause du mensonge de Malcolm. En dissimulant la vérité sur leur divorce, elle avait espéré en atténuer le traumatisme pour sa fille. Mais que se passerait-il quand Jazz grandirait et la découvrirait ?

En roulant entre la forêt et le sommet des falaises, là où les mouettes tournoyaient au-dessus de l'océan, elle sourit et se dit avec tristesse qu'une fille ne grandissait jamais. Qu'importe sa taille adulte ou son degré de compétences, qu'importe qu'elle voyage à l'autre bout du monde, dans l'esprit d'une mère elle resterait toujours une petite fille à protéger. Et qu'importe à quel point cette mère s'inquiéterait et essaierait de faire au mieux, elle ne vaincrait jamais le sentiment de ne pas en avoir fait assez. Mais c'était ridicule. Tôt ou tard, il fallait prendre du recul et cesser de nourrir cette névrose. D'après Susan, Jazz se débrouillait très bien à la maison d'hôtes. Alors peut-être que la meilleure chose à faire pour une mère était d'avancer dans sa vie.

Jazz regardait par une fenêtre, quand elle aperçut le bibliobus tourner et disparaître au milieu des chênes imposants. Le samedi précédent, elle avait pris la route, vêtue d'une jupe et d'un haut tout neufs, avec un après-midi entier libre devant elle. Elle voulait en profiter. En débouchant sur la nationale, elle avait traversé le flux de circulation en direction de l'ouest, et roulé jusqu'à Carrick. Ce n'était pas exactement une métropole, mais en été, il y avait toujours de l'animation. De nombreux jeunes qu'elle avait fréquentés à l'école de Lissbeg travaillaient aujourd'hui dans les boutiques et les commerces de la ville, et venaient jusqu'à Carrick le week-end. La ville était agréable pour le shopping. Souvent, on rencontrait par hasard une connaissance, et on allait papoter autour d'un café. Après avoir garé sa voiture, elle était tombée sur d'anciens amis. Un groupe de filles lui avait fait signe derrière la fenêtre d'un café. À l'intérieur, elle avait rencontré des amis qu'elle n'avait pas vus depuis des mois : après l'accident, elle avait séjourné quelque temps à Londres et, depuis qu'elle travaillait à la Forge, elle n'était pas beaucoup sortie.

Elle avait passé un très bel après-midi. Ils avaient ri, échangé des nouvelles, pris des selfies qu'ils avaient envoyés à d'autres amis. Des copains les avaient rejoints, dont Conor, l'assistant de sa mère. Conor avait un ou deux ans de moins qu'elle, mais elle se souvenait de lui du temps de l'école. Sa petite amie, Aideen, était plus jeune, calme et silencieuse comparée à tous les autres. En somme, tout le monde riait et s'amusait. C'était génial.

Après une autre tournée de cafés, deux gars avaient commandé des pancakes. Le café n'avait rien à voir avec ceux que ses colocataires et elle fréquentaient en France, et les pancakes étaient accompagnés d'une bouteille de sirop pleine de colorants chimiques. Mais c'était bien. Alors qu'ils s'apprêtaient à partir, l'un d'entre eux avait proposé de se retrouver le soir en boîte. Jazz ne travaillait pas avant le lendemain matin, alors elle avait bu d'un trait son dernier café et accepté.

Sur le trajet de retour, elle réfléchissait à sa tenue pour la soirée. La circulation était dense, les touristes se déversant à flots vers l'ouest. Un peu plus loin se trouvait la bifurcation qui la conduirait à travers bois. Elle n'avait même pas besoin de traverser la route pour tourner à gauche. Mais soudain, elle avait paniqué. Tous ses muscles s'étaient tétanisés et elle avait eu l'impression que ses mains étaient collées au volant. Elle sentait des gouttes de sueur froides couler sur son front et ses pieds s'étaient changés en blocs de glace.

En y repensant, elle était incapable de dire comment elle avait réussi son virage, mais aussitôt sortie de la nationale, elle s'était garée sur le bas-côté. Elle était restée assise là, parcourue de violents tremblements, pendant que les oiseaux chantaient dans les chênes. Quand elle avait accepté cet emploi à la Forge, elle avait prévu de passer un été génial. Elle avait projeté de fréquenter le nouveau *Café du jardin*, à Lissbeg, et de rouler jusqu'à la plage après le boulot durant les longues soirées d'été. Elle avait quitté l'hôpital, certaine d'avoir laissé l'accident de voiture derrière elle. Mais elle s'était trompée. C'était injuste, s'était-elle dit, et elle ne pouvait le supporter. Au bout de vingt minutes, elle était parvenue à se reprendre et à redémarrer la voiture. Puis, elle était retournée dans sa chambre à la Forge et avait pleuré jusqu'à ce qu'elle s'endorme.

Chapitre 5

Quand elle était en déplacement, Hanna retournait invariablement à Carrick pour y garer le bibliobus. Sur son trajet, elle passait à la fois devant le pavillon de Mary Casey et devant la route étroite qui serpentait à travers les terres cultivées vers sa maison sur la falaise. Huit kilomètres plus loin se trouvait le panneau indiquant Lissbeg, et quinze minutes plus tard, elle arrivait enfin en périphérie de Carrick. Hanna ralentit et se fraya un chemin à travers les rues bondées menant à la bibliothèque du comté. Après avoir laissé la camionnette sur le parking et la clé à l'accueil, elle se faufila à nouveau dans la circulation au volant de sa voiture et refit le trajet en sens inverse.

Elle se détendit alors, sachant qu'elle n'avait rien à faire d'autre que de profiter de sa soirée : Conor avait fermé les portes de la bibliothèque puis filé sur sa Vespa pour aller travailler dans la ferme familiale. Sur la péninsule, les jeunes gens de son âge se divisaient en deux groupes : ceux destinés à bâtir leur existence ici, à Finfarran, et ceux qui voulaient à tout prix se payer un billet d'avion. Adolescente, elle avait appartenu à la seconde catégorie. Par conséquent, elle n'avait guère apprécié de revenir à la maison, une fois divorcée. Mais elle n'avait pas eu le choix. Pourtant, aujourd'hui, elle songeait avec un sourire amusé qu'il n'y avait nul autre endroit où elle aurait aimé se trouver.

Dès qu'elle quitta la nationale, elle se relaxa. La soirée était exceptionnellement douce. Des nuées de moucherons s'élevaient des ruisseaux. Elle conduisit entre des fossés recouverts de primevères, puis se rangea sur le côté pour laisser passer un troupeau de vaches qui avançait d'un pas lourd vers la salle de traite. Le fermier leva son bâton dans sa direction et Hanna roula au ralenti derrière eux, jusqu'à ce qu'ils franchissent un portail et qu'elle puisse continuer sa route.

Avant de partir au travail, elle avait sorti une barquette de soupe maison du congélateur. Elle la versa dans une casserole et la laissa mijoter à feu doux pendant qu'elle se douchait rapidement. Avec quelques bouts de bois et une motte de tourbe, elle alluma un feu dans la cheminée. Plus tard, si le temps se rafraîchissait, elle l'alimenterait avec plus de tourbe et de bois flotté, mais pour l'instant, il éclairait un peu la pièce. La soupe de légumes était aussi épaisse qu'un ragoût. Saupoudrée de fromage et accompagnée d'un peu de pain complet grillé, elle lui suffisait amplement. Elle porta son repas à table, sous la fenêtre, et dîna en regardant le crépuscule s'étendre au-dehors.

Quand elle eut terminé sa soupe, Hanna traversa la pièce avec un verre de vin, prit la boîte en fer sur la cheminée et s'installa au coin du feu. De la terre collait encore au rebord du couvercle. Elle plaça la boîte avec précaution à côté du feu, en sortit le livre et retira l'emballage en papier sulfurisé : autrefois, il avait contenu une miche de la boulangerie de Ballyfin, qui était aujourd'hui encore en activité, même si le motif de l'emballage avait changé. Maggie était décédée en 1975. Par conséquent, elle avait forcément placé la boîte dans l'angle de l'appentis avant cette date. Et elle y était restée depuis : pendant qu'Hanna avait grandi, quittant l'enfance pour l'adolescence ; pendant ses années londoniennes, où elle croyait vivre un mariage heureux ; et durant les années stressantes passées avec sa mère, avant d'emménager ici.

Elle contempla le livre qu'elle tenait dans sa main. La personne qui avait relié les pages à la couverture avait utilisé une machine à coudre ordinaire. Quand elle avait nettoyé le jardin pour la première fois, elle avait d'ailleurs trébuché sur le pied d'une machine à coudre à pédale qu'elle se souvenait d'avoir vu dans son enfance. Tom, son père, l'avait offerte à Maggie quand Mary Casey lui avait préféré une machine électrique. À présent, peint et surmonté d'un plateau en bois, le pied en fonte faisait office de table de jardin. Il était étrange de songer au pied de Maggie sur la pédale, aujourd'hui immobilisée par une grosse pierre.

Hanna ouvrit le livre et en tourna les pages avec précaution. Apparemment, c'était un journal intime, entrecoupé de listes et autres documents cousus à l'intérieur d'un cahier d'écriture. La première page, entièrement recouverte d'une écriture ramassée, tracée à l'encre bleue, comportait une date en en-tête : « 20 juillet 1920 ». L'écriture manuscrite était soignée et droite, comme celle d'une écolière. Hanna approcha la chaise du feu et commença sa lecture.

Je n'ai jamais cru que je devrais quitter Finfarran. Mais je suppose que je ne suis ni la première ni la dernière à suivre cette voie. Je suis inquiète pour Maman même si je sais que les voisins veilleront sur elle. Madame Donovan en tout cas. Elle a toujours été bonne envers nous, même si ces temps-ci, on ne peut être sûr de personne. Quand la tête de votre voisin est mise à prix, les gens sont vraiment tentés, et chaque famille de la péninsule avec un fils ou un père qui se bat dans les collines a peur des informateurs. Nous pouvons seulement prier pour que Liam soit en sécurité.

Je ne veux pas partir, mais je ne peux pas faire autrement. Pourtant, ce n'est pas comme si le chemin jusqu'au bateau n'était pas balisé. Paud Donovan a vendu nos vaches de toute façon. Maman était incapable de s'occuper d'elles toute seule. Il a pris le pâturage aussi pour un fermage équitable. J'ai mis une partie de l'argent de côté pour le voyage et assez pour vivre en Angleterre, pendant que je chercherai un travail. Je ne sais pas pourquoi j'écris tout ça, il y a tellement de choses que je ne peux pas et ne dirai pas. Je ne sais pas ce qui m'attend et je n'ai aucun moyen de faire savoir à Liam que je pars. Peut-être que Lizzie Keogh réussira à le faire pour moi. Elle a un frère dans la même brigade.

Je me suis levée tôt ce matin et j'ai regardé loin vers la forêt. On ne peut pas la voir d'ici, mais je sais que les arbres étaient là-bas dans le soleil matinal, avec un lit épais de feuilles mortes par terre, à leur pied. Des oiseaux chantaient sur la tourbière aussi, là où nous laissons les mottes à sécher. Je n'aurais jamais cru que je ne rentrerais pas les mottes moi-même.

L'entrée se terminait là. Hanna tourna la page : la suivante était un mémo daté du lendemain.

À acheter
Des bas
Du savon
Du papier à lettres. Des enveloppes
Des lacets
Des bonbons à la menthe pour Maman
À faire
Aller chez Lizzie pour la valise
Régler le compte chez Cathcarts
Demander à Mme D. d'envoyer l'*Inquirer* à Maman

Combien de versions de cette même malheureuse liste avaient été rédigées dans les maisons d'émigrants, du nord au sud de la péninsule ? Hanna suivit la liste du doigt. Il était difficile d'imaginer Maggie, jeune fille, en train de préparer son voyage, si différent de celui qu'elle-même avait entrepris, quand elle était partie étudier en Angleterre.

Qu'est-ce qui avait poussé Maggie à s'en aller si loin ? Elle ne mentionnait jamais son père. Peut-être, si sa mère était veuve, avait-elle eu besoin de trouver du travail. En jetant un regard sur la date, Hanna se souvint que la guerre d'indépendance irlandaise faisait encore rage en 1920. Liam, le frère de Maggie, devait combattre loin de la maison. Le livre sur les genoux, Hanna se demanda pourquoi elle n'avait jamais entendu parler de lui. Mais sa propre mère avait été tellement excédée par les requêtes de Maggie vis-à-vis de son époux que toute discussion sur ce pan de la famille provoquait immanquablement des disputes. Et, enfant, il ne lui avait jamais traversé l'esprit d'interroger Maggie. Maintenant, bien des années plus tard, Hanna aurait aimé que la situation soit différente. Il était triste de penser à la solitude de sa grand-tante, obligée d'épancher son cœur sur du papier, avant de l'enterrer sous terre.

Chapitre 6

Autrefois, la placette au niveau de l'ancien abreuvoir, sur Broad Street, accueillait le marché de Lissbeg. Après la construction d'un nouveau marché aux bestiaux à l'extérieur de la ville, le conseil municipal l'avait morcelée en places de stationnement. L'abreuvoir et ses alentours perdirent tellement de leur attrait que, malgré les vaillants géraniums plantés par la municipalité, personne ne s'asseyait plus sur les bancs. La situation avait perduré ainsi des années, jusqu'à ce que le conseil rachète l'ancienne école et le couvent adjacent, et déplace les stationnements vers un nouveau parking dans la cour de l'ancienne école. La ville n'y avait pas seulement gagné le centre de l'ancien couvent, elle avait également retrouvé un peu de son ancien charme.

Chaque fois que Conor McCarthy descendait Broad Street à fond sur sa Vespa, il se disait qu'aucune de ses améliorations n'aurait vu le jour sans les efforts de Mlle Casey. Sur la péninsule, les décideurs étaient fermement résolus à appliquer un plan pour bâtir de nouveaux bureaux du conseil dans la ville de Carrick ainsi qu'un gigantesque port de plaisance à Ballyfin où affluaient tous les touristes. Ils n'avaient proposé pratiquement aucun investissement pour le reste du territoire. Mais quand il apparut que ledit plan impliquait une centralisation de tous les services du comté, Mlle Casey avait lancé une grande campagne pour empêcher la fermeture de sa bibliothèque. En fin de compte, le conseil avait été contraint de réhabiliter les anciennes bâtisses dévolues aux nonnes au lieu de construire un nouveau centre à Carrick, et de répartir l'investissement plus équitablement. Certes, quelques gros richards de Ballyfin s'en étaient offusqués, tout comme un faible pourcentage de conseillers municipaux à Carrick s'étaient plaints de la perte de leurs bureaux de standing, mais Mlle Casey avait toute la péninsule derrière elle et elle avait gagné. La restauration du centre de l'ancien couvent se déroulait par étapes, de sorte que certaines parties n'étaient pas encore terminées. Cependant, il y avait déjà des nouvelles salles et des ateliers à louer, un jardin d'herbes aromatiques et médicinales dont s'occupaient des bénévoles, et un café. La bibliothèque, abritée dans l'ancienne salle polyvalente de l'école, avait, elle aussi, subi un lifting et accueillerait bientôt un espace d'exposition dernier cri.

Conor tourna brusquement pour faire grimper son engin sur le trottoir devant *La Mercerie*. Il voulait faire un coucou en vitesse avant d'aller travailler. Aideen, qui préparait du coleslaw derrière le comptoir, lui sourit lorsqu'il passa la tête à la porte. En la voyant, Conor se souvint d'un poème qu'il avait appris à l'école : « Voilée dans cette lumière incroyable/Madame, vos cheveux si ondulés/Auraient fait déprécier/Absolom fils de David[1]. » Quelque chose comme cela. Il n'avait jamais pigé la partie sur Absalom, mais il avait aimé le vers suivant : « Vos boucles d'or s'accrochant tout près/Comme des nuées d'oiseaux à l'apparence étrange/Silencieux sans leur chant mélodieux/Attirent tous les hommes dans les rêves[2]. » Cela dit, Aideen avait une chevelure rousse et non dorée, mais elle était magnifique sous les rayons du soleil, avec des bouclettes qui s'échappaient de son foulard. Elle le prendrait pour un imbécile, s'il lui récitait un poème à cette heure de la matinée. Il préféra lui demander à quelle heure elle déjeunerait. Lui prendrait sa pause assez tôt, parce que Mlle Casey devait faire un saut à une réunion vers treize heures.

Aideen lui sourit.

– Tu veux que je te nourrisse, c'est ça ?

En réalité, il avait pensé l'inviter à déjeuner de l'autre côté de la rue, au *Café du jardin*. Il y avait une statue de saint Francis, et l'eau jaillissait de fleurs sculptées à ses pieds. Pour Conor, il suffisait de s'asseoir

1. « *Veiled in that light amazing, Lady, your hair so wavy, Has cast into dispraising, Absalom son of Davy.* » Vers extraits du poème irlandais *The Dispraise of Absalom*, de Thomas Francis O'Rahilly.

2. « *Your golden locks close-clinging, Like bird-flocks of strange seeming, Silent with no sweet singing, Draw all men into dreaming* », *ibid.*

près de la fontaine pour se sentir presque en vacances. Aideen et lui revenaient tout juste d'un séjour en Italie, et il redoublait d'efforts pour en restituer la magie. Malheureusement, ces derniers temps, la moitié des femmes de la ville semblait utiliser le café comme QG pour faire éclore de nouveaux projets et partager leurs secrets, si bien que le lieu était horriblement bondé. Par ailleurs, depuis leur retour, Aideen et lui s'étaient mis plus ou moins d'accord pour faire des économies. Malgré tout, se disait-il avec entrain, les sandwiches du café étaient fournis par Bríd et Aideen, et donc en achetant un déjeuner préparé par leurs soins, il investissait dans l'épicerie.

Elle accepta de le rejoindre à midi. Il se faufila joyeusement dans la circulation matinale, gara sa Vespa sur le nouveau parking et bondit à l'intérieur de la bibliothèque. Arrivée avant lui, Mlle Casey passait le courrier en revue.

Conor laissa son casque dans la cuisine, au fond de la pièce, puis entreprit de remplacer les « Lectures conseillées » sur les étagères par les nouveaux titres choisis la veille par Mlle Casey. Ensuite, il reposa les anciens dans leurs rangées attitrées, après avoir vérifié que les couvertures plastifiées étaient propres et retiré les autocollants : « PARUTION RÉCENTE », « HISTOIRE PUISSANTE » et « ROMAN DE L'ÉTÉ ». Le club de lecture de la bibliothèque, qui se déroulait tous les quinze jours, se résumait à l'origine à la pose d'autocollants. Au départ, Mlle Casey n'était guère séduite par cette initiative. D'ailleurs l'idée même d'un club de lecture était loin de l'emballer. Pourtant, aujourd'hui, c'était elle qui l'animait et aidait ses membres à choisir les livres. En fait, il se passait toutes sortes de nouveaux événements à la bibliothèque. Conor trouvait ça génial. Il y avait même un cours d'initiation à l'informatique pour les personnes âgées, assuré dans un premier temps par Pat Fitz, l'épouse du boucher. Désormais, Conor la remplaçait, car elle était accaparée par les préparatifs de son voyage au Canada – elle partait rendre visite à ses petits-enfants.

Le club de lecture comptait essentiellement des membres féminins. Le « noyau dur » – comme l'appelait Mlle Casey – se composait de cinq ou six d'entre elles. Elles se réunissaient dans une salle qui avait été conçue lors des travaux de ravalement. La pièce disposait de chaises, d'une table et d'une porte coulissante qui rappelait la paroi vitrée séparant la bibliothèque de l'espace d'exposition. Les mots « SALLE DE LECTURE » étaient inscrits sur la porte et, d'après le journal local, l'architecte engagé par le comté avait utilisé la translucidité pour évoquer un espace privé au sein de l'espace public mis en commun. Selon Fury O'Shea, l'entrepreneur qui avait réalisé le travail, les architectes avaient tendance à sortir des trucs de ce genre. Mais, apparemment, le type était assez sensé.

Le personnel de la bibliothèque devait se familiariser avec une nouvelle procédure de sécurité avant l'arrivée du psautier. Par le passé, il suffisait de tirer la porte derrière soi et de tourner la clé dans la serrure. À présent, il fallait enclencher l'alarme et appuyer sur un bouton pour faire descendre une porte blindée, avant de sortir par-devant. D'après Mlle Casey, il s'agissait d'une grande responsabilité. Bien que, comme Fury O'Shea l'avait soulevé, on ne les augmente pas pour autant.

Quand Ameena leva les yeux de son livre, elle vit Conor attablé près de la fontaine. Il était assis en compagnie de la jeune fille rousse de l'épicerie. Ameena lui fit signe de la main, et il l'invita à approcher pour faire les présentations. La jeune fille s'appelait Aideen et elle se souvenait d'Ameena.

– Il me semble que tu étais en quatrième, quand j'ai passé mon bac.

C'était souvent le cas. Personne ne vous oubliait quand vous étiez la seule Pakistanaise de la cour d'école, mais les gens paraissaient toujours surpris que vous ne vous souveniez pas d'eux. Ameena n'avait aucun souvenir d'Aideen en terminale, mais elle sourit et s'excusa d'interrompre leur déjeuner.

– Pas du tout, c'est un plaisir de te rencontrer. Tu vas travailler à la bibliothèque ?

– Eh bien, en quelque sorte. Je vais travailler à la boutique de souvenirs. (Ameena se tourna vers Conor, rayonnante.) Ça s'est bien passé. Mademoiselle Casey a dit que je pourrais avoir toutes les heures que je voulais, puisque j'étais la première à postuler.

– C'est super ! Je t'avais bien dit que ça marcherait.

Ameena expliqua à Aideen que sa mère n'était pas vraiment favorable à un temps plein.

– Elle a tendance à rester à la maison et, quand elle sort, elle aime que je l'accompagne.

Quand Ameena eut regagné sa table, Aideen interrogea Conor du regard.

– Sa maman est malade ou quoi ?

– Je ne sais pas, je ne lui ai parlé qu'une minute et elle ne l'a pas évoquée.

– Elle va faire un carton à la boutique. Elle ressemble à un mannequin, même dans cet horrible uniforme.

Conor lui jeta un regard en coin.

– Tu cherches les compliments ?

Aideen écréma la mousse sur son café et, d'une pichenette, lui en envoya un peu.

– Un compliment venant de toi ? Faut pas rêver !

Conor adorait sa façon de plisser les yeux, quand elle se moquait de lui. Il serra son sandwich pain de seigle-fromage-cornichons, et mordit dedans avec joie. Aideen n'était pas seulement une petite amie géniale, elle préparait aussi les meilleurs sandwiches fromage-cornichons de toute la péninsule.

Chapitre 7

Nell Reily arriva en premier au club de lecture. C'était une femme réservée qui frisait les soixante-dix ans. Elle vivait avec sa mère au sud de la péninsule, près du village de Knockmore, où Hanna s'arrêtait régulièrement avec le bibliobus. Nell et sa mère venaient souvent au centre de soins Saint-Mary, mais à l'instar des autres personnes âgées, elles étaient enchantées que le centre de l'ancien couvent de Lissbeg propose aussi des soins de jour. Parce que, comme la vieille Mme Reily le répétait à Hanna, le changement était aussi bénéfique que le repos.

C'était au centre de l'ancien couvent que les Reily avaient rencontré Paul Cox, un encadreur qui y louait un atelier. Assis à des tables voisines au *Café du jardin*, ils avaient commencé à discuter ensemble. C'est là que Neil avait eu l'idée de gagner ce qu'elle appelait de l'« argent de poche ». Sa mère et elle étaient dentellières. Pourquoi ne reproduiraient-elles pas quelques lettrines enluminées du psautier ? Elles pourraient proposer à Paul d'encadrer leurs œuvres. Les gens aimaient bien les objets avec des lettres, parce que cela faisait de beaux cadeaux. Il suffisait de choisir des initiales de prénoms répandus comme Mary ou Seán – et M convenait aussi pour Mère et Maman – et de coller une étiquette au dos du cadre indiquant que le motif s'inspirait du psautier. De fait, Paul et les Reily travaillaient dur pour confectionner les œuvres avant le boom de la saison touristique.

Lorsque Nell passa la tête à la porte de la bibliothèque, Hanna s'émerveillait justement des effets bénéfiques du psautier. Le donateur, Charles Aukin, était le veuf de la dernière héritière des Lancy, la famille anglo-irlandaise à qui appartenait autrefois la totalité de Finfarran. Hanna n'aurait jamais imaginé que cet homme, vivant pratiquement comme un ermite, se porterait au secours de la bibliothèque. Mais c'était exactement ce qu'il avait fait, quand le lieu avait été menacé de fermeture. Il avait clairement stipulé que son don devait trouver sa place dans la bibliothèque de Lissbeg. Par ailleurs, il n'avait pas seulement financé l'espace d'exposition, il avait aussi investi à parts égales avec le conseil pour développer le centre du couvent. Maintenant que la bibliothèque était sauvée, la péninsule bourdonnait de nouvelles initiatives.

Nell s'arrêta près de l'accueil et sourit joyeusement à Hanna.

– Ne faites pas attention à moi, mademoiselle Casey. Je suis en avance, mais Paul attendait le dernier lot de lettrines. Nous nous demandions s'il fallait nous lancer dans les prénoms étrangers. Je vais demander à Susan, si elle en connaît en allemand.

Hanna acquiesça en essayant de ne pas perdre le fil. Elle examinait une colonne de chiffres sur l'écran de son ordinateur. Nell fouilla dans son sac en toile cirée et en sortit deux livres empruntés.

– Vous savez quoi, ils disent qu'un énorme groupe de Japonais a débarqué en Irlande ces jours-ci. Mais, vous voyez, leur alphabet est différent et, si vous commencez à emprunter cette voie, vous perdez votre USP[1].

Elle posa les ouvrages sur le bureau d'Hanna et retira avec précaution les post-it qui en hérissaient les pages.

– Bon, j'ai lu celui-ci et Maman a feuilleté l'autre, et ils soulèvent tous les deux le même point, mademoiselle Casey. Quand une affaire est lancée, la seule chose à faire, c'est de s'accrocher à son USP. C'est notre argument de vente. Le nôtre, c'est le lien avec le psautier. Alors, nous avons décidé de renoncer au Japon pour le moment, et de nous concentrer sur des données démographiques plus restreintes.

Hanna souligna l'utilité des recherches.

– Bien sûr. Même si, en grande partie, c'est juste du bon sens. Pour sûr, même les chiens dans la rue pourraient vous dire de contrôler vos frais généraux et de garder un œil affûté sur vos dépenses.

1. *Unique Selling Proposition*, terme de marketing, désignant la promesse faite au client.

Manifestement, l'envie de gagner de l'argent de poche s'était transformée en l'édification d'un empire. Quand Hanna quitta son bureau pour installer des chaises dans la salle de lecture, elle se dit que les lettrines encadrées étaient vraiment superbes. Qui savait où les rêves de Nell conduiraient les Reily ? Jusqu'à présent, elles passaient le plus clair de leur temps à regarder la télé dans leur salon, et leur dentelle raffinée avait fini, pour l'essentiel, dans des ventes de charité. Aujourd'hui, leur vie avait un but. Pendant que Mme Reily livrait les initiales à Paul et papotait avec des amis au *Café du jardin*, Nell, qui s'occupait seule de sa mère âgée, pouvait s'octroyer une pause au club de lecture.

Cinq minutes plus tard, Susan Winterhalder accrochait sa veste imperméable au dossier d'une chaise, à côté de Nell. Darina Kelly, qui arriva ensuite, n'avait physiquement rien à voir avec Susan. Elle teignait sa chevelure tout ébouriffée en blond et alors que Susan s'habillait avec une élégante simplicité – un haut et un pantalon bien coupé –, Darina, qui avait bien dix ans de plus, portait un tee-shirt trop grand et une paire de Doc Martens orange. Elle entra en trombe dans la salle de lecture, dans un tourbillon de foulards et de patchouli.

– Salut, tout le monde ! Comment ça va ? Je viens juste déposer mon sac. Il pèse une tonne et Dieu seul sait ce qu'il y a dedans, mais je le traîne partout !

Le sac en question, presque aussi grand qu'un sac poubelle, était coupé dans un brocart crasseux. Darina le laissa tomber sur une chaise où il déversa la moitié de son contenu sur le sol. Susan se baissa pour tout ramasser, à l'instant où Gráinne Doran de l'office du tourisme de Ballyfin rejoignait le cercle. Hanna était toujours un peu surprise qu'une personne qui passait la moitié de l'année à répondre à des questions, à gérer des réclamations et des discussions passant du coq à l'âne, s'intéresse au club de lecture : c'était un joyeux groupe, mais pas très méthodique. Habituellement, les séances se terminaient par des bavardages sans queue ni tête, au cours desquels le livre choisi était à peine mentionné.

Cette semaine, c'était Darina qui avait sélectionné l'ouvrage. Elle fouillait dans son sac à la recherche de son exemplaire, lorsque la porte coulissante s'ouvrit sur Oliver Banister. Il prit place aux côtés de Nell. Il était trapu, myope et d'âge mûr. Il portait des lunettes en cul-de-bouteille, une mèche rabattue, et un sac à dos qu'il serrait contre sa poitrine. Sa participation se bornait en général à donner son avis sur une couverture, mais il arrivait toujours pile à l'heure et détenait le record de présence.

Après avoir fait tomber deux brosses à cheveux, son portefeuille et un chapeau maculé de peinture, Darina extirpa de son sac avec un exemplaire de *Va et poste une sentinelle*, le roman d'Harper Lee.

Tandis que chacun sortait son exemplaire, Hanna se remémora l'époque où la bibliothèque servait de salle polyvalente. Adolescente, elle s'était assise ici et avait compté les les jours qui la séparaient de la liberté, sous l'œil froid de sœur Consuelo. Plus de trente ans plus tôt, quand elle avait quitté l'Irlande pour étudier à Londres, elle n'avait eu aucune intention de revenir travailler à Lissbeg. Si le mariage et la maternité ne l'avaient pas déviée de sa voie, elle serait peut-être aujourd'hui une bibliothécaire spécialisée dans l'art au sein d'un célèbre musée. Il était étrange de voir comment la vie vous embarquait dans des directions inattendues, et encore plus étrange de constater ses propres réactions. Autrefois, l'idée d'échouer dans cette petite ville l'avait consternée. Aujourd'hui, Lissbeg était sur le point d'abriter un livre tellement rare et magnifique qu'elle pétillait d'enthousiasme en y songeant. Chaque semaine, après avoir enfilé des gants de coton, il lui reviendrait d'en déverrouiller la vitrine et de tourner l'une de ses pages enluminées.

– Alors, *Va et poste une sentinelle* ! (Darina brandit son exemplaire, le visage barré d'un grand sourire.) Comme je l'ai déjà dit, j'ai choisi ce livre parce que je savais qu'il était captivant. Les thèmes développés par Harper Lee sont intemporels. L'enfance. Bon, nous avons tous été enfants. L'éducation. C'est une chose à laquelle je suis, personnellement, profondément attachée.

Au cours du silence qui suivit, chacun évita soigneusement de croiser le regard des autres : l'incapacité de Darina à maîtriser ses enfants bruyants était tristement célèbre.

Inconsciente du malaise qu'elle avait généré, Darina baissa la voix de façon théâtrale :

– Et Gregory Peck ! Une interprétation tellement sensible de ce personnage profondément sensible. Cet incroyable regard sombre et ténébreux exprime tellement de choses !

Susan fronça les sourcils.

– Euh, désolée, Darina, mais de quel livre parlons-nous ? Est-ce que Gregory Peck ne jouait pas dans l'adaptation de *Ne tirez pas sur l'oiseau moqueur* ?

Darina battit des paupières.

– Eh bien, oui. Mais *Ne tirez pas sur l'oiseau moqueur* était le préquel ou, sans doute, la suite de *Va et poste une sentinelle*. La genèse de ces deux livres montre l'obsession d'une vie, celle de l'auteur, pour les mêmes thèmes profondément dérangeants.

Gràinne déclara que c'était très bien, mais ils n'avaient pas prévu de lire les deux ouvrages, seulement un.

Susan indiqua qu'elle avait lu *Ne tirez pas sur l'oiseau moqueur*, mais il y avait une éternité, quand elle était à l'école.

Darina, qui venait de Dublin, dit, étonnée :

– Les nonnes ici ne le considéraient certainement pas comme une lecture convenable, si ?

Nell Reily secoua la tête.

– Mais elle n'a pas été instruite par les nonnes, n'est-ce pas, Susan ? Le couvent d'ici était fermé à ton époque, non ?

Oliver annonça qu'il n'aimait pas la couleur de la couverture de *Va et poste une sentinelle.*

Susan répondit qu'il n'y avait aucun intérêt à parler de *Ne tirez pas sur l'oiseau moqueur*, à moins que tout le monde ne l'ait lu.

Gràinne précisa que ce n'était pas son cas, mais elle se souvenait du film.

– Il est passé à la télé il y a quelque temps, quand j'ai attrapé cette terrible grippe.

La discussion se prolongea sur la résistance particulière de ce virus de la grippe. On pensait s'en remettre et, alors, on était à nouveau complètement à plat. D'après Nell, la vieille Mme Reily n'avait toujours pas pleinement récupéré. Par moments, quand le vent soufflait du nord, elle se sentait oppressée au niveau de la poitrine. Ce qu'il fallait à tout le monde, et ils s'accordèrent tous là-dessus, c'était une longue période d'ensoleillement pour cogner sur la tête de tous ces microbes.

Puis, avant qu'Hanna n'ait pu suggérer de revenir au livre, Darina était repartie :

– Ce qui m'a le plus frappée dans ce film-là, c'est sa capacité à restituer des lieux ! Ces champs de coton ondoyants, cette merveilleuse demeure et la terreur profonde qu'inspire Atlanta balayé par les flammes !

En comprenant qu'ils étaient sur le point de dévier sur *Autant en emporte le vent*, Hanna intervint promptement. Peut-être devraient-ils se concentrer sur le titre choisi ? Après tout, ils avaient tous lu le livre.

Oliver annonça que, en fait, il n'en avait pas lu un mot.

– Si je m'attelle à une chose je m'y tiens, mademoiselle Casey. Je commence au commencement, je continue jusqu'à ce que j'arrive à la fin, et alors, je m'arrête. Mais, avec cette méthode-là, on pourrait perdre des siècles à lire les mauvais livres. Alors, je jette un regard aiguisé sur la couverture et, si elle ne me plaît pas, l'auteur est cuit. Ce n'est peut-être pas votre manière de faire, mais c'est la mienne. Et elle m'épargne beaucoup de tracas.

Gràinne indiqua qu'elle serait heureuse de s'en tenir à *Ne tirez pas sur l'oiseau moqueur.*

– À vrai dire, j'ai eu tellement de choses à faire que j'ai seulement lu la moitié de l'autre. Et Darina a raison à propos de Gregory Peck. Il était fantastique.

Darina lui adressa un sourire radieux.

– N'est-ce pas ? Tellement grand.

En vérité, reconnut-elle, elle n'avait pas tout à fait terminé *Va et poste une sentinelle*, elle non plus.

Susan sourit à Hanna.

– J'ai parcouru les six derniers chapitres beaucoup trop vite. Je pense que c'est à cause de la période, mademoiselle Casey, nous nous préparons tous pour le pic de la saison.

Fouillant à nouveau dans son sac, Darina en sortit son iPhone. Elle était quasiment certaine, assura-t-elle, que Gregory Peck avait des ancêtres irlandais. Ou peut-être bien espagnols. Quoi qu'il en soit, ce truc sombre et sauvage était terriblement celte, pas vrai ? Et d'après des infos qu'elle avait lues sur Internet, les premiers colons irlandais venaient de la péninsule ibérique. Ou de Grèce. Elle le saurait d'ici une minute, parce qu'elle avait classé l'article dans ses favoris. Avec un rire évoquant un hennissement, elle tapota son téléphone du bout du doigt et les autres se penchèrent pour y jeter un œil.

Hanna, qui avait apprécié *Va et poste une sentinelle*, céda à l'inévitable, et le reste de l'heure s'écoula à rechercher gaiement des renseignements sur Gregory Peck.

Chapitre 8

La journée avait été longue. Hanna était fatiguée quand elle ferma les portes de la bibliothèque. Son esprit rivé sur le livre de Maggie, elle avait parcouru la moitié du chemin jusqu'au parking quand elle vit qui venait à sa rencontre. Il semblait avoir l'esprit ailleurs lui aussi. Elle en profita. Avant qu'il ne lève la tête et ne la voie, elle s'éloigna rapidement et traversa jusqu'au trottoir d'en face. Là, elle repéra Ameena Khan qui sortait du bureau de poste. Consciente de la haute silhouette derrière l'abreuvoir et le flot de circulation, Hanna sourit joyeusement à Ameena.

– Qu'avez-vous prévu de faire après la fin des examens ?

Manifestement surprise, Ameena lui répondit par un sourire poli.

– Je crois que j'aimerais étudier la chimie, peut-être pour être chercheuse.

– Bien. C'est génial !

Les yeux d'Hanna voletèrent rapidement de l'autre côté de la route, là où Brian Morton, l'architecte choisi par le comté, s'était arrêté, les yeux braqués sur elle. Elle dévoila à nouveau ses dents à Ameena.

– Eh bien, j'espère que vous apprécierez votre job d'été.

Ameena cligna des paupières, ourlées de longs et magnifiques cils, en disant qu'elle en était certaine. Hanna détala en vitesse, se sentant tout à fait idiote. De l'autre côté de Broad Street, Brian ne cessait de l'observer. Elle savait pertinemment qu'il savait qu'elle le fuyait. Tous deux s'étaient soigneusement évités ces six derniers mois. Elle resta dans les parages jusqu'à être sûre qu'il avait disparu, avant de retourner au parking. L'expression sur son visage lui avait brisé le cœur. Elle se comportait bêtement, elle le savait. Peut-être ce soir parviendrait-elle à décrocher son téléphone et à l'appeler. Mais il lui aurait été beaucoup trop difficile de discuter avec lui dans la rue.

Après son dîner, un verre de vin à la main, Hanna rejoignit le banc qui donnait sur l'océan. Il était fabriqué dans une seule et même planche, peinte dans une nuance de rouge singulière. C'était la dernière couleur qu'elle aurait choisie, mais Fury O'Shea, qui avait conduit les travaux, l'avait peint sans lui demander son avis. Plus tard, il avait annoncé que c'était la couleur d'origine du buffet, installé près de la cheminée. Il l'avait aussi appliquée sur le meuble, sans rien dire non plus, et avait attendu la réaction d'Hanna. Au début, elle avait projeté de les repeindre tous les deux, dès qu'il aurait le dos tourné. Avec le temps, à sa propre surprise, elle avait fini par accueillir cette couleur détonnante comme un vestige de la présence caustique de Maggie. Fury avait observé son comportement sans faire de commentaires. Elle ne lui avait jamais donné raison. Mais ils savaient tous deux ce qu'il en était. Au fil du temps, elle avait compris qu'il y avait bien plus chez Fury O'Shea qu'on ne l'aurait cru à première vue. Bien qu'ils se soient battus au départ comme chien et chat, Hanna savait qu'elle pouvait compter sur lui. La limite avec Fury était qu'il agissait à sa façon. Jamais à la vôtre.

Hanna se leva et retourna à l'intérieur, au coin du feu. Son téléphone était posé sur la table et elle songea à appeler Brian Morton. Mais le livre de Maggie reposait sur une étagère du buffet, dans sa boîte. Ignorant le téléphone, Hanna leva la main vers le journal de Maggie. Immédiatement, elle se souvint d'avoir fait le même geste par le passé. Auparavant, la maison n'avait pas d'étagères et Maggie n'avait jamais acheté de livres. Mais elle lisait quand même et, chaque semaine, elle allait à la bibliothèque de Carrick. Ses livres préférés étaient des romans policiers classiques. Sa vue déclinant, elle réclamait à Hannah la lecture à haute voix, de la même façon qu'elle lui demandait d'apporter de l'eau et de déterrer des *poreens*. La règle était de se limiter à un chapitre par jour. Il était aussi interdit d'ouvrir un seul ouvrage avant d'avoir terminé les tâches de la journée. Torturée par la lenteur de la lecture, Hanna avait fréquemment jeté un coup d'œil à la dernière page d'un Ngaio Marsh ou d'un Agatha Christie. Mais, bien qu'elle ne pût résister, elle se sentait toujours mal d'avoir désobéi. Ce n'était pas bien de tirer profit des cataractes laiteuses qui se formaient sur les yeux avisés de Maggie. En ne respectant pas les consignes, Hanna ressentait toujours une vague crainte superstitieuse.

Aujourd'hui, comme pour expier ce péché, elle décida d'appliquer le même régime à l'ouvrage de la boîte. Le dévorer d'une traite lui paraissait irrespectueux. D'ailleurs, à vrai dire, elle avait déjà l'impression de désobéir en lisant le journal. Mais pourquoi Maggie aurait-elle conservé son histoire, si ce n'était pas pour qu'on la lise ?

L'entrée suivante était datée du 30 juillet 1920, dix jours après la précédente. En tournant les pages, Hanna remarqua que plusieurs d'entre elles avaient été arrachées. Près de la ligne de couture, qui maintenait le cahier à la reliure, quelqu'un les avait retirées avec une lame si tranchante et d'une main si assurée que leur absence était à peine perceptible. Il était impossible de dire quand et pourquoi, et vain d'émettre des hypothèses. Hanna se mit à lire.

> On dirait que je n'ai jamais affronté de tempête, vu comme je me tiens sur ce bateau. Et on pourrait se demander comment quelqu'un qui a grandi près d'un océan est tourmenté par ce petit bout de mer.

Je suppose que la taille du bateau m'a donné une frayeur quand je l'ai vu pour la première fois s'élever comme une falaise de ferraille, avec les gros câbles qui le maintenaient à quai et la rampe d'accès toute raide. Je me suis sentie comme une vache conduite au marché dans cette foule d'inconnus, sans savoir ce que je trouverais en haut. La cabine de troisième classe est horrible, pleine de gens qui ont le mal de mer, de bébés qui pleurent et de jeunes types à moitié soûls. Il y a eu quelques chants au début, comme il y en avait eu dans le train, mais ça n'a pas duré.

Un gars là-bas dans le train chantait en irlandais. Il l'a bouclé quand les soldats sont montés. J'ai baissé la tête et je me suis éloignée de lui parce qu'il y avait une affiche placardée sur le quai à Carrick avec une photo de Liam dessus. Elle disait que c'était un dissident connu qui avait tiré sur un policier à Crossarra. Ça avait dû se passer la nuit de la rafle. La photo était celle qui se trouvait dans le journal la fois où il avait gagné le prix pour son poème. Je ne sais pas comment la police l'a récupérée. John Joe Quinn, le rédacteur en chef de l'*Inquirer*, avait reçu le mot d'ordre l'année dernière de détruire toutes les photos des garçons qui se trouvaient dans les collines. Maman en avait une copie qu'elle avait découpée dans le journal. Elle l'avait glissée entre les pierres au-dessus de la cheminée, mais Papa lui a ordonné de la brûler. Ils ont mis la main sur une copie. Elle est en haut des affiches. Il y a cinq cents livres de récompense sur la tête de Liam. J'avais peur que la police dans le train voie mon nom et me pose des questions. Le policier a juste jeté un œil à mon passeport. Il y a des tas de Casey en Irlande de toute façon, et je dirais à l'expression du policier qu'il mourrait d'envie de rentrer chez lui pour boire un thé.

J'écris tout ça en haut sur le pont. Il y fait grand vent et le moindre bout de bois ou d'acier est couvert d'embruns, mais c'est mieux que d'être là-dessous, dans la cabine. J'ai trouvé un espace entre deux bancs. Le froid et l'humidité vous pénètrent si vous vous asseyez directement sur le pont, mais j'ai une valise sous moi. C'est une bonne valise en cuir que j'ai empruntée à Lizzie Keogh. Dieu sait quand elle la reverra, j'ai dit que si je rencontrais quelqu'un du pays qui voulait bien l'embarquer avec lui, je la lui renverrais. Une seule chose est sûre : je ne la lui rapporterai pas moi-même.

Lizzie a dit qu'il y a toujours quelqu'un sur le bateau pour vous dire où trouver une piaule. Peut-être un peu plus tard, si la mer se calme, je retournerai en bas, à la cabine, et je demanderai. J'ai dix livres qui viennent de l'argent que Paud Donogan nous a donné pour les vaches. Je ne sais pas si Maman a compris quand je lui ai dit que je les prenais. Je lui ai dit que j'enverrais de l'argent régulièrement quand j'aurais un boulot à Liverpool. Madame Donovan passera la voir. Je ne pense pas que Liam voudrait que je quitte Maman et je suis sûre que Papa ne voudrait pas. Mais on m'a laissé un choix qui n'en était pas un, alors qu'est-ce que je pouvais bien faire ?

L'entrée se terminait là. Malgré sa détermination à lire lentement, Hanna était sur le point de céder à la tentation de continuer, lorsque le téléphone sonna. C'était Jazz, et elle paraissait stressée.

– Maman, tu as eu des nouvelles de Papa ?

– Non. J'aurais dû ? Il va bien ?

– Oh, il va bien. Pas de souci de ce côté-là. Ce qui n'est pas surprenant, étant donné la manière dont il se débarrasse de ses problèmes en les refourguant aux autres.

Hanna referma le journal de Maggie.

– Qu'est-ce qu'il a fait cette fois ?

– Il va venir faire un saut pour ton exposition.

Hanna écarquilla les yeux.

– Tu en es sûre ?

– Certaine. Il vient juste de m'appeler. En plein boulot, mais depuis quand l'emploi du temps des autres a-t-il une quelconque importance pour Papa ?

– Alors, quelle est sa motivation cachée ?

– C'est Grand-mère Lou.

C'était la mère de Malcolm, Louisa : une élégante veuve, à la dignité exemplaire, qui vivait seule dans la maison familiale du Kent. Hanna, qui l'adorait, s'était demandé parfois comment elle affrontait la vieillesse. Mais, ayant déjà sa mère vieillissante à gérer, elle n'y avait pas réfléchi plus en détail. Maintenant, elle culpabilisait.

– Est-ce qu'elle va bien ?

– Oh, arrête ça, Maman. Personne n'est mort ni en train de mourir. Grand-mère Lou a seulement envie d'une virée à Londres. Papa préférerait mourir plutôt que de la sortir et de la distraire. Alors, il lui a dit que ce dont elle avait vraiment envie c'étaient de moments privilégiés avec moi.

– Quel est le rapport avec l'exposition ?

– Tu connais sa façon d'opérer. Il l'escorte jusqu'à Lissbeg pour le vernissage. Et je te le dis, Maman, il prévoit de me la mettre dans les pattes.

Soudain, la communication fut coupée et Hanna adressa une grimace à son téléphone. Puis, prenant la bouteille et le verre avec elle, elle retourna dans le jardin et contempla l'océan. Tant pis pour l'idée de rassembler son courage et d'appeler Brian Morton. Juste au moment où elle se passerait bien de sa présence, Malcolm arrivait à Finfarran. Malcolm, qui n'avait que faire d'elle, mais qui s'était toujours montré possessif. C'était comme s'il avait lu dans ses pensées et senti qu'elle était prête à passer à autre chose.

Chapitre 9

Quand Ameena rentra chez elle après son épreuve de maths, il flottait une délicieuse odeur dans la cuisine. Dans le salon, sa mère bavardait sur Skype avec sa tante Fazeen. Elle gardait le contact avec toute la famille du Pakistan. Du côté de son père, il y avait moins d'attaches. Le grand-père d'Ameena avait déménagé en ville longtemps avant la naissance du père de la jeune fille. En revanche, sa mère avait grandi à la campagne, où sa famille vivait depuis une éternité. En fait, les deux pans de sa famille étaient originaires du même village. Même si les parents de son père étaient tous devenus citadins et experts en technologie, ils revenaient à la campagne quand il s'agissait de trouver une épouse. C'était donc ainsi que sa mère et son père s'étaient rencontrés.

Ameena ne se rappelait pratiquement pas son lieu de naissance, Karachi. Elle n'était allée dans le village de sa mère qu'une seule fois, quand elle avait douze ans. La famille était arrivée en nombre pour le mariage de sa cousine. Cela avait été un moment étrange, mi-célébration, mi-deuil, parce que Nani, la mère de sa mère, avait un cancer. Tous savaient que c'était la dernière fois qu'ils la verraient. Avant leur retour en Irlande, Nani avait dit à la mère d'Ameena de ne pas refaire le voyage pour ses funérailles. Il n'y avait pas d'intérêt à gaspiller du « bon » argent, avait-elle affirmé, alors qu'elle avait vécu une belle vie et qu'ils se retrouveraient tous au paradis. C'était tout sa grand-mère : pieuse, aimante, drôle et vive d'esprit. Elle comprenait que sa mère ait détesté partir et la laisser, alors que les autres membres de la famille étaient restés là-bas avec elle jusqu'au jour de sa mort.

Ameena traversait le vestibule, quand sa mère l'appela au salon.

– Viens dire bonjour à Tatie Fazeen.

Ameena entra, fit un signe de la main et dit bonjour, avant de regagner l'étage. En montant, elle entendit sa tante souligner sa haute taille et désapprouver son uniforme.

– Tellement moche et peu seyant !

Sa mère éclata de rire. Au moins, il était peu probable qu'elle ramène des petits copains inopportuns. Puis, en voyant Ameena s'attarder dans l'escalier, elle lui demanda d'aller vite se changer sinon le repas serait gâché. Ameena grimpa joyeusement jusqu'à sa chambre. Après être restée des heures penchée sur un contrôle, elle avait hâte de dîner et sa mère savait, à la nanoseconde près, quand sortir un repas du four et le poser sur la table.

Tandis qu'elle se contorsionnait pour enlever son uniforme, elle sourit pour elle-même en repensant aux propos de sa mère sur les petits copains. Elle avait eu un ou deux vrais coups de cœur en seconde et elle était sortie quelques mois avec Eamonn Cowan en première. Mais Eamonn était du genre jaloux et, bien qu'elle ait eu des tas de propositions, elle avait évité toute relation sérieuse depuis. Deux de ses amies voulaient déjà s'installer avec des types avec qui elles sortaient, mais Ameena trouvait cette idée stupide. Comment pouvait-on se caser sans savoir ce qui existait ailleurs ? Pas seulement quelqu'un avec qui passer sa vie, mais ce qu'on pouvait faire toute seule. Elle n'était pas tout à fait sûre de ce qu'elle ferait ni où elle irait, mais elle était décidée à envisager toutes les options possibles. C'est pourquoi elle avait choisi de fêter la fin des examens avec Lar Walsh, qui venait de rompre avec sa petite amie et voulait juste un rendez-vous sans prise de tête.

La classe entière avait prévu de sortir et, quand Lar avait demandé à Ameena de l'accompagner, il n'y était pas allé par quatre chemins :

– Ça te tente ? On pourrait bien se marrer. Et puis, tu vas être belle à tomber, Nuala aura les yeux qui lui sortiront de la tête.

Ameena savait que la fin de sa relation avec Nuala s'était faite sans heurt. Elle savait aussi que Lar et elle passeraient une super soirée. Il était très marrant et pas du genre à se comporter comme un crétin ou à se soûler. Alors elle avait dit oui tout de suite, et sa mère avait promis de lui prêter un sari vert et argent, qui appartenait autrefois à Nani. Tout était organisé pour juillet, à la fin des examens, ce qui n'arriverait jamais assez vite à son goût.

À table, sa mère servit du *Dal Chawal* et son père l'interrogea sur son contrôle de maths.

Ameena haussa les épaules :

– Ça s'est bien passé, pas de problème.

Sa petite sœur, Rimal, lui fit une grimace :

– Espèce d'intello.

– Je ne suis pas une intello, je me concentre sur mes devoirs, c'est tout. Tu devrais essayer un de ces jours.

Rimal l'ignora et piqua un autre *papadum* quand leur mère tourna le dos. Puis, cette dernière les rejoignit à table et, du doigt, désigna une enveloppe sur le rebord de la fenêtre. Elle était arrivée pour Ameena le matin même, et le cachet de la poste était local. Tout le monde avait l'air d'attendre, alors après s'être léché les doigts, Ameena alla la chercher et l'ouvrit. Il s'agissait d'une élégante invitation au vernissage de l'exposition consacrée au psautier. Elle portait la mention « Accompagné de la personne de votre choix » dans le coin en bas à droite. Lors de la journée d'orientation à la bibliothèque, quand les guides bénévoles et le personnel de la boutique avaient appris qu'ils seraient invités au vernissage, Phil, la responsable des réservations au centre, avait souri à la ronde.

– Vous serez présents en tant que membres de l'équipe, mais pas pour travailler. Évidemment, si vous avez envie d'emmener votre conjoint ou conjointe, ou bien un ami, ils seront les bienvenus.

Le vernissage aurait lieu avant la fin des examens d'Ameena. Aussi avait-elle prévu d'aborder le sujet en douceur, et de préférence, pas pendant un dîner avec Rimal qui ouvrait toutes grandes ses oreilles. Mais, puisque c'était ainsi, elle s'assit et sourit à sa mère.

– Tu as envie de venir avec moi ? C'est de dix-huit à vingt heures, on ne rentrera pas tard. J'aimerais vraiment que tu voies mon lieu de travail. C'est tout neuf et bien conçu, et le psautier est fascinant. Le donateur vit à Castle Lancy : c'est au-dessus de la route en direction de Carrick. C'est un banquier américain ou quelque chose comme ça, qui a épousé la dernière héritière des Lancy.

Sa mère n'avait pas l'air captivé, alors Ameena se tourna vers son père.

– Les Lancy étaient propriétaires terriens ici, à l'époque où les Anglais occupaient l'Irlande. Et le psautier est magnifique. Les moines qui l'ont enluminé se sont inspirés de la péninsule. On vend des cartes postales à la boutique avec des illustrations du psautier, et aussi des photos des mêmes endroits aujourd'hui.

Son père parut intéressé, mais pas conquis.

– Et ils sont identiques… (Ameena avait conscience de jacasser, mais elle ne pouvait plus s'arrêter.) Bon, pas identiques, évidemment. Je veux dire la perspective est un peu étrange dans le psautier et il y a des lièvres avec des chapeaux dans les marges. Mais c'est incroyable.

Sa mère prit l'invitation et l'examina.

– Je croyais que tu travaillais à la boutique, pas pour l'exposition.

– Oui, c'est vrai. Mais je fais partie de l'équipe. C'est pour ça que nous sommes tous invités.

Sa mère tendit l'invitation à son père et lui demanda son avis. Il lui sourit.

– Tu devrais y aller avec Ameena. Tu t'amuserais. Et l'invitation est très courtoise.

Ameena retint son souffle. Sa mère ne sortait pas beaucoup, parce que son anglais n'était pas très bon. Sa vie sociale était plutôt limitée et, bien qu'elle tente de le cacher, elle était intimidée par les inconnus. Maintenant que le lycée était presque terminé, la situation se corsait. Elle savait parfaitement qu'Ameena ne resterait pas à la maison pour l'éternité. Mais la jeune fille soupçonnait que, dans un recoin de sa tête, sa mère les avait imaginées faire du shopping et des virées à Carrick, sans que son père les accompagne.

Alors quand Ameena avait parlé de la boutique de souvenirs, c'était comme si sa mère avait toujours redouté ce moment.

– De quoi parles-tu ? Tu n'as pas besoin de travailler.

– Eh bien, ça ne peut pas faire de mal de mettre de l'argent de côté si je vais à l'université.

– Ameena, c'est idiot. Ton père gagne beaucoup d'argent et nous avons toujours payé tes frais de scolarité.

Déterminée à revenir sur le sujet, Ameena n'avait rien ajouté. Plus tard, quand son père avait donné son accord, elle avait dit à quel point ce serait génial de faire des sorties à Carrick avec sa mère pendant les vacances d'été, si elle partait pour l'université l'année prochaine. Cela ressemblait à de la manipulation, mais elle supportait difficilement de lire cet espoir mêlé d'appréhension sur le visage maternel.

À cet instant, Mme Khan dévisagea son époux avec la même incertitude.

– Tu crois vraiment que je devrais accepter l'invitation ?

– Je crois qu'Ameena aimerait bien. Et il n'y a pas de mal à ce qu'elle fasse une petite pause à la fin des examens. C'est un samedi et, comme elle le dit, la soirée ne se terminera pas tard.

– J'aimerais vraiment que tu viennes, Maman. Je ne connais presque personne... Tu me soutiendrais.

Sa mère lança à Ameena un regard si rusé qu'il lui rappela Nani. Puis elle acquiesça.

– Peut-être que je devrais voir ce lieu de mes propres yeux.

Elle se leva et alla vers la cuisinière. Le dos tourné, elle se mit à manipuler des casseroles.

Penchée en arrière pour que leur père ne voie pas son visage, Rimal fit un clin d'œil à Ameena. Pour elle, Ameena avait gagné. Sa grande sœur lui répondit par un regard furieux. Rimal, qui n'avait que dix ans, était née à Finfarran, alors c'était normal qu'elle ne comprenne pas. Mais Ameena se rappelait la senteur de la terre rouge après la mousson, le goût du *Dal Chawal* de Nani et les sanglots maternels étouffés dans l'avion qui les ramenait en Irlande. Elle savait que ce n'était pas un jeu. C'étaient des émotions, et parce qu'elle aimait sa mère de tout son cœur, elle avait envie de bien faire.

Chapitre 10

Lors de l'entretien d'embauche de Jazz, Susan avait emmené la jeune fille à l'étage et lui avait montré la chambre mansardée. Il n'y avait pas de cabinet de toilette attenant, avait-elle expliqué, mais elle serait seule à utiliser la salle de bains du couloir.

– Tu ne seras pas trop à l'étroit ?

– Pas du tout. C'est charmant.

C'était presque aussi grand que la chambre de Jazz en France, où l'état de la salle de bains, partagée par les quatre colocataires, provoquait immanquablement des disputes. Non pas qu'elle n'aimerait pas retourner là-bas d'un claquement de doigt. Mais elle ne voyait pas l'intérêt de chercher les ennuis en ignorant l'avis du médecin. En outre, l'accident n'avait pas affecté que sa santé physique. Elle semblait aussi avoir perdu son sang-froid. Tout le monde, y compris les gendarmes, lui avait dit qu'elle n'était pas responsable de l'accident. En théorie, ils avaient raison, elle le savait. Elle n'avait pas bu, ne roulait pas trop vite, n'écrivait pas de texto au volant. Quand elle avait tourné, elle n'avait aucun moyen de savoir qu'une vache sortirait du fossé. À l'instant où l'énorme corps avait surgi sur la route devant elle, Jazz avait instinctivement fait une embardée. Puis, la voiture avait percuté l'épaule de l'animal avec un horrible bruit sourd avant de partir dans le décor et de finir contre un mur de pierres. Elle avait eu une chance incroyable. Un conducteur qui arrivait en sens inverse s'était arrêté et avait immédiatement appelé les secours. D'après le chirurgien, elle présentait les blessures classiques d'un accident de voiture, et l'opération avait réussi. Elle pouvait remercier Dieu que son état n'ait pas empiré, et de continuer à vivre sa vie.

Personne n'avait remarqué son manque de sang-froid au volant. Personne ne l'avait prévenue à propos des cauchemars non plus. Ils avaient commencé à l'hôpital où la chaleur et le bruit constant avaient perturbé son sommeil. Après s'être retournée pendant des heures dans son lit, elle se réveillait brutalement, toute transpirante, terrifiée par ses cauchemars. Bizarrement, elle rêvait rarement du mur. À son réveil, elle se rappelait la pierre grise recouverte de lichen marronnasse et la sensation de brûlure quand le capot s'était dressé devant le pare-brise. Ses côtes avaient craqué contre la ceinture de sécurité. Elle rêvait surtout de la vache. L'impact du métal sur les poils, la croupe et les muscles. Les dents jaunes et les longs filets de bave. Les narines dilatées de l'animal et l'œil injecté de sang, aperçus avant que la vitre ne vole en éclats. Et son mugissement de peur et de douleur couvrant le bruit de la voiture qui percutait le mur ou son propre cri de terreur. Une fois, elle avait hurlé dans son sommeil et réveillé plusieurs patientes. L'infirmière de nuit avait accouru dans la chambre obscure. Se sentant ridicule, Jazz avait dit que ses côtes cassées lui faisaient affreusement mal avant de demander qu'on soulage la douleur. Visiblement ennuyée d'avoir à gérer plusieurs patients réveillés qui rouspétaient, l'infirmière lui avait tendu deux ou trois paracétamols en lui désignant la sonnette près du lit.

– Je viendrai tout aussi vite si vous appuyez là-dessus et vous ne dérangerez personne.

En sueur, Jazz avait attendu que l'infirmière disparaisse pour cacher les comprimés et tenter de se rendormir. Mais chaque fois qu'elle fermait les yeux, les sabots crottés de boue de la vache se soulevaient dans les airs et son corps éventré par le métal arraché répandait des os sur la route.

Chapitre 11

Entourée de sacs de courses, Mary Casey s'assit au bar du *Royal Victoria*, l'hôtel le plus chic de Carrick. Aujourd'hui, Hanna conduisait le bibliobus, donc Mary était assurée de se faire ramener chez elle et d'exhiber ses achats. Tout le monde semblait faire un fromage de cette exposition. Elle avait reçu une invitation pompeuse. Étant donné l'ampleur de l'événement, elle ne comptait pas paraître démodée au vernissage. Elle ne pensait pas trouver une tenue convenable à Carrick et s'imaginait devoir aller jusqu'à Cork. Mais ce ne fut pas nécessaire. La robe parfaite, avec sa veste assortie et le décolleté idéal pour ses perles, l'attendait chez le couturier de Carrick. Elle était bleue, et Tom avait adoré la voir en bleu. Bien sûr, Tom était tellement amoureux d'elle qu'elle aurait pu s'habiller d'un torchon et il l'aurait trouvée charmante. Mary aimait beaucoup la couleur bleue, alors elle avait toujours encouragé cette préférence chez lui. C'était agréable de songer qu'il aurait aimé sa tenue. Dieu savait qu'il ne lui en aurait pas reproché la dépense : un mari plus généreux que Tom Casey, on n'en aurait pas trouvé à des kilomètres à la ronde.

PJ, le barman, déposa un verre et une coupelle en argent sur la table. Il était un peu tôt pour Mary. En temps normal, elle aurait pris son petit Martini après les informations du soir. Mais en fin de compte, c'était si agréable que quelqu'un vous serve et vous propose une coupelle d'olives, n'est-ce pas ? Quand elle avait de la visite, Mary ouvrait toujours un paquet de chips qu'elle disposait dans un plat en porcelaine de Belleek, orné de trèfles. La coupelle d'olives reposait sur une soucoupe et un napperon en papier. C'était l'essence même du *Royal Victoria*. Dans les toilettes pour dames, on avait mis de vraies fleurs. Et des dérouleurs de serviettes. Pas un sèche-main à air chaud qui, sous prétexte de protéger la planète, permettait seulement des économies de blanchisserie.

Mary savourait son Martini. Ses sorties avec Tom lui manquaient. Pour fêter leurs anniversaires, ils dînaient toujours dehors et passaient une nuit à l'hôtel. Tom la couvrait de petites attentions. En dépit de ce que disaient les jaloux, Mary représentait la plus grande joie dans la vie de Tom.

À ce souvenir, Mary souhaita que la pauvre Hanna se trouve un homme convenable. Il y avait ce type-là au conseil municipal, qui était venu la terrible nuit où Jazz avait eu son accident. Il avait raccompagné Hanna chez elle. Même un aveugle aurait vu qu'il l'emmènerait danser si elle lui en donnait l'occasion. Enfin, peut-être pas danser, parce que ça ne se faisait plus, et peut-être qu'ils étaient un peu trop vieux. Mais Mary avait aimé son genre.

Par la suite, elle était restée bouche cousue, mais les oreilles aux aguets. Elle avait découvert qu'il s'appelait Brian Morton. Aux dires de tous, il faisait partie des gratte-papier quand Hanna l'avait rencontré. Depuis, il était devenu architecte du comté, et il gagnait du coup un salaire convenable. Pas de maison, cela dit, il louait un appartement à Carrick. Et pas du coin, ce qu'elle aurait mieux aimé. Mais que voulez-vous, faute de grives, on mange des merles. Pourtant, depuis, chaque fois qu'elle s'était aventurée à poser une question, on lui avait fermé son clapet. Et n'était-ce pas typique d'Hanna ? Irritable comme une teigne depuis sa rupture avec ce Malcolm Turner. Pleine de stupides théories sur son indépendance. Qu'elle fasse quelques années de ce régime toute seule, dans la maison de Maggie, on verrait bien comment elle s'en sortirait durant les mois d'hiver. De toute façon, elle pouvait se duper tant qu'elle voulait, elle ne duperait pas sa mère. Ce type-là, l'architecte, il plaisait à Hanna-Mariah, c'était clair comme de l'eau de roche.

Quand Hanna arriva, Mary nettoyait la condensation sur son verre de Martini à l'aide d'un Kleenex. PJ vint prendre sa commande.

– Un café, s'il vous plaît, PJ, avec un énorme verre d'eau. Ça donne soif de conduire le bibliobus.

Mary renifla. Elle se ferait passer un savon si elle ouvrait le bec, alors elle ne pipa mot. Mais si madame avait mené correctement sa barque et obtenu des dommages et intérêts de ce coq arrogant, n'aurait-elle pas les orteils en éventail aujourd'hui ? Au lieu de quoi, elle était dans cette bibliothèque, ou bien dehors dans sa camionnette, cinq jours sur sept. À vivre dans… en fin de compte… rien de moins qu'une cabane retapée.

Hanna lui sourit.

– Comment s'est passée ta virée shopping ?

– Merveilleusement.

– Tu me montres ?

Mary fit claquer sa main sur les bandes de papier de soie pour les maintenir bien en place.

– Tu as perdu l'esprit ? Tu veux que tout Finfarran nous reluque la bouche ouverte ! Quand tu me ramèneras à la maison, je te ferai un défilé. Et pourquoi, ajouta-t-elle, Hanna-Mariah ne resterait-elle pas manger un bout ? Rien de compliqué. Juste quelques bêtises sorties du frigo.

Comme aucun repas n'était jamais improvisé chez Mary Casey, il s'agissait de toute évidence d'un coup monté. Hanna, qui avait projeté de continuer sa lecture du journal intime, ouvrit la bouche pour refuser. Mais, comme il n'y avait aucun plaisir à acheter une nouvelle tenue sans avoir personne à qui la montrer, elle accepta en souriant.

– Mais ne m'appelle plus Hanna-Mariah, combien de fois dois-je te le répéter ?

– Je t'appellerai du prénom que ton pauvre père t'a donné, alors tu peux arrêter de gaspiller ta salive. Et si on avait fait à ma façon, tu te serais appelée Shirley.

Hanna renonça et changea de sujet.

– Tu as dû aller loin pour trouver ce que tu voulais ?

Mary expliqua que la robe et la veste, qu'elle avait achetées avant dix heures ce matin, avaient été mises de côté pour elle. Elle avait passé le reste de la journée à flâner en ville, où elle avait déjeuné et choisi des accessoires.

– Comme ton père – que Dieu soit bon avec lui – disait toujours : « Tu ne peux pas sortir devant les voisins avec des chaussures qui jurent avec ta robe. »

D'après les souvenirs d'Hanna, c'étaient les mots de Mary, et non de Tom, mais elle se contenta de sourire. Elle écouta la liste dressée par sa mère : des collants avec le nombre de deniers, la combinaison avec les bretelles qu'il fallait et les chaussures aux talons adéquats.

– Je ne peux pas rester debout sur des talons hauts à mon âge, mais il faut que le talon aille avec l'ourlet. Alors j'ai choisi des chaussures avec des petits talons compensés. Elles sont d'une charmante nuance bleu nuit, en daim, avec des lanières. Pas trop chargées, quand même. Mais estivales. Et j'ai pris un petit bibi. Cela dit, ils ont un culot de tous les diables de demander une somme pareille pour deux ou trois fleurs et une plume. Mais Pam Pearse a dit qu'elle les avait reçus à peine lundi dernier… Autant être à la mode.

– Tu seras la reine du bal.

– Ah, comme si je ne savais pas que tu te moques de moi. Mais, pour sûr, je dois être convenable. Est-ce que ce n'est pas *ta* soirée sous les projecteurs ? Je ne peux pas te décevoir.

– Je n'aurais pas dit *ma* soirée.

– Ce n'est pas ton exposition ?

– Eh bien, elle a lieu dans ma bibliothèque…

– C'est ce que je dis. Et est-ce que l'*Inquirer* ne sera pas là avec tous ses appareils photos ?

Hanna lui adressa un grand sourire.

– Apparemment, il y aura aussi la presse de Dublin.

– Seigneur Dieu tout-puissant, que je suis heureuse d'avoir acheté la nouvelle combinaison !

Tandis que sa mère considérait ses achats avec satisfaction, Hanna prit sa décision. Elle avait passé toute la semaine à se préparer en vue de ce moment. Elle ne serait pas bien reçue et elle redoutait la scène qui allait suivre. Mais elle ne pouvait plus repousser. En parler dans un lieu public modérerait un peu la réaction de Mary.

– En fait, Maman, tu as raison. Ce sera une soirée mémorable. Et je serai heureuse d'avoir ma famille autour de moi.

Le visage de Mary se plissa sous l'effet de la suspicion. Tourner autour du pot était une mauvaise tactique, donc Hanna n'y alla pas par quatre chemins.

– Malcolm et Louisa viennent pour le vernissage. Je sais que tu ne vas pas aimer, Maman, mais c'est comme ça.

Deux taches roses apparurent sur les joues de Mary Casey. Hanna laissa tomber dans la soucoupe un noyau d'olive qui résonna dans un silence menaçant. La soirée promettait d'être longue.

Chapitre 12

Phil, du centre de l'ancien couvent, avait demandé à Bríd et Aideen de proposer des menus pour le vernissage. Elle donnerait quelques coups de fil et étudierait d'autres devis, mais ce serait quand même génial de faire tout un truc avec des produits locaux.

Aideen et Bríd passèrent plusieurs soirées à se triturer les méninges. Une semaine plus tard, Phil fut enchantée par leurs suggestions. Elles pouvaient rester sur du classique, expliqua Bríd, et préparer des plateaux de canapés et une table avec des gâteaux ou des desserts.

– Mais alors ça voudrait dire des plats, des fourchettes et des gens qui laissent tomber les couverts et posent leurs assiettes au mauvais endroit. Bref, l'idée consiste à ne pas encombrer l'espace d'exposition avec des tables de traiteur.

Alors elle avait discuté avec Trish Murphy, qui démarrait son affaire : les « Succulents Chocolats de Lissbeg ».

– Trish peut réaliser des petits disques ornés de motifs inspirés du psautier. On les servirait sur les plateaux en bois vendus à la boutique de souvenirs, et elle préparerait des petits sachets de friandises. On pourrait offrir des bouchées au miel à ceux qui n'aiment pas le chocolat. Trish et son assistant nous aideraient au service. Pour le salé, on a pensé à une sorte de thème monastique : du pain de seigle et des gâteaux secs d'avoine, recouverts de saumon fumé local et de fromages.

Phil ne voyait pas bien le lien entre le chocolat et les moines, mais pour le reste, elle comprenait ce que Bríd voulait dire.

Aideen intervint en renfort.

– J'ai fait quelques recherches. Le fromage, les gâteaux d'avoine et le poisson apparaissent dans des histoires irlandaises du Moyen Âge. Les noisettes aussi. Mais la plupart des gens sont allergiques aux fruits à coques, inutile de prendre ce risque.

– Pourquoi ne pas les remplacer par des fruits rouges ? (Bríd montra à Phil des photos d'échantillons.) Trish a suggéré des fruits rouges de saison. Certains nature et d'autres trempés dans du chocolat.

Tandis que Phil faisait défiler les photos sur le téléphone de Bríd, Aideen ajouta :

– Et nous utiliserons des herbes et des fleurs du jardin des nonnes pour la garniture et la décoration. L'aneth, le romarin, le cresson : le cresson revient tout le temps dans les poèmes monastiques irlandais. Il y a un poème de Seamus Heaney sur un roi fou qui mange du cresson. Il est basé sur un manuscrit du XIIe siècle.

Phil sourit.

– Eh bien, vous avez travaillé votre dossier, aucun doute là-dessus. Ça me paraît super. Le prix a l'air correct aussi, donc vous décrochez le contrat. On finalisera les détails plus tard.

Phil rassembla ses notes et demanda à Aideen si elle pouvait rédiger une brochure sur les mets servis. Elles la glisseraient dans les sachets pour les journalistes.

– Autant vendre d'autres produits de Finfarran, tant qu'on a la presse chez nous. Nous pourrions l'intégrer au site du Bout du Monde.

Le site web, qui servait de panneau d'affichage à la communauté et de vitrine pour présenter Finfarran aux touristes, avait été créé pendant la campagne de sauvetage de la bibliothèque. Aujourd'hui financé par le conseil et administré par Phil, il ne cessait de se développer.

Aideen avait hésité à accepter, mais Bríd bondit sur l'occasion et certifia qu'il n'y aurait aucun problème.

– Et si vous insérez des liens sur le site, je suis certaine que d'autres commerçants offriront des friandises. Nous allons utiliser le miel de Knockmore. Ils ont un site web. On achètera les pains à la boulangerie de Ballyfin. Tout ce qu'on trouvera dans les sachets doit avoir un lien avec le psautier. Mais comme il est rempli d'images de Finfarran, ce sera facile.

Depuis la réunion, elles avaient affiné leur menu pour le vernissage, en plus de leur charge de travail habituelle à l'épicerie et de l'approvisionnement du café. Pour couronner le tout, la nuit, Aideen avait écrit le texte de la brochure. Ce matin-là, elle avait hâte de finir sa journée.

Pendant qu'elle s'activait derrière le comptoir, Bríd l'interrogea sur ses projets.

– Rien d'exotique. J'ai seulement dit à Conor que je le retrouverais et qu'on irait nager à Trawbawn.

Trawbawn, la plage la plus proche de Lissbeg, déroulait cinq kilomètres de sable blond et de hautes dunes parsemées de fleurs. À cette perspective, un sourire s'épanouit sur le visage d'Aideen.

Bríd lui lança un rapide coup d'œil.

– Et ensuite quoi ? Il t'emmène dîner ?

– Bien sûr que non. On est fauchés tous les deux. On a dépensé une fortune en Italie. Et puis, on est censés faire des économies.

– Pour quoi faire ?

– Comment ça ?

– Oh, allez, Aideen, c'est quoi le plan ? Est-ce que Conor et toi, vous vous casez ou quoi ?

Aideen rougit sans rien dire. Mais Bríd, qui se comportait plus comme une sœur que comme une cousine, n'était pas réputée pour son tact.

– Alors, qu'est-ce qui se passe ? Si tu arrêtes de travailler pour te consacrer aux joies du mariage, je crois que j'ai le droit de savoir.

– Comme si toutes celles qui se mariaient aujourd'hui prenaient leur retraite !

Bríd la scruta avec attention. Aideen retira son gant en plastique et coinça une boucle de cheveux sous son foulard. Puis elle haussa les épaules.

– À vrai dire, je sais pas.

– Tu ne sais pas ?

– Qu'est-ce qu'il y a, tu es sourde ? Ne me fais pas la leçon, Bríd, je ne suis pas comme toi.

– C'est-à-dire ?

– Claire. Organisée. Directe.

– Alors tu as accepté d'économiser, mais tu ne sais absolument pas pour quoi ?

– C'est à peu près ça.

– Donc tu as pété un câble.

– Oh, la ferme, tu n'étais pas là ! On était assis près d'une fontaine à Florence et tout était charmant et Conor était romantique et…

– Et quoi ? Il t'a serrée dans ses bras virils et il t'a proposé de partager une tirelire ?

– En quelque sorte.

– C'est mieux que : « Tu aimerais être enterrée dans mon caveau familial ? », je suppose.

Aideen eut l'air épuisée.

– Mais, c'est exactement ça, pas vrai ? Peut-être que c'est ce qu'il disait. Mais je ne sais pas.

Ils venaient de commander une bouteille de vin très chère, précisa-t-elle, alors il avait peut-être voulu dire qu'ils devraient arrêter de dépenser comme des marins en permission. Ou bien quelque chose de plus sérieux encore.

– Eh bien, est-ce qu'il n'est pas temps de le découvrir ?

– Comment ?

– Demande-le-lui.

– Je ne pourrai pas.

– Ah, bon sang, Aideen, dans quel siècle tu vis ?

Aideen rentra la tête dans les épaules et ne pipa mot, alors Bríd renonça et se remit à beurrer du pain.

Quelques minutes plus tard, en passant avec un plateau de sandwiches, elle donna à Aideen un petit coup de hanche.

– Bon, soit tu es fiancée, soit tu ne l'es pas, ma fille, et j'ajouterai une chose : Si j'étais toi, j'aimerais savoir où j'en suis.

Chapitre 13

Conor travaillait à la bibliothèque de Lissbeg trois jours par semaine, dont deux pendant lesquels Mlle Casey était à l'extérieur en bibliobus. Le troisième, il assurait la permanence à l'accueil tandis qu'elle assistait à des réunions, remplissait des documents ou animait le club de lecture. Aujourd'hui, elle était en déplacement, et elle avait des réticences à le laisser fermer tout seul. La semaine précédente, on avait installé une vitrine en verre trempé et, deux ou trois jours plus tard, Charles Aukin avait apporté le psautier dans un attaché-case tout miteux. Il était suivi de près par Fury O'Shea qui, lui, transportait un Jack Russell.

Pendant que Mlle Casey conduisait M. Aukin à travers la salle d'exposition, Conor avait coincé Fury près de la porte.

– Je croyais que le psautier valait une fortune.

Fury lui sourit.

– Pire que ça, mon garçon : il est inestimable.

– Et votre type se contente de le ranger dans un sac.

– À quoi tu t'attendais ? Une voiture blindée et des gars de la sécurité en lunettes noires ?

Face à l'expression moqueuse de Fury, Conor s'était trouvé tout bête.

– Je suppose que non.

– Arrête, c'est exactement ce à quoi tu t'attendais. Mais ce n'est pas du tout le style de Charles. Pour sûr, ses ancêtres faisaient partie de l'aristocratie de Wall Street.

– Bon sang, c'était un fameux couple, pas vrai ? L'aristocratie de Wall Street et la dernière héritière des Lancy de Finfarran.

– C'est comme ça que les riches font de l'argent, mon garçon. Ce type n'est pas différent des autres. C'est un homme intelligent, et parbleu, rusé comme un renard.

Fury avait désigné la vitrine où Mlle Casey, munie de gants en coton, venait de déposer le psautier.

– Le voici en sécurité. Venez y jeter un coup d'œil maintenant qu'il est installé.

Tandis qu'ils pénétraient dans la salle, Mlle Casey avait toisé d'un air sévère le chien calé sous le bras de Fury.

– Combien de fois faudra-t-il que je vous répète qu'une bibliothèque n'est pas un endroit pour Diablo ?

– Dieu seul le sait, femme, parce que tu n'arrêtes pas de me le dire. Quoi qu'il en soit, il est ici en mission officielle, alors je n'ai rien à faire de ce que tu me racontes.

Fury, qui portait une longue veste imperméable aux poches déchirées, avait remonté le petit chien sur sa hanche toute maigre. Diablo avait pointé la truffe vers Mlle Casey et un grognement s'était échappé des profondeurs de sa gorge.

Fury avait adressé un clin d'œil à Conor.

– Tu vois ? S'il était en repos, il s'agiterait pour se faire pardonner. Mais quand il est en service, il déchiquetterait le pape avec les dents.

Ce soir-là, Conor et Mlle Casey avaient fermé la bibliothèque ensemble. Cela ne faisait pas le même effet avec le psautier à l'intérieur. Mais, comme Conor l'avait précisé à Mlle Casey, on n'achetait pas un tracteur avec des cacahuètes et un taureau de concours pouvait vous coûter un bon cent mille. Alors, il ne craignait pas de fermer les portes tout seul. Quand on travaillait dans une ferme, on ne revenait pas sans cesse sur ses pas pour tout vérifier. Comme son père le lui avait dit des années auparavant : on apprend une procédure, on l'applique, puis on fait sa journée.

Aujourd'hui, il était impatient de fermer et de filer à Trawbawn avec Aideen. Elle avait promis de le rejoindre à la minute où elle finissait son travail. Il poussait lentement le chariot des retours entre les rangées en pensant que la vie était géniale maintenant qu'ils étaient officiellement ensemble. Enfin, pas officiellement, parce qu'ils ne l'avaient annoncé à personne, mais ils savaient où ils en étaient, et c'était génial. Il avait eu des petites amies auparavant, mais depuis le premier jour, il savait qu'Aideen était différente. Elle était tellement timide qu'on pouvait croire qu'elle n'avait pas grand-chose à dire mais, une fois qu'on la connaissait, on découvrait qu'elle avait des opinions bien à elle.

Au début, il n'était pas sûr qu'elle soit partante pour le voyage en Italie. Il ne savait pas non plus comment parler de la chambre. Mais elle s'était montrée subtile. Elle lui avait même facilité la tâche : elle lui avait souri à la dérobade avant de cliquer sur l'icône de la chambre double. Une fois sur place, elle avait avoué n'avoir jamais couché avec un garçon auparavant, ce qui aurait pu leur mettre la pression. Mais, curieusement, ils s'étaient entendus à merveille. Rien à voir avec une amourette de vacances que les gens exhibent sur les réseaux sociaux avant de le regretter. Génial. Non, en fait, exceptionnel.

La grande question, maintenant, concernait l'étape suivante. Le père de Conor, Paddy, s'était blessé au dos des années plus tôt. Il pouvait encore se déplacer, mais il était impossible au frère de Conor, Joe, de gérer tout seul les lourds travaux de la ferme. L'exploitation ne générait pas un salaire pour tous les trois. Le temps partiel de Conor à la bibliothèque les sauvait. Mais c'était aussi une solution de dépannage et il le savait. Il s'était toujours dit que, si les choses changeaient à la maison, il suivrait une formation de bibliothécaire comme Mlle Casey. Mais la situation ne montrait aucun signe de changement, hormis que Paddy était soigné pour dépression ces jours-ci en plus de son mal de dos.

Conor s'était promis qu'ils ne vendraient pas la ferme à cause de lui. Les McCarthy travaillaient cette terre depuis des générations. Par ailleurs, où sa mère et son père iraient-ils habiter si la ferme allait à des étrangers et qu'ils étaient expulsés de leur maison ? Alors Joe et lui poursuivaient leurs tâches sans avoir de vision à long terme. Et maintenant, avec l'arrivée d'Aideen, le futur se compliquait encore. Mais il faudrait qu'il gère parce que, dès l'instant où il avait posé les yeux sur elle, il avait su que c'était la femme de sa vie.

Chapitre 14

L'emploi de Jazz à *L'Ancienne Forge* impliquait aussi bien le ménage que le travail administratif. Au début, elle avait hésité, mais en découvrant les lieux, elle n'avait plus eu aucun doute. Les cinq chambres à coucher et la grande pièce avec les longues tables, les chaises confortables et la grande cheminée : tout était ingénieusement conçu. En un regard, Jazz avait compris qu'elle n'aurait pas à débrancher ni à rebrancher les lampes pour utiliser l'aspirateur, ni à épousseter des bibelots. Susan avait opté pour l'alliance parfaite entre minimalisme et bien-être. Les lits avaient des oreillers en plumes et des couettes en duvet, les salles de bains des douches à l'italienne avec des jets hydromassants. Il n'y avait pas de panier de bienvenue avec des mini-muffins laissant des miettes partout, ni de serviettes de toilette à plier en forme de cygnes.

Jazz n'avait jamais fait de ménages auparavant mais, comme elle l'avait supposé, tout était question de bon sens. Il était très facile de prendre le coup de main pour secouer un drap afin qu'il tombe parfaitement sur un lit sans avoir à l'ajuster. Elle réapprovisionnait un plateau à thé, lorsqu'elle se rappela un hôtel où elle avait séjourné. Dans la chambre, un panneau indiquait : « VOUS TROUVEREZ LE NÉCESSAIRE POUR UN THÉ OU UN CAFÉ DANS LA PENDERIE. » Morts de rire, Carlos, son petit ami de l'époque, et elle avaient découvert des sachets de thé, de la vaisselle et une bouilloire électrique entassés sur un plateau, sous les cintres. *L'Ancienne Forge* était un établissement très différent. Dans chaque chambre, il y avait un petit réfrigérateur avec du lait frais, et Susan avait demandé à Günther de construire des rangements pour des boîtes en fer avec du thé, du café et des biscuits maison, ainsi que des étagères pour la bouilloire et la vaisselle en porcelaine.

Jazz se demanda comment allait Carlos aujourd'hui. C'était un collègue, à l'époque où elle était hôtesse de l'air, et leur relation venait à peine de commencer quand elle avait eu son accident. Ils étaient à l'aube de leur idylle alors. La fin de leur histoire était un peu pourrie. L'épouvantable expression « à l'aube de leur idylle » était de sa mère, mais elle décrivait plutôt bien la réalité. Carlos et elle avaient essayé de continuer leur relation par textos et par FaceTime. Finalement, elle s'était éteinte. De toute façon, elle se serait forcément terminée ainsi, inutile d'en faire tout un plat. Pourtant, Carlos avait emménagé avec ses anciens colocataires, et elle n'aimait pas l'imaginer dans le petit appartement en France, à traîner avec les autres, et à boire du café dans des tasses qu'elle avait choisies au marché avec son amie Sarah. Rien de tout cela n'était sa faute à lui. Avant d'accepter la chambre, il lui avait même téléphoné pour savoir si cela ne la dérangeait pas. Bien entendu, elle avait répondu que non. Mais, à présent que Sarah et lui sortaient ensemble, et bien que Jazz ne soit pas jalouse, elle regrettait d'être au courant. Après l'avoir appris, elle avait eu beaucoup moins de contacts avec ses anciens colocataires, et maintenant, elle ne les appelait pratiquement plus.

Elle se dit que les gens passaient à autre chose. Puis, elle quitta la pièce, remit l'aspirateur dans le placard et descendit l'escalier. Susan, assise au bureau, leva les yeux quand Jazz entra.

– Eh bien, j'ai une bonne nouvelle pour toi.

Susan lisait un e-mail. C'était un message d'annulation concernant deux chambres, pile à la date du vernissage.

Susan parlait tout en rédigeant une réponse rapide.

– Comme l'un d'eux s'est fracturé la hanche, ils ne peuvent plus voyager. Au moins, elle m'a tout de suite prévenue. Beaucoup n'auraient pas pris cette peine.

Elle fit pivoter sa chaise et adressa un sourire rayonnant à Jazz.

– Du coup, les dates que tu voulais sont libres.

Jazz se mordit la lèvre. C'était exactement le genre de choses qui lui arrivaient ces derniers jours. La situation était géniale, sous contrôle, et au dernier moment, tout tombait à l'eau. Et elle était incapable de prédire le prochain désastre.

Une semaine plus tôt, alors qu'elle était assise dans ce même bureau, elle avait répondu à un appel de sa mère.

– Salut, ma chérie, je ne téléphone pas pour papoter, j'appelle pour une réservation.

– Vraiment ? C'est quoi le plan ? Le toit de ta maison t'est tombé dessus ?

Le silence qui avait suivi lui avait paru suspect, et Jazz y avait perçu immédiatement un signal d'alarme. Puis, sa mère avait tout déballé.

– Écoute, ma chérie, je viens juste d'avoir ton père au téléphone. Grand-mère Lou a apparemment très envie de séjourner à la Forge. C'est l'endroit le plus sympa du coin et, moi, je n'ai qu'une chambre. C'est vraiment la meilleure option. Il leur faudrait deux chambres pour un long week-end et je suppose qu'ils dîneront sur place la plupart du temps.

Jazz avait sifflé comme un serpent dans le combiné.

– Bon sang, Maman, tu ne vois pas le jeu de Papa ? Il est décidé à me refourguer Grand-mère Lou, pour ne pas s'en occuper. De toute façon, s'ils cherchent un endroit chic, ils n'ont qu'à aller au *Royal Victoria*.

– Ne sois pas bête, ma chérie, il ne s'agit pas d'endroit chic ou populaire…

Jazz l'avait interrompue, furieuse.

– Ah non ? Eh bien, ce serait bien la première fois en ce qui concerne Papa.

– Il s'agit plutôt d'être dehors, en pleine campagne, et de passer un peu de temps avec toi.

– Je vais travailler.

– Oui, mais pas vingt-quatre heures sur vingt-quatre, sept jours sur sept.

– J'ai déjà dit que j'avais de grandes amplitudes horaires ce week-end-là.

– Très bien. OK. Alors je m'occuperai d'eux. Mais ils ont vraiment besoin d'un hôtel, mon cœur, alors prendrais-tu, s'il te plaît, la réservation ?

Folle de rage, Jazz avait ouvert l'agenda et découvert à sa grande satisfaction que toutes les chambres étaient prises.

Contrariée – hésitant même à la croire –, sa mère avait raccroché dans un soupir. Dès qu'elle avait entendu ce soupir, Jazz avait culpabilisé, même si elle n'y était pour rien. Et maintenant, Susan la regardait, radieuse, ravie de ce revirement de situation.

– J'inscris tout de suite ton père et ta grand-mère, tu peux téléphoner à ta mère. À quel nom dois-je faire la réservation ?

Jazz lui donna l'adresse e-mail de son père. Ainsi, il devrait gérer les choses lui-même et ne pas les lui mettre sur le dos ou sur celui de sa mère. Ensuite, elle sortit de la maison d'hôtes pour appeler sa mère sur son portable. Quand elle expliqua la situation, le soulagement qu'elle perçut dans la voix de sa mère la surprit.

– Oh, merci, mon ange, c'est un sujet de stress en moins.

– Tu stresses ? Pourquoi ?

– Pas vraiment. C'est juste que la venue de ton père rend ta grand-mère d'aussi mauvaise humeur que toi. Et franchement, je ne suis pas non plus folle de joie.

Se trouvant soudain égoïste, Jazz la réconforta.

– Ce sera bien de voir Grand-mère Lou, quand même.

C'était vrai, car elle adorait la compagnie de sa grand-mère, quand son père ne la lui imposait pas. Puis, sentant qu'on attendait davantage d'elle, elle poursuivit :

– Et je parie qu'elle sera magnifique le soir du vernissage.

Il y eut un éclat de rire forcé à l'autre bout de la ligne.

– Oui, et c'est en partie ce qui me préoccupe. Ta mamie est habillée pour la soirée par le créateur de Carrick. Mon petit doigt me dit que le style londonien de Grand-mère Lou va gagner haut la main.

Chapitre 15

Aideen arriva à la bibliothèque à l'instant où Conor disait au revoir aux retraités de la classe d'informatique. L'une d'eux saisit la main de la jeune fille et lui dit à quel point son petit ami était génial. Apparemment, la vieille dame, qui avait un nouvel ordinateur portable, avait cliqué sur le pavé tactile par inadvertance, et toutes les icônes sur l'écran s'étaient agrandies. Avec sa fille, elle avait passé une semaine entière à essayer de réparer cette erreur. Alors, elle avait apporté le portable en classe et Conor avait tout remis en ordre en une minute. Il était incroyable, voilà ce qu'il était : un professeur né aussi bien qu'un garçon adorable.

Aideen haussa les sourcils vers Conor qui afficha un grand sourire. Il lui demanda de patienter le temps de fermer les portes. Puis, un homme assez grand entra en regardant sa montre. Ne sachant où se mettre, Aideen s'assit sur un coin de bureau. D'après Conor, cela arrivait tout le temps. Une demi-heure avant la fermeture, il n'y avait personne, puis quelqu'un se pointait au dernier moment. Aideen survola le hall du regard et vit Conor discuter avec l'homme, qui paraissait un peu gêné. Une minute plus tard, le type repartit avec un bref signe de la main et Conor mit le verrou avant de la rejoindre au bureau.

– Qui était-ce ?

Conor sourit.

– Il s'appelle Brian Morton. C'est l'architecte du conseil à Carrick.

Aideen resta assise sur le bureau pendant qu'il éteignait les ordinateurs.

– Pourquoi venait-il si tard ? Il cherchait un livre ?

Conor lui fit un clin d'œil.

– Ne va pas le répéter, mais je dirais qu'il cherchait Mlle Casey.

Aideen était curieuse d'en savoir plus. Elle le suivit jusqu'à la cuisine où il s'assura que tout était éteint et en ordre.

– Toutes les deux ou trois semaines, il fait le même coup. Il entre, d'un air désinvolte, comme s'il espérait la trouver ici.

– Comment tu le sais ? Il veut peut-être juste visiter la bibliothèque.

– Trois minutes avant la fermeture ? Je ne crois pas. Mais ce n'est pas tout : la seule fois où elle était ici, il est reparti en courant.

– Non !

– Je suis sérieux. Il l'a repérée par la porte vitrée et il a hésité avant de s'esquiver.

– Tu me fais marcher.

– Non, pas du tout. Quoi ! Tu ne sais pas ce que ça fait de craquer sur un bibliothécaire ? Impossible de rester à distance.

Conor tendit la main et attira doucement Aideen contre lui. Sachant que la porte était verrouillée, elle se laissa aller dans ses bras. Elle savait exactement ce que c'était que de craquer sur un bibliothécaire : ou du moins sur quelqu'un qui allait le devenir. Et elle n'arrivait toujours pas à croire que c'était réel.

Quelques minutes plus tard, ils allèrent vérifier la salle vidéo et la boutique de souvenirs. La boutique n'avait pas encore ouvert, mais les étagères étaient bien remplies. Aideen remarqua des paquets de serviettes en papier, ornées de motifs médiévaux, et elle se dit qu'elle en parlerait à Bríd. Elles pourraient s'en servir le soir du vernissage.

Quand elle avait annoncé à Conor que Bríd et elle avaient décroché le contrat, il s'était décomposé.

– Mais alors tu vas travailler. J'avais envie que tu sois mon invitée. (Puis, il avait retrouvé le sourire, car il supposait qu'elle serait bien payée.) Mademoiselle Casey dit toujours que le conseil jette l'argent par les fenêtres au sujet du psautier, alors j'imagine qu'ils vous ont proposé un bon prix.

Aideen était légèrement décontenancée. Elle avait quitté l'épicerie en fulminant après une plaisanterie de Brid à propos de Conor. Sa cousine le traitait de meurtrier démoniaque, qui épousait les femmes pour leur argent. Bríd faisait juste l'imbécile, mais cela l'avait énervée. Aideen n'avait jamais été un canon de beauté et elle n'était pas une lumière en classe non plus. Alors Dieu seul savait ce que Conor lui trouvait.

Une fois les portes intérieures verrouillées, Conor descendit les stores de l'espace d'exposition. Il était sur le point d'enclencher le système d'alarme quand il s'arrêta. Il appuya sur l'interrupteur pour allumer l'éclairage au-dessus du psautier.

– Viens voir ça.

Il lui prit la main et l'entraîna au milieu de la pièce, vers la vitrine illuminée par des projecteurs. Le livre était ouvert sur un lutrin sculpté. Il avait à peu près le même format que les romans de gare. Sur la page de droite, une illustration. Sur celle de gauche, des écritures. Aideen ne pouvait pas déchiffrer les mots, mais ils étaient magnifiquement tracés, comme un motif sur un tissu. La première lettre sur la page était plus grosse que les autres. Elle ressemblait au petit avatar Twitter : un oiseau aux longues pattes, au bec si recourbé qu'il touchait les pattes et dessinait un P. Les pages, d'une belle teinte ivoire, paraissaient très épaisses.

– Elles sont en vélin. Confectionnées à partir de peau de veau.

– Ils n'avaient pas de papier ?

– Je ne sais pas. C'est ce que Mlle Casey m'a raconté. Il faudra que tu demandes à un guide.

Aideen observa l'illustration sur la page de droite. Elle comportait une bordure à carreaux rouges et dorés. Chaque millimètre regorgeait de détails. Au milieu se trouvait une montagne, gravie par une file de femmes identiques, vêtues de robes longues et de voiles dorés. Leurs manches pendantes frôlaient l'herbe verte, parsemée de minuscules fleurs blanches. Un pan de la montagne était recouvert d'arbres aux branches incurvées qui abritaient des nids d'oiseaux colorés. De l'autre côté, des hommes de petite taille, bien plus petits que les femmes en doré, suivaient d'un pas lourd une charrue tirée par des chevaux. Derrière eux se tenait un autre homme qui semait à la volée des graines tirées d'un panier. Plusieurs corbeaux à l'allure menaçante tournoyaient au-dessus de sa tête. La longue capuche qu'il portait traînait comme un soc de charrue dans le sillon derrière lui. Au sommet de la montagne se dressait une haute tour adossée à un soleil doré. Et, dans le lointain, une flotte de petits bateaux était coulée par le vent qui soufflait fort, et par des monstres marins déchaînés.

L'autre page présentait aussi des images, dans les marges et au milieu des écritures. Aideen se pencha plus près pour les observer et son souffle embua la vitrine. Elle l'essuya avec la manche. D'après Conor, on pouvait afficher chaque page sur les écrans numériques tout autour et zoomer sur des détails. Mais elle s'en moquait. C'était la pensée du pinceau en mouvement ou de la plume qui la fascinait, la traînée d'encre ou de peinture qui réagissait à la texture du vélin et la profondeur de la couleur qui émergeait une fois sèche.

– Comment fabriquaient-ils les peintures ?

Conor répondit qu'il n'en savait rien.

– Franchement, Conor ! (Elle lui enfonça le bout du doigt dans le bras et retourna au psautier.) J'ai fait des recherches sur la nourriture au Moyen Âge, peut-être y a-t-il aussi des infos sur Wikipédia à propos de la peinture.

– Ah, voilà… Utiliser Google. Ou… (Conor lui fit les gros yeux)… se rendre dans une bibliothèque. (Puis, il éclata de rire et déclara qu'il savait deux ou trois choses.) J'ai demandé à Mlle Casey. Ils se servaient d'œufs et de trucs dans le genre comme base, et de minéraux et de plantes pour la couleur.

– Quelles plantes ?

– Du safran, je crois… Tu ne t'en sers pas en cuisine ?

– Oui, c'est jaune. Et vraiment cher.

– Eh bien, fabriquer un bouquin comme ça coûte cher. Ils utilisaient de la vraie feuille d'or. Et je crois que le bleu c'est du lapis lazuli.

– Ouah, ça doit valoir une fortune.

Conor arbora un grand sourire.

– D'après Fury O'Shea, c'est encore pire que ça. C'est inestimable. (Il l'entoura de ses bras et l'embrassa.) Unique en son genre, tout comme toi. Maintenant, on va nager toi et moi ?

Chapitre 16

3 août 1920

Si la bonne femme de cette maison apprenait quoi que ce soit sur Liam, je suppose que je me ferais virer. C'était une Mlle Nelligan du comté de Mayo et elle a épousé un dénommé Spencer qui livrait du charbon. Il s'est fait gazer dans les tranchées en France à la fin de la guerre. Quand il est rentré chez lui, il n'était pas apte au travail, alors maintenant il est gardien de nuit. C'est pour ça que Mme Spencer prend des locataires. Il faudrait compatir à sa peine, à cause de son mari, mais c'est une vraie peste. Je ne suis là que parce que Peg, une fille que j'ai rencontrée sur le bateau, avait écrit l'adresse sur un morceau de papier. Elle a une sœur prénommée Kate qui habite déjà ici. Elle travaille dans un magasin d'étoffes. Peg a obtenu une place là-bas aussi, c'est pour ça qu'elle est venue. Il était horriblement tard quand le bateau est arrivé à quai, et je n'avais aucune idée de l'endroit où aller, alors elle m'a emmenée.

Madame Spencer m'a regardée comme si j'étais un truc que le chat avait rapporté. Puis, elle a dit qu'elle ne pouvait pas loger tous ceux qui venaient cogner à sa porte, mais comme quelqu'un de sa connaissance se portait garant pour moi, elle ferait une exception. Par la grâce de Dieu, Kate est descendue jusqu'à la porte quand nous sommes arrivées. Peg l'a mise au parfum derrière le dos de Spencer. Alors j'ai pu entrer.

On a divisé le prix de la chambre en trois. Elles partagent un lit et j'ai le second pour moi seule. Pour compenser, je monte l'eau du sous-sol et je vide le pot de chambre. C'est le marché que nous avons conclu et il fonctionne bien jusqu'à maintenant. On n'obtient pas plus qu'un filet d'eau bouillante de la part des Spencer le matin pour enlever la froideur du broc à eau, et l'effet disparaît dès qu'on verse l'eau dans la vasque. Après tout, quelle importance ? À la maison, je devais descendre au puits avec un seau. Cette Mlle Nelligan est une garce radine, malgré tout. Elle ne partagerait pas la chaleur de son porridge.

Liverpool est une grande ville. Les rues au centre sont vastes et larges, mais tout autour, elles sont tristes. Peg et Kate font le ménage dans la boutique d'étoffes. Elles se lèvent tôt, mais elles étaient habituées chez elle avec la traite.

Elles ont dû débourser beaucoup d'argent pour les robes qu'elles portent au travail, et il leur faut aussi un bon manteau et un chapeau. Le patron de la boutique est très strict là-dessus. Il vérifie les talons de leurs chaussures aussi, pour voir s'ils ne sont pas usés. Je ne sais pas en quoi leur apparence a de l'importance quand elles ne sont pas au magasin. Et les robes qu'il les oblige à porter n'ont aucun style. Kate dit qu'il en faudrait plus pour qu'elle se plaigne. Les gages sont bons.

Le premier matin, la Spencer m'a demandé si j'avais du travail. Je lui ai répondu que le prêtre de la paroisse m'avait arrangé une place ici. Si je lui disais la vérité, elle penserait que je ne paierai pas le loyer. Je ne vais pas lui dire que j'ai des économies. C'est la pire histoire à raconter dans un endroit inconnu, où n'importe qui pourrait vous bousculer et vous voler. Ça m'inquiète. J'emporte mon argent partout avec moi, parce qu'il n'y a pas de verrou sur notre porte. La nuit, je mets mon porte-monnaie sous mon oreiller, toujours, et je suis assez contente de ne pas partager mon lit parce que, pour dire vrai, je ne sais rien de Kate ni de Peg. Seulement que Peg s'est montrée terriblement gentille avec moi, quand j'ai été malade sur le bateau.

L'envie de vomir ne m'a pas encore quittée. Je suis sortie le premier jour pour aller chez un marchand de journaux et j'ai eu des vertiges jusqu'à ce que je trouve un salon de thé, pour m'asseoir et lire le journal. Il y avait des annonces pour des places dans les dernières pages, et l'une d'elles dans une usine de biscuits. La femme du salon de thé m'a dit que c'était sur l'itinéraire d'un tram, qui m'y conduirait rapidement de chez Mme Spencer. Elle a dit que si je descendais jusqu'au coin, je verrais passer les trams.

Quand je suis arrivée là-bas, il y avait deux filles dans la queue et je leur ai montré le journal. J'ai demandé si j'étais au bon arrêt. Elles se sont regardées, elles ont ri, puis l'une m'a assuré que oui, mais qu'il fallait faire attention. Elle m'a indiqué de prendre le tram vert. Il y avait un homme dans la queue aussi et, quand elle a dit ça, il s'est retourné et il les a regardées. Si j'avais eu de la cervelle, je me serais demandé pourquoi. Puis un tram est arrivé, et ils sont tous montés. J'ai attendu un bon moment, et pas mal d'autres trams sont passés, mais aucun n'était vert. Il a commencé à pleuvoir. J'avais peur de manquer mon tram si je quittais l'arrêt pour me mettre à l'abri. J'ai pensé que peut-être le tram vert ne passait que très rarement, puisque j'avais attendu si longtemps. Beaucoup de gens venaient et repartaient, et je ne sais pas pourquoi je ne leur ai pas parlé. Je me suis dit que les gens en Angleterre ne discutaient peut-être pas avec les inconnus, parce que l'homme qui s'était retourné pour regarder les filles avec qui j'avais discuté avait l'air plutôt choqué. L'une des deux l'avait regardé avec un air effronté, comme si elle le mettait au défi.

J'ai poireauté debout là-bas comme une nigaude pendant plus d'une heure, avant qu'un jeune gars qui ressemblait un peu à Liam n'arrive et fume une clope. L'heure du dîner approchait, alors je lui ai demandé s'il savait quand le tram vert allait passer. Et il s'est avéré que les deux filles s'étaient juste moquées de moi. Elles avaient dû deviner à mon accent que j'étais irlandaise et avaient trouvé franchement marrant de me laisser là, à attendre un tram vert. L'homme devant moi devait savoir que c'était nul, mais il n'a pas lâché un mot. Le jeune gars était gallois. Il a un peu ri lui aussi, mais il a dit que tous les trams qui passaient là s'arrêtaient à côté de l'usine. J'aurais pu prendre n'importe lequel.

L'usine avait l'air agréable et propre, avec une contremaîtresse courtoise, et j'ai deviné qu'on mangeait son content de sucreries en douce si on travaillait là-bas. Seulement le temps que j'arrive, le boulot était pris.

Hanna referma le livre de Maggie et le glissa dans un porte-documents en plastique. Ces deux ou trois dernières semaines, elle avait été submergée par les préparatifs du vernissage. Aujourd'hui, elle avait décidé de lire au bureau pendant sa pause déjeuner. Elle déposa le porte-documents dans un tiroir et regagna la salle de lecture pour disposer les chaises en prévision du club. À la fin de la séance précédente, elle avait suggéré que le choix de chaque membre reflète son expérience de lecteur.

Oliver l'avait dévisagée avec des yeux de chouette.

– Désolé, mademoiselle Casey, vous m'avez perdu là. Que voulez-vous dire exactement ?

– Eh bien, des livres qui vous ont inspiré quand vous êtes tombé dessus la première fois. Peut-être le premier livre qui a fait de vous un lecteur.

– Vous voulez parler des albums de *Janet and John*[1] ?

– Non…

– Je me souviens d'avoir eu un véritable coup de cœur pour Oui-Oui et Potiron. Je ne lisais pas le texte en entier. Je regardais les images.

Hanna avait expliqué qu'elle ne parlait pas d'albums pour enfants. Il fallait que ce soit une lecture adulte.

– Quelque chose qui vous a touché intimement et qui a résonné avec votre expérience personnelle.

Elle avait voulu les détourner des derniers best-sellers et les diriger vers des livres qu'ils avaient découverts et appréciés par eux-mêmes. De cette manière, s'était-elle dit avec ironie, il y avait une petite chance pour que leurs discussions aient un lien avec les livres.

Ils étaient tous repartis très enthousiastes. Ce matin, elle avait griffonné quelques titres sur un papier, sans réfléchir avant de la glisser dans sa poche.

1. Une série d'histoires destinées à l'apprentissage de la lecture.

Dès le début, il apparut qu'Oliver était toujours bloqué sur Oui-Oui. La perte des Golliwogs, annonça-t-il, fut un coup dur.

Devant la réaction de l'assistance, Hanna intervint :

– Comme nous l'avons dit la semaine dernière, la discussion d'aujourd'hui portera sur nos réactions par rapport aux ouvrages adultes.

Fouillant dans sa poche, elle sortit sa propre liste. Seuls quelques-uns, expliqua-t-elle, lui plaisaient particulièrement : *Tess d'Urberville* de Thomas Hardy, *Orgueil et Préjugés* de Jane Austen, *Jane Eyre* de Charlotte Brontë...

Nell Reily leva un œil critique dans sa direction.

– Seigneur, mademoiselle Casey, que des histoires ringardes sur la rencontre d'un garçon et d'une fille.

Hanna baissa les yeux et nota que le prochain titre sur sa liste était *Beaucoup de bruit pour rien* de Shakespeare.

Nell précisa d'un air songeur qu'en réalité, il s'agissait plutôt de l'histoire d'une fille qui rencontre un garçon, puis d'une fille qui perd un garçon. Qu'est-ce qui va se passer ensuite ? Elle se tourna vers Susan.

– Tu sais ce genre de trucs. Ils se rencontrent au premier chapitre et elle pense une chose et il en pense une autre, et tout se passe horriblement mal. Et puis, après des pages et des pages à se battre comme des chiffonniers, ils prennent conscience qu'ils sont faits l'un pour l'autre et c'est la fin.

Soudain, Oliver leva la main et la conversation dévia sur Oui-Oui.

– Je connais la chanson, mademoiselle Casey, et Dieu sait que je suis le dernier homme à vouloir approuver un sentiment raciste. Mais est-ce que les Golliwogs n'apportaient pas de superbes touches de couleur dans ces petits livres ? Je ne veux pas parler de couleur comme dans « les personnes de couleur ». Je veux parler de leurs super pantalons à rayures.

Darina Kelly se cabra comme un cheval de bataille.

– Avec tout le respect et tout le toutim, Oliver, la question n'est pas celle des pantalons. Je veux dire que nous parlons de stéréotypes raciaux à part entière ici. Ce n'est pas acceptable, si ?

– Bien sûr, on ne pourrait pas avoir des Golliwogs[1] à notre époque, très certainement, ce serait grotesque. Tout comme personne ne serait content de revoir les dessins du magazine *Punch* qui faisaient ressembler les Irlandais à des grands singes. « Autres temps, autres mœurs[2] », Darina, c'est la vérité. Mais personne ne peut nier que ces pantalons-là étaient géniaux.

Darina le pouvait et le niait tout à fait. La discussion s'échauffait, et Hanna luttait pour rétablir l'ordre. Pourtant, ses pensées se rebiffaient. Elle avait gribouillé sa liste de titres un peu au hasard. Et que révélait-elle de son état d'esprit ? se demanda-t-elle avec tristesse. À quel point savourait-elle son indépendance retrouvée, si son inconscient faisait ressortir ces choix-là ?

1. Un Golliwog est une poupée de chiffon ou d'étoffe représentant une personne noire aux cheveux crépus, généralement de sexe masculin (Wikipédia).

2. En français dans le texte.

Pouvait-elle réellement penser à Brian Morton comme à une espèce de M. Darcy ? Ou fallait-il y voir un lien avec la visite imminente de Malcolm ?

Les éclats de voix autour d'elle la sortirent brusquement de ses rêveries. Oliver exhibait un exemplaire de Oui-Oui.

– Les Golliwogs, déclara-t-il, avaient des rôles nuancés dans l'œuvre. Ici, ils pouvaient être présentés comme des méchants, mais ailleurs ces figures incarnaient l'autorité, et Oui-Oui pouvait s'appuyer dessus. Destructeurs, oui, mais en fin de compte, on voit qu'il a besoin d'eux. C'est la vie, mademoiselle Casey, et c'est ainsi que nous devons la vivre. Quand il s'agit de questions complexes, tout n'est pas blanc ou noir.

Hanna proposa qu'ils reprennent cette discussion peut-être plus tard, et elle regarda Nell Reily.

– Et vous, Nell ? Avez-vous pensé à un titre ? une œuvre qui a de l'importance pour vous ?

Nell secoua la tête avec emphase.

– Vous savez ce que c'est, mademoiselle Casey, je n'ai pas eu besoin de réfléchir. Un seul livre traverse ma vie depuis que je suis adolescente. Mon Dieu, c'est un livre magnifique. Ma maman me l'a donné.

Comme Hanna l'avait espéré, le reste du groupe cessa de se quereller et se tourna pour écouter. Nell était rayonnante.

– Il était valorisant. Il était fascinant. Et il ouvrait des portes. Vers la science. Vers la créativité. Ce n'est pas exagéré de dire que ce livre-là a joué un rôle clé dans la construction de la femme que je suis aujourd'hui. Je l'ai encore, mademoiselle Casey, et je me tourne toujours vers lui.

Hanna acquiesça en guise d'encouragement.

Nell se donna une claque sur le genou et adressa un grand sourire à l'auditoire.

– Je vous le dis, les amis, c'est un bouquin carrément génial : *Tout sur la cuisine*, tome I.

Chapitre 17

Le samedi, lorsque Conor arriva, Phil avait accroché un panneau sur la porte de la bibliothèque : « FERMETURE EN PRÉPARATION DU VERNISSAGE ». Mademoiselle Casey se trouvait en bas dans la cuisine, où comme tous les matins, elle se préparait un café. Aideen et Bríd travaillaient déjà dans la salle de lecture. On avait branché deux gros réfrigérateurs, des tables sur tréteaux étaient recouvertes de nappes blanches en toile cirée, et des boîtes empilées attendaient d'être déballées. Aideen fit un signe de loin à Conor, mais il comprit que la jeune fille était concentrée sur son travail. Bríd, qui signait un reçu de livraison, ne le remarqua même pas.

Dans la cuisine, Mlle Casey lui servit un café. C'était curieux de se tenir là, appuyé au comptoir, à observer les autres en train de s'affairer partout dans la bibliothèque, comme si le lieu leur appartenait. Conor glissa un œil en direction de Mlle Casey, qui éclata de rire.

– C'est étrange, n'est-ce pas ? Mais excitant aussi. Il faut se rappeler que, sans le psautier, nous ne serions plus ici.

Conor lui sourit. Peu de temps auparavant, la moitié des fonctionnaires du conseil figurant sur la liste d'invités de Phil voulait à tout prix fermer la bibliothèque de Lissbeg. Même le bibliothécaire du comté était prêt à faire perdre tout crédit à Mlle Casey. Cependant, ce soir, ils déambuleraient et lèveraient leurs verres comme s'ils avaient joué un rôle actif dans la défense de cet endroit.

Mademoiselle Casey lui adressa un clin d'œil.

– « Si l'on vit assez longtemps, on voit de tout », Conor.

– C'est extrait d'un livre ?

– C'était le dicton préféré de ma grand-tante Maggie. Plus je vieillis, plus je m'aperçois qu'elle avait raison.

Hanna avait prévu d'ouvrir la bibliothèque et de laisser les clés à Phil. Elle savait que rien n'aurait pu retenir Conor chez lui aujourd'hui, même s'il n'était pas censé travailler. Et elle s'en réjouissait. Phil et les fonctionnaires du conseil, qui arriveraient bientôt, seraient gagnés par l'euphorie des préparatifs en vue de cet événement exceptionnel pour Lissbeg, mais Conor, lui, resterait concentré sur ses responsabilités habituelles, si bien que la bibliothèque était sous bonne garde avec lui. Hanna n'avait plus qu'à passer un paisible samedi dans son jardin, avant de se doucher, se changer et de revenir pour le vernissage. Enfin, cela aurait été son programme si elle n'avait pas eu à s'occuper de sa famille.

Malcolm et Louisa, qui étaient arrivés tard la veille, s'étaient installés dans la maison d'hôtes. Ce matin, quand Jazz avait téléphoné au saut du lit pour dire qu'ils étaient debout et prenaient leur petit-déjeuner, Hanna avait perçu le stress dans la voix de sa fille.

– J'ai une journée surchargée, Maman, je n'ai pas envie de les avoir dans les pattes.

– Bien sûr que non. Je te l'ai déjà dit. Je passe à la bibliothèque, et ensuite je file à la Forge. Nous ferons un programme pour la journée.

– Eh bien, ne compte pas sur moi. (La voix de Jazz tremblait.) Franchement, Maman, on est complets et j'ai du boulot par-dessus la tête.

Hanna se retint de dire à sa fille qu'elle en faisait des tonnes. Elle la pria de ne pas s'inquiéter. Puis, ayant raccroché, elle maudit Malcolm à haute voix. Il avait fini par avouer la vérité au sujet du divorce, et il aurait dû laisser un peu d'air à sa fille. Et il l'aurait probablement fait, se dit Hanna avec colère, s'il n'y avait eu sa mère. À l'époque où Malcolm et elle étaient mariés, c'était elle qui divertissait Louisa. Chaque fois que sa belle-mère venait à Londres, elles faisaient les boutiques ou visitaient une galerie ensemble, assistaient à une représentation en matinée ou allaient se promener. Le soir, Hanna préparait le dîner ou réservait une table au restaurant et Malcolm, qui avait quitté la maison au saut du lit, arrivait en retard et passait l'essentiel du repas pendu au téléphone. À cette époque-là, cela ne la dérangeait pas. Elle appréciait la compagnie de Louisa. Et puis, soutenir la carrière de Malcolm lui avait donné une raison d'être. Aujourd'hui, Hanna voyait bien qu'elle avait semé le vent et que Jazz récoltait la tempête.

Accuser Jazz de faire du cinéma n'était pas juste. Sa fille avait le droit d'être contrariée. Connaissant Malcolm, Hanna savait exactement ce qui s'était passé. Louisa avait eu envie de vacances pile au moment où tombait un procès médiatisé. N'importe quel adulte aurait appelé sa mère pour s'expliquer. Mais, tout comme il avait eu besoin d'être un père exemplaire, Malcolm voulait perpétuer l'image du fils parfait pour sa mère. Alors, n'ayant plus Hanna sous la main, l'exposition était le prétexte tout trouvé pour emmener Louisa en Irlande. De cette manière, dès que les appels urgents commenceraient à affluer de son bureau, il pourrait laisser à Jazz le soin de la divertir. Il n'était pas stupide, il avait bien dû voir que le timing n'était pas bon. Il savait aussi qu'Hanna serait dans le coin, si la situation tournait mal. Il se conduisait avec malhonnêteté, pas seulement envers Jazz et Hanna, mais aussi envers la pauvre Louisa. Même s'il était permis de penser que Louisa était un peu à l'origine du problème, puisqu'elle avait élevé son fils.

En se rendant à la maison d'hôtes, Hanna était bien décidée à se détendre. Malcolm pouvait aller et venir comme bon lui semblait. Le soleil brillait. Louisa et elle embarqueraient un pique-nique et direction la plage. Phil lui avait demandé d'arriver tôt ce soir, donc il lui faudrait ramener Louisa à la Forge au milieu de l'après-midi et rentrer chez elle pour se préparer. Ensuite, elle irait chercher Mary Casey. De leur côté, Malcolm et Louisa se rendraient au vernissage avec leur voiture de location. Les Winterhalder figuraient sur la liste des invités, mais comme quelqu'un devait garder la boutique, Jazz monterait en voiture avec Günther, Susan resterait à la maison. Hanna avait deviné que Jazz voulait éviter Malcolm. Comme sa fille avait insisté sur l'aspect pratique, elle n'avait pas eu envie de déclencher une dispute en remettant Malcolm sur le tapis.

Hanna avait étendu sa robe de soirée avant de quitter la maison. Elle était en soie noire, à manches longues, avec une encolure en V et une jupe à longueur de mollets. Durant sa vie à Londres, ses penderies étaient remplies de vêtements de créateurs. La place de Malcolm au sein de son cabinet d'avocats s'était améliorée au fur et à mesure des dîners. Hanna s'était alors montrée l'hôtesse parfaite, établissant des relations et des contacts cruciaux pour la carrière de son époux. Quand elle l'avait quitté, elle avait abandonné pratiquement toute sa garde-robe. Mais cette robe et quelques autres pièces intemporelles l'avaient suivie en Irlande. Quand Hanna l'avait sortie du placard ce matin-là, elle avait toujours l'air d'être neuf. Avec un grand sourire, elle se dit que, même si elle n'avait pas les chaussures parfaites de Mary Casey ni de bibi, elle pouvait se sentir confiante.

En arrivant à la maison d'hôtes, elle trouva Louisa assise dans un fauteuil près de la cheminée. On avait nettoyé les longues tables du petit-déjeuner et les fenêtres étaient ouvertes pour laisser entrer les rayons du soleil et les chants d'oiseaux. Il n'y avait pas de feu dans le vaste foyer qui était rempli de fleurs d'hortensias séchées. Leurs pétales d'un carmin poudreux rougeoyaient sur le cuivre et le fer. Près du coude de Louisa, les restes d'un thé. Lorsque celle-ci se leva d'un bond en apercevant Hanna, la cuillère et la sous-tasse s'entrechoquèrent.

– Comme c'est bon de vous voir, et vous avez une si bonne mine ! Bonté divine, cela fait une éternité !

Hanna sentit une pointe de culpabilité. Cela faisait en effet des lustres qu'elles ne s'étaient revues, et la dernière occasion n'était pas des plus réjouissantes. C'était aux funérailles de l'époux de Louisa, George. Jazz, encore adolescente, était assise sur le banc au premier rang avec Louisa et Malcolm, tandis qu'Hanna, l'ex-femme, s'était tapie dans le fond. Louisa, dévastée par la mort soudaine de George, suite à une crise cardiaque, n'avait probablement pas remarqué la tension existante. Depuis, Hanna et elle avaient échangé des cartes postales et des cadeaux à Noël, et discuté de temps à autre au téléphone. Même si Jazz avait continué à rendre visite à sa grand-mère dans le Kent et à Londres, Hanna ne l'avait jamais revue. Louisa paraissait plus âgée. Une femme mince, élégante, et de haute taille qui semblait née pour porter des twin-sets en cachemire et des jupes de chez Jaeger. Ses cheveux d'une teinte légèrement dorée étaient ramenés en chignon, et sa main avait l'air trop frêle pour sa lourde bague ornée de diamants près de son alliance en or. Embarrassée par son index dénudé, Hanna l'étreignit brièvement et l'encouragea à se rasseoir.

– Je ne suis pas venue pour vous kidnapper. Je sais combien Jazz est occupée et j'ai pensé que vous et moi, nous aurions pu aller à la plage.

Hanna s'était retenue de regarder autour d'elle à la recherche de Malcolm. Il n'y avait pas de raison pour que sa présence ou son absence fasse la moindre différence, mais curieusement, savoir qu'il pourrait pénétrer à tout moment dans la pièce la déroutait. Ils ne s'étaient pas croisés depuis l'accident de voiture de Jazz. Durant cette nuit étrange et embrouillée, blottie contre lui pendant des heures, elle n'avait pu penser qu'aux moments partagés dans le passé. Plus tard, tandis qu'ils attendaient dans l'aube glaciale l'arrivée d'un taxi, elle avait cru un instant qu'ils pourraient se remettre ensemble. L'espace d'une fraction de seconde, tandis qu'il l'avait tenue dans ses bras, elle était prête à croire qu'il était désolé : qu'il était prêt à quitter Tessa après toutes ces années, si elle rentrait à la maison.

Puis, alertée par l'intonation de sa voix, elle s'était détachée de lui. Après un contre-interrogatoire, elle avait découvert que Tessa l'avait quitté. Encore aujourd'hui, la colère lui coupait le souffle. Il n'avait pas voulu sauver leur mariage. Il avait seulement eu envie qu'elle lui revienne pour ne pas vivre seul. À cet instant, elle avait pris une résolution inattendue. Elle lui avait annoncé qu'elle ne participerait plus à ses mensonges sur leur divorce. Sur le parking de l'hôpital, six mois plus tôt, s'était jouée la véritable fin de leur mariage. Le moment où elle s'était promis qu'il ne lui ferait plus jamais mal.

Chapitre 18

Tandis qu'elle s'observait dans le miroir, Ameena reconnaissait que son pantalon d'uniforme sombre et son tee-shirt blanc faisaient un bel effet. Au dos du tee-shirt était imprimée l'image d'un chat extraite du psautier. L'illustration d'origine était détaillée et peinte dans des blocs de couleurs vives. Sur les tee-shirts, c'était un dessin au trait monochrome accrocheur : bleu pour les guides et rouge pour le personnel de la boutique. En regardant par-dessus son épaule, Ameena admira le chat qui lisait un livre. Il avait de longues moustaches et ce qui ressemblait à des chaussettes de rugby rayées. Décidant que ce serait dommage de le cacher, elle attacha ses cheveux au sommet de sa tête, dénicha une paire de tennis avec des lacets rouges et descendit bruyamment les marches en quête de sa mère.

Dans la cuisine, Rimal faisait sa moue boudeuse de petite sœur qui n'était jamais invitée à rien. Ameena l'ignora et jeta un coup d'œil au miroir installé près du réfrigérateur pour s'assurer que ses cheveux étaient convenablement relevés. En réalité, songea-t-elle, elle était en quelque sorte assortie à sa mère qui portait des leggings noirs et un kurta de linon blanc orné de broderies rouges. Sauf que sa mère ne quittait jamais la maison tête nue. Ameena et Rimal se faufilaient toujours dans sa chambre pour lui emprunter ses foulards. Les plus beaux avaient autrefois appartenu à Nani, qui se contentait de les jeter négligemment sur sa tête où ils retombaient en plis parfaits. Sa mère avait le même coup de main. Pourtant, quel que soit son talent à draper les foulards, elle n'avait pas réussi à l'inculquer à Ameena.

Quand elles descendirent Broad Street, une foule de gens arrivaient déjà à la bibliothèque. Une meute de photographes fondit sur une voiture qui venait de se garer près du trottoir. L'homme qui en sortit était manifestement quelqu'un d'important. Il demeura à l'entrée de la cour pendant un instant, offrant des angles de vue appropriés aux appareils photos, avant de leur faire un signe de la main et d'entrer. Juste derrière lui se trouvait Oliver Bannister qui portait un tee-shirt uniforme des guides par-dessus une polaire avec une encolure effilochée et un pantalon large en velours côtelé.

Phil était assise à une petite table dans le vestibule et récupérait les cartons d'invitation. Ameena regarda dans l'espace d'exposition et remarqua que deux autres membres du personnel de la boutique étaient déjà arrivés. C'étaient des femmes d'âge mûr et aucune des deux n'était venue en uniforme. Le texto de Phil avait circulé plutôt tardivement dans la journée, alors peut-être ne l'avaient-elles pas reçu. Plus vraisemblablement avaient-elles décidé de l'ignorer. Ce qui n'était pas surprenant, puisque les dames concernées étaient un tantinet trop corpulentes pour être mises en valeur par un tee-shirt et un pantalon.

D'autres invités arrivaient derrière elle. Ameena attira sa mère dans la pièce où les gens s'étaient regroupés, un verre à la main. La jeune fille reconnut aussitôt Trish, des Succulents Chocolats de Lissbeg, qui approchait avec un plateau chargé de boissons. Avant que Mme Khan ne puisse dire un mot, Bríd de l'épicerie surgit de nulle part.

– Merci, Trish, peux-tu t'occuper des journalistes là-bas dans le coin ?

Alors que Trish s'éloignait rapidement, Bríd sourit à Ameena et à sa mère.

– Puis-je vous proposer un verre ? Un jus d'orange ? Ou bien un tonic accompagné de tranches de concombre glacées. C'est délicieux et tout à fait de saison.

Madame Khan était bien tentée par le tonic et Bríd leur apporta deux grands verres à pied avec des glaçons qui tintaient. La mère d'Ameena fit tourner le liquide dans le verre, le renifla et haussa les sourcils.

– Des baies de genièvre.

Bríd sourit.

– Oui ! On en ajoute deux ou trois dans le gin tonic. On s'est aussi rendu compte que le goût du genièvre concassé se mariait bien avec le tonic sans alcool.

Madame Khan acquiesça et but une gorgée, avant de murmurer que c'était délicieux. Puis, quand Bríd s'éloigna, elle hocha à nouveau la tête pour marquer son approbation.

– Une jeune fille polie. C'était bien amené.

Ameena se détendit. Un instant, elle avait cru devoir gérer des propos embarrassés : « Oh, désolée ! Bien sûr les musulmans ne boivent pas de vin ! Que puis-je vous apporter, une bière peut-être ? »

Un garçon, qui avait fait partie des terminales de l'année précédente, arriva avec un plateau en bois. La mère d'Ameena choisit un petit carré de pain de seigle surmonté de saumon fumé et d'aneth, et Ameena opta pour une galette d'avoine au fromage et cresson.

Avant de tourner le dos, le garçon lui fit un clin d'œil par-dessus l'épaule.

– Pas mal dans ce tee-shirt.

Ameena rougit et sa mère le suivit du regard d'un air sévère. Mais elle n'était pas vraiment en colère. Même un aveugle aurait vu que le type était un imbécile.

L'espace d'exposition se remplit d'invités. Phil quitta la table du vestibule et traversa la pièce en prévision des discours. Dès qu'elle fut partie, Aideen subtilisa un plateau et le glissa sur la table. Conor, qui avait planifié les choses avec elle, se posta dans l'encadrement de la porte, d'où il pouvait atteindre la nourriture sans se faire remarquer. Alors qu'il se tenait là, au seuil de la salle d'exposition, la porte de la cour s'ouvrit et Fury O'Shea se glissa à côté de lui.

– Est-ce que les discours sont passés ?

Conor secoua la tête.

– Non. Phil est toujours en train de superviser les photographes.

De la tête, il désigna l'autre côté de la pièce où un photographe plaçait Ameena Khan au milieu d'un groupe qui posait avec des brochures.

– Le ministre de la Culture est arrivé de Dublin dans une voiture chicos et Charles Aukin est en bas dans la cuisine de la bibliothèque. Il a dit qu'il n'était pas doué pour se mêler aux gens, alors il reste caché jusqu'à ce qu'il doive parler.

Fury afficha un grand sourire.

– Je l'aurais parié.

Il prit plusieurs tranches fines d'un fromage hors de prix et, d'une pichenette, il les balança une à une dans sa bouche.

– Quelle soirée, quand même, non ?

Un aboiement leur parvint depuis le seuil. Fury recula et se retourna quelques secondes plus tard avec Diablo sous le bras. Il le posa sur la table où le petit chien plongea immédiatement sa truffe dans le plateau. Fury le gratta affectueusement derrière l'oreille.

– Regarde-le maintenant, droit sur le caramel salé. Il est dingue du chocolat artisanal.

À l'autre bout de la pièce, Hanna s'aperçut que la mère d'Ameena Khan était perdue. Phil avait éloigné Ameena pour qu'on la photographie. Avec sa chevelure et sa peau sombres ainsi que son sourire éclatant, elle était superbe dans le tee-shirt blanc de la boutique, et elle posait devant les objectifs avec autant d'efficacité qu'un mannequin professionnel. Mais elle ne cessait de lancer des regards vers sa mère, toute seule dans un coin.

Louisa, en conversation avec une guide, l'avait remarquée aussi. Vêtue d'une robe chemisier beige avec une ceinture chaîne dorée, elle était comme un poisson dans l'eau dans cet environnement. Elle portait une fine pochette matelassée sous le bras, un verre à la main et un cardigan en cachemire de couleur crème autour des épaules. Et contrairement à Mary Casey, dont le bibi se retrouvait sur bien plus de photos que Phil ne s'y était attendue, Louisa était heureuse de rester discrète. Sous le regard d'Hanna, elle rejoignit discrètement la mère d'Ameena et l'aborda en souriant. Quelques instants plus tard, les deux femmes étaient en pleine conversation. C'était aimable de la part de son ex-belle-mère d'avoir remarqué la timidité d'une inconnue, songea Hanna. Fidèle à elle-même, elle lui avait apporté son soutien.

Dans un autre angle de la salle, Malcolm inclinait son beau visage vers le ministre de la Culture et l'écoutait attentivement répéter son discours. Elle n'avait vu Malcolm qu'un court moment l'après-midi même, quand il lui avait fait une bise sur la joue avant de refuser son invitation au pique-nique, prétextant un coup de fil important. En apparence, il semblait aussi élégant et raffiné que d'habitude, mais Hanna avait détecté une tension qu'elle avait eu du mal à identifier. Elle avait reconnu la tendance du mâle d'âge mûr, riche et puissant, qui s'efforce de se cramponner à sa jeunesse.

Dans l'immédiat, il était inéluctablement attiré par l'homme le plus important de la pièce. Puis, il tourna la tête comme par instinct, et Hanna vit Jazz apparaître dans l'encadrement de la porte escortée par Günther. Après avoir glissé un mot au ministre, Malcolm se dirigea vers eux. Mais alors qu'il traversait la pièce, Jazz croisa son regard et se détourna volontairement. Le cœur d'Hanna se serra quand elle aperçut l'air désolé de Malcolm. Certes, c'était un salaud et un menteur, il ne méritait pas sa compassion. Malgré tout, elle savait à quel point il adorait Jazz.

Il y eut un bruit sec de micro qu'on allume. Le ministre délaissa son verre de vin et Phil grimpa sur le podium.

– Bonsoir à toutes et à tous, *tá míle fáilte romhaibh go léir*, vous êtes les bienvenus ! Cette soirée est extraordinaire et nous l'attendions avec impatience. Je ne peux vous dire à quel point nous sommes honorés, ici à Lissbeg, dans le centre de l'ancien couvent et à la bibliothèque de Lissbeg, d'avoir été choisis pour veiller sur ce remarquable ouvrage.

Tandis que Phil poursuivait ses remerciements, un journaliste de la télévision installa sa caméra. Hanna aperçut la jeune fille du *Finfarran Inquirer* qui citait avec précaution les conseillers du comté, Tim Slattery le bibliothécaire du comté, Brian Morton l'architecte du comté, elle-même, Conor et une longue liste de volontaires et de bénévoles, depuis Bríd et Aideen de *La Mercerie* jusqu'à Jimbo, l'agent de sécurité. Les journalistes de la presse nationale continuaient de siroter leurs verres. Désintéressés des affaires locales, ils attendaient la grande histoire.

Puis, Phil sauta d'une fiche à l'autre et ils furent aux aguets.

– ... et à présent, je suis plus que ravie de présenter l'homme dont l'extraordinaire générosité nous réunit tous ce soir, le donateur de cette salle d'exposition dernier cri et bien entendu de cette pièce inestimable : Charles Aukin !

Il y eut un tonnerre d'applaudissements, suivi par un grand blanc. Toute l'assistance attendait, mais il ne se passait rien. Phil fit des signes désespérés à Conor, toujours posté à l'entrée de la salle. La foule se retourna comme un seul homme, pendant que Conor, conscient de sa mission, se précipitait dans la bibliothèque. Quelques instants plus tard, il revint en tenant Charles Aukin par le coude et l'entraîna à travers la foule, puis vers le micro. La caméra pivota pour retrouver sa position initiale. Phil lança une nouvelle salve d'applaudissements et Charles leva la main pour y mettre fin.

– Merci, merci, tout le monde ! Mes amis ! Pardonnez-moi, parce que je ne suis vraiment pas habitué à parler en public. Je suis un amoureux des livres, voyez-vous. Pas un politicien. Bien que l'un n'empêche pas l'autre, bien sûr.

Son regard erra lentement jusqu'à Tim, le bibliothécaire du comté. Un œil rivé sur les appareils photo, ce dernier s'était rapproché du ministre. Avec un plaisir malicieux, Hanna remarqua que Tim s'en écarta au plus vite. Six mois auparavant, quand elle avait œuvré pour sauver la bibliothèque, elle s'était attendue à l'opposition des fonctionnaires du conseil : après tout, elle avait sapé une proposition sur laquelle ils travaillaient depuis des mois. Néanmoins le refus de Tim de la soutenir lui restait en travers de la gorge, parce qu'il était enraciné dans un pur intérêt personnel. Avec la centralisation des services de la bibliothèque, il aurait obtenu un nouveau bureau et cela avait suffi pour qu'il retire son soutien à Hanna, bien que celle-ci soit à la fois une amie et une collègue. À l'évidence, Charles Aukin sentait bien les choses. Et il n'avait vraiment pas l'habitude de s'exprimer en public, même si son numéro d'excentrique avait dupé la majorité de l'assistance.

Charles sourit à nouveau et baissa la tête vers le micro.

– Je suis plus qu'heureux de faire ce cadeau, un ouvrage merveilleux conçu dans la bibliothèque d'un monastère et conservé précieusement par de nombreuses générations dans la famille de mon épouse. Comme il a été créé ici, nous pouvons dire qu'il appartient à cette péninsule. Alors quoi de mieux que de l'avoir dans cette bibliothèque publique de Lissbeg, où les gens de Finfarran le garderont précieusement ?

Phil exprima une satisfaction de propriétaire suivie d'une marque d'intérêt intense. Elle se disait que Charles trouvait son rythme dans son discours. Pourtant, celui-ci se mit sur la pointe des pieds et désigna du doigt un point éloigné.

– Mais je vois que Diablo est à l'entrée. Donc mon conducteur est arrivé, aussi vais-je vous souhaiter une bonne nuit.

Charles descendit du podium tandis que des aboiements étouffés provenaient du vestibule. La foule déconcertée s'écarta sur son passage et il quitta la pièce d'un pas tranquille. Réprimant un rire, Hanna le suivit. Phil, qui s'était attendue à un discours de dix minutes, consulta son ordre du jour avec frénésie. Consciente que la caméra continuait de tourner, elle regarda désespérément le ministre, qui sortit ses notes de sa poche d'un geste brusque et s'infiltra avec aisance dans la brèche.

Chapitre 19

Sur les marches de la bibliothèque, Fury aidait Charles Aukin à enfiler son pardessus. Hanna les rejoignit et serra les mains de Charles.

– Vous êtes sûr de ne pas vouloir rester boire un verre ?

– Ne le prenez pas mal, mademoiselle Casey, mais j'ai eu plus que ma part de réceptions bondées. Fury et Diablo vont me ramener chez moi, et en moins de deux, je serai assis dans ma baignoire avec des mots croisés.

Fury émit un grognement de mépris.

– Eh bien, si tu prévois de prendre un bain, tu ferais mieux de garder ton manteau. Ta chaudière a fait un bruit bizarre quand on est venus te chercher tout à l'heure.

– Oui. J'avais pensé te demander d'y jeter encore un coup d'œil.

Comme Charles l'avait prédit, Fury mordit à l'hameçon.

– Mais bien sûr, pourquoi pas ? Est-ce que je ne suis pas l'imbécile assez crétin pour essayer de la maintenir en marche ? Et je n'aurais pas à m'y coller, si tu n'étais pas radin au point de refuser d'en installer une nouvelle.

Charles lança un regard amusé à Hanna.

– Mademoiselle Casey, c'est ce que la presse appelle une fuite. Espérons que la jeune fille de l'*Inquirer* ne le découvrira jamais.

Hanna contempla sa silhouette alerte disparaître sur Broad Street, suivie par celle dégingandée de Fury. Diablo fermait la marche.

Conor secoua la tête, stupéfait.

– Je vais vous dire une chose, mademoiselle Casey, je ne sais pas comment Fury le supporte. Cette chaudière au château est dans un état lamentable et cet homme ne dépensera pas un centime pour la faire réparer. Personne d'autre sur Finfarran ne continuerait à la rafistoler.

C'était tout Fury, songea Hanna. Il se sentait investi d'une mission envers la péninsule et ses bâtiments, et envers les générations d'ouvriers qui les avaient fabriqués et réparés par le passé. Ce sentiment de devoir s'étendait à tous les habitants. Un banquier de Wall Street excentrique, un tantinet médisant, n'était pas quelqu'un avec qui Fury aurait imaginé passer du temps. Toutefois, il avait deviné que le propriétaire de Castle Lancy était un homme solitaire. Après des années à voyager dans le monde entier, l'épouse de Charles Aukin était décédée lors d'une visite à Finfarran.

Soucieux de veiller sur la tombe de sa femme, Charles vivait à présent seul au château. Son refus de changer la chaudière n'était pas une preuve d'avarice. Ce n'était qu'une excuse pour décrocher son téléphone. Hanna savait que chaque visite de Fury au château se terminait par un verre ou une tasse de thé ainsi qu'un brin de causette. Personne ne saurait jamais que c'était Fury qui lui avait suggéré d'offrir le psautier. C'était la gratitude du vieil homme envers Fury qui avait sauvé la bibliothèque de Lissbeg.

Hanna jeta un regard à l'espace d'exposition bondé et elle eut l'envie soudaine de fuir la chaleur, le vin et les discours qui n'avaient aucun lien avec l'ouvrage magnifique irradiant sagement dans sa vitrine. Jazz ou Louisa aurait forcément besoin de son attention à un moment donné, ou bien il faudrait séparer Mary Casey de Malcolm. Phil lui avait déjà demandé de poser et de sourire aux appareils photos un peu plus tard dans la soirée. Mais dans l'immédiat, le ministre paraissait bien parti pour vingt bonnes minutes encore. Si elle prenait une petite pause, personne ne le remarquerait.

Conor la retrouva dehors, un plateau à la main.

– Les filles ont fait du super boulot, n'est-ce pas ? Faites attention au caramel salé, Diablo est déjà passé par là.

Hanna secoua la tête.

– Tout est parfait, mais non merci, ça va. J'ai juste envie d'un bon bol d'air.

– Bon. Dois-je retourner à l'intérieur et paraître intéressé ?

– Oui. Dites-leur que je serai de retour dans une minute.

Conor acquiesça, obéissant.

– Aucun problème. Le maire passe après le ministre, d'après moi, vous pouvez prendre votre temps.

Conor disparut dans le vestibule. Hanna se faufila dans le jardin des nonnes par le portail latéral de la cour. À cette heure-ci, le jardin était le domaine réservé des oiseaux. Elle marchait sous les arbres qui bordaient les larges parterres d'herbes, et un roitelet huppé fonça comme une flèche vers la fontaine. La lumière du soir tombait sur les vitraux qui éclairaient jadis le réfectoire des nonnes. Au-dessous, des balustrades en fonte encerclaient des rangées de tombes grises. Le cimetière des nonnes était à présent entretenu par les bénévoles du jardin. Récemment, ils avaient retapé des ruches là où autrefois, les nonnes récoltaient du miel et de la cire pour fabriquer des bougies et de la cire parfumée. Quittant l'ombre d'un aulne, Hanna descendit un sentier de gravier qui serpentait entre les parterres d'herbes, frôla un buisson de romarin de la main pour libérer sa fragrance épicée. Au croisement de quatre chemins, la statue de saint Francis, bras tendus, se dressait sur son socle. L'eau qui jaillissait de fleurs sculptées à ses pieds ridait la surface du bassin en granite.

Hanna passa devant la fontaine et s'assit sur un banc taillé dans un bois argenté, blanchi par les années. La barre du dossier portait toutefois une inscription récente : « À sœur Michael, née Sarah Cassidy, qui a œuvré dans ce jardin ». Avec une pointe de nostalgie,

Hanna se souvint de la petite sœur laie. Son énergie lui avait donné la force nécessaire pour unir la communauté et sauver la bibliothèque de Lissbeg. Durant plus de soixante-dix ans, sœur Michael s'était occupée des plantes aromatiques du jardin tout en travaillant à la cuisine du couvent. Elle était enterrée dans l'enceinte ombragée et clôturée, dans la nature luxuriante. Hanna plissa les yeux dans le soleil couchant et regarda les collines au-delà de la ville. Elles étaient d'un bleu foncé dans la lumière du soir, se découpant sur les gigantesques montagnes à l'ouest.

Hanna entendit des pas crisser sur le gravier. Avant qu'elle n'ait le temps de se retourner, une voix familière résonna derrière elle :

– Les grands esprits se rencontrent. Même si… (Brian Morton s'assit sur le banc et leva deux verres et une bouteille.)… certains d'entre nous ont assez de bon sens pour ne pas s'éclipser sans emporter une part de la fête.

Ils ne s'étaient pas retrouvés en tête à tête depuis six mois. Elle ne savait pas quoi dire.

– Comment sais-tu que je bois du blanc ?

– Parce que je t'ai observée toute la soirée.

Il remplit un verre et le lui tendit. Ils gardèrent un instant le silence. Puis, elle le regarda dans les yeux.

– Je voulais t'appeler.

Il saisit la bouteille par le goulot et l'enfonça dans le gravier pour qu'elle ne se renverse pas. Puis, il cala son dos contre le banc et sirota son verre de vin.

– Comment trouves-tu ton espace d'exposition ?

– Il est magnifique.

– Tu n'étais pas très expressive lors des réunions préparatoires.

Elle se souvint de ces heures atroces où ils étaient dans la même commission, s'efforçant d'éviter le regard de l'autre.

– Eh bien, ton imitation de l'homme au masque de fer est plutôt réussie.

Brian haussa les sourcils et encaissa la remarque.

– Ce n'est pas moi qui ai écrit l'argumentaire sur la translucidité, au fait.

– Je n'ai pas pensé que c'était toi.

Après un long blanc, il s'exprima à nouveau, sans la regarder.

– Moi aussi. Je veux dire, moi aussi je voulais t'appeler. Plein de fois. Mais le temps a passé et j'ai pensé que peut-être ça ne te plairait pas.

– Pourquoi ?

– Oh, nom d'un chien, Hanna, je ne sais pas... Parce que tu ne m'as pas téléphoné. Et puis, tu m'évitais.

Il brandit son verre et contempla le coucher de soleil à travers.

– Je me suis comporté comme une sorte de harceleur, et la moitié de Finfarran avait les yeux braqués sur moi.

Le roitelet descendit en piqué de la fontaine jusqu'à un parterre avant de disparaître derrière un buisson. Brian lança un regard furtif à Hanna.

– Et la maison ?

– Elle est bien. Mieux que bien, je l'adore. Il faut que tu viennes la voir un de ces jours.

L'invitation fut suivie d'un silence. Hanna se serait volontiers mordu la langue. Il se souvenait forcément de la dernière fois qu'ils s'étaient vus. Cette fois-là, elle aurait pu l'inviter à entrer dans sa maison, mais aussi dans son lit et sa vie. C'était la nuit où Jazz avait eu son accident. À cette époque, ils s'orientaient lentement vers une relation. Mais, contrairement à Malcolm, qui calculait le moindre de ses gestes, Brian n'avait pas une âme de manipulateur. Étant donné l'état d'Hanna cette nuit-là, il aurait pu très facilement abuser de la situation. Pourtant, il s'était contenté de la raccompagner chez elle après qu'elle eut fait ses adieux à Malcolm sur le parking de l'hôpital. Puis, il était resté silencieux au seuil de sa porte, pendant qu'elle prenait une décision. Il n'avait pas essayé de l'influencer. Épuisée, ayant désespérément envie de solitude, elle avait choisi de l'éloigner. Elle ne voulait pas qu'il disparaisse à jamais. Mais c'était arrivé, même si elle ne l'avait pas souhaité.

En le regardant à la dérobée, elle se dit qu'il n'avait pas changé. Son corps longiligne semblait parfaitement détendu. Brian lui renvoyait un regard interrogateur. Pendant un instant, elle paniqua, incapable de trouver ses mots. Puis, comme il l'avait toujours fait chaque fois qu'elle était perdue, il changea de sujet.

– Joli collier. Il va bien avec le psautier.

C'était un bijou moderne en argent, en forme de torque, serti d'un rectangle d'ambre. La pierre lustrée était dorée comme le miel et foncée comme du caramel.

Quand elle l'avait passé à son cou, elle avait aussi songé au psautier.

– Où l'as-tu acheté ?

– À une exposition à Londres, il y a une éternité. Il me rappelait mes origines.

– La monture est magnifique.

Brian l'observait avec intensité, comme s'il expertisait une maison. Gênée par ce regard soutenu, Hanna se leva sous prétexte de devoir y retourner.

– Je suis censée me rendre utile. Je n'aurais pas dû faire l'école buissonnière sans les prévenir.

Brian la dévisagea d'un air interrogateur, et elle finit par sourire.

– Oh, nom d'un chien, c'est très bizarre de te voir comme ça, je ne sais pas comment m'y prendre. Je ne sais pas si tu l'as remarqué, mais Malcolm est là ce soir.

Il se leva et baissa les yeux vers elle, l'air grave.

– Il me semblait bien que c'était lui le mec élégant, en Armani. Eh bien, voilà. J'ai toujours été mauvais en timing.

– Non, ce n'est pas ce que je voulais dire. Il n'est pas ici pour moi. C'est… une affaire de famille. Et tel que je connais Malcolm, à la première excuse, il aura décampé.

Ramassant la bouteille dans le gravier, Brian tendit la main vers son verre de vin. Son attitude réservée contrastait avec le charme suave de Malcolm.

– Merci pour l'invitation. Je passerai voir la maison.

– Oui.

– OK. Mais seulement si tu en as envie.

Hanna lui adressa un grand sourire.

– Tu te souviens de sœur Michael ?

– La petite nonne replète en anorak gris ? Bien sûr. J'ai toujours aimé son style. Elle ne fait aucune concession.

– Plus aujourd'hui en tout cas. (Hanna désigna le cimetière de la tête.) Elle est là-bas.

Avant qu'il ne puisse s'excuser, elle se moqua de lui.

– Elle avait bien plus de quatre-vingt-dix-ans, Brian, je crois qu'elle est heureuse de ce repos. Sœur Michael était très douée pour les déclarations contradictoires.

– À propos de quoi ?

– Eh bien, de moi, en l'occurrence. Elle disait que je fonçais tête baissée. Et la minute suivante, elle disait que j'étais la personne la moins douée pour prendre une décision.

– Alors, où est la vérité ?

Hanna s'interrompit, la main sur le portail du jardin, et l'observa avec ironie :

– Je ne sais pas. Je n'ai jamais su. Elle avait probablement raison : les deux.

Il leva la main pour lui toucher le visage quand le gravier crissa sous des pas. Hanna se retourna. Malcolm marchait vers eux.

– Eh bien, te voilà, je me demandais où tu t'étais volatilisée.

Il les rejoignit et la prit par le coude. Le geste était décontracté et le ton chaleureux, mais Hanna y perçut de l'agressivité. Les yeux de Malcolm, quand ils rencontrèrent ceux de Brian, étaient aussi froids qu'un morceau de silex. Brian n'esquissa pas un geste.

Hanna eut une vision absurde d'elle-même en Cora, dans *Le Dernier des Mohicans*. Elle se trouvait au milieu d'une confrontation entre Œil-de-Faucon et Magua. Agacée, elle s'apprêtait à se dégager d'un mouvement brusque lorsqu'elle remarqua une lueur amusée dans le regard de Brian. Il pouvait être nerveux et manquer d'assurance, mais à l'évidence, il n'était nullement perturbé par cette démonstration ridicule de propriété. Elle ne devrait pas l'être non plus. Elle esquissa un clin d'œil à Brian et sourit à Malcolm avec affabilité.

– N'est-ce pas charmant ! Je ne pense pas que vous vous connaissiez tous les deux ?

Chapitre 20

Les textos de Mary Casey étaient toujours écrits en majuscules sans aucun signe de ponctuation. Ils devaient être rapides et efficaces, proclamait-elle. On envoyait des messages vitaux, pas des dissertations comme à l'école.

Attablée au *Café du jardin* sous le soleil de juin, elle tapait un message pour Hanna.

« J'AI COMMANDÉ 8 PAR 10 MAIS LE GAMIN M'A DIT QUE C'EST 2 QUELQUE CHOSE 3 PAR 2 CINQ 4 »

Elle appuya sur « Envoyer » et cala son dos contre le dossier. Elle observait Louisa qui approchait, chargée d'un plateau avec le thé. Soudain, frappée par un léger doute, elle saisit le téléphone et tapota un autre texto :

« PHOTOS »

Et lorsque Louisa arriva, elle ajouta un autre mot.

« INQUIRER »

Une fois le texto envoyé, elle observa le plateau avec plaisir. Le *Café du jardin* proposait une théière d'une taille convenable et un délicieux shortbread. Elle tourna les pages de l'*Inquirer* de cette semaine jusqu'à la double au milieu et l'agita en direction de Louisa.

– Regardez-moi ça ! Deux pleines pages au beau milieu et le grand article du début. Je vous avais dit que nous devions nous dépêcher pour en avoir quelques exemplaires. Avec toutes ces photos à l'intérieur, ils seront épuisés d'ici le dîner.

Alors que Louisa servait le thé, Mary s'empara de son téléphone.

– Mon Dieu, je ferais mieux de dire à Hanna que nous sommes venues pour les journaux et pour la commande des tirages. (Elle déverrouilla le téléphone et, agacée, fit claquer sa langue.) Ah, Dieu tout-puissant, cette graisse sur l'écran me tue !

« NE VA PAS ACHETER LE JOURNAL NOUS AVONS 6 EXEMPLAIRES »

Elle envoya le message et en commença un autre : « MOI ET LOUISA... », puis s'arrêta et appuya sur « Supprimer ». Quand Louisa lui avait téléphoné ce matin, il était évident qu'elle voulait discuter. Alors peut-être valait-il mieux ne pas alerter Hanna avant de découvrir ce qui se tramait.

Louisa n'avait pas dit grand-chose en passant la chercher dans la voiture de location. Seulement que ce Malcolm était resté à la maison d'hôtes pour attendre un appel de son travail. Maintenant que le thé était servi, elle allait parler, aucun doute là-dessus. Mary était contente d'attendre. Elle avait astiqué l'écran avec acharnement, enfoui son téléphone dans son sac à main et reporté son attention sur le journal.

La plus grande photo de la double page montrait le ministre de Dublin flanqué d'elle-même et d'Hanna. Mary l'examina minutieusement.

– Elle sortira bien une fois imprimée sur papier brillant. Je ne la ferai pas encadrer par l'*Inquirer*. Je ne sais pas qui ce photographe croit duper avec ses tarifs. Pour sûr, on obtient deux fois mieux au *Frames2Go* de Carrick pour la moitié de ce qu'il facture là-dedans.

Elle parcourait les pages en secouant la tête. Il y avait un superbe cliché de Conor McCarthy et de cette fille avec le tee-shirt de la boutique. Mais n'était-ce pas dommage qu'il n'y en ait pas une de Jazz, ou de Louisa qui était si bien mise ? Louisa émit une objection, et Mary prit un shortbread. Intérieurement, elle trouvait que la tenue de la pauvre femme était épouvantable. Qui songerait venir à une fête comme celle-là dans une robe terne et un petit gilet beige ? Malgré tout, elle était plutôt gentille et il fallait se montrer polie. Et n'importe quel aveugle aurait vu qu'elle adorait Jazz. En effet, toutes les deux couvaient la jeune fille des yeux l'autre soir, comme des poules et leur poussin.

La pauvre enfant avait l'air atrocement nerveuse et mince dans sa robe jaune. Ses boucles d'oreilles brillantes bougeaient dans tous les sens, pendant qu'elle se déplaçait sans cesse pour éviter son père. Dieu sait ce que la pauvre Louisa avait dû ressentir. Debout, près d'elle, Mary observait. Jazz ne s'était même pas assise dans la voiture de son père. Peut-être qu'Hanna avait eu raison de ne pas lui révéler la vérité plus tôt. Si la malhonnêteté de Malcolm l'avait blessée si durement à plus de vingt ans, comment l'aurait-elle supportée quand elle était adolescente ? Malgré tout, c'était bon de voir Jazz rentrer avec Günther. C'était un employeur convenable et solide, et il s'assurerait de la ramener à la maison en sécurité.

Quand Jazz pénétra dans la cuisine, Susan avait étalé l'*Inquirer* sur la table. Günther pétrissait du pain sur le comptoir.

– Il est écrit ici qu'il y avait une caméra de la télé, pourquoi ce n'était pas aux informations ?

Jazz regarda par-dessus l'épaule de Susan.

– Je ne pense pas que c'était une caméra de RTÉ.[1]

– Et Günther n'est même pas sur une photo que nous aurions pu accrocher à l'accueil !

La timidité de Günther faisait l'objet de blagues récurrentes. Il sourit à son épouse.

– En réalité, je faisais quelque chose de bien plus utile. J'ai baratiné le type de la télé.

– Non, je n'y crois pas !

Il avait reconnu le logo d'une société de production allemande sur la caméra.

– Alors j'y suis allé et j'ai discuté avec lui. Leur programme va être diffusé dans toute l'Europe. Il parle du tourisme culturel en Irlande : les endroits où aller, les choses à voir, les lieux où séjourner…

1. Service public de radio et télévision en Irlande.

Il posa le bol dans la petite chambre de pousse et vint s'asseoir à côté de Susan.

– Mais peut-être que j'aurais dû poser pour une photo à la place ?

– Oh, bon sang, Günther, arrête de te moquer de moi et raconte !

– J'ai pensé qu'ils feraient peut-être un autre tournage dans le coin, alors je lui ai donné ma carte.

– Et… ?

– Et je lui ai dit que j'étais allemand et que nous avions une maison d'hôtes dans une ancienne forge, alors il a dit qu'ils viendraient peut-être ici.

– Quoi, dormir ici ?

– Filmer ici.

– Oh, mon Dieu ! Mais c'était samedi. On est lundi. Pourquoi tu n'as rien dit plus tôt ?

– Je savais que s'il n'y avait pas de suite, tu serais déçue.

Susan était sur le point d'argumenter, quand elle écarquilla les yeux.

– Ça veut dire qu'il y a une suite ? Il a appelé ?

– Lui non, mais le producteur oui. Ils veulent faire une interview sur mon arrivée en Irlande et notre projet ici.

– Mais c'est énorme ! On ne pourrait pas s'offrir ce genre de publicité.

– Je sais. Mais c'est aussi une bonne histoire pour eux. (Günther regarda Jazz.) Tu ne crois pas ? Ce magnifique coin d'Irlande dont je suis tombé amoureux. La magnifique Irlandaise qui a craqué pour moi.

Susan éclata de rire.

– Oh, c'est ça l'histoire, pas vrai ? (Elle fit un clin d'œil à Jazz.) Et bien sûr, comme je ne parle pas un mot d'allemand, il peut raconter tout ce qu'il veut, je n'en saurai rien.

Jazz se sentit comme une intruse. Elle regarda les mains de Günther : fines, musclées et assurées, ses larges épaules et ses cheveux blonds bouclés. Ils étaient tellement heureux ici, dans leur cuisine ensoleillée, avec la porte de derrière ouverte et le bruit des poules qui caquetaient et grattaient le sol là dehors. L'odeur du pain chaud flottait dans l'air et la petite Holly était assise sur la marche de la cuisine, le chat serré dans les bras. C'était une telle vision de bonheur qu'elle en était envieuse. Pourquoi tout souriait à certains, alors que d'autres ne récoltaient que les ennuis ? Malgré tout, se dit-elle, si des gens méritaient d'être heureux, c'étaient bien Günther et Susan. C'étaient les plus gros bosseurs qu'elle ait jamais rencontrés, et depuis le jour de son arrivée, ils l'avaient traitée comme un membre de la famille.

Susan repoussa le journal sur la table.

– Tu veux le garder ? Il y a une superbe photo de ta maman et de ta mamie avec le ministre.

Jazz secoua la tête.

– Telle que je connais Mamie, elle va accrocher un tirage dans chaque pièce.

La photo était quand même belle. Sa mère était souriante et détendue, dans sa robe élégante, rehaussée de son collier en ambre et argent. D'après Jazz, le créateur de Carrick avait effectivement rendu sa grand-mère fière. Elle souriait. C'était tout à fait sa mamie de se placer pile en face des appareils photos et tout à fait typique de Grand-mère Lou de les fuir pour éviter à Jazz une photo de famille embarrassante. L'idée même de poser avec son père lui donnait envie de vomir. Il s'était promené dans l'exposition comme s'il en était propriétaire, tout en feignant un profond intérêt.

Agacée, elle entendit sa voix et le claquement de portières devant la maison. Elle abandonna Susan et Günther pendant qu'ils regardaient le journal, se leva et traversa l'accueil.

La porte de devant s'ouvrit sur le vaste hall avec son plafond bas aux poutres apparentes. Grand-mère Lou et son père venaient d'arriver. Malcolm sourit à Jazz dès qu'il la vit et celle-ci sentit son visage se figer. Elle serra ses mains l'une dans l'autre et leur demanda s'ils désiraient du thé ou du café.

– Nous le servons ici en bas, ou dans le jardin, ou si vous préférez, vous pouvez le préparer dans votre chambre.

C'était un client, et elle allait le traiter de la sorte, exactement comme un autre hôte. Cela faisait partie de son travail. À sa grande satisfaction, elle le vit tressaillir, avant d'annoncer qu'il devait prendre un appel téléphonique et qu'il se ferait un café à l'étage. Alors qu'il se dirigeait vers l'escalier, Susan sortit de la cuisine. Si Malcom restait plus longtemps, Jazz se retrouverait prise à partie ; les Winterhalder ne toléreraient pas qu'un client se sente mal accueilli. Mais cela n'arriverait pas, parce qu'il ne resterait pas un instant de plus que nécessaire. Bientôt, il pousserait Grand-mère Lou vers le Kent pour continuer son existence pourrie sans se soucier de sa famille.

Susan sourit à Grand-mère Lou et lui demanda comment elle trouvait Finfarran.

– C'est vraiment charmant, il y a tellement de choses à faire et à voir. Et c'est si reposant. Mary Casey et moi avons pris un thé aujourd'hui au café près de la bibliothèque. Un endroit adorable et très ensoleillé.

– Eh bien, je suis contente que vous ayez apprécié votre séjour ici.

– Oui, en effet. (Grand-mère Lou arbora un large sourire.) À tel point que j'ai décidé de rester.

Il y eut un blanc, durant lequel Susan parut décontenancée. Puis, elle s'exprima d'un ton confus.

– Oh, madame Turner, je suis terriblement désolée. Je crains que nous ne soyons complets jusqu'au mois de septembre. Bien sûr, je suis très flattée et j'adorerais que vous prolongiez votre séjour, mais votre chambre ne sera plus disponible à partir de demain. Je veux dire, aucune des deux… (Visiblement troublée, elle regarda Jazz puis sa grand-mère). Je suis désolée, je ne comprends pas bien, est-ce que M. Turner et vous-même comptiez rester ?

Grand-mère Lou secoua la tête, décidée.

– Seigneur non ! Malcolm est bien trop occupé. Et c'est moi qui vous dois des excuses, je n'ai pas été assez claire. Je n'ai pas besoin de chambre, madame Winterhalder. Je ne sais pas exactement combien de temps je vais rester à Finfarran. Mais je séjournerai chez Mary Casey, alors tout va très bien.

Chapitre 21

Conor aurait besoin d'un peu de temps pour s'habituer à l'exposition. C'était étrange de voir tous ces gens tourner en rond derrière la vitre, faire la queue devant le psautier, et se servir des écrans interactifs. Aujourd'hui, le guide était Oliver Bannister. Conor le voyait énumérer sur ses doigts des faits et des chiffres, puis répondre aux questions de son groupe. C'était un peu comme avoir une télé en bruit de fond, avec le son tout bas, bien que d'après Mlle Casey, ils n'y feraient bientôt plus attention. Et quand on était assis au bureau, on avait le dos contre la vitre, alors Conor supposait qu'elle avait raison.

Ailleurs dans la bibliothèque, tout paraissait parfaitement normal ce matin. Mademoiselle Casey et lui s'étaient retrouvés ici toute la journée du dimanche, en même temps que Phil, pour déplacer les tables et remettre de l'ordre. Bríd et Aideen étaient venues débarrasser le matériel de restauration. Les filles étaient ravies de tous les compliments qu'elles avaient reçus : d'après Aideen, Phil avait été enchantée des commentaires sur la soirée et des tas de gens avaient retweeté des photos.

Quand Conor lui avait donné un coup de main avec les ordures, Aideen mourait d'impatience de lui révéler un scoop.

– Un journaliste m'a dit qu'il adorait le fromage de chèvre. Il n'y en avait pas dans les sachets tout prêts, alors je lui en ai trouvé une petite boîte. Il a dit qu'il trouvait le concept génial. Tu sais, la nourriture médiévale pour aller avec le psautier ? Et devine ce qu'il va faire ? Il prépare un article pour un supplément du dimanche. Un truc art de vivre basé sur mes recherches !

– Comment ça, sur tes recherches ?

– Le dépliant que Phil m'a fait écrire pour mettre dans les sachets.

Le journaliste avait apprécié toutes les infos qu'elle avait dénichées sur les moines et les banquets médiévaux. Il avait dit que c'était un angle vraiment original pour l'exposition.

– L'article paraîtra dans les pages Art, mais il sera un peu plus léger.

– Et tu seras payée ?

Le visage d'Aideen s'était décomposé quand elle avait répondu non.

– C'est lui qui va l'écrire.

– Ouais, mais ce sont tes recherches.

– Ah, Conor, tout ce que j'ai fait, c'est de fouiller un peu sur Wikipédia.

– C'est sûr, mais qu'est-ce que ton journaliste va faire sinon la même chose ? Et tu peux être sûre que lui, il se fera payer.

Pour une raison incompréhensible, Aideen avait paru peinée. Alors, il l'avait enlacée et lui avait dit que c'était génial.

– Ce sera une énorme publicité pour *La Mercerie*.

Mais cette remarque lui avait aussi déplu. Elle avait traîné des pieds et baissé les yeux.

– Je ne sais pas s'il va mentionner l'épicerie.

– Il le fera, bien sûr, votre nom ne figure pas sur la brochure ?

Aideen avait pris un air penaud.

– Je n'y ai pas pensé. J'étais tellement sidérée qu'il ait aimé ce que j'ai écrit.

Ne sachant que faire, Conor l'avait serrée dans ses bras. Selon lui, ce type s'était dégoté une histoire en plus de son fromage gratis, et Aideen était tout illuminée parce qu'il avait daigné se servir de ses recherches.

Une minute plus tard, elle lui avait pris la main.

– Mince, Conor, et s'il comprend de travers et qu'il imprime des erreurs, on va me tenir pour responsable ?

Sa remarque était tellement stupide qu'il avait failli perdre patience. Mais Aideen avait écarquillé les yeux : elle paraissait réellement paniquée. Alors il avait pris une voix marrante pour l'assurer qu'il paierait sa caution. Et il l'avait fait rire.

Assis au bureau de Mlle Casey, il se demandait comment aider Aideen. Elle était tellement jolie, intelligente et amusante. Pourtant, elle n'avait aucune confiance en elle. Elle ne se rendait absolument pas compte à quel point elle était géniale.

Le parking près de l'église à Knockmore était une des haltes habituelles du bibliobus. Hanna y faisait souvent un saut et prenait un sandwich et un café avec les retraités du centre de soins. Aujourd'hui, elle attendit d'être en route pour Ballyfin et trouva un coin au bord de la route. Elle s'assit au soleil. C'était un muret aux abords d'un petit pont. Au-dessous, l'eau vive coulait bruyamment au travers des roseaux qui bordaient la rive. Dans les champs tout autour, le bétail se déplaçait lentement dans les pâturages, les herbes à hauteur de jarrets, et arrachait des touffes de trèfles de ses lèvres molles et ses mâchoires puissantes. Mordant dans un sandwich, Hanna se retrouva à imiter leur rythme. Son prochain arrêt avant Ballyfin était Owenacrossa, l'endroit où Lizzie Keogh avait prêté une valise à Maggie Casey. Il était étrange de penser à la jeune fille de dix-sept ans qui avait voyagé sur ces routes avant elle. Elle était passée sous ces mêmes arbres et avait, elle aussi, entendu le bruit de la rivière.

Hanna remonta les jambes et posa le menton sur ses genoux. Elle se remémora ses préparatifs quand elle était partie pour l'Angleterre, plus de trente ans plus tôt. Elle avait travaillé pendant un an dans une bibliothèque de Dublin avant de poser sa candidature pour une formation à Londres de bibliothécaire spécialisée en art. Focalisée sur son rêve, elle n'avait pas fait grand cas de la désapprobation de sa mère ni du tendre soutien de son père. C'était ce qu'elle voulait et, quoi que les autres en pensent, c'était ce qu'elle allait faire.

Elle avait adoré ces premiers mois dans la grande ville : le plaisir d'étudier et les amitiés tissées au fil des emplois à temps partiel, qu'elle avait pris pour compléter sa bourse. C'était très différent de l'expérience de Maggie, de sa vulnérabilité soixante ans plus tôt. Quand Hanna avait trouvé un job désagréable dans un restaurant, elle l'avait simplement quitté. Elle ne se souvenait pas exactement de ce qui avait mal tourné : quelque chose à propos du chef de rang qui était un sale type ou l'itinéraire du bus qui ne l'arrangeait pas. En tout cas, elle était partie sans se soucier des conséquences. Il y avait plein de petits boulots à Londres et nombre d'employeurs heureux de mettre la main sur quelqu'un de bien élevé et d'avenant.

À cette époque, elle se sentait invincible. Même sa colocation miteuse, au-dessus de la poussiéreuse rue Paddington, lui paraissait chic. Si les choses avaient mal tourné, elle aurait eu un filet de sécurité. Pendant des années, son père avait tenu le petit magasin et le bureau de poste de Crossarra, juste au cas où elle change d'avis et rentre à la maison pour reprendre l'affaire. Avec cette possibilité de repli, et un boulot de rêve en perspective, l'appartement exigu, la baignoire ébréchée, les repas de fortune et la fenêtre qu'il fallait gravir pour atteindre le minuscule balcon, tout lui semblait amusant. Tout comme ses colocataires, qu'elle avait trouvées par une petite annonce dans l'*Evening Standard*, elle avait su qu'elle allait vers un avenir meilleur.

Après le logement minable de Paddington, il y avait eu le somptueux appartement de Malcolm, dans un immeuble aux allures de manoir, à l'écart de Sloane Square, puis la maison d'époque géorgienne, qu'elle avait dénichée et restaurée avec tellement de soin. Elle était Mme Turner, conseiller de la reine. Ses nouveaux rêves portaient sur le futur de Malcolm et une vie commune survenue à l'improviste. Elle avait abandonné sa propre carrière avec une telle facilité.

Comment les gens se rencontraient-ils ? On traversait la mer et on débarquait dans un endroit inconnu. Puis un jour, en se promenant dans un parc ou en s'asseyant dans un restaurant, on faisait connaissance avec un homme et on décidait de passer sa vie avec lui. Comment pouvait-on dire qui il était ? Dans sa région, il n'y aurait pas eu de problème. Mary Casey aurait connu la graine, l'espèce et les générations, et les voisins auraient su des histoires de sa famille remontant au Déluge. S'ils s'étaient rencontrés à Finfarran, est-ce que Malcolm aurait mené une double vie si longtemps ? Quand Hanna l'avait surpris avec Tessa, elle l'avait alors accablé. Malcolm avait juré avoir agi au mieux. Il n'avait pas eu l'intention de tomber amoureux, selon lui, ce n'était pas prémédité. Hanna avait fait une fausse couche. Il ne pouvait pas l'abandonner à ce moment-là. Le temps passant, il n'avait pu se résoudre à lui faire du mal ; et puis elle était retombée enceinte et Jazz était née.

Une vache meugla dans la prairie. Hanna entoura ses genoux de ses bras. S'en serait-elle sortie s'il l'avait quittée après la fausse couche ? Peut-être. Mais s'il avait dit la vérité et divorcé ensuite, elle n'aurait jamais connu la joie d'avoir sa fille. De toute façon, elle avait géré ces histoires il y a bien longtemps. Quand elle avait vu Malcolm l'autre jour, elle n'avait éprouvé aucun regret de l'avoir quitté. Seulement de la pitié en constatant l'état de sa relation avec Jazz.

Elle se leva du muret et froissa l'emballage de son sandwich avec colère. Elle n'était pas idiote et savait très bien ce qui la perturbait. Ce n'était pas le passé ni Malcolm. C'était le futur et Brian Morton.

Chapitre 22

La présence de Jazz à *L'Ancienne Forge* créait une véritable différence. Les années précédentes, Susan était tiraillée. Les gens souhaitaient bavarder, et tous, que leurs impressions soient positives ou négatives, sollicitaient son attention. Si les hôtes adoraient la vue de leur chambre ou s'ils préféraient les biscuits au gingembre plutôt que les macarons avec leur thé, Susan trouvait ces informations utiles. Néanmoins, ces discussions prenaient du temps et le ménage n'avançait pas. Avec Jazz dans l'équipe, les matinées se déroulaient plus facilement, et elle pouvait même prendre deux ou trois heures de repos l'après-midi pour filer à Lissbeg ou amener Holly jouer chez une copine.

Cet après-midi-là, Günther voulait qu'elle récupère des herbes au jardin des nonnes, quand elle irait à son club de lecture : c'était un des jours où les bénévoles vendaient des plateaux de fines herbes.

– Pas de problème. J'emmène Holly avec moi, si tu veux. Comme ça tu ne l'auras pas dans les pattes. (Susan saisit son livre et marqua un temps d'arrêt, prise d'un doute.) En fait, je ne suis pas sûre que ce soit une bonne idée.

Elle avait pensé laisser jouer Holly dans le jardin des nonnes, pendant qu'elle serait à la bibliothèque. Günther s'inscrivait souvent comme bénévole au jardin, et Holly adorait désherber et ratisser les sentiers avec un petit râteau et une truelle. Les autres bénévoles gardaient un œil sur elle mais, aujourd'hui, c'était le jour du club, et la petite fille de Darina Kelly serait peut-être là aussi.

– Où est le problème ? Elles ne peuvent pas jouer ensemble ?

– Oh, franchement, Günther, les enfants de Darina sont affreux. La dernière fois qu'Holly a joué avec Gobnit, elle est rentrée à la maison en larmes.

– Qu'est-ce qui s'est passé ?

– Je n'ai jamais découvert le fin mot de l'histoire, mais je parie que c'est Gobnit qui a commencé.

– Ben pourquoi ? Pauvre enfant ! Pourquoi crois-tu ça ?

Susan le dévisagea avec affection. Sa gentillesse était la première chose qu'elle avait remarquée chez lui, quand elle l'avait rencontré dix ans plus tôt. Pour payer ses frais de scolarité à l'université, elle travaillait à Carrick dans la boutique *Walking on Air*. C'était le premier voyage de Günther en Irlande. Il avait déjà fait des randonnées depuis Cork jusqu'à Kerry et sur

Finfarran. Leur première rencontre ne fut pas très romantique : il avait mal aux pieds, avait-il expliqué, et il avait besoin d'une nouvelle paire de chaussettes. Elle l'avait fait asseoir dans un coin et était partie les chercher. Quand elle était revenue, le banc était occupé par des petits enfants et Günther était debout. Entre-temps, une femme, qui aurait très bien pu garder ses enfants avec elle, flânait dans les rayons et examinait les vêtements de pluie.

En voyant son expression, Günther avait souri timidement.

– Ce n'est pas grave. De toute façon, si je reste assis, je vais peut-être m'endormir.

Mais c'était sa nature. Il ne lui viendrait jamais à l'esprit de s'asseoir alors que d'autres étaient debout.

Il n'avait pas beaucoup dormi la nuit précédente.

– Je suis arrivé tard à l'auberge de jeunesse. Alors j'ai fini dans une chambre bondée, sur le lit superposé du haut, ce qui n'est pas bon pour moi, parce que je suis long… (Il s'interrompit et fronça les sourcils.). Je veux dire grand. Alors je ne dors pas. Et aujourd'hui j'ai trente kilomètres de marche.

– Tu ne feras jamais trente kilomètres avec des pieds couverts d'ampoules !

– Tu as peut-être raison. Mais j'ai un programme. Et pas beaucoup de temps.

Il devait rentrer en Allemagne une semaine plus tard, avait-il précisé.

– Mais je ne peux pas rater le comté de Finfarran. Les gens disent que c'est tellement beau.

– Ça l'est. Je veux dire, Carrick est une ville ordinaire. Mais si tu vas à l'ouest en bas de la péninsule, c'est extraordinaire. Il y a de grandes plages, des falaises et des forêts magnifiques.

– Je viens d'une région d'Allemagne qui s'appelle la Forêt-Noire.

– Comme le gâteau ?

– *Schwarzwälder Kirschtorte*, oui. Mais, tu sais, dans cette région, il n'y a pas que le gâteau.

– Mon Dieu, je suis désolée ! C'est comme quand on dit : « Oh, des *leprechauns*[1] ! », quand on parle à un Irlandais.

– Oui, à peu près ça.

Les yeux de Günther étaient incroyablement bleus et il les plissait quand il souriait. Après lui avoir vendu des chaussettes, Susan lui proposa de le conduire à Lissbeg.

– Je t'emmènerai un peu plus au sud de la péninsule. Je termine dans une demi-heure.

Ils avaient prévu de se retrouver dans un café mais, quand elle était arrivée là-bas, il attendait dehors, assis sur son sac à dos.

– Je sais. Ça fait radin. Mais je suis étudiant, il faut que je fasse des économies.

Quand elle avait éclaté de rire, il avait soudain pris une expression désolée.

– Mais tu es assez sympa pour me conduire, je… Tu veux un café ? Tu veux entrer ?

1. Il s'agit d'une créature imaginaire ressemblant à un humain, issue du folklore irlandais.

Elle lui avait assuré qu'elle ne voulait ni café ni gâteau, et quand ils étaient arrivés à Lissbeg, elle lui avait conseillé une bonne adresse où dormir.

– Tu ne la trouveras pas dans un guide. C'est une chambre dans une ferme : ils tiennent un B & B, et c'est vraiment confortable. Et pas cher.

Elle allait leur téléphoner, avait-elle dit, pour les prévenir de l'arrivée de Günther.

– C'est à environ seize kilomètres de marche d'ici, à l'orée de la forêt. Tu ne devrais pas avoir de mal à y arriver, même dans l'état où sont tes pieds.

Ce jour-là, quand elle l'avait regardé s'éloigner, en boitillant, elle n'avait pas imaginé le revoir un jour. Un mois plus tard, il lui avait envoyé une carte postale, adressée à la boutique de Carrick. La photo montrait une énorme tranche de Forêt noire et il avait écrit « Merci » au dos. L'été suivant, elle avait levé les yeux et l'avait découvert au comptoir. Il voulait des chaussettes.

L'année suivante, elle visitait sa maison à Freudenstadt, où sa mère était médecin et son père fonctionnaire. Günther avait quitté l'université.

Il avait toujours voulu travailler dans l'hôtellerie, lui avait-il dit.

– Aujourd'hui, ce que je veux le plus au monde, c'est t'épouser et vivre en Irlande. On pourrait monter un B & B.

Ils se trouvaient dans un bus plein à craquer ce jour-là et elle avait dû se pencher pour l'entendre. Sa demande n'était donc pas plus romantique que leur première rencontre. Mais c'était merveilleux. Le temps qu'ils bondissent hors du bus, main dans la main, et qu'ils traversent la place du marché à Freudenstadt, ils avaient déjà fait des projets. Susan rentrerait chez elle et chercherait une bâtisse à rénover. Günther ferait ses bagages et la rejoindrait ensuite. L'héritage de son parrain devrait suffire pour les aider à démarrer leur affaire. Leurs familles s'étaient déjà rencontrées et elles s'appréciaient : leur futur s'annonçait radieux.

Le jour du mariage, la mère de Susan les avait étreints tous les deux.

– Je ne parlerai pas comme un sage, sinon je vais me sentir vieille. Je dirai simplement : soyez bienveillants l'un envers l'autre. Si vous y parvenez, vous ne pourrez pas vous tromper.

Face à la compassion instinctive de Günther pour l'horrible petite fille de Darina, Kelly, Susan se dit que sa mère avait raison, et qu'elle-même n'était qu'une garce. Ce n'était pas la faute de la pauvre Gobnit si elle manquait de discipline et qu'elle était surexcitée. Tout comme ses frères et sœurs, elle ne pouvait pas en placer une chaque fois que leur mère était dans les parages. Pas étonnant qu'ils soient bruyants et agressifs. Si les autres mères éloignaient leurs enfants, comment apprendraient-ils à changer ? Elle fourra son livre dans son sac et se pencha au-dessus de l'évier, où Günther épluchait des betteraves. Elle lui donna un baiser.

– Tu as raison, j'emmènerai Holly. Si Gobnit est là, ça leur fera du bien à toutes les deux de trouver des solutions pour s'entendre.

Dans le jardin des nonnes, Susan et Holly retrouvèrent la vieille Mme Reily. Elle était assise au soleil, à côté de la fontaine.

– Allez à votre club de lecture et ne vous inquiétez pas pour ce petit amour. (Elle sourit affectueusement à Holly.) Nous allons très bien nous entendre toutes les deux, n'est-ce pas, mon cœur ? Je vais m'occuper de toi.

Holly la dévisagea avec sévérité.

– Je suis une jardinière exceptionnelle, Papa l'a dit. Je n'ai pas besoin qu'on s'occupe de moi.

Avant que Susan ne puisse protester, la fillette se pencha en avant et posa sa main sur le genou de la vieille dame.

– Mais si tu attends ta fille ici, je peux m'occuper de toi si tu veux.

À l'autre bout du jardin, Gobnit Kelly martelait le gravier avec le talon de ses Doc Martens. Elle portait une blouse longue tie-dye – résultat d'un cours du soir de Darina –, et ses cheveux fins étaient ornés de perles et de tresses africaines plutôt ratées. Susan sourit et lui fit signe de les rejoindre. Un instant, l'enfant ne bougea pas. Soudain, avec le cri strident d'un putois, elle se précipita droit sur les parterres d'herbes et s'arrêta en dérapant à côté de la fontaine. Susan décida que ce n'était pas le moment de la réprimander. Elle lui demanda avec entrain si elle aimerait jouer avec Holly.

Gobnit pinça les lèvres et lui tira la langue.

– Non, dit-elle en louchant.

Puis elle s'éloigna à toute vitesse et frappa la terre du pied pour en recouvrir les graviers.

Madame Reily fit un clin d'œil à Susan.

– *Briseann an dúchas trí shúile an chait*, chuchota-t-elle.

Elle posa son regard sur Holly. Les mains sur les hanches, celle-ci lançait des regards furieux à Gobnit, qui détruisait le sentier.

« L'hérédité transpire par les yeux du chat. » Susan n'avait pas entendu ce proverbe irlandais depuis une éternité. La vieille Mme Reily appartenait à l'école qui avait plus de foi en la nature qu'en la culture. Si le proverbe avait raison, se dit Susan avec ironie, la pauvre petite Gobnit Kelly n'avait pas beaucoup de chances de s'en sortir. Quant à sa fille, elle espérait que sa proposition de s'occuper de la vieille Mme Reily prouvait que la gentillesse de Günther était un gène dominant chez elle.

Chapitre 23

Mary Casey avait elle-même élaboré les plans de son pavillon. Pas les canalisations ni le gros œuvre, expliqua-t-elle à Louisa. C'était le domaine de Tom. Elle avait veillé au double vitrage, au chauffage central, à une cuisine de taille décente avec tout le confort, et une lumière bien vive dans chaque pièce. Comme elle ne rajeunissait pas, elle ne pouvait pas plisser les yeux sur un livre ou frotter une vieille gazinière avec un tampon à récurer. Elle en avait assez fait toute sa vie pour ne pas vouloir continuer pendant sa retraite.

Elle ouvrit rapidement la porte et recula pour laisser entrer Louisa. Puis elle la dépassa en trombe et arrangea la photo de l'*Inquirer* qui trônait sur le rebord de la fenêtre. Un deuxième tirage se trouvait dans sa chambre à coucher et un troisième au-dessus de la télé dans le salon. Impossible de prévoir comment ils résisteraient à la lumière, mais ils étaient tous orientés différemment, alors avec un peu de chance, ils ne seraient pas tous abîmés.

– C'était la chambre d'Hanna quand Jazz et elle habitaient ici. Vous avez votre salle de bains personnelle de l'autre côté du couloir. La mienne est attenante à la suite parentale, comme ça on ne se marchera pas sur les pieds le matin.

C'était valorisant de voir le coup d'œil approbateur de Louisa. Cela dit, elle n'avait aucune raison de se plaindre. Impossible de rivaliser avec le papier peint à fleurs et la magnifique vue sur le jardin. Tom s'y connaissait en fleurs. Quand ils avaient emménagé au pavillon, il avait disposé des pots de giroflées odorantes et des onagres dans le patio. Elles s'y trouvaient toujours et elles dégageaient une charmante odeur, quand on gardait les fenêtres ouvertes pendant l'été.

Louisa était elle-même une jardinière de talent. Quand Mary et Tom avaient pris l'avion à l'occasion du mariage d'Hanna, Louisa et ce dernier avaient passé la moitié de la réception à flâner dans le vaste domaine du Kent et à parler fleurs. De retour chez eux, il lui avait envoyé des graines d'onagres. Aucun risque d'entourloupe là-dessous : Tom n'avait jamais fait quelque chose comme ça. Si Mary était un brin psychologue, elle dirait que Louisa n'était pas de ce genre non plus. C'était une femme réservée et respectable, et on devinait qu'elle laissait la cuisine immaculée après son passage.

Mary était heureuse de lui avoir proposé une chambre. L'autre jour, elles étaient dans le jardin des nonnes depuis vingt minutes à peine, quand elle avait compris que Louisa mourait d'envie de passer du temps avec Jazz. Et pourquoi ne serait-ce pas le cas ? On ne pouvait poser les yeux sur la pauvre enfant sans souhaiter faire la lumière sur toute l'affaire. Mais Louisa ne voulait pas étouffer Jazz.

– Personne n'aime que sa grand-mère poireaute à son travail. Je déteste l'idée de disparaître après un week-end, sans avoir eu l'occasion de discuter avec elle. Je veux dire, sans véritable discussion. (Louisa semblait inquiète.) Et à vrai dire, je n'ai rien contre des vacances. Je suis perdue dans cette maison du Kent toute seule, vous savez, j'hésite à aller à Londres ces temps-ci, parce que Malcolm est toujours tellement occupé.

Mary avait pincé les lèvres à la mention de Malcolm. Mais elle ne voyait pas l'intérêt de ressasser de vieilles histoires. Louisa se sentait seule et elle s'inquiétait pour sa petite-fille : Dieu sait à quel point Mary comprenait ces deux choses. George ressemblait un peu à Tom, à l'anglaise : en plus huppé. Pondéré et dévoué à sa femme. Il était décédé subitement lui aussi, tout comme Tom. La grande maison dont Louisa avait hérité se trouvait à des kilomètres du voisinage le plus proche. Elle avait l'air de coûter un million de dollars, bien entendu : avec du chintz partout, on l'aurait dit tout droit sortie du magazine *Elle Déco,* mais elle n'était pas douillette. Mary n'y était pas retournée depuis le mariage. Elle n'avait jamais oublié la spacieuse chambre à coucher dans laquelle Tom et elle avaient dormi, ou le salon avec les deux grandes portes qui s'ouvraient sur la terrasse. Pas étonnant que Louisa se sente perdue là-bas, sans personne pour lui tenir compagnie. Et, à vrai dire, malgré tout le confort de son pavillon, Mary éprouvait la même chose. En regardant sa chambre d'amis avec la peinture de colley dans son cadre doré posé sur la coiffeuse, et le superbe tapis en mousse viscoélastique au pied du lit, elle se dit que c'était bien que, pour un temps, quelqu'un y dorme à nouveau.

Avec le beau temps et les visiteurs de l'exposition, le *Café du jardin* avait sous-estimé ses besoins pour la journée. Le personnel envoya un texto urgent à l'épicerie pour commander plus de sandwiches. Aideen avait filé pour les livrer et elle adressa un petit geste à Holly Winterhalder qui, accroupie près du parterre de camomille, ratissait le sentier de graviers. Puis, elle esquiva la circulation sur Broad Street et retourna à *La Mercerie*. Là, Bríd s'affairait derrière le comptoir. Le rush du déjeuner était terminé, mais ces derniers jours, le travail ne manquait pas. Rien à voir avec les après-midi interminables à l'époque où elles avaient ouvert la boutique. Elles s'étaient souvent tourné les pouces en attendant l'arrivée d'un client.

– Comment ils s'en tirent au café ?

– Génial ! Ils vont certainement augmenter leurs commandes en milieu de semaine. Entre les gens qui bossent au jardin et les touristes qui visitent l'exposition, ils avaient pratiquement vendu tous les sandwiches à quatorze heures.

– On va embaucher du personnel. (Bríd lui adressa un clin d'œil.) Ou nous augmenter.

– Je crois que tu t'emballes. On ferait mieux d'augmenter nos remboursements à la banque.

Bríd éclata de rire.

– J'vais t'dire une bonne chose, jeune fille, ce Conor McCarthy a pris le contrôle de ton cerveau.

Aideen prit la mouche.

– Qu'est-ce que c'est censé vouloir dire ?

Bríd la dévisagea, surprise.

– Bon sang, Aideen, c'était juste une blague. Détends-toi, d'accord ?

Virant à l'écarlate, Aideen heurta des Tupperware dans l'évier. Elle n'arrivait pas à garder son calme.

Bríd se retourna et l'examina avec perspicacité, les poings plantés sur les hanches.

– Alors qu'est-ce qui se passe entre toi et l'homme à la tirelire ?

– Je ne sais pas de quoi tu parles.

– Allez, Aideen. Vide ton sac.

Elle se sut coincée. Aideen serra ses bras sur sa poitrine et rentra la tête dans les épaules.

– Je suis juste… Je ne veux pas parler de Conor.

– Bien… (Bríd tendit la main vers la cafetière.) Si tu ne veux pas parler de Conor, c'est qu'il se passe forcément quelque chose.

Après une demi-tasse de café et de nombreuses tergiversations, Aideen admit enfin qu'elle était flippée à cause d'une photo.

– C'était dans l'*Inquirer*. En plein milieu. Tu as dû la voir.

– Une photo de qui ?

– De Conor, nounouille. Avec cette fille de la boutique.

– Et alors quoi ?

– Eh bien, regarde-les.

Aideen sortit un exemplaire du journal. Elle l'étala sur le comptoir et déplaça un bol de mayonnaise avant de retourner les pages pour que Bríd les voie bien.

Bríd examina le cliché.

– OK, alors je vais me répéter : et alors ?

– Il a son bras autour d'elle.

– Parce que c'est comme ça qu'on lui a demandé de poser.

– Et elle regarde par-dessus son épaule, comme si elle l'aguichait.

– L'« aguichait » ? Tu lis quoi en ce moment, Jane Austen ? Non, attends, du Harlequin plutôt. Ameena regarde par-dessus son épaule, parce qu'on lui a demandé de se retourner. Pour montrer le dos de son tee-shirt. Avec le logo de l'exposition. Pour l'amour du ciel, Aideen, on appelle ça du placement de produits. C'est pour cette raison qu'on était tous là-bas, tu t'en souviens ?

– Oui, mais…

– Et elle n'aguiche pas Conor. Elle regarde l'objectif. En réalité, dit-elle en refermant le journal, Ameena Khan a même fait du bon boulot. On dirait un mannequin. Je parie que Phil est contente.

Et c'était toute la question, gémit Aideen, tout le monde disait la même chose. C'était ce que deux clients avaient répété le matin même. D'ailleurs, elle n'avait pas su où se mettre.

– Quoi, ils sont entrés et ils ont raconté ça ?

– Non, ils discutaient entre eux. Mais ils n'arrêtaient pas de répéter à quel point elle est jolie. Et…

– Oui ?

– Et l'un d'eux a dit que Conor et elle formaient un beau couple.

Dès qu'elle eut prononcé ces mots à haute voix, Aideen parut dévastée.

– Je sais. Je sais que ça paraît stupide. Mais c'est vrai. Regarde-la, Bríd, elle est toute pimpante et toute dorée.

– C'est une enfant qui vient juste d'avoir son bac. Et on est en train de parler de Conor.

Aideen baissa la tête. C'était aussi le problème, dit-elle. Pourquoi Conor se contenterait-il de quelqu'un qui avait réussi ses examens de justesse ?

– Il va probablement partir et devenir bibliothécaire. Et moi, je suis bête.

– Tu me rends les choses très difficiles en cet instant. (Bríd se leva et agita brusquement le journal.) Écoute, tu sais que j'ai raison. Ils posent, c'est tout. Phil a mis la pression aux gens. Tu n'as pas vu Mlle Casey poser avec le type de Carrick ?

– Qui ?

– Le type-là, le bibliothécaire du comté. Phil a réussi à leur faire échanger un sourire radieux pour les photographes, et à les faire asseoir pratiquement main dans la main pour la télé. C'était le même gars qui voulait éjecter Mlle Casey. Elle le déteste jusqu'au trognon, mais elle a fait ce qu'on lui a demandé.

– Vraiment ?

– Vraiment. Que pouvait-elle faire d'autre ? Taper du pied et dire non ? Elle s'est montrée professionnelle, tout comme Conor et Ameena.

Aideen se mordit la lèvre et plongea le regard dans sa tasse de café. Puis, d'une petite voix, elle dit merci.

– Tu as raison. Je suis une andouille.

– C'est vrai. Et viens me voir par ici.

– Quoi ?

– Promets-moi de ne pas faire encore plus l'andouille en racontant tout ça à Conor.

– OK.

– Sérieux ?

– Oui.

– Et, bon sang, balance-moi ce journal, arrête de le garder dans ton sac.

Chapitre 24

14 août 1920

J'ai reçu une carte postale aujourd'hui de Mme Donovan. Elle l'avait glissée dans une enveloppe et avait collé le rabat. D'après moi, elle pensait que les Keane, du bureau de poste, l'auraient lue s'il n'y avait pas d'enveloppe. C'était juste pour dire que Maman avait reçu ma lettre. J'aurais aimé que Maman m'écrive elle-même, mais Mme D. dit qu'elle ne fait pas grand-chose. Elle descend jusqu'au bord de la falaise parfois et là elle regarde l'océan vers l'Amérique. Je lui ai donné l'adresse de cet endroit, alors elle devrait savoir que je suis en Angleterre, pas là-bas, mais elle paraît très faible et déprimée. Il y avait aussi une lettre de Lizzie Keogh aujourd'hui. Elle n'a rien entendu sur son frère, donc pas de nouvelles de Liam. Je m'inquiète tout le temps sur la manière d'envoyer de l'argent à Maman. J'aimerais que Lizzie soit près d'elle et pas les Donovan. Madame D. ne ferait aucun tort à Maman, mais je n'ai pas confiance en Paud. Il nous a proposé un bon prix pour les vaches, pourtant, on ne peut pas être sûr de lui. Si seulement Liam était à la maison.

Quelqu'un frappa à la porte. Hanna, qui lisait allongée sur son lit, se retourna et enfouit le livre de Maggie sous l'oreiller. Elle n'attendait personne. Elle gagna l'autre pièce et Brian Morton s'encadra dans la partie haute de la porte fermière, comme une peinture sur un mur.

– Salut.

– Salut. Entre.

Il hésita.

– Je ne veux pas te déranger.

– Non, entre, j'étais juste en train de lire.

– J'aurais dû téléphoner, mais je passais par là, c'était plus simple de faire un saut.

Durant le silence qui suivit, tous deux réfléchirent à l'invraisemblance de son excuse : impossible d'emprunter par hasard l'étroit chemin qui conduisait à cette maison. Puis Brian éclata de rire :

– En fait, je suis nul au téléphone, alors j'ai décidé de tenter le coup.

– Eh bien, tu es le bienvenu.

Mais il hésitait toujours sur la marche, comme s'il craignait de pénétrer illégalement en territoire hostile. Un bref instant, Hanna les imagina tous les deux figés à jamais dans cette posture, puis elle se détourna et se dirigea vers la bouilloire.

– Une tasse de quelque chose ? Je mourais d'envie d'un thé, mais j'avais la flemme de le préparer.

C'était un mensonge éhonté, mais il l'incita à franchir le seuil. Hanna remplit la bouilloire et l'alluma, pendant qu'il contemplait la pièce.

– Fury O'Shea et toi, vous vous en êtes bien sortis.

Hanna fut flattée par la remarque, même si elle se trouva un peu ridicule sur le moment.

Brian se pencha en arrière et s'appuya contre l'encadrement de la porte.

– Laisse-moi deviner, tu n'as pas choisi entièrement la palette des couleurs.

Elle rit.

– Tu veux parler du buffet ? C'est un « hommage » au passé.

– Ça fait une éternité que je n'ai pas vu ce rouge-là. Brian traversa la pièce pour examiner le buffet. C'est un superbe meuble, quand même. Il a dû être fabriqué au même moment que la maison.

– Fury s'en souvient du temps où Maggie habitait là, et il a environ vingt ans de plus que moi. Moi aussi, j'ai des souvenirs de ce buffet. Tu sais, même si cette maison était presque en ruine, quand nous avons commencé les travaux, il y avait encore des affaires de Maggie dans le buffet.

Brian en sortit un bol en faïence de la taille d'une grande tasse à cappuccino.

– C'était à elle ?

En fait, lui raconta-t-elle, le bol faisait partie des quatre exhumés par Mary Casey, quand elle avait accepté à contrecœur le déménagement d'Hanna.

Le vernis usé se craquelait ici et là, mais un motif floral brillait toujours en dessous. Tout comme le châle qu'Hanna gardait sur le dossier de sa chaise au coin du feu, ils avaient autrefois appartenu à la mère de Mary.

Elle prit le bol des mains de Brian et le fit tourner pour l'examiner.

– Les vieilles personnes s'en servaient de tasses à thé, comme les tasses à café que l'on voit à la campagne en France. Apparemment, ils les appellent des « jattes ».

– Tu les utilises ?

– Oui. Tous les quatre à tour de rôle. Pour mon café du matin tous les jours, assise au-dessus de l'océan. Sur un banc, d'ailleurs, que Fury a fabriqué et peint de la même couleur que le buffet.

L'eau bouillait, alors elle retourna au plan de travail.

– Je peux faire du café si tu préfères.

Il secoua la tête et alla étudier le châle de plus près. Il était en grosse laine beige, bordé d'une large bande noire et crème et de franges longues comme la main. Brian le déplia pour l'admirer.

– Tant de familles ont dû jeter des choses comme celles-ci ou comme le buffet.

– Ou elles les ont remisés dans des appentis. Et le problème, avec le climat irlandais, c'est que tout ce qui est organique, comme la laine et le bois, pourrit avec l'humidité.

– Il devait y avoir un appentis ici à un moment donné.

Il replaça le châle sur la chaise, alla vers la porte et regarda au-dehors. Ses épaules occultaient la lumière qui entrait à flots du jardin. Un instant, Hanna songea à lui raconter comment elle avait découvert le livre de Maggie sous les anciennes cloisons de l'appentis, au bout de la maison. Puis, elle changea d'avis. En quelque sorte, elle était habitée par la méfiance de Maggie, et elle songea que c'était une erreur de partager cette histoire à moitié lue. Elle se contenta de préparer du thé et de le porter jusqu'à la table avec des biscuits. Elle le servit dans des tasses achetées à Carrick. Brian s'assit près de la fenêtre. Son long corps se détendit sur la chaise de cuisine. Hanna tira une autre chaise jusqu'à la table. Les épaules contractées, elle anticipait le regard ou les mots qui les ramèneraient à la gêne de leur dernière rencontre. Mais à la place, il l'interrogea sur la maison.

– Deux pièces et une minuscule extension, c'est plutôt exigu. Ça fonctionne bien ?

– À la perfection. Pourquoi ? Une famille entière vivait ici quand Maggie était enfant.

– Combien étaient-ils ?

Hanna prit conscience qu'elle ne le savait pas.

– Je ne crois pas que ma mère était une grande fan de la famille de mon père. En tout cas, elle ne raffolait pas de la pauvre Maggie. Alors, on ne m'a pas beaucoup parlé d'eux quand j'étais petite.

Brian parut indifférent. Les familles se conduisaient bizarrement, dit-il. Il se leva et s'approcha du foyer pour l'observer en détail. Puis, le dos contre la cheminée, il considéra la porte de la chambre.

– Les gens supposent toujours que des familles entières s'entassaient dans une seule chambre. En réalité, la plupart des adolescents quittaient le domicile pour trouver du travail, au moment où leurs frères et sœurs commençaient à marcher. De toute façon, il y avait des lits convertibles en bancs dans les cuisines et des mezzanines aménagées sous la toiture. (Il s'éloigna du coin du feu.) Super de voir une porte intérieure d'origine. Ça t'ennuie si je vais de l'autre côté ?

Avant qu'Hanna n'ait eu le temps de répondre, il avait traversé la pièce et disparu dans sa chambre. Elle éclata de rire. Alors qu'elle luttait pour retrouver une contenance, il jeta un coup d'œil de l'autre côté de la porte.

– Qu'est-ce que tu as ?

– Rien. C'est juste… Oh, je suis désolée… C'est juste qu'il y a six mois, c'était une affaire d'État de savoir si tu allais franchir ce seuil ou pas. Et il y a quelques minutes à peine, tu hésitais encore sur le seuil. Et maintenant, juste après avoir avalé un *bourbon biscuit* et une gorgée de thé, tu files direct dans la chambre.

Il afficha un grand sourire.

– Curiosité professionnelle. Bien que je doive avouer que le kimono est plutôt élégant. (Il le décrocha de la porte de la chambre, et l'agita au bout d'un doigt.) Voilà un sérieux métrage de soie ! Cela dit, je ne suis pas certain que la soie soit le tissu le mieux adapté au climat humide de l'Irlande.

– Eh bien, tu peux le remettre à sa place et t'occuper de tes foutus oignons. Tu es pire que Fury O'Shea. Il a peut-être pris des libertés avec ma peinture, mais au moins il ne faisait pas de commentaires sur mon peignoir.

– Très bien. (Brian la rejoignit à table avec entrain.) Au fait, j'aime bien cette palette de couleurs. À la fois vif et paisible. Tout ton style.

Chapitre 25

On frappa un petit coup à la porte. La mère de Conor lui demanda s'il avait l'intention de descendre un jour pour le petit-déjeuner.

Il ouvrit un œil et grogna. Puis, il plissa les yeux vers le réveil. Il n'avait plus le temps de manger. Joe et lui avaient une tonne de travail avant l'arrivée du vétérinaire. Il serait là dans une heure. Il sauta hors du lit et décida de zapper la douche. Une matinée aux prises avec des veaux et quelques heures à ratisser de la boue en gâcheraient de toute façon tous les bénéfices. Aideen devait venir plus tard. Il lui faudrait passer par la case salle de bains pour être présentable. Hier, il avait filé à la pharmacie afin d'acheter un nouveau gel pour ses cheveux. Le dernier sentait les agrumes et ce fut un parfait désastre : il attirait les moucherons. Sur celui-ci, il était inscrit « sans parfum » en grosses lettres et il était vendu dans un emballage noir austère. Conor espérait que sa virilité sauvage ne défierait pas les taons.

Il tira sur ses vêtements et lança des regards furieux à son reflet : ne devrait-il pas se faire couper les cheveux ? Inutile de paniquer, songea-t-il. Après tout, Aideen et lui s'étaient vus au saut du lit du nord au sud de l'Italie. Certes, depuis, les occasions ne s'étaient pas multipliées. Ils ne pouvaient pas aller souvent chez elle et Conor n'avait pas la possibilité de la faire venir ici. Néanmoins, se dit-il avec fermeté, ce n'était pas la question. Il n'y avait pas de quoi fouetter un chat. Pas besoin d'en faire tout un plat et d'être nerveux. Aideen passait seulement boire le thé avec sa famille. Alors, pourquoi en faire toute une histoire ?

En bas, dans la cuisine, sa mère avait servi des tranches de lard et des œufs à Joe. Quand Conor entra, elle prit une assiette de toasts sur la gazinière.

– Je n'ai pas le temps, Maman. Je repasserai plus tard manger un bout.

– Je te connais, tu vas te retrouver coincé par le boulot et tu ne reviendras pas avant l'heure du dîner. Prends le pain grillé, il y a du beurre dessus.

Conor ramassa une fourchette et harponna une tranche de lard dans l'assiette de Joe. Il la fourra entre deux toasts et se versa une tasse de thé. Imperturbable, Joe continua de manger. Leur père, attablé lui aussi, froissa son journal avec colère. Il était toujours irritable le matin et pire les jours où le vétérinaire passait. Incapable de travailler à cause de sa blessure, il ne s'était jamais fait à l'idée que ses fils aient la responsabilité de la ferme. Una, la mère de Conor, jeta un regard anxieux à son mari.

– Tu seras ici cet après-midi, n'est-ce pas, Paddy ? N'oublie pas que la petite amie de Conor vient prendre le thé.

Rentrant la tête dans les épaules, Paddy lança des regards noirs au journal.

– On commence tard et on finit tôt, c'est ça ?

Una tressaillit. Il était inutile de discuter quand il était dans cet état. Plus on s'occupait de lui, plus il s'agaçait, parce qu'il détestait sa propre façon de réagir. C'était comme de vivre dans une roue pour hamster.

Conor s'efforça d'avoir l'air gai.

– Tout est sous contrôle, Papa, ne t'inquiète pas. Pas vrai, Joe ?

Joe trempa un morceau de pain frit dans le jaune de son deuxième œuf, sans piper mot. D'après lui, moins on en disait quand Paddy était comme ça, mieux on se portait. Conor se demandait parfois s'il avait raison. Une fois à Crossarra, autour d'une pinte, Joe l'avait traité d'imbécile. Il s'inquiétait pour Paddy autant que Conor, lui dit-il, mais il ne voyait aucun intérêt à remuer la merde, si on ne pouvait pas la ramasser. D'après le médecin, les humeurs de leur père étaient causées par les médicaments et les supporter représentait « la moins pire des options ». Les crises de mauvaise humeur prenaient le pas sur la dépression et les grosses doses d'analgésiques empêchaient leur père de hurler comme un taureau furieux. Ce qui était probablement vrai. Pour Conor, les médicaments n'expliquaient pas tout. Il fallait être un parfait crétin pour ne pas comprendre que Paddy en avait ras le bol.

Comment ce foutu médecin se sentirait-il, si on lui liait pieds et poings et qu'on laissait d'autres personnes prendre la main sur son boulot ?

Aideen avait décidé de choisir une tenue toute seule. C'était du gâteau de toute façon. Bríd se tordrait de rire, si elle arrivait à l'épicerie avec des affaires de rechange. Alors les vêtements prévus pour le thé à la ferme devraient convenir pour le travail. Elle avait verni ses ongles la veille au soir et utilisé un après-shampooing le matin même. Pour finir, elle enfila un jeans propre et un haut plutôt récent. En cas d'accident avec la mayonnaise, elle enfouit un autre jeans et une chemise au fond de son sac. Elle évita la marche de l'escalier qui craquait et se faufila hors de la maison. Vers huit heures, en temps normal, elles préparaient toutes les deux des sandwiches, mais aujourd'hui Bríd faisait la grasse matinée, parce qu'elle devait passer chez le grossiste *cash & carry*, qui n'ouvrait pas avant neuf heures. Pour compenser, Aideen partirait cet après-midi à seize heures trente.

C'était sympa de partager la maison avec Bríd, et encore plus sympa d'avoir pu la garder. Quelques années plus tôt, lors du décès de Tante Bridge, personne n'avait su ce qui allait se passer. Le père d'Aideen n'avait jamais été très présent et sa mère était morte en couches à sa naissance à l'hôpital de Carrick. Alors Tante Bridge et Grand-mère l'avaient élevée. Puis, quelques années après le décès de Grand-mère, Tante

Bridge, qui était en fait la cousine de Grand-mère, avait eu une terrible attaque. Aideen ne savait même pas qu'elle était malade. Le reste de la famille s'était mobilisé autour d'elle et l'avait soutenue alors qu'elle passait son baccalauréat. La mère de Bríd, qui était adorable, lui avait proposé d'habiter avec eux.

Les mois suivants, elle avait vécu comme une somnambule. Ensuite, elle avait découvert que Tante Bridge lui avait légué sa maison et un peu d'argent. Aussi, quand Bríd était rentrée de sa formation à Dublin, elles avaient ouvert l'épicerie ensemble et décidé de partager la maison. C'était un petit logement à la périphérie de Lissbeg, mais Aideen l'adorait. Tante Bridge était très douée pour la peinture et la décoration, alors Aideen n'avait presque pas eu besoin de la rénover. Elle avait gardé son ancienne chambre et Bríd occupait la chambre de Grand-mère. Celle de Tante Bridge servait maintenant de bureau. Elles y avaient installé l'ordinateur et se réunissaient là avec le comptable.

Aideen se demandait encore où elle en était avec Conor. Bríd avait le beau rôle : elle tapait sur le comptoir et faisait de grandes déclarations, mais si c'était elle qui avait tout à perdre, elle la bouclerait peut-être et y réfléchirait à deux fois. Bien entendu, si Bríd avait raison au sujet de la photo dans l'*Inquirer*, peut-être qu'elle avait aussi raison pour ça aussi. Aideen devrait juste lui demander dans quel but ils économisaient. Pas avec gêne, comme pour une demande en mariage, mais avec désinvolture, sans y attacher d'importance. Peut-être qu'elle le ferait. Mais étant donné qu'elle avait laissé la situation en suspens si longtemps, ce serait forcément gênant. Alors si elle n'intervenait pas, peut-être que la situation se résoudrait d'elle-même. Mais, bon sang, c'était affreux à quel point l'amour la rendait désespérément lâche. En fait, elle était tellement heureuse qu'elle n'arrivait pas à croire que ce bonheur pouvait durer.

Ce fut une journée chargée à l'épicerie, sans aucun accident de mayonnaise ni autre. Conor arriva à seize heures trente précises. Elle aurait pu très facilement aller à la ferme par ses propres moyens, mais ils adoraient tous les deux rouler à Vespa : en fait, même si elle ne l'avait dit à personne, elle songeait à s'en acheter une. Conor était propre comme un sou neuf, lorsqu'il passa la tête à la porte, et Bríd lui fit un grand sourire.

– Mince, Conor, on pourrait manger sur toi. Qu'est-ce qui se passe ? (Sans lui laisser le loisir de répondre, elle plissa les yeux en direction d'Aideen.) En fait, en voilà une autre qui est tout apprêtée et récurée de fond en comble. Vous n'allez pas voir le prêtre ?

Aideen avait envie que le sol s'ouvre sous ses pieds et l'avale tout entière, mais Conor se contenta de rire. Le temps qu'ils quittent la ville et qu'ils filent sur la route à toute allure, elle ne ressentait plus que de l'enthousiasme. La vitesse, le soleil et la lumière étincelante, ainsi que les champs qui ondoyaient, tout était magnifique. Elle n'avait pas l'habitude de parcourir la campagne : Grand-mère et Tante Bridge ne juraient que par la ville. Pour elles, les rues d'une capitale et les sentiers de pleine campagne manquaient pareillement d'intérêt. Lissbeg était le seul endroit où elles souhaitaient se trouver. En grandissant, Aideen avait éprouvé la même chose. La petite ville était chaleureuse et calme. Elle se sentait en sécurité grâce à son existence routinière. On descendait du lotissement jusqu'à Broad Street par des ruelles pavées et bien éclairées. Grand-mère était bien plus âgée que Tante Bridge, alors ce genre de choses comptait pour elle. Elle aimait que le bureau de poste se trouve juste au coin et le cabinet médical à quelques pas de la porte. Tante Bridge s'impliquait totalement dans la vie sociale de Lissbeg. Elle faisait partie du Cercle français et du club de couture, et elle marchait d'un bon pas chaque semaine vers la bibliothèque et le ciné-club. L'idée de vivre à la campagne l'horrifiait. La moitié du temps, on a de la boue jusqu'aux genoux, disait-elle à Aideen, et la vie à la ferme, pour une femme, ce n'était pas une vie.

Quand Conor conduisit la Vespa jusque dans la cour de la ferme, Aideen ne savait pas à quoi s'attendre. La ferme n'était pas jolie. C'était un bâtiment gris de deux étages, avec un ensemble de granges carrées et d'appentis tout autour, surmontés de tôles ondulées verdâtres. Tante Bridge avait toujours plissé le nez en pensant aux cours malodorantes, mais lorsque Aideen retira son casque, cela sentait comme à Lissbeg sans l'odeur des pots d'échappement. C'était aussi très calme, mis à part les chants d'oiseaux et les aboiements d'un gros chien qui approchait. Un instant, elle s'inquiéta pour son jeans propre, mais Conor claqua des doigts et le chien s'assit immédiatement.

– Elle est juste curieuse. Elle ne te fera pas de mal.

– Elle est magnifique. Tu ne m'as jamais dit que tu avais une chienne.

– On ne peut pas élever du bétail ou des moutons sans. Nous en avons deux en fait, et celle-ci vient de mettre bas.

Aideen jugea grossier de demander à voir les chiots avant d'avoir rencontré la famille de Conor, mais elle en mourait d'envie. Elle avait toujours voulu avoir un chien, mais selon Grand-mère, ils donnaient des allergies.

Conor lui adressa un clin d'œil.

– Je t'emmènerai les voir plus tard. Viens, je vais te présenter ma mère.

Aideen avait déjà vu Mme McCarthy à l'épicerie. Elle était mince et vigoureuse comme Conor, et plus petite que son mari Paddy qui était immense, comme Joe, le frère de Conor. Un soir en Italie, Conor lui avait raconté que son père souffrait de dépression. Là, en serrant la main d'Aideen, Paddy se montra plutôt souriant. Madame McCarthy l'étreignit et lui demanda de l'appeler Una.

– C'est un plaisir de te voir, sois la bienvenue.

Paddy invita Aideen à prendre un siège. Elle vit à l'expression de Conor qu'il se sentait soulagé. Peut-être avait-il pensé qu'ils ne l'apprécieraient pas, mais plus vraisemblablement, il avait redouté que son père soit de mauvaise humeur. Un coussin de massage reposait sur l'un des fauteuils près de la gazinière, aussi Aideen opta-t-elle pour celui d'en face. La cuisine était charmante : de nombreux plans de travail, un four d'un côté ; la gazinière et les fauteuils de l'autre avec une grande table au milieu. Une fenêtre donnait sur un jardin latéral avec des arbres et une corde à linge, et au-delà, une colline avec des moutons dans un champ quadrillé de murs de pierres. Encore d'autres champs tout autour. Conor avait crié des trucs à leur sujet par-dessus son épaule, pendant qu'ils roulaient à fond sur la Vespa. Malgré son casque, Aideen avait compris qu'ils appartenaient tous aux McCarthy. Mais la majeure partie du trajet, elle avait pressé son visage contre le dos de Conor, et elle avait adoré ce contact.

Una avait dû s'affairer toute la matinée : des scones et un gâteau les attendaient. Une odeur chaude et agréable flottait dans la pièce. Quand elle vit Aideen regarder la table, elle rit comme pour s'excuser :

– Je ne savais pas quoi te proposer, tu fais tellement de gâteaux.

– Mon Dieu, non. Je veux dire, tout ceci a l'air délicieux. En réalité, c'est Bríd la pâtissière, pas moi. Et vous savez, le type à la retraite qui travaillait à la boulangerie de Ballyfin ? C'est lui qui fait toutes les commandes, Bríd s'occupe des muffins et du reste.

Un énorme chat bondit d'une chaise jusque sur la table. Una le prit sous son bras.

– J'espère que les chats ne te dérangent pas ?

Aideen secoua la tête et avança une main vers le chat, qui la renifla avec dédain. Comme personne ne savait que faire ensuite, il y eut un moment de gêne. Puis, ils s'assirent tous et Paddy lui raconta l'histoire d'un chat qu'ils avaient eu des années plus tôt, qui était dingue de Marmite[1] sur du pain grillé.

Après le thé, Conor l'emmena jusqu'à l'étable des vaches, où Bid, la border collie, allaitait ses chiots.

– On ne sait jamais où elle va faire ses petits. J'ai descendu de la paille dans un appentis près de la maison, mais elle s'est prise d'envie pour l'étable.

Il se baissa et toucha la tête du chien avec le doigt.

– Elle n'en fait qu'à sa tête, pas vrai, Bid ?

– Je peux en prendre un ?

– Vaut mieux pas. Elle devient nerveuse si on les touche quand ils sont aussi petits.

Bid avait des yeux sombres et une longue langue rose foncé. Deux taches de couleur brun roux ornaient son front, évoquant des sourcils. Son pelage long et soyeux était noir et blanc ; ses pattes avant douces comme la plume affichaient aussi une nuance brun roux. Les cinq chiots qui gigotaient étaient de la même couleur, couverts de taches. L'un d'eux, dont la queue remuait d'extase pendant qu'il donnait des coups de tête aux mamelons de sa mère, avait des pattes arrière d'un blanc immaculé. Il ressemblait à un chien de dessin animé, avec deux moitiés qu'on aurait dit cousues ensemble.

1. Pâte à tartiner à base de levure.

Aideen s'accroupit près d'eux, sans les toucher. Puis, comme les yeux de Bid roulaient avec inquiétude vers Conor, elle recula et se leva.

– On va se balader ?

Conor la dévisagea.

– Ça te dirait ?

Elle lui sourit joyeusement.

– Ouais, j'aimerais bien. J'ai envie d'apprendre des trucs sur la ferme.

Chapitre 26

Quelque chose remua derrière la vieille forge. Dans les fougères, à l'orée de la forêt, un animal chassait son repas. Jazz essaya de l'apercevoir, mais le clair de lune qui inondait le paysage était peu à peu obscurci par les nuages qui s'amoncelaient. Un vent d'est soufflait. Jazz ouvrit sa fenêtre et se pencha dans la nuit.

Elle s'était écroulée sur son lit à la fin d'une journée épuisante, certaine de s'endormir, mais un cauchemar l'avait brusquement tirée de son sommeil. Allongée sur le dos, elle sentait des gouttes froides de transpiration couler entre ses seins. Elle avait contemplé fixement une ombre au plafond. Puis, craignant de se rendormir, elle s'était blottie dans sa robe de chambre avant d'ouvrir la fenêtre. C'était une lucarne sur le rebord de laquelle on pouvait s'asseoir.. Agenouillée sur un coussin, elle se pencha au-dehors aussi loin qu'elle le put, balança les épaules et tourna la tête vers le ciel.

Les nuages d'un gris d'étain étaient éclairés par la lune cachée. En tendant l'oreille, Jazz perçut le bruissement des fougères et, dans son imaginaire, le cri d'une musaraigne ou d'une souris capturée par les mâchoires d'un prédateur. Son tee-shirt trempé de sueur la fit frissonner. Sa robe de chambre ne la réchauffait pas du tout. Elle referma la fenêtre et se recroquevilla sur le siège sous la fenêtre pour apaiser les battements de son cœur.

La conduite sur les routes près de la Forge lui convenait tout à fait. En réalité, aucune des routes de campagne ne lui posait problème, tant qu'elle choisissait un moment tranquille. Pas tôt le matin, quand elle pouvait croiser des tracteurs ou des camionnettes de livraison, ou le milieu de l'après-midi quand on ramenait les enfants de l'école. Pas aux heures de la traite, quand le bétail surgissait des champs et des cours de ferme. Et pas la nuit, quand les lièvres se figeaient dans les phares, le regard vide de terreur, leur fourrure pâle hérissée comme du fil de fer barbelé. Mais tous les autres moments, quand les routes étaient désertes, et qu'elle pouvait arrêter la voiture à la moindre frayeur. Conduire jusqu'à Lissbeg relevait du marathon et la nationale menant à Carrick était impossible. Même si elle parvenait à intégrer le flux de la circulation, elle savait qu'elle n'en ressortirait plus. Rouler aussi près de la voiture de devant suffisait à la faire vomir. Elle avait repris la nationale une seule fois depuis le jour où elle était censée revenir à Carrick pour sortir en boîte.

Cependant, ce fut une vaine tentative. Qu'allait-elle faire maintenant ?

La voiture de sa mère avait été mise en pièces lors de l'accident, et Hanna l'avait remplacée depuis. Son père avait acheté une Fiesta à Jazz. Durant les semaines qui avaient suivi, elle avait trouvé des solutions au cas par cas. Comme si elle était secrètement analphabète, elle avait appris à se débrouiller sans rien dire. Pour trouver des prétextes, elle devait sans cesse faire preuve d'inventivité. Pourtant, tôt ou tard, il faudrait que la situation s'améliore. Elle ne pourrait pas continuer ainsi indéfiniment. En attendant que les choses s'arrangent, personne ne devrait rien savoir.

Le front appuyé contre la fenêtre, elle se raisonna à propos de son cauchemar. Ce matin, elle s'était réveillée avec une confiance retrouvée. Elle avait mieux dormi dernièrement et elle se sentait bien dans son travail. Son père avait remporté son semblant d'affection et son charme mielleux à Londres. Grand-mère Lou séjournait au pavillon avec Mamie. Ce qui était une bonne chose. Étrange, certes, mais Jazz était contente qu'elle reste dans les parages.

La jeune femme avait décidé que tout irait bien. Avec un peu d'entraînement sur les routes de campagne, les crises de panique cesseraient. Elle foncerait vers Carrick en moins de deux. Elle serait capable de conduire jusqu'à Cork pour aller faire du shopping et retrouver Carlos, si par hasard il y faisait escale. Ils pourraient toujours être amis. Ce serait un peu bizarre au début, mais la vie était ainsi faite. On s'adapte aux situations et on passe à autre chose. Avec le temps, on est heureux. C'est cela ou on se retrouve coincé sans nulle part où aller.

Aujourd'hui, elle avait eu quelques heures à elle avant le service du soir. Récemment, durant ses pauses, elle roulait non loin de la Forge et se garait sur un chemin ou un sentier. Puis, elle restait assise dans la voiture et attendait l'heure de retourner travailler. Pourtant cet après-midi, elle avait décidé de continuer à conduire. La route était étroite, mais plutôt droite, et il n'y avait pas un seul véhicule en vue. Elle avait remué les orteils pour les décontracter et relâché sa prise sur le volant. Elle devait réapprendre ces automatismes. Nul besoin de s'accrocher au volant comme une moule à son rocher, ni de se pencher en arrière comme si elle maîtrisait la vitesse de la voiture avec le poids de son corps. Et il était important de ne pas serrer les mâchoires ni de retenir sa respiration.

Au début, tout s'était très bien passé. La conduite redevint presque un réflexe et son esprit se reporta sur un client un peu dingue qui avait fait un scandale, parce que la maison d'hôtes n'avait pas de salle de sport. Susan l'avait caressé dans le sens du poil avec une grande efficacité. Mais quand elle était retournée à la cuisine, ses commentaires avaient décapé les murs. S'il voulait rester en forme, avait-elle dit, il n'avait qu'à monter et descendre l'escalier toute la journée pour gérer les plaintes d'idiots dans son genre. En buvant un café, Susan avait imaginé un éventail de drogues stimulantes qu'il devait certainement emporter avec lui. Cela les avait fait mourir de rire. En roulant sous le soleil, un coude à la portière, Jazz avait gloussé à nouveau. Puis, une camionnette rouge en piteux état avait émergé d'une voie privée un peu plus loin. Elle était à presque deux cents mètres et le conducteur avançait doucement. Mais Jazz paniqua. Enfonçant le frein, elle lâcha un cri, tandis que la voiture s'élançait vers l'avant, hors de contrôle, et s'immobilisait après un dérapage. Elle resta assise figée par la peur. Cinquante mètres plus bas, un homme sortit de sa camionnette. Puis, horrifiée, elle aperçut une boule tout en poils et en dents bondir par la fenêtre derrière lui. Des griffes incurvées et émoussées crissèrent sur la vitre. Elle hurla à nouveau, comme prise de panique, et éclata en sanglots.

– Bon Dieu, jeune fille, tu devrais te calmer, tu as failli glacer le sang de Diablo.

Jusque-là, Jazz avait seulement aperçu une silhouette rappelant une cigogne dans une veste imperméable, mais quand l'homme se pencha sur le toit de sa voiture, elle reconnut Fury O'Shea. Il plissa les yeux et la dévisagea.

– Tu es la fille Casey ?

Jazz humidifia ses lèvres avec précaution.

– Oui.

– Tu vas bien ?

Il passa la main par la fenêtre et ouvrit sa portière. Puis, une fois qu'elle fut sortie de la voiture, il la saisit par le coude.

– Tu dois prendre un peu l'air.

Elle ne se souvint pas de l'air frais, mais plutôt d'une odeur d'huile de lin et de sciure. Le vieux Jack Russell était refoulé à l'arrière de la camionnette et elle était assise dans la cabine, un bonbon dans la bouche. Après avoir entendu sa mère raconter comment il préparait du ciment en un tour de main et soulevait du bois de charpente sur les toits, elle avait imaginé Fury plus jeune. Il rangea le paquet de sucres d'orge dans la boîte à gants et se retourna sur son siège.

– Je pourrais te dire que tu te goures, mais tu ne m'écouterais pas. Et c'est parce que tu es une Casey, aussi têtue qu'une mule.

Surprise, Jazz s'était retrouvée à argumenter.

– Tout le monde dit que je suis le portrait craché de mon père.

– Je ne parle pas de ressemblance physique, jeune fille. Pour sûr, juste des apparences.

– Et qu'est-ce que vous voulez dire par « tu te goures » ?

– Eh bien, même Diablo voit que tu ne devrais pas conduire.

Un aboiement perçant s'échappa à l'arrière et Jazz sursauta.

– Regarde-toi, bon sang, tu es un sac de nerfs. (Fury la dévisagea avec suffisance.) Et qu'est-ce que tu fais pour ça ? Serrer les dents comme ta mère sans jamais demander de l'aide.

Il ôta le papier d'un bonbon.

– Maggie Casey était aussi mauvaise que vous deux. Et je l'ai connue dans son grand âge, remarque, quand elle n'avait plus une seule dent. (Il s'interrompit pour sourire à sa propre blague avant de donner un coup avec son doigt osseux sur le bras de Jazz.) Dis-moi une chose, mamzelle, es-tu déjà montée sur un échafaud ?

– Un échafaud ?

Jazz le regarda d'un air ahuri en imaginant des bourreaux au visage masqué et les épouses d'Henri VIII.

– Vingt étages de haut, peut-être bien, avec des énormes trous entre les planches et tes mains collées à l'échelle. N'importe quel ouvrier avec une once de jugeote te dira que cela arrive aux meilleurs d'entre nous. Et essayer de faire comme si ça n'existait pas est le pire qu'un homme puisse faire.

En découvrant que ses mains ne tremblaient plus, Jazz s'était tournée vers lui avec colère.

– Je ne vois pas quel est le rapport avec moi. Écoutez, merci pour le bonbon, mais je vais bien maintenant. Je suis désolée du dérangement.

Il l'avait observée d'un air songeur, pendant qu'elle bataillait avec la poignée de la portière. Ensuite, il s'était penché, avait donné un coup de poing dans la portière avant de la repousser.

– Je vais te dire une chose, mamzelle, à propos des imbéciles intrépides sur les échafauds. Ils ne sont pas une menace pour eux-mêmes, mais pour les autres.

Après coup, de retour à la Forge, elle s'était dit que Fury était cinglé : « excentrique » avait dit sa mère, mais son état avait dû se dégrader depuis. Susan avait pris sa soirée pour conduire Holly à une soirée pyjama et, suite à l'arrivée inopinée d'un groupe de randonneurs,

Günther était submergé. Entre servir des tables et répondre aux questions, elle avait pratiquement oublié ce qui s'était passé. À la fin de sa journée, elle ne rêvait que de fermer les yeux et dormir. Mais l'incident s'était inscrit dans un recoin de son esprit. Et cette nuit-là, dans son cauchemar, les os de la vache étaient devenus les griffes noires et incurvées de Diablo qui grattaient follement contre la fenêtre.

Chapitre 27

Mademoiselle Casey sortit de la bibliothèque à l'instant où Aideen traversait la route. Elles se retrouvèrent à l'abreuvoir au beau milieu de Broad Street, où les géraniums du conseil rougeoyaient sous le soleil.

– Comment ça se passe à *La Mercerie* ?

Aideen répondit que tout allait pour le mieux. De nombreux touristes visitaient Lissbeg pour l'exposition. N'était-ce pas génial, demanda-t-elle à Mlle Casey, à quel point les gens adoraient le psautier ? Ils étaient si passionnés et enthousiastes quand ils en parlaient.

Mademoiselle Casey sourit et lui demanda si elle l'appréciait aussi.

– Oh, c'est tellement beau. Je viens y jeter un coup d'œil chaque fois que vous tournez une page. Avez-vous vu celle où les papillons chevauchent des escargots ? Et l'arc-en-ciel au-dessus de la mer ?

Même les noms des couleurs étaient superbes, comme le bleu outremer, l'ocre jaune et l'ambre. Et le lapis lazuli.

C'était une pierre bleue qui provenait d'Afghanistan. Elle avait voyagé le long d'une route commerciale appelée la « route de la soie ». Sur des chameaux d'abord, à travers le désert, puis, par mer, dans des navires en bois. Un jour, Aideen avait fait des recherches là-dessus sur Internet. C'était magique. Est-ce que Mlle Casey savait que la peinture pouvait être à base de miel, d'huile et d'œuf ?

– Ou même de cérumen !

– Non !

– Oui. Il y a un ouvrage sur la peinture médiévale à la bibliothèque si tu as envie de l'emprunter.

Aideen se demanda soudain si elle n'aurait pas dû éviter de mentionner Internet. La fois où Conor lui avait montré le psautier, il avait dit le même genre de chose : qu'elle devrait aller à la bibliothèque si elle avait envie de faire des recherches. Mais elle se sentait toujours un peu bête dans une bibliothèque, parce qu'elle ne savait jamais à l'avance ce qu'elle cherchait. Internet vous emmenait d'une chose à une autre. Et elle ne s'était pas contentée de lire Wikipédia. Certains textes étaient de vrais articles écrits par des universitaires.

Mademoiselle Casey lui sourit.

– Au fait, nous envisageons de créer un atelier d'écriture à la bibliothèque. Pas pour tout de suite, sans doute cet hiver. Quand les gens seront moins occupés. Conor a dit que, peut-être, tu aimerais t'y inscrire.

Aideen trouva cela étrange. Conor n'avait jamais dit un mot à ce sujet.

– Vous voulez dire comme un cours ?

– En fait, non. Un groupe de personnes qui se réunit et partage des écrits. Pour développer ses compétences.

Soudain, Aideen frissonna. Quand elle avait rédigé ces trucs pour le vernissage de l'exposition, elle avait pensé que c'était plutôt bien. Mais Conor avait paru en douter, quand elle lui avait parlé de ce journaliste. Peut-être avait-il jugé qu'elle écrivait tellement mal qu'elle était passée pour une imbécile. Peut-être l'avait-il confié à Mlle Casey, qui avait proposé qu'elle prenne des cours.

Aideen se sentit rougir jusqu'à la racine des cheveux, mais réussit à répondre d'une voix assurée.

– C'est gentil de proposer, mademoiselle Casey, mais je suis toujours tellement occupée. Et, d'ailleurs, je suis vraiment désolée, mais je dois filer.

Puis, repérant une brèche dans la circulation, elle plongea derrière un camion. Qu'est-ce que Mlle Casey allait penser de ses manières ? Quant à elle, elle ne pensait qu'à une chose : s'enfuir.

Plus tard, tandis que Bríd profitait de sa pause déjeuner et qu'il n'y avait rien d'autre à faire, Aideen alla chercher du produit pour les vitres et un chiffon. Elle avait toujours l'impression que c'était à elle de faire briller les carreaux sur le mur. À l'époque où elles avaient imaginé l'épicerie, c'était elle qui les avait voulus. Pas partout, parce que cela aurait fait ringard. Mais deux grands pans composés de carreaux miroir, l'un en face de l'autre. Ils auraient l'air moderne et agrandiraient la pièce. Bríd avait approuvé. Ils étaient parfaits. Les fleurs sur le comptoir, les bocaux de poivrons, d'olives et de tomates séchées se multipliaient dans les miroirs, embellissant l'épicerie. Aideen adorait les éclats colorés qui apparaissaient quand elle soulevait un bocal de l'étagère, ou lorsqu'elle se retournait avec un bol à la main. Ils lui rappelaient les reflets dans la boutique des Houlihan.

C'était il y a longtemps, quand elle avait quatre ou cinq ans, et que *La Mercerie* était encore une véritable mercerie. Deux sœurs hautes comme trois pommes y avaient travaillé pendant des années. Grand-mère n'aimait pas les travaux d'aiguille, mais Tante Bridge était une experte. Elle avait toujours un projet en cours. Presque toutes les semaines, Aideen et elle se rendaient à la boutique des sœurs Houlihan. C'était très démodé, même à cette époque-là, comme une capsule temporelle abandonnée sur Broad Street. Aideen adorait l'endroit, la poignée en cuivre de la porte et la clochette qui tintait quand on entrait. À l'intérieur, là où se trouvaient aujourd'hui la caisse et les meubles réfrigérés, s'étaient tenus un long comptoir en bois et, derrière, des tiroirs et des rangements vitrés.

La mercerie des Houlihan vendait de tout : des fils, de la laine et de la dentelle, des kits avec des aiguilles et des boutons, et des boîtes rondes d'épingles. Des ciseaux dans des étuis en plastique étaient accrochés sur un présentoir rotatif et on pouvait essayer des dés à coudre en acier. À un bout du magasin, des bobines de ruban pendaient à des baguettes parallèles, glissées entre deux meubles de rangement. Les baguettes s'abaissaient et on tirait les bobines pour mesurer le ruban sur le comptoir. Cependant, des années de pratique avaient rendu les sœurs expertes pour mesurer à l'œil nu. Si Tante Bridge demandait un mètre du velours vert en 2,5 cm de large ou six mètres de gros-grain en soie rose, on coupait le ruban, la bobine toujours suspendue à la baguette. Ensuite, on mesurait la longueur avec minutie sur une règle en cuivre, vissée au comptoir. C'était toujours parfaitement exact. Puis, une fois le petit exploit tacitement reconnu, le ruban était emballé dans du papier de soie, puis glissé dans un sac en papier kraft.

Les reflets dans la boutique des Houlihan étaient magiques. Au plafond, deux grands miroirs étaient inclinés vers l'avant comme deux personnes de haute taille qui auraient baissé les yeux. L'un d'eux se trouvait derrière le comptoir entre les rangements et l'autre au même niveau sur le mur opposé. Chacun était doté d'un cadre doré gravé d'un motif complexe, et portait un étamage de la période victorienne derrière le verre. Pendant que Tante Bridge associait un fil ou une broderie anglaise, Aideen contemplait l'image de l'un des miroirs qui se reflétait dans l'autre, enchantée par la vision d'objets familiers sous des angles inhabituels. Dans le verre usé, tout paraissait déformé, comme si l'on observait à travers de l'eau en mouvement, et la règle en cuivre sur le comptoir ondulait comme de l'or liquide.

Aideen avait proposé le nom de l'épicerie, quand elles avaient ouvert le lieu. Les équipements d'origine avaient disparu depuis longtemps, au moment où Bríd et elle avaient visité la boutique, et la façade avait été rénovée.

Aideen se souvenait d'un rouleau de parchemin indiquant « La Mercerie » sur la vitrine des Houlihan. Elle avait voulu l'utiliser comme base pour leur logo, mais elle n'avait pas eu l'audace d'en parler. Elles s'étaient retrouvées avec un logo moderne conçu par un type de Dublin, et finalement, c'était certainement un meilleur choix. Elles avaient bien une sonnette à l'entrée, malgré tout, qui lui rappelait celle des Houlihan. Et en choisissant le bon moment, elle avait eu ses carreaux.

Pendant qu'elle les astiquait consciencieusement, son téléphone sonna. Conor semblait terriblement enjoué.

– Tu sais quoi ? Tu as fait un carton avec ma mère !

– Qu'est-ce que tu veux dire ?

– Elle te trouve géniale. Elle demande si tu aimerais revenir prendre le thé un week-end.

– Bien sûr ! J'adorerais.

– Super ! Écoute, je t'appelle du boulot, je te retrouve plus tard.

Aideen faillit lui répondre qu'il n'y avait pas de problème, mais ce n'était pas le cas. Le matin même, elle avait été contrariée à cause de lui, alors elle ne devait pas se laisser attendrir par sa voix.

– Non, attends juste une minute, je voudrais te demander quelque chose.

Le ton de sa voix était plus sec qu'elle ne l'aurait voulu, mais maintenant qu'elle avait commencé, il fallait qu'elle aille au bout.

– Mademoiselle Casey m'a parlé de son atelier d'écriture. Elle m'a appris que je devrais m'y inscrire, d'après toi.

– Ouais. Je le pense.

– Et pourquoi donc ?

– Eh bien, parce que je trouve que tu écris remarquablement bien.

Aideen s'appuya sur le meuble réfrigéré, perplexe.

– J'ai cru que tu me trouvais nulle pour ça.

– Nulle pour quoi ?

– Écrire.

– Pourquoi crois-tu une chose pareille, bon sang, alors que tu as écrit ce super truc sur la nourriture au Moyen Âge ?

Soudain, il y eut un grand cri et un fracas. Conor annonça qu'il devait y aller.

– C'est cette petite peste de Gobnit Kelly. Sa mère me l'a refourguée il y a des heures et maintenant elle devient ingérable.

– Écoute, ne t'inquiète…

– Si, je suis inquiet… Tout va bien entre nous ?

– Tout est parfait. Vraiment. Je suis une idiote.

– Et tu viendras prendre le thé à la ferme ?

Il paraissait tellement ému que les yeux d'Aideen se remplirent de larmes. Elle ouvrit la bouche pour le rassurer, mais il y eut un autre bruit assourdissant et il raccrocha.

Toujours appuyée contre le meuble, Aideen fixa son téléphone du regard. Il ne s'était rien passé dans son dos et il ne l'avait pas critiquée. Selon lui, elle écrivait très bien et sa maman la trouvait géniale. Elle devait arrêter de croire que les autres la regardaient de haut. C'était de la pure fiction. Elle devrait en avoir honte.

Chapitre 28

Chaque semaine, Hanna roulait jusqu'à Ballyfin. Elle empruntait des routes de campagne sinueuses qui contournaient Knockmore. Elle gagnait ensuite l'endroit où la nationale depuis Carrick tournait au sud, autour des contreforts de Knockinver, la chaîne de montagnes qui gardait l'extrémité ouest de la péninsule. Comme d'habitude, en arrivant sur la nationale, elle accéléra. Puis, une fois à Ballyfin, elle manœuvra le bibliobus à travers les ruelles étroites. Dans la petite ville, un chapelet d'hôtels bordait les plages de sable doré de chaque côté du vieux port de pêche. Des maisons et des boutiques entouraient un terrain communal, lui-même longé par un trottoir. Les rues voisines dataient de la fin de l'époque victorienne. Les cottages de pêcheurs près de la jetée étaient bien plus anciens. Quant aux hôtels avec leurs clubs de remise en forme et leurs jacuzzis sur les toits, on ne cessait de les agrandir et de les remettre au goût du jour.

À cette époque de l'année, cette halte était plutôt inutile. En haute saison, les gens du coin n'avaient pas une minute à eux. Même si les touristes étaient parfois tentés de flâner dans une bibliothèque, ils n'allaient pas emprunter un livre dans une camionnette. Quand la foule aurait disparu, les commerçants et les hôteliers seraient contents de se détendre avec un bon livre. Cependant, ils profitaient de plus en plus des mois d'hiver pour partir en vacances à l'étranger. Si bien que, même hors saison, Hanna passait parfois l'heure entière à Ballyfin dans le bibliobus, sans voir personne.

Aujourd'hui, au bout de quarante-cinq minutes à attendre dans la cabine, elle fut terriblement tentée de finir plus tôt. En face de son emplacement se trouvait un joli petit bâtiment où un large panneau indiquait « Pavillon d'interprétation ». Il dissimulait presque le mot « BIBLIOTHÈQUE » gravé sur le fronton en granite, au-dessus de la porte. La bâtisse avait été construite deux cents ans auparavant par la famille Lancy. Les riches donateurs l'avaient pourvue de livres et avaient subventionné son entretien. Par conséquent, quand ils avaient disparu, le conseil avait occupé les lieux, déménagé le fonds dans la bibliothèque de Carrick et transformé ce qui, autrefois, avait été le centre d'attraction de la ville en une attraction pour touristes. Forte de son succès dans le sauvetage de sa bibliothèque, Hanna avait espéré que celle-ci serait rouverte. Mais parmi les documents déménagés figurait un recueil d'histoires locales. Les Lancy en avaient fait don. Tim Slattery était bien trop fier de l'exposer à Carrick pour que l'ouvrage retourne à Ballyfin. C'était l'un des inconvénients des petites communautés rurales : l'esprit de clan. Malgré son titre de bibliothécaire du comté, Tim, un homme de Carrick, se battrait bec et ongles pour conserver l'ouvrage dans sa ville. Hanna en avait pris son parti. De toute façon, elle avait sa dose de militantisme. Cet été lui promettait des journées agréables sur la route et dans la bibliothèque, et de longues soirées dans son jardin en compagnie de Jazz. Même si l'emménagement de son ex-belle-mère chez sa mère était une complication inattendue. D'un autre côté, si Brian Morton lui rendait régulièrement visite, Hanna trouvait précieux que l'attention de Mary soit détournée.

Elle jeta un coup d'œil à l'heure sur le tableau de bord. Elle s'était arrangée pour aller chercher Louisa et la conduire chez elle pour dîner. Puisqu'elle n'avait jamais mis les pieds dans la maison de Maggie, il lui aurait été impossible de la trouver au volant de sa voiture de location. Elles étaient convenues de se retrouver dans le jardin des nonnes, à Lissbeg. Si elle partait maintenant, elle éviterait l'heure de pointe à Carrick. Mais les horaires étaient les horaires, alors elle tint bon jusqu'à la fermeture et ne fut même pas récompensée par une arrivée de dernière minute.

Le temps qu'elle rejoigne Lissbeg, elle avait chaud et se sentait fatiguée. Elle regrettait son invitation à dîner. Au moins, sa mère ne serait pas là. Quand elle avait proposé ce dîner, la réaction de Mary l'avait étonnée par sa délicatesse : elle ne voulait pas être dans leurs pattes, et estimait que Louisa et Hanna, qui ne s'étaient pas vues depuis une éternité, apprécieraient d'avoir un moment en tête-à-tête pour papoter.

Plus tard, Hanna avait pris conscience que le jeu télévisé préféré de Mary était diffusé ce soir-là et que rien n'aurait pu lui faire manquer le jackpot d'un million d'euros. Louisa était très heureuse de l'invitation. À tel point qu'Hanna espérait qu'elle ne regrettait pas son séjour chez Mary.

Arrivée à Lissbeg, Hanna fit un saut à la bibliothèque avant de passer par le jardin. Conor était sur le point de fermer les portes. Un groupe de visiteurs sortaient par la boutique de souvenirs. Elle discutait avec Conor près du bureau, quand Ameena Khan vint leur dire au revoir. Elle avait fermé la boutique et la fenêtre, dit-elle, et les derniers visiteurs étaient partis.

– Bien, alors. (Conor lui sourit.) Je vérifierai au moment de fermer.

À l'âge d'Ameena, Jazz aurait relevé le manque de confiance et en aurait été blessée, mais Ameena s'était contentée de sourire à Conor et d'acquiescer. Peut-être, songea Hanna, n'avait-elle jamais adopté l'attitude rebelle de l'adolescence. Ou peut-être était-ce derrière elle ou encore à venir. Quoi qu'il en soit, sa présence était agréable et efficace, et elle adorait manifestement son job d'été.

Ameena devait retrouver sa mère au café.

– Quand nous sommes venues pour le vernissage, expliqua-t-elle, ma mère aurait aimé voir le jardin. Elle n'avait pas compris qu'on pouvait y acheter des herbes aromatiques.

Elles traversèrent la cour et Ameena expliqua à Hanna que sa mère était un vrai cordon bleu.

– C'est ma mamie au Pakistan qui lui a appris à cuisiner. Elle faisait pousser un tas d'herbes aromatiques. Ma mère a grandi à la campagne, mais ici, nous n'avons qu'un minuscule jardin.

– Est-ce que ta grand-mère t'a appris à toi aussi ?

– Non, nous vivions à Karachi avant de venir ici, alors je ne l'ai pas connue tant que ça. De toute façon, j'étais toute petite. Je m'y connais mieux en pizzas, mais j'adore la cuisine de ma mère.

À leur arrivée au jardin, Louisa était assise à une table près de la fontaine et bavardait avec Mme Khan. Elle tira une chaise pour Hanna.

– Vous connaissez Saira ? Nous nous sommes rencontrées à l'exposition l'autre soir.

Hanna serra la main de la femme timide, au regard identique à celui d'Ameena. Elles venaient de se recroiser à l'instant, déclara Louisa, et avaient décidé de s'asseoir ensemble en attendant qu'on vienne les chercher.

Surprise par la vue du thé sur la table, Ameena proposa d'aller chercher une autre théière.

– Un thé, mademoiselle Casey ? J'en ai pour deux minutes.

La fraîcheur de la fontaine et le parfum des herbes réchauffées par le soleil étaient tentants. Consciente du dîner qu'il lui fallait encore préparer, Hanna regarda les autres.

– Eh bien, si Mme Khan a le temps pour une autre tasse…

– Saira, s'il vous plaît. Et oui, j'en prendrais volontiers une autre. Si Louisa et vous n'êtes pas trop pressées ?

Vingt minutes plus tard, elles étaient encore attablées toutes les quatre. La timidité de Saira s'était envolée et elle leur révélait un savoir encyclopédique sur les plantes aromatiques. Elle s'était promenée plusieurs fois dans le jardin avant de tomber sur Louisa. Selon elle, les plantations étaient bien arrangées. Et le nombre de spécimens très impressionnant. Elle avait remarqué plusieurs variétés et espèces qu'elle n'avait jamais vues auparavant.

En croisant le regard d'Ameena, Hanna lui fit un clin d'œil.

– Je prévois de créer un parterre de plantes aromatiques dans mon jardin. Avant notre conversation, j'étais très fière de mon persil et de ma menthe.

Louisa éclata de rire.

– Eh bien, si cela peut vous réconforter, j'ai toujours pensé que j'étais calée en plantes aromatiques moi aussi. Mais je n'arrive pas à la cheville de Saira !

– Et je n'arrive pas à la cheville de ma mère. Elle connaissait les plantes aromatiques et toutes les épices. Elle savait fabriquer des remèdes et des cosmétiques…

– Quoi, Grand-mère savait faire tout ça ? Vraiment ? Comme des crèmes hydratantes et du maquillage ?

– Et des shampooings et des huiles parfumées. Et des choses pratiques, comme des remèdes contre la teigne.

– Beurk ! Maman !

Saira se retourna vers Louisa.

– C'est bien le nom de cette infection ? C'est un champignon.

– C'est exact. Mais je ne savais pas qu'il existait des remèdes en phytothérapie.

– Ma mère disait qu'il existe une plante pour soigner chaque chose. Je n'en sais rien. Je me contente de cuisiner et ça maintient ma famille en bonne santé ! Je me souviens de quelques préparations en cosmétique. De pas mal d'entre elles, en fait. Le romarin fait un bon démêlant et le jasmin rend la peau douce.

– Ma fille s'appelle Jasmine, dit Hanna en souriant à Louisa. Vous vous souvenez de m'avoir envoyé du jasmin de votre jardin du Kent avant sa naissance ?

Aussitôt les mots prononcés, elle les regretta. Ce n'était ni le moment ni l'endroit de se souvenir de cette soirée odorante. Ce jour-là, elle s'était rendue à la maternité et avait appris qu'elle attendait une fille. Malcolm était rentré à l'appartement de Londres avec un bouquet de jasmin blanc de la part de Louisa, enveloppé dans du papier humide pour le garder au frais. Ils s'étaient assis dans le jardin et avait contemplé l'échographie. Pendant qu'elle humait les fleurs, elle s'était émerveillée à la pensée de son bébé. Jazz devait être leur enfant miracle, née onze ans après l'atroce fausse couche, qui d'après le médecin, ne lui permettrait certainement plus de concevoir.

Hanna se retrouva submergée par la colère. Ce soir-là, dans le jardin avec Malcolm, elle n'avait pas la moindre idée de sa liaison avec Tessa. Leur histoire avait débuté presque au début de leur mariage et allait durer même après leur divorce. Comment avait-il pu être assis là et la voir tellement heureuse ? Et comment s'était-elle laissée duper si facilement ? Elle croisa le regard de Louisa et lui sourit à nouveau. D'une manière fugace.

– C'est pour cette raison que nous l'avons appelée Jasmine ? Vous le saviez ?

C'était l'idée de Malcolm, mais elle avait adoré ce prénom. Elle se souvenait de son excitation quand il avait téléphoné à ses parents. Elle se rappelait la petite taie d'oreiller brodée de brins de jasmin, que Louisa lui avait envoyée en cadeau à la naissance de Jazz.

Saira afficha un sourire radieux et lui indiqua qu'en persan, *jasmin* signifiait « fleur parfumée ».

– Vous savez que c'est aussi un médicament. On l'utilise pour soigner l'angoisse. Et, bien sûr, cela favorise l'amour.

Soudain, elle jeta un œil vers Ameena.

– Je veux dire… Je ne sais pas comment dire…

Ameena sourit.

– Tu veux dire que c'est un aphrodisiaque.

Elle était encore assez immature pour que la gêne de sa mère l'amuse. Mais Saira se reprit et acquiesça vivement.

– C'est le terme.

– Mais y a-t-il un fondement scientifique, Maman ? Comme les phéromones ou les euphorisants ?

Saira secoua la tête.

– Les gens ont toujours cru ce genre de choses, je ne sais pas si elles sont vraies.

Louisa fit remarquer avec diplomatie qu'elle soupçonnait les vertus romantiques liées aux fleurs de ne reposer que sur leur beauté.

– Les fragrances favorisent assurément le bien-être, pourtant je doute qu'elles éveillent l'amour.

Ameena, la brillante étudiante en chimie, poursuivit son argumentation avec ténacité.

– Oui, mais l'effet aphrodisiaque attise le désir sexuel, non ? Je veux dire que c'est quantifiable. L'amour ne l'est pas.

Pendant que leurs voix flottaient autour de la table, Hanna se laissa aller contre le dossier de sa chaise sans dire un mot. Le souvenir inopiné l'avait légèrement sonnée. Il valait mieux s'accorder une minute avant de se joindre à la discussion. Toutefois, en nouant ses doigts autour de la tasse de thé, elle se dit qu'une chose était sûre. Elle n'avait jamais aimé Malcolm plus que la nuit où il lui avait offert ces fleurs. Aujourd'hui, elle n'éprouvait rien d'autre pour lui qu'un léger sentiment de dégoût.

Chapitre 29

Hanna avait prévu un ragoût d'agneau pour le dîner, mais avant de quitter Lissbeg, Louisa et elle achetèrent deux pizzas. Sitôt arrivées, elles se répartirent les tâches : chauffer les assiettes, remuer la salade. Après voir terminé sa dernière part de pizza Fiorentina de vingt centimètres, Louisa se laissa aller contre le dossier de sa chaise, avec un profond soupir de satisfaction.

– Oh, je ne me doutais pas que j'avais si faim. Et c'était délicieux !

– Moi aussi. Je n'aurais pas pu tourner en rond en attendant que le ragoût cuise. Pas après avoir passé tout ce temps avec Ameena et Saira.

Louisa fit mine de ramasser les assiettes, mais Hanna l'arrêta.

– Ne vous embêtez pas. Je m'en occuperai plus tard. Cela vous dirait de visiter le jardin ?

– Ce que j'adorerais, ce serait mettre les pieds en l'air quelques minutes. D'après mon médecin, c'est conseillé après un repas.

– Bien sûr.

Hanna alla chercher des chaises devant la cheminée et les installa face aux rayons du soleil.

– Vous n'êtes pas malade ?

– Non, non, je vais bien. C'est seulement l'âge. Et quand on vit seule, on s'installe dans une routine, je pense. Après le décès de George, j'ai eu des palpitations cardiaques, et bien que j'aille parfaitement bien aujourd'hui, je dois faire attention. Dans un coin de ma tête, j'ai conscience d'habiter très loin de toute assistance, si quelque chose m'arrivait.

Hanna se dit que la vie en solitaire devait être difficile pour Louisa. Le manoir du Kent était la maison la plus accueillante qu'elle ait jamais connue. Les parents de Malcolm l'avaient toujours incité à faire venir ses amis d'école. Durant son enfance, c'était le lieu où ses camarades se réunissaient. Il y avait un court de tennis, une salle de billard, des coins détente et une vaste cuisine, où Louisa était heureuse que ses invités se sentent comme chez eux. George était tout aussi sociable. Il adorait partager ses vins – qu'il sélectionnait avec soin – presque autant qu'il aimait en parler. Pour les amis de Malcolm, c'était l'hôte parfait. Pourtant avec le recul, Hanna se rendit compte qu'en épousant Malcolm, elle avait joué le rôle tenu auparavant par ses parents. L'équilibre du pouvoir – ou la responsabilité – s'était déplacé. Les fêtes avec les collègues de Malcolm s'étaient déplacées jusqu'au cottage de Norfolk, qu'Hanna et lui avaient acheté pour les week-ends. Aussi loin qu'Hanna s'en souvienne, Louisa n'avait pas paru s'en offusquer. Bien entendu, une personne aussi digne que Louisa n'en ferait jamais toute une histoire. Hanna et Malcolm avaient continué à rendre visite aux parents de Malcolm et encouragé Jazz à y aller avec ses amies. Toutefois, Jazz avait passé beaucoup moins de temps dans le Kent, depuis le déménagement en Irlande. George décédé, il n'était pas surprenant que Louisa se sente vulnérable.

Hanna remua les quelques mottes de tourbe qui brûlaient gentiment sur la pierre du foyer. Même en été, avec la porte fermière et les fenêtres ouvertes, elle adorait voir la faible lueur des flammes dans l'âtre.

Louisa regarda autour d'elle d'un air appréciateur.

– J'aime ce que vous avez fait de cet endroit. Vous avez toujours eu bon goût.

Il y eut un blanc. Hanna replaça le tisonnier près du feu sans un mot. Puis Louisa croisa son regard.

– Vous pourriez tout aussi bien, ma chère, dire ce que nous pensons toutes les deux.

– Dire quoi ?

– Que votre bon goût ne vous a pas aidée à choisir mon fils pour époux.

– Non… Eh bien, peut-être, mais… Je veux dire…

Soudain, Louisa parut extrêmement fatiguée.

– George était tellement fier de Malcolm, vous savez. Un enfant unique, si séduisant, intelligent et charmant. George a toujours voulu lui donner les meilleures chances dans la vie. Nous l'avons voulu tous les deux. Nous voulions qu'il soit heureux. Enfin, vous comprenez. Je sais ce que vous éprouvez pour Jazz. (Elle tourna la tête avec nervosité.) Parfois, je me demande comment on ose faire des enfants. Comment savons-nous quels dégâts ils causeront ? Et ce sera peut-être notre faute.

Hanna se souvint de son raisonnement quant à la responsabilité de Louisa dans le comportement crapuleux de Malcolm. Elle n'avait jamais pensé que Louisa y songeait aussi. Elle ne savait même pas si Louisa était au courant de l'infidélité de son fils. Soudain, la tête lui tourna. Tessa travaillait au cabinet de Malcolm. Ses collègues avaient souvent roulé de Londres jusqu'à la maison du Kent. Les week-ends où Hanna n'était pas avec lui, avaient-ils partagé le même lit ? Après tout, qu'est-ce que Louisa aurait pu faire, s'il l'avait mise dans cette situation : le dénoncer, détruire son mariage et briser le cœur de sa petite-fille ?

Louisa se pencha en avant pour la toucher avant de se raviser. Après quelques secondes, elle s'appuya de nouveau contre le dossier de sa chaise.

– J'ai pensé à beaucoup de choses depuis le décès de George. (Elle soupira et tendit la main vers la chaleur du feu.) J'étais très fière de George, voyez-vous, et de tout ce qu'il avait accompli.

Encore ébranlée par la connivence possible entre Louisa et son fils, Hanna s'efforça de se concentrer. Elle ne voyait pas où Louisa voulait en venir. George était un propriétaire terrien anglais, tel qu'imaginé par

P. G. Wodehouse : avenant, légèrement gauche, et pas le prototype de celui qui réussit.

Louisa tenait ses mains l'une dans l'autre, et faisait tourner sa bague en diamants.

– George a fréquenté des écoles privées bien sûr, mais des petites. Et il a toujours dit qu'il ne serait jamais allé à Cambridge s'il n'avait pas eu de bourse. Il avait plusieurs frères et sœurs, vous voyez, alors l'argent manquait un peu. Et quand il est revenu, sa famille a insisté pour qu'il entre au cabinet de son père. C'était une étude de notaire dans une petite ville de campagne plutôt ennuyeuse. Alors il l'a fait. Par la suite, il s'est révélé un génie des valeurs mobilières. C'est ainsi que, dès qu'il a pu, il a pris sa retraite et nous avons acheté le manoir.

Hanna était étonnée.

– Je ne sais pas pourquoi, mais j'ai toujours cru que votre famille vivait là depuis une éternité.

– Eh bien, c'était l'impression que George voulait donner. Il n'aurait pas menti, bien sûr. Néanmoins, il était heureux d'avoir acquis une demeure, dont Malcolm pouvait être fier. Je veux dire un lieu agréable et accueillant, où il pouvait inviter ses amis. Des garçons de l'école au début. Nous l'avons envoyé à l'école de Harrow, qu'avait fréquentée mon père. Et George était tellement heureux quand Malcom s'est décidé pour Cambridge. Il avait la chambre de George là-bas, en première année. Son pauvre père en était ravi à un point presque ridicule. (La voix de Louisa trembla.) En réalité, je suspecte Malcolm d'avoir trouvé cela ridicule. Mais George ne l'a jamais su.

Hanna savait que c'était vrai. Même si Malcolm pensait que le boulot de son épouse consistait à divertir sa mère, il était profondément attaché à ses parents et particulièrement affectueux avec son père.

– Je sais combien vous aimiez tous les deux George. C'était un homme adorable.

– Oui, c'est vrai. Mais je pense que je l'ai trop gâté. Et bien sûr, nous avons tous deux gâté Malcolm. (Louisa la dévisagea avec tristesse.) Vous voyez, je ne pense pas que George ait été très heureux, enfant. Mais, à cause de cela, Malcolm a grandi avec l'idée que le bonheur avait plus d'importance que tout le reste. Je crois que je l'ai vu arriver. Pour moi, ce n'était pas raisonnable, mais je me suis tenue à distance, sans intervenir.

Elle avait l'air si troublé qu'Hanna lui répéta les propos de Jazz sur la plage.

– Écoutez, quoi que vous ayez fait, vous avez fait au mieux et l'eau est passée sous les ponts.

– Mais, ce n'est pas le cas, pas vrai ?

Cette fois, Louisa lui prit la main, ce qui perturba Hanna car sa belle-mère n'était pas du genre tactile.

– Malcolm est rentré ivre une nuit, juste après votre départ en Irlande avec Jazz. Non, écoutez, je veux que vous entendiez la suite. Je ne vous blâme pas de l'avoir emmenée. En fait, je comprends. J'ai compris d'après ce qu'il a dit cette nuit-là que vous l'aviez trouvé au lit avec Tessa. Et que leur liaison durait depuis pas mal de temps.

Ainsi, Louisa avait appris la liaison de Malcolm après le départ d'Hanna. Cette dernière relâcha ses épaules. Ces dernières années, de nombreux amis avaient considéré leur loyauté envers Malcolm plus importante qu'envers elle. Et elle avait encaissé chaque désertion comme un coup. À présent, elle savait que son ex-belle-mère ne faisait pas partie de ces traîtres.

Cette nouvelle lui fit presque plus plaisir pour Louisa que pour elle. Aussi pénible soit-il d'être trompée par son mari, cela devait être pire encore de ne rien faire en sachant qu'on avait élevé une crapule. N'était-ce pas un sujet d'inquiétude pour toute mère ? Parce que les tueurs en série et les voleurs étaient forcément les enfants de quelqu'un. Hanna décida qu'il valait mieux taire ses pensées et serra la main de Louisa.

– Tout va bien. Vraiment. Avec Jazz, nous avons surmonté le divorce et tout le monde est passé à autre chose.

Louisa lui lança un regard reconnaissant.

– Je suppose que vous avez raison. L'un des inconvénients de vivre seule, d'être inutile, c'est que l'on réfléchit trop. Et ne me dites pas que je suis utile, parce je sais parfaitement que c'est faux. George est parti, et Malcolm et moi sommes à des années-lumière l'un de l'autre. Je ne cesserai jamais de l'aimer, j'imagine, mais je ne peux répondre à aucun de ses besoins.

– Oh, au diable les besoins de Malcolm, Louisa ! Ce qu'il vous faut, là tout de suite, c'est de la glace. (Hanna alla ouvrir le congélateur.) Puisque nous avons dîné comme des gamines à une soirée pyjama, ne faisons pas les choses à moitié.

Elles transportèrent leur crème glacée jusqu'au banc qui donnait sur l'océan et s'assirent côte à côte, les pieds posés sur les massifs d'œillets marins. Puis Louisa parla, les yeux rivés sur l'horizon.

– Quoi qu'il en soit, même si vous et moi sommes passées à autre chose, ce n'est pas le cas de Jazz, je crois. Si seulement Malcolm n'avait pas été si égoïste, elle ne serait pas bouleversée aujourd'hui.

– Oui, mais vous ne pouvez pas vous le reprocher.

– Ah non ?

– Non. Surtout parce que ça n'a aucun intérêt. Si Malcolm avait été un peu moins gâté, peut-être serait-il moins égoïste. Et si je m'étais méfiée un petit peu plus, peut-être aurais-je été un peu plus difficile à duper. Et la situation aurait aussi été différente, si les parents de George s'étaient montrés plus gentils… À ce rythme-là, on pourrait remonter jusqu'à la nuit des temps. Franchement, Louisa, chaque personne est la somme des choix de ses ancêtres. C'est la condition humaine. On ne peut que continuer et faire avec ce qu'on a.

Chapitre 30

29 août 1920

J'ai quitté la chambre meublée. La première semaine chez Mme Nelligan, j'étais dehors tous les jours pour chercher du travail. Ce que je voulais, c'était une place dans une boutique comme Kate et Peg. J'ai marché dans la moitié des rues de Liverpool et je n'en ai pas trouvé. Alors j'ai pensé que je devrais me contenter de ce que je pourrais avoir. Les usines sont terriblement bruyantes, c'est certain. On entre pour parler au contremaître qui se trouve dans une petite pièce, fermée par une porte, et on entend quand même le bruit des ateliers. Certains endroits ont un règlement qui interdit aux filles de parler, mais Dieu le sait bien, si elles le voulaient vraiment, elles perdraient leur voix à force de hurler. Dans une boutique, on peut avoir une petite conversation avec les clients, et le magasin d'étoffes de

Peg et Kate a une pièce où les filles prennent leur thé.

Bref, un jour, il pleuvait à verse et je n'avais pas le courage de sortir. J'étais au lit dans la chambre, et les autres étaient parties au travail. Tout à coup Mme Nelligan est entrée. Elle est devenue toute rouge quand elle m'a trouvée là-dedans et elle a fait le tour de la pièce avec un plumeau. Je lui ai dit qu'elle fouinait et qu'elle n'avait pas du tout le droit d'entrer. J'étais dans mon bon droit parce que c'est une règle de sa maison, et ses locataires l'appliquent entre eux. Elle m'en a voulu et elle a exigé de savoir pourquoi je n'étais pas au travail. C'est une femme criarde avec un visage pincé et elle hurlait. Tout à coup, son mari, l'ancien sergent, est arrivé en rugissant. Je ne lui en fais pas le reproche, il travaille de nuit et il est très nerveux. La Nelligan m'a traitée de menteuse en postillonnant. Elle lui a dit qu'elle ne m'aurait jamais prise si elle avait su que je n'avais pas de travail. J'ai répondu que je ne faisais pas la charité et que j'avais payé mon loyer rubis sur l'ongle. Alors elle s'est égosillée et m'a accusée d'avoir traîné dans les rues. Eh bien, c'était vrai, bien sûr, et je le ne lui ai pas caché. Est-ce que je n'étais pas dehors pour gagner de l'argent ? Puis elle a tiré ma valise du haut de la penderie et elle m'a ordonné d'y fourrer mes vêtements et d'emballer mes affaires.

Quand je lui ai raconté, Peg a presque fait une crise cardiaque à force de rire. Elle a dit que j'allais vraiment avoir du mal à garder une piaule si je claironnais partout que j'étais une prostituée. Quand elle a arrêté de rire, elle m'a proposé d'expliquer mes paroles à Mme Nelligan. Mais il n'y avait aucun intérêt, et de toute façon, je me moque comme d'une guigne de ce que pense cette vieille vache.

Ce n'était pas marrant ce jour-là, quand même, quand ils m'ont jetée dehors. Je ne me sentais pas bien, il pleuvait des cordes et je n'arrivais pas à trouver de chambre. D'après Peg, pas mal de femmes par ici avaient pour époux des hommes ayant lutté dans les tranchées. Ces femmes ne prendraient pas de locataires irlandaises parce que nos hommes se battaient chez nous. Je n'ai pas dit un mot sur Liam à Peg ni Kate, parce qu'on ne sait jamais à qui on peut faire confiance. J'aimerais savoir si Liam est en sécurité, mais je n'ai eu aucune nouvelle de Lizzie.

J'ai frappé aux portes pendant des heures avec ma valise et il commençait à faire nuit quand j'ai vu un papier sur une fenêtre disant qu'on recherchait une bonne. La pension était plus grande que celle des Nelligan, et la pancarte disait que le travail était à domicile. J'ai tapé et la femme a dit que sa boniche était partie sans préavis. Quand on entend ça, on a une vision assez claire de ce que peut être une mauvaise place. Elle m'a fait entrer, quand même, et j'ai annoncé que je resterais tant qu'on s'entendrait.

J'ai une chambre grande comme des toilettes à côté de la cuisine et huit chambres à nettoyer et un escalier. Quatre étages grimpent en haut de la maison et un descend au sous-sol, et il y a le hall, la salle à manger et la cuisine à récurer aussi. Madame Carr, la propriétaire, prépare un petit-déjeuner pour les locataires et une jeune fille vient pour les servir et laver la vaisselle. La moitié des locataires sont des hommes et la petite nettoie leurs bottes pour six pence la paire chaque semaine. Madame Carr prend la moitié.

Le premier jour, Mme Carr s'est moquée de moi. J'étais à genoux, dans le hall, à faire la marche du bas. C'était la première fois que je lavais l'escalier et je n'ai pas réfléchi. Ce que j'aurais dû faire, c'était commencer sur le palier puis descendre. J'ai découvert tout ça bien assez tôt quand j'en suis venue à m'agenouiller sur la marche humide que je venais de lessiver. Mais cette femme est passée devant moi alors que j'avais à peine commencé, elle s'est arrêtée et elle m'a traitée d'idiote. D'où je sortais, elle a dit, pour ne pas savoir nettoyer un escalier ? J'ai eu du mal à m'empêcher de lui retourner que je sortais d'une maison bien plus propre que la sienne. Mais je ne voulais pas qu'elle me jette dehors, alors j'ai fermé mon bec, j'ai pris le seau et je suis montée jusqu'au premier palier. Sur les marches, il y a une affreuse toile cirée rouge et noir et on la frotte avec du savon jaune.

Je ne réfléchissais pas ce jour-là, parce que ma tête était dans la montagne. Je pensais au jour où James a conduit jusque chez nous avec la charrette et a proposé de nous aider avec la tourbe. C'était un long trajet pour lui et Maman l'a trouvé très gentil. Elle n'avait pas la force de travailler dans la tourbière, et j'étais montée et descendue toute seule, la semaine entière, avec l'ânesse. D'après lui, ce serait plus facile de conduire la charrette. Si on coupait tous les deux, le travail avancerait plus vite. James a beaucoup de force dans les bras. Son père pouvait se passer de lui le temps qu'il aide des voisines en difficulté. C'est étrange de penser que ça se passait il y a deux ou trois mois à peine. Maintenant, les voisins devront traîner la tourbe chez eux.

On a grimpé le premier jour avec le soleil dans le dos et le ciel brillait tout en haut. On avait une bouteille remplie de thé, et un *cake of bread* que j'avais fait la veille au soir. Après quelques heures de travail, on s'est arrêtés pour boire un thé, et James a fumé une cigarette. Il y avait un gros rocher au-dessus de nous, j'y ai grimpé et je me suis assise là, avec la roche chaude dans mon dos. Des linaigrettes bougeaient dans le vent partout autour de moi, des papillons blancs dansaient. Si on les regarde très près, on peut voir qu'ils ont des veines vert pâle. On n'a pas beaucoup parlé ce jour-là, parce que je ne le connaissais pas. Je l'avais seulement vu quelques fois en allant à la messe. Je ne sais pas s'il y a une église près de la maison de Mme Carr. J'aimerais bien, parce qu'une église sent toujours bon.

J'ai arrêté d'écrire à l'instant pour allumer la lampe. Je l'ai posée sur mon genou et je suis assise sur le lit. Si j'étais à la maison, il y aurait encore de la lumière sur la montagne, mais par ici, il fait nuit plus tôt et les maisons sont bien plus hautes et pleines à craquer, alors c'est difficile de voir le ciel. Il y a plein de couleurs et de lumières dans toutes les vitrines de magasins, seulement j'ai peur d'aller marcher dans les rues, après ce que Peg m'a dit. Selon elle, des types veulent toujours qu'on aille avec eux en bas dans les ruelles, et c'est ce que Mme Nelligan a pensé que je faisais.

Cette Carr-là fait tout un foin sur le gaspillage de son électricité. La dernière fois qu'elle m'a trouvée avec la lumière allumée, elle m'a menacée de retirer l'ampoule. On ne peut pas rester assise au bord de son lit dans le noir avec son esprit qui ressasse les problèmes, quand même. Et je veux écrire parce que, si je ferme les yeux, je retourne toujours sur la montagne ou sous les arbres à l'endroit où nous allions dans la forêt.

Chapitre 31

Conor scannait un ouvrage pour Susan quand Phil surgit avec un magazine. La bibliothèque commandait des journaux et quelques magazines sur les livres au marchand de journaux de Broad Street, mais il s'agissait là d'une publication sur papier glacé dédiée aux voyages, qui devait coûter une fortune. Phil avait l'air ravi.

– Et si on parlait de célébrité ! (Elle le laissa tomber lourdement sur le bureau et tourna les pages.) Regardez ça ! Un article sur l'exposition du psautier, des tonnes de photos de la péninsule et une demi-page consacrée aux producteurs locaux !

Conor regarda. Il consistait en un reportage sur Finfarran, dont la majeure partie, à ce qu'il voyait, avait été piquée au site web de la péninsule, Le Bout du Monde : la rubrique sur l'exposition était même intitulée : « Le Livre du Bout du Monde ». Mais Phil avait raison, c'était génial.

Susan désigna une photo :

– Ça va faire plaisir à Bríd et Aideen.

– Je sais ! (Phil souriait jusqu'aux oreilles.) Je m'apprêtais à aller à *La Mercerie* pour le leur montrer. Elles vont être enchantées, à juste titre. Leurs efforts pour présenter les produits locaux lors du vernissage ont porté leurs fruits.

Susan fit le tour du bureau pour mieux voir le reportage.

– Et il y a leur carte de visite au centre de la photo. C'est incroyable !

Conor lut le texte en diagonale. Encore heureux que le logo de *La Mercerie* apparaisse sur la page, puisque toutes les infos sur la nourriture provenaient de la brochure rédigée par Aideen. L'article était signé du journaliste dont elle lui avait parlé. Il avait pompé tout ce qu'elle avait écrit. Malgré tout, c'était super de voir la carte de visite appuyée contre un plateau en bois, rempli de galettes à l'avoine avec du fromage de chèvre et des noisettes, couronnées de cresson.

Un instant plus tard, la porte s'ouvrit et Ameena entra d'un air timide. Elle ne travaillait pas à la boutique aujourd'hui, aussi Conor fut-il légèrement surpris. Apparemment, Mlle Casey l'avait intégrée au club de lecture.

– Elle a dit que ce serait bien d'avoir des membres plus jeunes. Et à l'école, Mlle O'Rourke répète qu'il faut un vaste éventail d'expériences sur son CV. Par exemple, si ton sujet c'est la chimie, tu dois avoir un passe-temps artistique. Et j'adore lire, alors je me suis dit que ce serait une bonne occasion.

Mademoiselle Casey avait indiqué qu'elle pourrait choisir le livre dont ils parleraient. Son préféré, c'était *Le Système périodique* de Primo Levi.

– En quelque sorte, ça parle de chimie et aussi de l'Holocauste. Je ne sais pas trop si ce sont des mémoires ou une sorte de recueil de nouvelles. En tout cas, c'est exceptionnel. Je n'étais pas certaine que ce livre convienne pour le club, alors j'ai choisi celui-ci à la place.

Elle tendit un roman d'Arundhati Roy : *Le Dieu des Petits Riens*.

– Il a eu beaucoup de succès. J'espère que ça ira.

Susan trouvait son choix très bon. Elle était exténuée l'autre soir, mais elle s'était assise dans son lit pour le terminer.

Mademoiselle Casey, qui installait des chaises dans la salle de lecture, vint les rejoindre au bureau. Phil, toujours plongée dans le magazine, conseilla à Conor de photocopier en A3 l'article sur le psautier et de l'accrocher au panneau d'affichage. Selon elle, c'était une très bonne stratégie marketing. Conor vit bien que Mlle Casey dénigrait un peu cette idée. Quelques jours plus tôt, elle avait fulminé dans la cuisine. D'après elle, Phil était très compétente dans son travail, mais le psautier était un objet ancien, un objet de culture, et il devait être présenté comme tel. Conor l'avait raconté à Aideen par la suite et selon elle, tout était question d'équilibre.

– On ne peut pas blâmer Phil d'encourager le commerce. C'est très bien que Lissbeg se fasse connaître. Mademoiselle Casey marque un point, malgré tout. On ne doit pas faire une fixette sur les chiffres. C'est comme pour l'épicerie. Si on lance un petit-déjeuner irlandais complet pour trois sous, avec des ingrédients achetés chez le grossiste, on aura des tonnes de clients, mais sur le long terme, on perdra nos meilleurs clients.

Confuse de sa remarque, elle remonta une boucle sous le foulard noué sur sa tête.

– Je ne compare pas le psautier à une assiette d'œufs au plat et de boudin noir, bien sûr. Mais Bríd et moi, nous sommes très attentives à la qualité. Alors je comprends Mlle Casey et je pense que nous devrions adopter son point de vue.

Même si la comparaison était un brin douteuse, Conor saisit la position d'Aideen. Apparemment, Bríd et elle y avaient beaucoup réfléchi. Il ne s'agissait pas d'attirer les gens en ville pour les détrousser.

– En ne pensant qu'aux chiffres, on peut tuer la poule aux œufs d'or. Les gens sont vachement difficiles quand il s'agit des vacances. Lissbeg pourrait devenir l'endroit branché du moment puis, tout d'un coup, celui à éviter. Franchement, Conor, il suffit de quelques avis sur TripAdvisor affirmant que le coin est surpeuplé. Et le tourisme consiste essentiellement à donner à des gens comme Bríd et moi une chance de gagner leur vie ici, là où nous sommes nées.

Elle avait raison, bien sûr. Malgré tout, elle serait certainement contente des photos et la carte de visite compenserait le recopiage de la brochure. L'article se lisait bien aussi. Il avait déjà été impressionné par le prospectus. Mais là, sur papier glacé, avec les photos, c'était vraiment classe. Par chance, ils n'avaient pas inséré la photo que Phil l'avait poussé à faire avec Ameena. Elle était géniale quand elle regardait pardessus son épaule, avec le logo au dos de son tee-shirt. Mais il avait l'air idiot. Ses cheveux étaient tout ébouriffés, parce qu'il avait couru partout à la recherche de Mlle Casey.

Susan, qui était en avance au club de lecture, gagna la salle de lecture avec Mlle Casey. Au bureau, Ameena et Phil continuaient d'examiner le magazine, pendant que Conor envoyait des photos à Aideen par téléphone.

– N'est-ce pas génial que Finfarran soit sous les projecteurs ? Savez-vous que nous avons eu des caméras à la Forge ? Une équipe d'Allemagne est restée plus d'une demi-journée pour tourner un reportage sur les voyages, annonça joyeusement Susan à Mlle Casey.

– C'est merveilleux !

– Le timing est parfait. L'année dernière, j'avais du mal à faire le ménage et la paperasse. Mais ces derniers temps, grâce à Jazz, je n'ai pas à rattraper mon retard. Alors si le reportage télé porte ses fruits, on pourra même prendre des vacances à l'automne. Vous imaginez ? Et dire que jusqu'à aujourd'hui, mon projet le plus fou, c'était un après-midi de repos pour venir en ville.

Susan n'avait considéré la possibilité de vacances en famille que récemment, mais en regardant sur Internet, les différentes offres l'enchantaient. Günther et elle partiraient peut-être même seuls. Ils pourraient rester un peu chez ses parents à lui à Freudenstadt, laisser Holly avec sa mamie et son papi, puis passer quelques nuits romantiques lors d'une croisière sur le Rhin. Et c'était son époux, d'ordinaire si réservé, qui était à l'origine de l'émission télé. Son audace la sidérait.

– Et le plus incroyable, c'est ce qu'il a dit devant la caméra.

– Ils ne vous ont pas interviewés tous les deux ?

– Mon Dieu, non, je les ai laissés faire. Je dis toujours que je ne sais pas parler allemand, en fait, je le parle un peu. Mais ils voulaient entendre l'histoire de Günther, son arrivée ici en Irlande. Et il l'a très bien racontée. Günther est un amour, même s'il n'étale pas ses sentiments. Moi non plus, d'ailleurs, ce n'est pas mon style. C'est peut-être pour ça qu'on va bien ensemble. Pourtant, quand il a raconté notre rencontre devant la caméra, il a dit : *« Sie war so schön. »* Ce qui veut dire « elle était si belle ». Cela m'a émue. Et puis Holly m'a dit que son papa me trouvait *so schön.* « Et tu es *schön* parce que tu as de beaux sourcils. Comme des *Hairy Mollies.* »

C'était le nom que donnaient les enfants de la région aux chenilles noires et poilues. Chaque fois qu'elle en trouvait une dans le jardin, Holly insistait toujours pour l'examiner, aussi avide qu'une scientifique. Susan sourit.

– J'ai décidé de prendre ça pour un compliment ! Et Jazz a été assez gentille pour ne pas rire. Elle s'en sort bien avec Holly.

– Eh bien, ça fait plaisir à entendre. Comme elle est fille unique, elle n'a pas tellement l'habitude des enfants.

– Elle a eu une bonne formation quand elle travaillait pour la compagnie aérienne. Elle est impressionnante avec les clients. (Susan hésita.) Je suppose que vous n'êtes pas celle à qui je devrais poser la question, mais pensez-vous qu'elle est heureuse avec nous ?

Dès la fin de sa phrase, Susan remarqua que Mlle Casey avait l'air gêné. C'était stupide d'évoquer le sujet de cette façon : elle aurait dû poser directement la question à Jazz. Elle se sentit embarrassée et lui présenta ses excuses.

– Écoutez, je suis une idiote, je ne sais pas où j'ai la tête. Je le lui demanderai moi-même, ne vous tracassez pas.

La porte s'ouvrit derrière elles et Darina Kelly entra d'un bond dans la pièce.

– Oh, mon Dieu ! Vous avez vu ça, mesdames ?!

Elle brandissait un exemplaire tout crasseux du même magazine que Phil. Un instant plus tard, Nell Reily les rejoignit tout excitée, parce qu'une des photos montrait un échantillon de sa dentelle. Susan se sentit désolée pour la pauvre Ameena. Quelque chose lui disait que, une fois encore, leurs discussions n'allaient pas porter sur le roman choisi. Se retenant de rire, elle adressa un clin d'œil à Mlle Casey et s'adossa à sa chaise pour profiter des bavardages.

Pourtant, au bout de quelques minutes, son esprit vagabonda. Elle avait posé cette stupide question à

Mlle Casey, parce que malgré l'efficacité de Jazz, quelque chose semblait clocher. Alors pourquoi se sentait-elle soulagée de ne pas avoir eu de réponse ? Si elle était quelqu'un d'attentionné, elle souhaiterait savoir si Jazz était malheureuse. Et si elle était raisonnable, elle aurait envie de résoudre le problème avant qu'il n'affecte le commerce. Mais peut-être ne voulait-elle pas ouvrir ce sac de nœuds. Parce que si elle encourageait Jazz à exprimer ses sentiments, la jeune fille ne risquait-elle pas de plier bagage avant de démissionner ? Et qu'adviendrait-il du travail ? Si les réservations affluaient grâce à l'émission de télé, elle ne s'en sortirait pas sans l'aide de Jazz. Il leur faudrait refuser des clients et de l'argent, et du coup, annuler leurs vacances. Ne se sentant ni attentionnée ni raisonnable, elle conclut que Jazz était adulte et que, quels que soient ses problèmes, elle les gérerait toute seule. Elle ne pouvait materner ses employés. Sa propre famille devait passer en premier. Et c'était la limite à ne pas franchir. Günther avait dit au monde entier devant les caméras qu'elle était belle, et rien ni personne ne gâcherait son rêve d'escapade romantique sur le Rhin.

Chapitre 32

Le sommet de Knockinver offrait un panorama à trois cent soixante degrés sur tout l'ouest de la péninsule. Même à mi-flanc de montagne, la vue était stupéfiante. Allongée sur le dos, les yeux clos, Hanna écoutait le bruit saccadé de l'obturateur. Brian mitraillait l'Atlantique, qui brillait comme de la soie turquoise le long des plages, loin en contrebas. Le bruit de l'appareil se fondait dans un paysage sonore plus vaste : les cris lointains des mouettes et le remous des vagues au pied des falaises se mêlaient au chant d'une alouette cachée tout près, dans les bruyères. Hanna ouvrit les yeux et découvrit que Brian s'était retourné. Il avait pris une photo d'elle. En riant, elle bascula maladroitement sur ses genoux et rejeta ses cheveux en arrière.

– Reste comme ça, c'est adorable. (Il y eut un autre déclic, puis il abaissa l'appareil et lui sourit.) C'est la première fois que je prends une photo de toi où tu n'as pas l'air sombre.

– Quand est-ce que j'ai eu l'air sombre ?!

– Chaque fois que tu es sur la défensive. Ce qui est constamment le cas. Surtout quand tu crois qu'on te regarde.

Elle rit à nouveau.

– Eh bien, dans ce cas, une personne convenable ne me fixerait pas à travers un objectif.

– Et passerait à côté de deux charmants clichés comme ceux-ci ? Désolé, mademoiselle Casey, il faudra vous y faire.

Ils avaient terminé leur pique-nique : du poulet froid, du pain de seigle et des fruits. Assis près d'une chute d'eau, ils buvaient du vin qui tiédissait à vue d'œil. Éloignant son verre, Hanna versa quelques gouttes sur les fougères en guise de libation pour une abeille qui bourdonnait. Son abdomen duveteux, moucheté de pollen doré, gigota parmi les fleurs puis l'abeille s'envola presque à la verticale et disparut dans le lointain. Hanna se laissa aller en arrière sur les coudes et contempla les nuages au-dessus de sa tête. Elle grimaça à cause du goût de sa dernière gorgée.

– On aurait mieux fait d'apporter un thermos de thé froid.

Brian éclata de rire.

– Infusé sur un feu de tourbe avec six cuillerées de sucre dans la bouilloire ? Non merci. Je préfère un Chablis tiédasse.

– Tu es déjà allé ramasser de la tourbe ?

– Pas avec une ânesse et une charrette comme ta grand-tante Maggie. Mais durant mon enfance, des gens mettaient encore de la tourbe de côté dans les Wicklow Mountains. Bon, une ou deux personnes. Et un vieux type avait l'habitude d'aider mon père au jardin, et il se retirait dans un cabanon de temps à autre avec une bouteille de thé.

– Tu es certain que ce n'était pas pour un petit verre ou quelque chose de plus fort ?

– Eh bien, il aurait pu avoir une petite tasse cachée derrière la tondeuse à gazon. Mais j'ai goûté son thé une fois et c'était un pur mélange de tanins et de sucre.

L'alouette s'envola dans un champ en contrebas. Hanna se rallongea et referma les yeux. Durant leur promenade jusqu'à la chute, elle avait parlé à Brian du journal de Maggie. Son agréable compagnie semblait toujours inviter aux confidences. Pourtant, elle regrettait de le lui avoir dit. Pour meubler le silence embarrassant qui avait surgi entre eux, elle avait précisé qu'elle n'avait pas encore mentionné cette découverte à Jazz.

– Cela n'intéresserait pas ma mère – elle n'a jamais aimé Maggie –, mais Jazz va trouver ça fascinant. Je ne sais pas pourquoi je ne lui en ai pas parlé.

– Si j'étais toi, j'aurais envie de le terminer, d'abord.

– Ah, bon, pourquoi ?

– Parce que tu dois avoir l'impression que Maggie te parle. Tu veux entendre ce qu'elle a à te dire avant de le transmettre.

– Oui, mais les textes que je lis maintenant ont été rédigés pendant la guerre d'indépendance. J'ai beau avoir l'air mal fichu certains jours, je n'étais pas née au début des années 1920.

– Ne sois pas si littérale. Elle a commencé son journal quand elle était jeune, mais elle l'a enterré bien plus tard. Tu la connaissais dans ses vieux jours et elle t'a légué sa maison. Tu dois avoir l'impression qu'elle te parle depuis la tombe.

Hanna comprit que c'était exactement ce qu'elle ressentait. Dans sa maison ou dans le jardin, le livre posé sur les genoux, elle aurait parfois juré entendre la voix de Maggie qui l'appelait pour le dîner.

– De quand date la dernière entrée ?

– Je ne sais pas.

À ce stade, ils avaient arrêté de discuter, parce qu'ils étaient arrivés à un passage difficile du sentier. Après avoir escaladé un tronçon à quatre pattes, ils s'étaient réglés sur un pas régulier. Ils firent une halte pour regarder la vallée abrupte en contrebas, s'étendre au loin vers Ballyfin. L'air était si limpide qu'ils distinguaient des mouvements sur le pont d'un bateau de pêche situé à plusieurs miles. L'esprit toujours rivé sur le passé, Hanna avait tenté de s'expliquer.

– Maggie était pleine de contradictions. Je le voyais quand j'étais enfant, et ça ne m'a jamais dérangée. Dans un sens, c'était une anticonformiste qui agissait comme elle le voulait. Mais à d'autres égards, elle était rigide, tellement rigide qu'on aurait cru qu'elle pouvait se rompre.

Maggie avait toujours méprisé la conformité. Pourquoi porter des chaussures si elle aimait marcher pieds nus ? Qui se souciait de ce que pensaient les voisins ? Pendant l'enfance d'Hanna, peu de gens à Finfarran auraient éconduit un visiteur. Il y aurait eu des gros yeux et des plaintes : « Tu ne réfléchis pas… ? » Même si quelqu'un arrivait à minuit ou à l'heure du repas, la porte était toujours ouverte, et la bouilloire prête pour le thé. Maggie se comportait différemment. Si elle n'avait pas envie de vous voir – et en général, c'était le cas –, elle le disait et vous claquait la porte au nez. Et c'était la seule femme, à la connaissance d'Hanna, à ne pas aller à la messe le dimanche. Une fois ou deux, elle avait fait une apparition au fond d'une église à un enterrement. Pour une enfant âgée de douze ans dans les années 1970, c'était un exemple très enthousiasmant. Malgré tout, Hanna avait su d'instinct qu'elle ne devait pas le suivre. Ni même le mentionner à la maison. Elle appréciait trop la liberté dans la maison de Maggie.

Pourtant, malgré son manque de conformité, Maggie avait vécu selon certaines règles immuables. Elle tirait ses rideaux à un moment précis au crépuscule et lavait sa vaisselle – qu'elle appelait toujours « faïence » – selon un ordre bien particulier. Quand Tom Casey avait suggéré de lui installer un poêle à mazout, elle s'était indignée : il y avait toujours eu un feu dans le foyer de sa maison et elle n'y changerait rien. Bien que Maggie refusât en apparence toutes les conventions, ses propres règles paraissaient chargées de superstition. Généralement, elles étaient centrées sur la continuité. Son refus d'installer le poêle ne faisait qu'un avec ses manies au sujet des rideaux, avec le seau à eau posé dans son coin particulier, et son repas composé de bacon et de chou, mangé à treize heures pétantes.

Et il en allait de même pour la lecture. Mais Hanna trouvait idiot de parler de ceci avec Brian. Comment lui expliquer que ne pas sauter à la dernière page pour voir comment se terminait le livre revenait à expier les péchés qu'elle avait commis enfant ?

À présent, tandis que le chant de l'alouette résonnait dans la vallée, elle ouvrit les yeux et découvrit Brian en train de la dévisager. Son regard était différent, ce n'était plus celui d'un artiste qui observe à travers un viseur. Son visage était plus mince que celui de Malcolm, hâlé et d'une beauté moins classique. Sa chevelure sombre était coiffée en arrière. Elle savait qu'il avait été marié, mais il ne portait aucune alliance.

Quand il lui avait parlé pour la première fois de sa femme, Sandra, il avait simplement dit qu'elle s'en était allée. Hanna avait supposé qu'elle l'avait quitté, mais par la suite, il lui avait raconté sa mort. D'un cancer, une déflagration si soudaine et d'une telle brutalité qu'il s'était montré incapable d'y faire face. Traumatisé, il s'était terré, avait verrouillé sa porte et refusé de répondre au téléphone. Suite à cela, sa société encore balbutiante avait perdu un précieux contrat. Se sentant coupable, Brian avait vendu sa maison dans le comté de Wicklow, il avait cédé ses parts à son associé avant de prendre un boulot sans perspective au comté de Finfarran. Quand il lui avait relaté cette histoire, Hanna avait su qu'elle était la première à l'entendre. Elle y avait été sensible : contre sa propre nature, Brian avait baissé sa garde pour l'aider à baisser la sienne. Ce témoignage de confiance avait marqué le début de leur relation qui semblait redémarrer, après un repli mutuel.

– Je suppose qu'il est inutile de te demander à quoi tu penses.

Gênée, Hanna balaya du lichen de ses épaules.

– En fait, je pensais à Maggie.

– Oui, avant. Puis tu as commencé à penser à nous. Et bon sang, ne me demande pas ce que je veux dire.

– Pas même si j'ai envie de le savoir ?

Il grogna.

– Que penses-tu que je veuille dire ? Je veux dire que nous en sommes toujours au même stade. Encore et encore. Pourtant, on a établi une fois pour toutes qu'on le regrettait tous les deux. Alors qu'est-ce qu'on fait maintenant ? Franchement, Hanna, on dirait deux gamins derrière un local à vélos. Ne crois-tu pas qu'on est assez vieux pour dépasser ce genre de conneries ?

Hanna entoura ses genoux de ses bras et contempla la vallée en contrebas. Loin au-dessous d'eux, un bateau de pêche prenait la mer. Il dévia vers le sud au bout de la jetée. Le pont blanc étincelait au soleil. Il laissait un sillage laiteux derrière lui, en progressant vers la pleine mer. Le bruit de son moteur se perdait dans le rugissement de la cascade, près d'Hanna. Lorsqu'ils avaient trouvé le coin où pique-niquer, Hanna s'était dit que l'endroit était d'un romantisme ridicule. Elle se retourna pour regarder Brian et affronta cette pensée.

– À moins que nos âges respectifs fassent partie du problème.

Brian éclata de rire.

– Ah ! Hanna Casey, tu plaisantes ! Quel âge crois-tu que j'ai ?

– Plus jeune que moi, quoi qu'il en soit.

– J'ai quarante-huit ans.

– Nous y voilà, j'ai presque cinq ans de plus que toi.

– Et alors ?

Hanna haussa les épaules.

– Rien. C'est un fait. Et peut-être un paramètre.

– Et peut-être que ce vin tiède t'est monté à la tête.

Hanna se leva, en colère. Elle secoua la veste qu'elle avait étalée sur le sol.

– Je commence à avoir des crampes, bougeons.

L'espace d'un instant, Brian n'esquissa pas un mouvement. Puis il tendit la main vers son sac à dos et commença à emballer les restes du pique-nique. Sur le chemin vers le sommet, il se retourna pour la regarder à nouveau.

– Tu sais, tu as raison à propos d'une seule chose.

– Laquelle ?

– Aucun de nous ne rajeunit. Alors s'il y a la moindre éventualité d'un futur pour nous, on ferait mieux d'arrêter de perdre du temps.

Chapitre 33

Mort de faim, Conor redescendit du champ vers la maison. Il lava ses bottes au robinet dans la cour et fit le tour vers la porte de derrière. Sa mère retirait ses chaussures de jardinage d'un coup de pied près de l'entrée. Chaque année, Conor et Joe creusaient quelques sillons et faisaient pousser des pommes de terre et des légumes pour elle. Paddy McCarthy était fan de chou avec son bacon, et ils mangeaient tous autant de carottes et de navets qu'ils le pouvaient. Sa mère était plus portée sur des trucs originaux comme les haricots et les blettes. Elle plantait de nouveaux légumes tous les ans et elle soignait sa récolte. Cette année, elle avait des courgettes jaunes en bas, près des pommiers, et quelques vitelottes traditionnelles entre les Queens et les Home Guards[1]. Son panier était plein de betteraves et de feuilles de chou kale, dont elle affirmait qu'il

1. Variétés de pommes de terre

était meilleur en salade que la laitue vendue dans les magasins.

Dans la cuisine, les pommes de terre étaient égouttées et séchaient. Une savoureuse odeur d'oignons s'échappait de la cocotte sur le feu. Joe avait conduit leur père à Lissbeg pour un rendez-vous au centre médical. Ils n'étaient donc que tous les deux pour le déjeuner. Il fallait que Conor finisse son travail avant l'arrivée d'Aideen. Paddy et Joe devaient passer la prendre. Son père avait grogné que ce serait pratique, puisqu'ils resteraient assis à ne rien faire pendant des heures au centre médical. Ils en auraient à peine terminé là-bas, qu'Aideen serait prête à quitter Lissbeg. Joe pourrait les ramener tous les deux à la maison. Conor fut surpris, mais il ne pipa mot. Cela dit, Aideen et Paddy s'étaient entendus comme larrons en foire la première fois où elle avait pris le thé ici, et c'était génial.

Tandis que sa mère lavait les feuilles de salade, Conor déposa les pommes de terre sur la table. Il donna un coup de coude au chat pour qu'il descende de la chaise. Una le rejoignit avec deux assiettes de ragoût d'agneau et souleva le couvercle d'un gros plat de carottes au beurre. Rien ne rivalisait avec ses repas après une matinée de travail.

– Comment va le tracteur ?

– Pas de souci. Il a toussé l'autre jour, quand même, alors je l'amènerai à Seán pour qu'il y jette un œil.

Chaque trajet jusqu'au garage coûtait horriblement cher, mais Conor gardait à l'esprit que l'état de son père était la conséquence d'une stupide prise de risques. Quand une vache dans le champ se jetait sur lui, neuf fois sur dix, Paddy avait sauté. Mais, le jour de l'accident, il avait essayé de la repousser, et Joe était passé par-dessus la balustrade. Joe s'en était sorti indemne, mais Paddy avait volé par-dessus la barrière et avait atterri sur le dos, heurtant sa colonne vertébrale. Ensuite les gars des assurances ne s'étaient pas bien comportés, quand il leur avait montré les frais médicaux. Sa couverture n'était pas suffisante. Parfois, Conor pensait que la dépression de son père venait aussi en partie d'un sentiment de culpabilité. Avec plus de discernement, l'accident ne serait pas arrivé, et s'il avait souscrit une couverture adéquate, alors, les factures auraient été payées. Il n'y avait aucun intérêt à s'appesantir là-dessus, bien entendu, et aucune raison de blâmer leur père. Mais sans l'accident, ils auraient peut-être mené des vies différentes : ou, tout au moins, se disait Conor avec tristesse, des choix différents se seraient offerts à eux. En l'état actuel, ils n'avaient d'autre option que de continuer sans relâche.

Le ragoût était délicieux, mais il s'arrêta avant la salade. Una se moqua de lui.

– Tu es sûr ? Ça te donnera des poils sur la poitrine.

– Tu n'as pas vu les pubs à la télé ? On est censé s'épiler de nos jours pour exhiber ses fantastiques pectoraux.

– Oh, beurk. Vraiment ?

– Un corps musclé, il n'y a que ça de vrai.

– Pas dans les films que j'ai vus quand je fréquentais.

– Oh, pitié ! Tu ne disais pas fréquenter ?

– En fait, non. Nous appelions cela courtiser. Et les poitrines velues étaient le summum de la mode masculine, quand je sortais avec ton père. Cela dit, c'était aussi le cas des bandanas et des pantalons en toile parachute, alors peut-être que je ferais mieux de me taire.

Elle se servit de la salade et déclara qu'elle prévoyait de préparer un gâteau pour Aideen. Un vrai, avec une recette, pas des ingrédients mélangés à la va-vite, comme elle faisait d'habitude. Est-ce qu'Aideen aimait les tomates séchées ? Parce qu'elle avait lu dans un magazine que les canapés salés faisaient bien meilleur effet que les sandwiches, à moins de préparer un thé de cinq heures classique.

– Eh bien, elles en vendent à l'épicerie, mais je ne sais pas si elle en mange. Et n'en fais pas des tonnes, Maman, elle nous prendra comme on est.

– Ah, bon. Alors tu n'iras pas à la salle de bains te récurer au gel douche Swarfega ?

En rougissant, Conor se dit que c'était différent.

Una lui fit un clin d'œil.

– Et pourquoi pas, d'ailleurs ? Laisse-moi te dire un truc, une femme apprécie toujours le mal qu'un homme se donne pour lui plaire. Certaines choses ne changeront jamais. (Elle se leva de table et lui resservit une assiette.) C'est une jeune fille charmante, Conor, je suis heureuse que tu l'aies rencontrée. Et je sais que ton père pense pareil.

Conor baissa rapidement la tête sans rien dire.

De retour à table, Una le regarda avec perspicacité.

– Quel est le problème ? Vous ne vous êtes pas disputés ?

– Non, bien sûr que non, ça se passe super bien, c'est seulement que…

Il s'arrêta et se demanda comment continuer. Il ne voyait pas comment avancer. Il était coincé à la ferme aussi longtemps que sa famille aurait besoin de lui. Cela ne le dérangeait pas, parce qu'il adorait la ferme, mais qu'en était-il d'Aideen et lui ? Vivre avec Paddy McCarthy revenait à marcher sur des œufs. Les mauvais jours, il était méchant, et ses propos faisaient souvent pleurer la pauvre Una. Ensuite, il en était le premier désolé. Mais on ne pouvait pas s'attendre à ce qu'Aideen supporte les sautes d'humeur de son père.

Au final, il déballa tout à sa mère et la dévisagea, l'air confus.

– Je ne blâme pas Paddy, je ne sais pas quoi faire, c'est tout.

Una, debout, un torchon à la main, s'assit et le plia sur la table. Elle prit son temps avant de parler.

– Une partie de ce que ton père déteste, c'est notre façon de veiller sur lui. Non, attends… (Elle secoua la tête vers Conor qui était sur le point de l'interrompre.) Ce n'est pas qu'il n'est pas reconnaissant. Il l'est. Il est fier de Joe et de toi, de la façon dont vous perpétuez le travail de la ferme. Et il m'aime, parce que j'essaie d'améliorer la situation : même quand je fais tout un bazar et que j'aggrave les choses. Mais il déteste que son état dicte toutes nos décisions. Et, franchement, Conor, cela ne doit pas t'affecter ni Aideen. Vous trouverez un moyen de surmonter la situation, quelle qu'elle soit. Et pourquoi penses-tu qu'Aideen et toi devriez vivre à la ferme ? N'a-t-elle pas un logement et un commerce ? Vous ne pouvez pas vous trouver un lieu à tous les deux, même si cela implique des trajets plus longs pour se rendre au travail ? Quelque part entre ici et Lissbeg ? Je sais qu'Aideen va au travail à pied pour l'instant, et tu es ici quand on a besoin de toi. Mais vous pourriez imaginer un compromis.

Conor la dévisagea d'un air ahuri et il écarquilla des yeux étonnés.

– Ne me dis pas que tu n'en as pas discuté avec elle.

– Eh bien, non. Je veux dire… Non. Je n'arrivais pas à voir où nous allions, alors j'ai pensé attendre jusqu'à ce que je trouve une solution.

– Mais tu lui as parlé du futur quand tu lui as fait ta demande ?

Il y eut un long silence, durant lequel Conor sentit ses oreilles virer au rose vif. Sa mère l'observa un instant, avant de se rasseoir.

– Tu ne lui as pas fait ta demande en mariage, n'est-ce pas ? Ah, pour l'amour de Dieu, Conor ! Et me voilà en train de faire un gâteau au chocolat avec des pruneaux et la pauvre fille qui vient prendre le thé !

Est-ce qu'Aideen ne savait pas qu'il voulait l'épouser ? Et qu'est-ce qui, bon sang, pouvait bien lui faire penser qu'elle voulait se marier avec lui ?

Conor contempla son assiette, sa tête était sur le point d'exploser. La fois où il avait dit à Aideen qu'ils feraient mieux de commencer à économiser, elle n'avait peut-être pas saisi sa pensée. En vérité, il n'était pas sûr de lui. Mais comme il était incapable de faire avancer la situation, il ne pouvait pas ajouter grand-chose. Tout cela manquait furieusement de romantisme. C'était l'exact opposé de ce qu'il ressentait. Aideen était splendide et magnifique avec son sourire timide et ses cheveux bouclés comme une nuée d'oiseaux, comme dans ce poème à propos d'Absalom, et sa manière de poser sa main sur sa nuque à lui, quand ils étaient au lit. Il aurait dû s'agenouiller près d'une fontaine italienne. Il aurait dû trouver une alliance avec un rubis aussi rouge que sa chevelure cuivrée.

Una secoua le torchon vers lui et tapa sur la table.

– Tu veux vraiment l'épouser, n'est-ce pas ?

– Bien sûr que je le veux.

– Bon, alors bon sang, Conor, tu vas trouver l'occasion de le lui demander !

L'expression de sa mère s'adoucit et elle posa une main sur son bras.

– Toute ta vie, tu as voulu arranger les choses pour tout le monde. Mais le mariage ne dépend pas que de toi. Tu ne peux pas t'attendre à ce qu'Aideen poireaute pendant que tu cherches des réponses. Elle doit prendre part à la décision. Vous devez travailler en équipe.

Elle avait absolument raison, songea Conor en plantant sa fourchette dans son plat. Il avait pris le problème à l'envers, il fallait qu'il change de cap. Il devait s'asseoir et discuter de tout ça avec Aideen. Il n'avait jamais imaginé qu'elle ne viendrait pas vivre à la ferme. Pourtant, sa mère avait peut-être raison : ils pourraient trouver un endroit à eux. Il n'avait pas envie d'emménager dans la maison avec Bríd, et Aideen ne le voudrait pas non plus. Les rares fois où il était allé dans sa chambre, ils s'étaient assurés que Bríd était sortie. Il ne gagnait pas assez d'argent pour contracter un prêt immobilier. La maison d'Aideen lui appartenait et elle pourrait la vendre. Ou elle pourrait demander à Bríd de déménager. Seulement, en aurait-elle envie ? Et comment se sentirait-il s'il n'était pas capable de payer sa part ? Son esprit passa en sur-régime. S'ils se mariaient, peu importe qui payait : leurs biens leur appartiendraient à tous les deux. Mais, il n'était pas certain d'apprécier. Et il n'était pas certain non plus de supporter de quitter la ferme. Il craignait que Joe ne fasse les choses de travers sans lui. Et comment pourrait-il laisser sa mère gérer seule la dépression de Paddy ?

– Conor !

Il leva la tête ; sa mère lui souriait.

– Discutes-en avec Aideen, tu ne trouveras pas de solution tout seul.

Absolument. Sans aucun doute. Elle avait raison et c'est ce qu'il allait faire. Pendant qu'il avalait le reste de son repas, il eut une idée. Il ne dirait rien pour le moment, jusqu'à ce qu'il fasse sa demande en bonne et due forme. Dans un décor approprié avec des oiseaux et une fontaine, voire de la musique. Bouillonnant d'excitation, il se leva de table et sortit enfiler ses bottes. Cela prendrait du temps et de l'organisation, et il lui faudrait puiser dans ses économies. Mais, bon sang, est-ce que ce ne serait pas fantastique quand il verrait le visage d'Aideen. Il irait à Carrick et trouverait une bague digne de la jeune fille. Et alors, il mettrait un genou à terre et lui dirait qu'elle était l'amour de sa vie.

Chapitre 34

Jazz sentit le doux crissement des faines de hêtres sous ses pas. Même en été les coques hérissées de piquants composaient un tapis épais sur le sol de la forêt. Vues d'en bas, se détachant contre le ciel lumineux, les branches sombres et les feuilles aux contours nets évoquaient des gravures sur de l'acier. Les sentiers étaient frais et ombragés, bordés de fougères vertes qui s'enroulaient depuis le sol comme des ressorts de montres. Quand Jazz n'arrivait pas à gérer les routes secondaires près de la Forge, la forêt lui offrait un abri pour se promener sans être vue.

Ces derniers jours, l'exubérance de la nature était difficilement maîtrisable, les hêtres et les sycomores se bousculaient pour trouver de l'espace entre des chênes et des aulnes anciens. Elle avait garé la voiture sur une petite aire à l'écart d'un sentier et avait suivi un chemin à l'abandon, entre des troncs couverts de mousse et des branches gisant à terre. Çà et là, des affleurements rocheux déchiquetés étaient surmontés de rhododendrons et d'autres espèces en fleurs qui étincelaient entre les arbres sombres. Au-dessus de sa tête, dans la canopée, les oiseaux sifflaient et chantaient. Jazz avait deux heures devant elle avant de reprendre le travail. Elle pourrait réfléchir à ce qu'elle devrait faire.

Depuis sa rencontre avec Fury O'Shea, elle avait su qu'il lui faudrait agir. Jusqu'à ce moment-là, elle croyait retrouver du courage avec le temps. Désormais, elle savait qu'elle avait besoin d'aide. Il était dangereux de conduire une voiture en étant trop flippé : elle finirait inévitablement par avoir un nouvel accident et, cette fois, quelqu'un pourrait bien être blessé. Elle piétina une branche morte dont jaillit une pluie de copeaux de bois. Elle reconnut avec colère que Fury avait probablement raison : à bien des égards, elle était aussi têtue que sa mère, aussi déterminée qu'elle à faire les choses toute seule. Apparemment, c'était une histoire de famille, parce que Fury avait dit que Maggie Casey agissait de même. Des femmes obstinées, indépendantes, toutes les trois. Ce qui expliquait pourquoi c'était si gênant d'agir en dégonflée.

Elle avait toujours admiré l'assurance de sa mère, la facilité avec laquelle elle avait dirigé la maison de Londres et le cottage de Norfolk, organisé la vie mondaine de son père, et sa façon de toujours paraître maîtresse de la situation. Et elle adorait l'histoire de son départ pour Londres, à la poursuite de la carrière dont elle rêvait. Cela avait dû être toute une affaire, à cette époque-là, d'emballer ses affaires et de partir dans un pays étranger pour se bâtir une nouvelle vie. Une fois, elle avait demandé à sa mère si elle était contrariée d'avoir abandonné sa carrière pour se marier, et Jazz n'avait jamais oublié sa réponse.

– L'ennui avec les rêves, c'est que parfois ils se transforment en prison. Tu ne dois jamais, jamais te refuser la liberté d'avancer et de changer. Je suppose que j'ai échangé un rêve contre un autre, et que celui-ci était tout aussi épanouissant.

– Vraiment ?

Jazz se souvenait être assise dans la maison de Londres. Elle se demandait si c'était vrai. Elle en doutait tellement qu'elle lui avait reposé la question. Mais sa mère était restée inflexible.

– Oui, vraiment. J'adore ma vie avec ton père et toi.

Même quand la vérité sur son père avait éclaté, sa mère avait su avancer et faire face à la situation. Elle était partie sans un regard en arrière et s'était bâti un autre rêve. Elle avait réussi toute seule, tout en protégeant Jazz. En apparence, pas un seul moment elle n'avait craqué ni eu besoin d'aide.

Jazz se frayait un chemin en repoussant de jeunes arbres souples. Elle avait néanmoins des doutes. Peut-être y avait-il eu des nuits dans la chambre du fond, chez sa grand-mère, où sa mère avait fait des cauchemars. Elle avait certainement souffert en entendant les mensonges que son père avait racontés, après le divorce… et savoir comment protéger son enfant n'avait pas dû être un choix facile. Si Fury disait vrai, sa mère aurait dû confier ses problèmes à quelqu'un.

Mais avec qui aurait-elle pu en discuter à part sa grand-mère, qui aurait probablement envenimé les choses ? Sa mère était passée à autre chose et elle était heureuse, alors il était injuste de l'inquiéter à nouveau.

À l'époque où Jazz était plus jeune, sa mère et elle avaient toujours été de bonnes copines. Pas d'une manière bidon, à assortir leurs tenues et à faire des virées au salon de beauté ou chez le coiffeur. Elles avaient mené toutes deux des vies bien trop remplies pour cela. Mais elles avaient adoré être ensemble. Quand Jazz était encore à la garderie, sa mère l'emmenait à la bibliothèque au coin de la rue. C'était un magnifique bâtiment datant de l'époque victorienne. Elles étaient tellement prises par leur discussion sur le trajet, qu'il ne semblait durer qu'une minute. Puis, sur le chemin du retour, les bras chargés de livres, elles s'arrêtaient pour nourrir les oiseaux dans le parc. À la maison, une étagère était glissée entre les pieds élancés d'une table en acajou, sous la véranda. Jazz insistait toujours pour y entreposer ses livres de bibliothèque. C'était parce que sa mère empilait les siens sur le plateau de la table qui se trouvait près d'un fauteuil profond, à proximité de la fenêtre, où elles s'asseyaient pour lire. Même quand Jazz était passée d'albums comme *La Chenille qui fait des trous* à *Alice aux pays des merveilles* et *La Petite Maison dans la prairie*, parfois, elles se serraient dans le fauteuil et lisaient des passages à haute voix. Et, chaque année, un ou deux des ouvrages de la bibliothèque qu'elle avait le plus aimés apparaissaient sous le sapin de Noël dans des éditions magnifiquement illustrées, dénichées par sa mère.

Jazz s'arrêta. Elle observa un rayon de lumière, aussi fin qu'une épingle, tomber entre les feuilles jusqu'à ses pieds. Le carré de mousse qu'il éclairait brillait comme une gemme sur le sentier. Elle se rappela l'exemplaire de *Contes de l'enfance et du foyer* des frères Grimm que sa mère lui avait offert à Noël.

C'était un livre relié, illustré dans les années 1940 par Mervyn Peake, et il était accompagné de sa jaquette poussiéreuse, intacte. Plus tôt cette année-là, sa mère lui avait lu quelques-uns des contes des frères Grimm dans une anthologie que Jazz avait choisie à la bibliothèque. Mais les images dans celui-ci n'avaient rien à voir avec celles créées par Peake. À l'instant où Jazz avait déballé son cadeau, elle avait su qu'elle détestait le livre. L'illustration de couverture montrait un oiseau sinistre, vu de derrière, avec des ailes de fer et un bec recourbé, qui luttait pour voler dans une tempête, deux enfants terrifiés assis sur son dos. Elle ne voulait pas l'ouvrir, mais sa mère, ravie de son acquisition, l'avait incitée à le montrer à son père. Toutes les images effrayaient Jazz, même celles qui étaient belles et colorées et qui surgissaient çà et là parmi les dessins inquiétants. L'une d'entre elles montrait trois princesses identiques vêtues d'écarlate, dont les longues chevelures aux boucles d'or étaient tressées avec des guirlandes de perles. Une abeille brillante planait au milieu de l'illustration. Elle aurait dû être féerique et cela aurait été le cas, si d'autres images ne s'étaient pas tapies de chaque côté pour la saisir à la gorge.

La pire de toutes était l'illustration d'un conte qu'elle avait adoré dans son livre de bibliothèque. Il s'intitulait : *La Petite Gardeuse d'oies.* Il racontait l'histoire d'une princesse et de sa suivante. Elles partaient en voyage vers un autre royaume, où la princesse devait se marier. Sa mère lui avait fait don d'un objet magique et d'un cheval doué de parole. Mais elle perdit l'objet et, sans sa protection, elle fut contrainte d'échanger les rôles avec sa suivante, qui en profita pour lui dérober son cheval et ses vêtements. Lors de sa première lecture, Jazz était passée à côté d'un passage du récit : elle n'avait pas compris que, de peur que le cheval ne révèle son secret, la servante l'avait fait tuer. Après quoi, on avait accroché sa tête au-dessus d'une porte de la ville sous laquelle la princesse, devenue gardienne d'oies, passait, chaque jour, avec son troupeau. C'était la partie de l'histoire que Peake avait choisi d'illustrer. Des années plus tard, quand Jazz avait retrouvé le livre, enfoui au fond d'un placard, elle avait compris qu'en fait ce n'était pas le dessin le plus saisissant. Pourtant, l'image de la tête de cheval clouée sur l'arche au-dessus de la jeune gardienne recroquevillée lui était restée en mémoire, le reste de sa vie.

Elle ne l'avait jamais dit à sa mère, qui aurait été horrifiée. Avec le recul, elle se doutait que la version lue dans l'anthologie avait été édulcorée pour les enfants. Peut-être était-ce le cas ou était-ce seulement une question de mémoire sélective. À huit ou neuf ans, tout ce qu'elle avait retenu, c'était le fait que Falada, le cheval, avait continué de réconforter la gardienne d'oies dans sa détresse. Chaque jour, quand elle passait sous l'arche, l'animal l'interpellait et compatissait à son chagrin : « Ô jeune reine, comme tu vas là. Si ta mère savait cela, son cœur se briserait en éclats[1]. » Et Jazz, qui – malgré l'embarras de sa mère – était une adepte fanatique de *My Little Pony*, avait scandé la rime à voix basse pendant qu'elle peignait la crinière violette de sa licorne en plastique rose.

Devant elle, le chemin bifurquait et elle se demanda quelle direction suivre. Elle continua à gauche, où les rayons de soleil qui transperçaient la canopée lui paraissaient plus brillants. Ou peut-être étaient-ils plus nombreux à travers les chênes et les conifères. D'après sa mère, tous ces bois avaient été gérés pendant une éternité par la famille de Fury O'Shea. Puis, son frère avait tout vendu à quelque Australien, quand Fury était parti en Angleterre travailler sur des chantiers. Tous les vieux concitoyens de Finfarran semblaient raconter la même histoire : les hommes avaient quitté l'école à quinze ou seize ans et embarqué pour Londres ou les États-Unis afin de travailler dans la construction. Lorsque Fury était rentré chez lui, la forêt n'appartenait plus à sa famille, et apparemment, son frère aîné s'était soûlé à mort grâce à l'argent de la vente. Fury n'avait hérité que d'un terrain à l'orée du bois, près de la route, où il s'était construit une maison. Il en sortait

1. Traduit de l'allemand par Jean-Luc Fischer.

quand Jazz l'avait rencontré la semaine précédente. Une fois, sa mère lui avait confié que Fury s'y promenait toujours, comme s'il possédait encore la forêt entière. Puis, elle avait ri :

– En réalité, j'aurais dû dire la péninsule entière. Fury garde un œil sur nous, que cela nous plaise ou pas.

Jazz n'aimait pas l'idée qu'il garde un œil sur elle. Elle détestait penser à ce vieil homme agaçant, flanqué de son petit chien au mauvais caractère, donnant son opinion sur les affaires d'autrui. Surtout que, dans son cas, il avait peut-être raison. À cet instant, marchant de l'ombre à la lumière, elle espérait ne pas le croiser sur le sentier. Mais elle n'entendit rien d'autre que le chant des oiseaux et aucune haute silhouette ne fit son apparition entre les arbres. Tout près du sol, là où le vert des fougères contrastait avec l'écorce et le lichen, de petites créatures s'agitaient. Mais aucune voix humaine ne résonnait dans le lointain et nulle main n'écartait à son passage les fleurs écarlates qui poussaient sur les rochers gris.

Après un coup d'œil à sa montre, elle s'aperçut qu'elle avait marché une demi-heure. Elle devait garder du temps pour retourner à la voiture et à son travail. Avant de filer, elle avait bu un café dans la cuisine où Susan sortait du pain complet du four, parce que Günther était parti en camionnette. Avant que la jeune fille ne parte, Susan l'avait poussée à se préparer un sandwich.

– Tu as à peine eu le temps de manger une bouchée de ton déjeuner avec tout ce repassage. Emporte quelque chose, tu pourras te faire un pique-nique et te reposer.

Ces derniers temps, Jazz avait l'impression que Susan l'observait à la dérobée, comme si elle s'inquiétait pour elle. Cependant, elle n'était pas aussi empressée qu'à l'accoutumée de s'asseoir et de papoter. Les affaires marchaient de mieux en mieux, au fur et à mesure que la saison avançait, alors peut-être était-elle simplement sous pression à cause du travail. Selon Jazz, il était préférable d'éviter les bavardages de toute façon, parce qu'il lui fallait éluder les questions sur son sommeil et son moral. Elle avait donc accepté la proposition de Susan avec un sourire et s'était préparé un sandwich en savourant l'odeur du pain frais. À présent, elle devait dénicher un endroit pour s'installer et se régaler.

Elle poursuivit sa marche, réticente à l'idée de s'asseoir, par peur des tiques et autres insectes qui peuplaient les fougères. Puis, elle bifurqua et se retrouva dans une clairière, où le chant des oiseaux se mariait au bruit de l'eau sur la pierre. C'était un petit espace dégagé entouré de chênes. Au milieu, un affleurement arrondi de grès rouge surplombait une source, qui remontait à la surface par une crevasse à la base de la roche. En regardant la clairière ensoleillée, Jazz eut l'impression étrange d'avoir déjà eu cette vision. Pourtant, elle n'avait jamais pénétré aussi profondément dans la forêt. Alors qu'en était-il ?

Elle quitta l'abri des arbres et avança vers le bruit de l'eau. Elle comprit alors pourquoi le rocher lui paraissait familier. La nuit du vernissage, sa mère avait montré comment accéder à des images numérisées, extraites du psautier, sur des écrans d'ordinateur. L'une d'elles dépeignait un cerf roux dans une forêt. Ses sabots et ses bois étaient rehaussés d'or. Sur son passage, des feuilles s'étaient détachées des arbres. Plus bas sur la page, une autre illustration montrait le même cerf près de rochers arrondis, d'où l'eau jaillissait. Sa mère lui avait dit que c'était la première page du psautier qu'elle avait vue.

– C'était quand Fury m'a emmenée à Castle Lancy et que Charles m'a montré le manuscrit.

Il appartenait à la famille Lancy, depuis l'époque de la Réformation.

– Je n'avais aucune idée, à ce moment-là qu'il finirait par en faire don à la bibliothèque. Je n'en revenais pas qu'il l'ait sorti d'un tiroir.

Sa mère s'aperçut alors que les illustrations du psautier intégraient des éléments du paysage de Finfarran, toujours visibles. Fury s'était penché sur son épaule et avait identifié le rocher comme étant un point de repère dans la forêt. Il l'appelait *lackatubber*, un nom irlandais signifiant la « table de la source ».

« Comme le cerf soupire après les sources d'eau, ainsi mon âme soupire après toi. »

Le psautier était écrit en latin, mais en cliquant sur l'écran, on obtenait la traduction dans une demi-douzaine de langues. En regardant l'écran, Jazz avait lu le texte à haute voix. D'après l'écran d'ordinateur, il s'agissait du Psaume 42.

Sa mère avait souri.

– Plutôt bluffant, n'est-ce pas ? Un de ces jours, on devrait se promener ensemble pour essayer de trouver le rocher.

Mais elles ne l'avaient pas fait, et aujourd'hui, Jazz l'avait découvert toute seule. Elle s'agenouilla près de la source et trempa sa main dans l'eau. Elle était chaude. Derrière elle, une brindille craqua et elle fit volte-face, aux aguets. Tout son corps se raidit. Puis, elle poussa un soupir de soulagement quand Günther pénétra dans la clairière.

Chapitre 35

Mary Casey nettoya ses lunettes, les chaussa de nouveau puis se concentra sur l'écran de l'ordinateur. Ensuite, elle cliqua à droite, à gauche, avec agressivité, sans savoir ce qu'elle faisait, avant de se retourner brusquement vers Conor, d'un air triomphant.

– C'est cassé !

Conor lui tapota l'épaule.

– Ne vous inquiétez pas, madame Casey, je suis certain que vous ne l'avez pas cassé.

– Je n'ai jamais dit que *je* l'avais cassé, je t'ai dit que cette chose ne marchait plus !

À l'autre bout de la bibliothèque, Hanna essayait de se concentrer sur son travail. Les autres retraités qui participaient au cours d'informatique abandonnèrent volontiers leur écran pour regarder Mary. La semaine passée, elle avait proclamé que les bureaux de la bibliothèque faisaient courir des risques à leur santé : sa chaise était trop basse, le dossier n'était pas droit, et l'écran avait une mauvaise inclinaison. Aujourd'hui, après que Conor l'eut déplacée à un autre bureau, elle s'était débrouillée pour effacer le travail d'une matinée entière.

– Ne me regarde pas avec ces yeux-là, Conor McCarthy, je n'ai rien fait que tu ne m'aies dit de faire !

Avec une patience infinie, Conor réitéra l'importance de manipuler l'ordinateur avec douceur.

– Vous ne devez pas marteler le clavier, madame Casey, on ne sait pas ce qui peut arriver. Et il faut aussi maîtriser la souris jusqu'à ce que vous voyez où pointe le curseur.

Mary déclara que c'était bien beau tout ça, mais qu'était-il arrivé à sa lettre ?

– J'ai trois bonnes pages à l'intérieur de cet ordinateur qui présentent mon dossier pour me faire dédommager. La manière dont ces types du conseil traitent les poubelles à roulettes est tristement célèbre ! (Elle se retourna comme pour se confier à son auditoire.) J'ai une superbe housse en plastique autour de la mienne, avec des grosses fleurs colorées dessus. Elle est parfaite. On met sa poubelle dehors dans le jardin et on se doute à peine qu'elle est là. Et vendredi dernier, en la vidant, ces gars n'ont rien trouvé de mieux à faire que de recouvrir toute ma housse avec la boue des sept communes ! Cinq euros qu'elle m'a coûté cette protection à Carrick, et je suis retraitée !

À ce stade, les autres s'étaient renfoncés dans leur siège pour boire ses paroles. Un discours de Mary Casey était bien plus distrayant qu'une session sur l'emploi des masques dans les logiciels. À l'autre bout de la bibliothèque, Hanna rentra la tête dans les épaules et consulta son écran. Il fallait qu'elle rédige le brouillon de cette newsletter et qu'elle l'envoie avant le déjeuner. Elle s'efforça d'ignorer la voix de sa mère, et tapa avec célérité sur le clavier. En voyant qu'elle avait saisi les mots « REJOIGNEZ NOTRE CLUB DE LECTURE » trois fois d'affilée, elle abandonna et sauvegarda le document inachevé. C'était une bonne chose que Mary – qui devenait de plus en plus dépendante – sorte et soit active. Mais Hanna trouvait exaspérant qu'elle ait choisi une activité ici, à la bibliothèque. La bonne nouvelle, bien entendu, c'était qu'elle n'avait pas encore intégré le club de lecture. Réprimant un sourire, Hanna décida de déjeuner plus tôt. Il était midi quarante et la matinée s'était écoulée lentement. Conor s'en sortirait très bien sans elle.

Une fois dehors, elle traversa la cour et se dirigea vers le jardin des nonnes. Attablée près de la fontaine, Saira Khan buvait un grand cappuccino. Tandis qu'Hanna approchait, elle leva la tête et sourit, contente de la voir. Elle attendait Ameena, qui terminait bientôt.

– Je suis descendue à pied pour la retrouver, il fait si bon. Vous êtes venue déjeuner ?

Hanna acquiesça, mais c'était un déjeuner de travail.

– Je dois lire quelque chose, donc je vais m'isoler dans un coin.

Elle sourit à Saira et poursuivit son chemin, en culpabilisant un peu. Le matin même, elle s'était promis de lire l'entrée suivante du journal durant sa pause, ce qui n'avait rien à voir avec le travail. Elle aurait tout aussi bien pu bavarder ou prendre un café avec Saira, en attendant Ameena. Un instant, elle hésita à faire demi-tour, mais elle avait loupé le coche. Par ailleurs, elle n'arrivait pas à résister à l'appel de l'histoire de Maggie. Elle commanda un sandwich et un café, se trouva un siège dans un coin retiré du jardin et sortit le livre de son sac.

7 septembre 1920
Les Lancy sont partis du château maintenant, depuis la guerre agraire. Il y a plus de vingt ans que l'endroit est désert, plus aucun membre de la famille n'y habite. Papa m'y a emmenée une fois et Jim le gardien nous a fait visiter les jardins. Il a dit que ce que la famille ne savait pas, ça ne pouvait pas la déranger. Ce n'est pas vraiment un château de toute façon, juste une grande maison, mais Papa a dit que les murs tout autour étaient normands et que le premier des Lancy vivait dans un château au même endroit. Je dirais qu'ils ont toujours eu un paquet d'argent et comment l'ont-ils eu sinon en l'enlevant de la bouche du peuple ? C'est du pareil au même ici en Angleterre. J'ai rencontré une fille dans un salon de thé l'autre jour, sa mamie travaillait dans une filature de coton à sept ans à peine, et le propriétaire de la filature vivait dans une grande maison tout en louant des taudis à ses employés. Je ne sais pas ce que les Lancy garderont si les gars libèrent l'Irlande. Ils ont déguerpi au premier

signe de danger, mais je suppose qu'il ne fallait pas s'attendre à ce qu'ils restent pour finir brûlés ou pire encore. C'est le truc avec les riches, ils s'enfuient toujours et trouvent un endroit où se planquer. Les Lancy sont partis aux États-Unis où ils avaient investi de l'argent, et Maman et le reste des gens à Finfarran continuent à leur payer des loyers. Je me souviens quand Papa affirmait que tout changeait et Liam tapait du pied dans la maison en disant que ça ne changeait pas assez vite.

Dans le château, il y avait une grande pièce avec des livres, recouverts de draps. La femme de Jim nous a emmenés là-haut et a retiré quelques housses. C'était une cousine de Papa, du côté de sa mère. Nous n'étions jamais rentrés dans le château. Il y avait des étagères de livres qui montaient partout jusqu'au plafond. Ils avaient des dos en cuir lie-de-vin, du papier épais et des couvertures en cuir marron. Et tous avaient un cachet doré sur le devant, Papa a dit que c'était le blason de la famille. Madame Jim a expliqué qu'elle devait garder les livres à l'abri de la lumière et allumer un grand feu chaque semaine dans le foyer pour que la pièce ne devienne pas humide. Je lui ai demandé si elle les avait lus et elle a répondu qu'elle n'en avait pas envie. Elle n'avait presque jamais vu les Lancy les lire non plus. Ils ne montaient pratiquement jamais, et ne mettaient pas un pied dans la pièce, quand ils vivaient là-bas. Je lui ai dit que si elle était à moi, je resterais en haut à lire pour toujours.

Quand les Lancy habitaient au château en permanence, ils employaient des domestiques. Le père de Papa travaillait dans les jardins et sa mère s'occupait de la loge. Lorsque Papa était petit, il travaillait dans la maison lui aussi et nettoyait les bottes. Après son mariage avec Maman, les Lancy lui ont confié le fermage. Il a toujours eu un grand respect pour la famille, parce qu'ils lui ont donné ça. Liam dit qu'ils ont eu une sacrée chance de trouver un métayer aussi honnête. Du moins, c'est ce qu'il disait devant Papa. Dans son dos, je l'ai entendu le traiter de laquais.

Je ne sais pas ce que je fais assise sur le lit à écrire toutes ces bêtises. Je suppose que d'écrire sur Finfarran me rapproche de la maison. J'y pense tout le temps. Je rêve de la forêt. L'autre nuit, j'ai rêvé que je grimpais sur Knockinver et Papa était avec moi, et Liam, et le chien derrière nous. C'était une journée magnifique avec des nuages qui flottaient et le soleil qui brillait sur la montagne. Quand je me suis réveillée, j'ai cru que j'étais à la maison avec Maman dans le lit un peu plus loin. Puis je suis restée éveillée le reste de la nuit à me demander si elle allait bien. Je m'inquiète tout le temps pour elle, elle n'a que le chien pour compagnie. Madame Donovan m'a envoyé une carte l'autre jour, mais elle a à peine griffonné six mots dessus. Lizzie a écrit dans le même courrier pour dire qu'elle avait eu des nouvelles de son frère. Elle n'a fait aucune allusion à Liam et elle n'a pas mis le nom de son frère. Je suppose que ça veut dire qu'ils sont toujours en cavale dans les montagnes. Je sais que le combat continue, parce qu'on en parle ici, dans les journaux. Lizzie a dit qu'elle est allée danser une nuit.

Ce n'est pas un mauvais endroit. Madame Carr a une langue tranchante, mais elle passe à la caisse pour payer ce qu'elle doit. J'ai eu mes premiers gages ce matin et c'est merveilleux de n'avoir aucun loyer à déduire. Ma chambre n'est pas plus grande qu'une cellule de prison, mais il y fait chaud, parce qu'elle est juste à côté de la cuisine. On me donne la même nourriture qu'aux locataires et eux, ils payent le prix fort. On a des saucisses, des tranches de lard et des œufs pour le petit-déjeuner, même s'ils appellent le lard « bacon ». Le thé est plutôt dilué et le lait écrémé, mais Mme Carr coupe des tranches de pain bien épaisses. Le travail n'est pas le pire au monde non plus, même si les escaliers me font mal au dos. L'ennui, c'est qu'il n'y a personne à qui parler. Une règle dit que je ne dois pas rester les bras croisés avec les locataires et Mme Carr ne s'abaisserait pas à bavarder avec une boniche. La petite qui vient la journée pour servir les repas ne pipe pas un mot, et je ne vois pratiquement plus Kate et Peg depuis que je suis partie de chez Mme Nelligan. Je ne vais pas craquer, pour l'instant, car j'ai peur de ne pas trouver mieux.

J'ai eu de la chance aujourd'hui, quand même. Un des locataires est parti ce matin et j'ai trouvé un livre dans sa chambre en la nettoyant. C'est des histoires sur un détective anglais. Je ne sais pas si je vais aimer, mais c'est tout ce que j'ai, alors je vais l'économiser. Il s'appelle *Les Mémoires de Sherlock Holmes*, sa couverture est bleue avec une image dessus qui dit The Strand Library. Des lettres d'or sont tamponnées sur la reliure en toile. Je suppose que je devrais le donner à Mme Carr, au cas où l'homme reviendrait le chercher. Mais c'était un démon qui fumait des clopes à sa fenêtre et balançait les mégots dans le pot de chambre. Et j'en ai jamais rapporté un mot à Mme Carr, alors on peut dire qu'il me doit une lecture.

Ainsi, Maggie était venue une fois dans la pièce où Hanna avait découvert le psautier. Hanna referma le journal, s'adossa contre sa chaise et ferma les yeux sous les rayons du soleil. Elle imaginait le psautier bien caché dans son tiroir de la bibliothèque à Castle Lancy, pendant qu'une Maggie adolescente grimpait jusqu'en haut de Knockinver sur des marches en grès aussi érodées que les escaliers du château.

Près de la fontaine, la mère d'Ameena leva la tête et sourit. Ameena l'étreignit d'un bras et tira une chaise.

– Je suis désolée, je suis un peu en retard. J'étais coincée avec une débile. La plupart des gens qui entrent dans la boutique sont charmants, mais parfois il arrive quelqu'un qu'il vaut mieux ne pas laisser seul. Cette femme avait l'air sensé, mais en fait, elle délirait. Elle voulait trois initiales en dentelles dans des cadres, une pour chacun de ses enfants. Normalement, c'est tout simple : demander leur prénom, prendre leurs initiales. Mais un des gamins s'appelait Jacob et le J était sans intérêt, alors peut-être que le S serait mieux. Parce que, parfois, ils l'appelaient Sonny. Et je me suis demandé pourquoi donc Sonny – âgé apparemment de quatorze ans – voudrait de son initiale en dentelle sur le mur de sa chambre. Sérieux, Maman, le temps qu'on se tape Melissa, aussi surnommée BabyGirl, et Frances ou BooBoo, et M. Snif, le teckel, j'avais vraiment envie de me pendre. (Ameena se laissa tomber sur sa chaise, l'air dépité.) Je suis désolée que tu sois restée ici à m'attendre.

– Mais non. J'ai bu un café au soleil. Et je réfléchissais.

– À quoi ?

– Aux jardins. Et à Nani.

Ameena la dévisagea avec inquiétude.

– Je sais qu'elle te manque beaucoup.

– Bien sûr. C'était ma mère. Et je suis un peu larmoyante parfois, je sais. Mais tu ne dois pas t'inquiéter, Ameena. C'est naturel, tout comme il est naturel pour une mère de mourir avant sa fille. Inch'Allah, c'est ce qui se nous arrivera à toi et moi. Et rappelle-toi ce que disait Nani, nous la reverrons au paradis.

Le truc du paradis allait un peu trop loin pour Ameena. Personne ne savait ce qui arrivait aux gens après leur mort, alors pourquoi prétendre le contraire ? Mais elle ne souhaitait pas poursuivre cette conversation avec sa mère, parce qu'elle n'était pas sûre d'elle. Certains jours, l'idée de paradis avait du sens pour elle. D'autres jours, elle la trouvait bizarre.

Au *Café du jardin*, le cappuccino était accompagné d'un petit biscuit fait maison. Sa mère n'avait pas touché au sien, alors Ameena s'en empara et, la bouche pleine, désigna le café d'un geste.

– Je vais nous chercher quelque chose à manger ?

– Tu ne veux pas savoir à quoi je réfléchissais ?

– Eh bien, tu me l'as dit. À Nani.

– Et aux jardins. Je me suis encore promenée dans celui-ci. Il est vraiment magnifique. Très paisible. Bien entretenu. Dense. Il me rappelle le jardin de Nani quand j'étais petite. La lumière est différente et l'agencement aussi, mais l'odeur de certaines herbes me transporte à la maison. (Elle pointa le doigt vers le jardin.) Tu as vu l'écriteau sur le panneau d'affichage ?

Ameena secoua la tête. Elle n'avait pas remarqué le panneau qui se trouvait dans le coin opposé.

– Ils recherchent des bénévoles pour s'occuper des massifs. (La mère d'Ameena ramassa des miettes de biscuit avec le bout du doigt.) J'ai rencontré une dame là-bas, près de la serre. Je lui ai dit que j'aimerais m'inscrire.

– Vraiment ?

– Oui. De la maison, ça me fait une belle balade. L'endroit est magnifique. J'en ai envie. Ils cherchent des gens avec du temps libre, peut-être deux ou trois fois par semaine.

Le sourire d'Ameena s'étira jusqu'à ses oreilles. Elle avait l'impression qu'il allait gagner l'arrière de sa tête. La décision de sa mère était tout à fait inattendue. Cela ne serait jamais arrivé si Mlle O'Rourke ne lui avait pas parlé du travail à la bibliothèque. En léchant les miettes sur son doigt, sa mère lui sourit aussi.

– Et encore une chose que tu ne sais pas, je parie.

D'un mouvement de tête, elle montra les parterres d'herbes entourés de hauts murs de briques et du flanc de l'ancien couvent. Des insectes bourdonnaient dans le feuillage et on entendait l'eau jaillir des fleurs sculptées au pied de la fontaine.

– Le mot « paradis »... C'est un terme indo-européen qui vient d'une langue que l'on parlait autrefois au Pakistan. Si on le traduit littéralement, il signifie « jardin clos ».

Chapitre 36

Chez Hanna, le jardin d'herbes aromatiques embellissait. Elle avait empilé les pierres pour créer un jardin de rocaille, puis glissé entre elles des pots et des bacs de différentes tailles. Elle avait planté de la menthe, de la marjolaine, de la consoude et de la mélisse. Au début, le fenouil avait refusé de prendre. Ensuite, il avait fait une apparition dans le gravier, au bout de la maison, ayant en quelque sorte déménagé vers un endroit qui lui plaisait davantage. Les pousses vertes et plumeuses s'étaient tellement bien enracinées qu'Hanna n'y avait plus prêté attention. Quelques semaines plus tard, le fenouil mesurait une trentaine de centimètres, avec des tiges striées de vert gazon et de jaune pâle, et ses feuilles projetaient des ombres sur le mur.

Hanna était assise sur le seuil, dans la lumière du soir, quand une série d'aboiements stridents annonça l'arrivée de Diablo. Fury O'Shea apparut au coin de la maison, le petit chien sur ses talons.

– Ne te lève pas pour moi, je vais m'asseoir à côté de toi.

Ignorant l'espace qu'elle lui laissait sur le pas de porte, il s'assit par terre et replia son corps dégingandé contre le mur.

– Vous n'êtes pas assis confortablement sur le gravier !

– Je m'assiérai où ça me plaît, mademoiselle, sans votre autorisation. (Il lui fit un clin d'œil.) Alors, dis-moi, comment tu trouves la vue depuis le pas de ta porte ?

– Divine.

Hanna baissa les yeux sur le champ qui descendait en pente douce. Elle l'avait dompté et il ressemblait de plus en plus à un jardin. Elle sourit.

– Je me souviens de m'être assise ici avec une tasse de babeurre, quand j'étais petite. C'était une tasse émaillée avec un rebord ébréché que ma mère aurait qualifié de « risque pour la santé et la sécurité ».

– Hé, oui, Maggie Casey ne faisait pas cas d'une ébréchure ou deux. Elle entassait pas mal, elle ne balançait jamais rien à la poubelle.

– Je l'ai cherchée quand j'ai nettoyé le bazar, avant que vous ne commenciez la restauration. Je suppose qu'elle avait disparu depuis longtemps.

Pourtant, elle avait retrouvé le verre droit que Maggie utilisait comme verre doseur, quand elle préparait son pain. Le verre vert était épais et recouvert de toiles d'araignée, mais contrairement à la tasse émaillée, il avait traversé les décennies dans la maison vide.

– Je l'ai trouvé exactement à l'endroit où il se trouvait, sur le buffet, avec une bouteille bleue de lait de Magnésie et un collier de perles cassé.

Fury haussa un sourcil.

– Pas des perles de chapelet, je suppose ?

– Des fausses perles. Je ne la vois pas avec. Pas plus que je ne l'aurais vue avec un chapelet. C'était à peu près la seule femme à l'époque qui n'en avait pas un dans son sac.

– Elle n'avait pas le temps d'aller à l'église, tu peux me croire. Le collier avait dû appartenir à sa mère, elle parlait beaucoup d'elle. Selon moi, elle l'aimait beaucoup.

Avec une pointe de regret, Hanna se souvint d'avoir ramassé les perles éparpillées avant de les jeter dans la haie.

Fury haussa les épaules.

– Ou alors elle les avait trouvées en se baladant. On ne saura jamais.

C'était bien le problème, songea Hanna. On ne saurait jamais vraiment. Dans de nombreuses familles, les haines et les alliances se liguaient pour dissimuler le passé. Les objets perduraient après la mort de leurs propriétaires, mais l'écho qu'ils portaient en eux se perdait, parce que leurs histoires étaient enterrées elles aussi. L'idée de parler à Fury de la découverte du livre lui traversa l'esprit. Mais, une fois encore, Hanna retint sa langue. Elle se leva et lui proposa de marcher jusqu'au banc qui donnait sur l'océan, en bas du champ.

– Il faut que vous examiniez la peinture. Le résultat est magnifique.

Il croisa son regard avec une lueur malicieuse et lui répondit qu'il n'en doutait pas.

– Tu es descendue les nuits d'hiver pour le couvrir et le protéger du froid.

Hanna avait appris à ne pas prendre la mouche à chacune de ses moqueries. En fait, elle en était venue à les apprécier presque autant que lui. Et à présent, son attitude narquoise se mariait bien avec la personnalité de Maggie qu'elle découvrait dans le journal : ils posaient le même œil critique sur le monde qu'ils trouvaient inadapté, même si Fury ne s'en était jamais retiré comme Maggie Casey.

Pendant qu'ils traversaient le champ, Hanna lança un coup d'œil aux murets qui le délimitaient. Quand elle avait rencontré Fury la première fois, il lui avait raconté qu'il avait travaillé ici étant jeune. Avec ses deux parents décédés et son frère sur le point d'hériter, il avait décidé que le moment était venu pour lui de partir. Cependant, il avait dû gagner l'argent du billet pour l'Angleterre et Maggie avait accepté de lui verser un salaire pour son travail. Les O'Shea étaient une famille respectée, et les gens du coin éprouvaient de la compassion pour un jeune orphelin de dix-sept ans. Mais le début des années 1970 était une période difficile, les faibles étaient souvent dupés par les forts. Pourtant, Maggie Casey avait payé rubis sur l'ongle, sans jamais tenter de le rouler. Et, durant les quelques semaines où elle l'avait employé, ils avaient découvert qu'ils s'entendaient bien.

– Vous avez bâti ces murs pour elle, n'est-ce pas ?

Il acquiesça, en avançant à grandes enjambées de cigogne.

– J'ai soulevé chaque pierre à mains nues. Elle en a eu pour son argent. Mais on s'amusait bien, n'empêche. C'était une femme forte. Elle est rentrée d'Angleterre dans les années 1940 et elle a vécu seule ici jusqu'à sa mort.

Il était parti en Angleterre depuis longtemps, quand Hanna venait régulièrement chez Maggie. La femme qu'elle avait connue dans son enfance s'était montrée soit taciturne soit atrocement irritable. À l'exception des festins de *poreens*, Hanna ne dirait pas qu'elles s'« amusaient » ensemble. Fury afficha un grand sourire.

– Les gens d'ici disaient qu'elle était paranoïaque. Elle ne causait pas à la moitié d'entre eux et elle ne laissait pas entrer âme qui vive dans la maison, ou presque.

Cette phrase sembla familière aux oreilles d'Hanna. Cela avait causé de nombreuses disputes dans son enfance, car Mary Casey ne comprenait pas pourquoi Maggie dépendait autant de Tom.

Quand ils atteignirent l'échalier, elle grimpa pardessus et s'assit sur le banc qui surplombait l'océan. Fury prit Diablo sous le bras et s'installa à ses côtés. Le promontoire entre le mur et le bord de la falaise était garni d'herbes. De minuscules fleurs blanches en forme d'étoiles poussaient entre les touffes d'œillets marins. Loin, à l'horizon, les derniers rayons du soleil rougissaient les vagues qui déjà s'assombrissaient.

Plongés dans un silence agréable, ils contemplaient le crépuscule progresser avec lenteur. Puis, Hanna demanda à Fury de quoi il discutait avec Maggie. Il haussa les épaules.

– L'injustice des voisins. Elle était remontée là-dessus. Et la façon dont son père aurait construit le mur. Ce n'était pas ma manière de faire, je t'assure, et elle jurait que sa manière à lui était meilleure. Je lui ai dit qu'il était simple fermier et que j'étais un artisan né. (Fury sourit à ce souvenir.) Elle m'a presque décollé la tête.

Une ligne du journal revint à l'esprit d'Hanna. « Paud Donovan a vendu nos vaches de toute façon… Il a pris le pâturage aussi pour un fermage équitable. » Elle se tourna vers Fury.

– Vous savez ce qui est arrivé à la ferme ? Quelle était la surface des terres ?

– Je ne sais pas. Pas plus de quelques champs, je dirais. Ils ont dû les vendre.

De chaque côté, les champs au sommet des falaises étaient recouverts d'ajoncs jaunes. D'après Hanna, ils n'avaient jamais pu fournir des revenus.

« … après son mariage avec Maman, les Lancy lui ont confié le fermage. Il a toujours eu un grand respect pour la famille, parce qu'ils lui ont donné ça. »

Elle se baissa pour gratter Diablo et se souvint de la suite.

« Liam dit qu'ils ont eu une sacrée chance de trouver un métayer aussi honnête. Du moins c'est ce qu'il disait devant Papa. Dans son dos, je l'ai entendu le traiter de laquais. »

– Est-ce qu'elle parlait de son frère ? Liam ?

– Liam ? C'était le père de ton père. Elle disait qu'il ne s'intéressait pas du tout à l'agriculture. Je suppose que c'est pour ça qu'il a pris le bureau de poste et qu'elle est restée vivre ici.

Hanna était stupéfaite. Quelle idiote ! Elle n'avait pas fait le rapprochement ! Elle n'avait pas compris que le Liam du journal était son grand-père. Liam, le frère au sujet duquel Maggie s'était inquiétée. Le combattant pour la liberté resté caché dans les collines. Elle leva les yeux vers Fury.

– Vous savez qu'il s'est battu pendant la guerre d'indépendance ?

– Non. C'est vrai ? La moitié des hommes d'ici y ont participé. Les femmes aussi. On n'en parlait pas dans mon enfance. Trop de souvenirs. Trop de rancune.

Il avait raison. Cette guerre et la guerre civile qui l'avait suivie avaient déchiré trop de familles.

– Et Maggie n'a rien dit ?

– Pas à moi.

Encore une histoire enterrée avec les anciennes haines et alliances… Pourtant, grâce au livre de Maggie, elle ne s'était pas complètement volatilisée.

Diablo repoussa la main d'Hanna avec son museau, en quête d'attention. Mais elle avait l'esprit ailleurs. Elle repensa à ses choix pour le club de lecture. Plus on se sentait proche de ce qu'on lisait, plus le livre était important pour nous. Le livre de cuisine que Nell Reily avait reçu des mains de sa mère. Les théories d'Oliver sur l'illustration de couverture et l'enthousiasme de Darina à relier *Va et poste une sentinelle* à son idole,

Gregory Peck. Dix minutes plus tôt, elle avait considéré le livre de Maggie avec recul. Depuis qu'elle avait pris conscience que Liam était son grand-père, les choses avaient changé de manière subtile.

Fury se pencha pour prendre Diablo sur ses genoux. Le petit chien se raidit et lança des regards noirs vers l'océan, considérant les mouettes comme des rats volants. Hanna jeta un coup d'œil vers Fury.

– Maggie vous avait-elle dit que son père travaillait pour les Lancy ?

– Non. S'il avait fallu croire la moitié de ce qu'elle racontait sur lui : il mesurait trois mètres et pouvait courir comme un guépard. Il gagnait des prix pendant les foires.

– Je crois que ses parents avaient la loge à Castle Lancy.

– Possible. Maggie ne l'a jamais dit.

– Charles ne serait pas au courant ?

– Mon Dieu, je ne pense pas, il s'est juste marié là. (Fury inclina la tête.) N'y a-t-il pas beaucoup de photos de la famille Lancy dans la bibliothèque de Carrick ?

Sur le moment, Hanna ne saisit pas. Puis, elle se rappela les livres de photographies anciennes prises dans les domaines à l'époque. Elles ne montraient pas que la bourgeoisie. On y voyait aussi les rangées de domestiques alignés sur les pelouses ou dans les escaliers, certains portant des brosses, des cuillères ou des outils qui symbolisaient leur travail. Le père de Maggie était autrefois garçon à tout faire à Castle Lancy. Fury avait raison. Parmi la collection que Tim Slattery avait déménagée à la bibliothèque du comté se trouvaient plusieurs albums de photos représentant la famille Lancy.

Tout à coup, Hanna bouillit d'excitation. Quelque part parmi ces photos, elle tomberait peut-être sur le visage d'un petit cireur de chaussures qui avait grandi et était devenu son arrière-grand-père. Fury croisa son regard et lui fit un clin d'œil.

– Selon moi, il n'y a pas femme mieux placée que toi pour aller voir.

Hanna éclata de rire. Tim avait choisi une manière d'exposer les photos qui les rendait inaccessibles au point d'intimider le plus déterminé des enquêteurs. Il appartenait à cette catégorie de bibliothécaires qui considéraient les lecteurs comme des nuisances – catégorie à laquelle Hanna avait failli appartenir.

– Vous avez raison. Mais il est vrai que la collection est fragile et Tim se doit d'en prendre soin.

– Ah, arrête ça, ne sois pas ridicule. Tu sais aussi bien que moi que le type n'est qu'un crétin prétentieux.

Hanna lui sourit.

– Je ne ferai aucun commentaire. Que diriez-vous d'une bière plutôt ?

– Ah, voilà qui m'intéresse. (Fury se leva et fit délicatement basculer Diablo sur les œillets marins.) Tu peux aussi mettre un bol pour le pauvre Diablo. On ne l'a jamais vu refuser une goutte de bière.

Chapitre 37

PEUX TU PREND DES CAPRES LSBEG EN VENANT ESSAYE MERCERIE SINON PAS DE PBM

Mary Casey martela son téléphone avant d'envoyer son texto dans l'atmosphère. La voiture qu'avait louée Louisa lui donnait une telle liberté ! Et c'était l'un des nombreux atouts de l'avoir au pavillon : elle était toujours contente de passer prendre des choses à Lissbeg.

Mary avait l'habitude de solliciter ses voisins pour faire des courses : le pauvre Tom n'avait-il pas tant fait pour eux quand il était encore de ce monde ? Il entrait et sortait de la moitié des maisons de la commune, montait des étagères et taillait des haies, quand tout un tas d'autres, à commencer par les membres des familles concernées, auraient dû s'y mettre avant lui. Ils lui devaient plus d'un service, estimait-elle, et est-ce qu'il ne fallait pas s'aider les uns les autres ? Malgré tout, elle avait du mal à demander. Elle ne mettait pas trop la pression à Hanna ou à la pauvre Jazz, car elles travaillaient. Louisa était la courtoisie faite femme. Alors, avec un peu de chance, elles accompagneraient leur bar de ce soir d'une merveilleuse sauce tartare. Johnny Hennessy avait déposé le poisson chez elle après le départ de Louisa. Nul besoin de se sentir redevable envers lui. À cette époque de l'année, les gens pêchaient plus de poissons qu'ils n'en mangeraient jamais, et Johnny ne supportait pas les congélateurs. Il faisait don de ses poissons aussitôt, car il fallait les manger frais.

Louisa était aussi de merveilleuse compagnie et elle n'était pas exigeante pour un sou. Toutes deux s'étaient arrangées pour que leur cohabitation fonctionne bien. Au début, Mary n'était pas sûre du petit-déjeuner. Qu'est-ce qu'une femme qui possédait un manoir en Angleterre savait des tranches de lard frit ? Mais en fait, Louisa en connaissait un bout sur l'élevage des cochons. Elle avait un voisin qui appréciait la race des Gloucestershire Old Spot et apparemment, ils donnaient une viande de premier ordre. Mary avait demandé à Ger Fitz, le boucher de Lissbeg, et Ger, qui était très compétent en matière de lard, lui avait assuré que les Old Spot étaient « super ». Il n'en avait jamais élevé, ni vendu dans sa boutique, mais il en avait déjà goûté. D'après lui, en matière de petit-déjeuner, on pouvait faire confiance à quelqu'un qui les appréciait. Et il avait raison. Louisa maniait joliment la poêle à frire et elle cuisait bien les œufs. Cela dit, au début, elle n'y entendait rien en boudin blanc et noir. Mais elle avait appris en un rien de temps et elle était plutôt contente qu'on lui montre.

Au début, elles mangeaient à la table de la cuisine, mais un dimanche matin ensoleillé, Mary était descendue et avait trouvé le petit-déjeuner installé dans le patio. Elle n'y était pas habituée. En fait, c'était ce genre de chose qu'Hanna avait voulu avant son déménagement. Louisa avait posé des coussins sur les chaises et dressé la table convenablement. Sous le soleil éclatant, tout paraissait très joli. Mary n'était pas certaine de pouvoir manger en robe de chambre non plus, mais dès le premier jour, Louisa était apparue vêtue de la sienne. Et en toute franchise, elle n'avait pas du tout l'air négligé. Elle était douchée et habillée, ses cheveux relevés sur la tête, comme Audrey Hepburn sur les photos. Elle portait une robe de chambre qui allait jusqu'au sol, avec des motifs de roses et une ceinture en éponge blanche. Mary n'aurait jamais supporté un vêtement portefeuille qui ne couvrait rien. Mais l'habit de Louisa tombait bien et il était doublé d'éponge blanche. Elle était chaussée de pantoufles roses avec des semelles en cuir.

La semaine suivante, lors d'une virée shopping à Carrick, Mary en avait repéré une bleue à peu près identique. Pas une copie, bien entendu, mais ressemblante. Elle avait de larges revers plus beaux que ceux de Louisa, et des manchettes retournées, ornées d'un passepoil blanc. Elle n'était pas donnée, mais comme elle l'avait dit à Louisa, elle la porterait plus d'une saison. Alors elle l'avait payée avec sa carte de crédit et ne l'avait pas regretté depuis.

C'était un vêtement agréable pour le petit-déjeuner, et avec Louisa, ce repas durait bien une heure. Elles repartaient faire du thé et des toasts, voire lire les journaux. Cela faisait une éternité que Mary n'avait plus jeté un œil au journal au petit-déjeuner, et à quoi bon, quand on n'a personne pour discuter des nouvelles ? Si elle ouvrait le bec avec Jazz ou Hanna, ces dernières disaient que Mary n'en connaissait pas le quart de la moitié. Louisa était polie et intéressée, ou si elle ne l'était pas, elle ne disait rien en tout cas. Et, bien entendu, elles étaient toutes deux convenablement vêtues à l'arrivée du facteur. Alors c'était merveilleux.

Mary posa son téléphone sur la table de la cuisine et alla s'occuper du poisson. Il était enveloppé dans plusieurs feuilles de journal et Johnny l'avait déjà vidé, même s'il avait laissé la tête. À plusieurs reprises, par le passé, elle avait déposé des présents de cet ordre au chat des voisins. Avec Louisa dans les parages, sa vie avait beaucoup changé : elle avait moins besoin de contacter Jazz ou Hanna, et de les inviter – et elle soupçonnait que les filles se forçaient parfois à venir.

Elle passa le poisson sous l'eau froide et observa un filet de sang tourbillonner autour de la bonde. Il fallait rendre justice à Louisa, l'évier était toujours immaculé. Et puis, elle lui avait parlé de cette nouvelle manière de rédiger les textos. On n'écrivait pas toutes les lettres, seulement les plus importantes. Malcolm le lui avait montré en Angleterre, et elle avait eu envie de l'apprendre à Mary un soir, après les informations. Pourtant, la dernière chose que voulait Mary, c'étaient des leçons venant de Malcolm. Elle s'était débrouillée sans aucun problème. Il s'agissait juste d'entasser les mots tous ensemble. Si le correspondant ne comprenait pas, il pouvait téléphoner et vous pouviez lui expliquer. D'ailleurs, elle avait reçu quelques appels de Louisa qui avait besoin d'explications. Mais c'était au démarrage. Maintenant, tout roulait.

C'est pourquoi elle trouvait affreusement dommage que Louisa doive repartir dans quelques semaines. Mary tapotait le poisson avec un morceau d'essuie-tout. Elle remarqua un petit vase de marguerites posé sur le rebord de la fenêtre. Ce genre de surprises allait lui manquer. La nuit dernière, elle était allée jusqu'à la poubelle à roulettes. Il était assez tard et les giroflées de Tom brillaient dans le crépuscule. Après avoir refermé la poubelle, elle avait vu un rai de lumière se faufiler entre les rideaux de Louisa. Il tombait sur l'herbe, et cela l'avait fait sourire au moment de rebrousser chemin. Elle avait verrouillé la porte de derrière, comme d'habitude, fait glisser les pênes en haut et en bas, et soigneusement mis la chaîne. Puis, en traversant le vestibule pour rejoindre sa chambre, elle avait remarqué la lumière sous la porte de Louisa. En se couchant, elle avait retapé les oreillers, avant d'éteindre, sereine. On dormait bien mieux quand on n'était pas seule.

Chapitre 38

C'était une journée pluvieuse et l'écriteau « complet » se balançait devant la porte. Susan se trouvait dans la buanderie où elle essayait de repasser, mais une maison remplie de clients ne cessait de réclamer son attention. Il était étrange de voir à quel point la météo affectait les vacanciers. Les chambres à coucher étaient équipées de fauteuils confortables et la télé par satellite ; le vaste espace détente dans l'ancienne forge proposait des canapés et des tables, ainsi qu'une cheminée ouverte. Les gens pouvaient bavarder, se reposer, lire ou écrire des cartes postales. Pourtant, le fait de ne pas pouvoir sortir rendait tout le monde nerveux. Un couple de randonneurs avait bondi de table après le petit-déjeuner pour courir sous la pluie, mais les autres clients traînassaient, traquaient la moindre défaillance dans leurs chambres et voulaient plus de lait dans leur café.

Holly trottina jusqu'à la buanderie et annonça que les grosses dames de la chambre n° 4 ne savaient pas faire marcher le sèche-cheveux. Susan la regarda, en colère.

– On ne traite pas les gens de gros, Holly, tu le sais. Et tu n'es pas censée traîner près des chambres.

Avec beaucoup de dignité, Holly répondit qu'elle ne traînait pas. Elle était sur le palier en train de parler à Ginger, lorsqu'une dame était sortie de la chambre n° 4, la tête enveloppée d'une serviette.

– Elle a dit que le sèche-cheveux ne fonctionnait pas, mais je sais qu'il marche, parce que Jazz les vérifie toujours. Mais tu répètes que je ne dois pas contredire les autres, alors j'ai fait un sourire et j'ai répondu que je te le dirais. J'ai été très polie et je ne l'ai pas traitée de grosse. Je l'ai seulement dit maintenant, comme ça, tu sais de qui je parle.

– Eh bien, tu ne devrais pas le dire du tout. Et tu ne devrais pas non plus monter Ginger sur le palier. Tu sais qu'il vit dans la remise, parce que certains clients sont allergiques aux chats.

Le visage de Holly se décomposa et Susan culpabilisa.

– Je suis désolée, mon cœur, je suis juste très occupée.

Elle regarda autour d'elle et ne vit aucune trace du chaton.

– Où est Ginger ?

– Je te l'ai dit, il est à l'étage et je sais qu'il n'a pas le droit. C'est ce que je lui disais quand la dame est sortie de sa chambre.

Jazz, qui pliait des torchons, proposa d'aller le chercher.

– Viens en haut avec moi, Holly, et tu garderas Ginger. J'irai dans la chambre pour voir si je peux réparer le sèche-cheveux et, ensuite, nous le redescendrons toutes les deux.

Elle tendit la main à la fillette en jetant un coup d'œil à Susan.

– Il y a des chances qu'elles n'aient pas allumé la prise.

Susan lui sourit. Cette décontraction résumait le savoir-faire de Jazz. Peut-être était-ce sa formation d'hôtesse de l'air, en tout cas, c'était magique les jours comme celui-ci. Les paroles de Jazz avaient instantanément apaisé Susan. Le visage de Holly s'était éclairé en attrapant sa main tendue. Susan les regarda partir : elles balançaient les bras, doigts entrelacés.

Juste avant qu'elles ne quittent la pièce, elle interpella Jazz.

– Quand tu redescendras Ginger, pourrais-tu l'emmener dans la remise ? Et dire à Günther qu'il nous faudra plus de bûches pour le feu ?

En temps normal, elle n'aurait pas fait de feu aussi tôt, mais ce matin, au vu de la météo, elle en avait allumé un. L'instant d'après, un client lui disait que les bûches allaient manquer. Il fallait y remédier, ou ils étaient capables de se pointer dans la buanderie pour les couper eux-mêmes.

Sur le palier, Jazz retrouva le chaton qui miaulait tristement dans un coin. Elle le donna à Holly avant de taper à la porte de la chambre. Le problème du sèche-cheveux fut en effet résolu en allumant la prise et les dames aux formes généreuses affichèrent de grands sourires.

En redescendant, Holly baissa la voix. Est-ce que les deux dames n'étaient pas très très grosses ? Pas horribles, expliqua-t-elle, mais juste grosses et luisantes comme des lions de mer.

La description était si parfaite que Jazz éclata de rire.

– Oui, je dirais que oui.

Holly hocha la tête, sur la défensive.

– Je le savais, mais Maman a dit que je ne devais pas le dire.

Jazz aurait dû répéter les paroles de Susan, mais en voyant l'expression sérieuse de Holly, elle ne put s'empêcher de sourire. Après tout, Susan elle-même avait pris un air coupable après avoir parlé sèchement à sa fille. La pauvre petite avait juste voulu aider. Jazz prit le chaton, qui luttait pour s'échapper, et serra la main de Holly.

– Et si on allait voir Papa jusqu'à ce que Maman soit un petit peu moins fâchée ?

La remise était le royaume des ombres et de la sciure. Dès qu'elles y pénétrèrent, Holly courut vers son père qui la souleva et la fit tournoyer dans les airs. La fillette hurlait de peur et de ravissement, ses bras et ses jambes flottaient. Le chaton se dégagea des bras de Jazz et détala pour rejoindre son lit. Günther posa Holly sur une pile de copeaux de bois balayés dans un coin.

– Là. Reste tranquille et fabrique-toi un nid.

Holly gloussa et commença sagement à creuser les copeaux. Günther s'assit sur le chevalet de sciage et regarda Jazz.

– On me demande à l'intérieur ?

Jazz secoua la tête.

– Non, Susan veut des bûches pour le feu. D'après moi, il n'y a pas d'urgence.

Il repoussa ses cheveux blonds en arrière et sourit.

– C'est plus tranquille ici.

Elle acquiesça à nouveau. C'était ce qu'il avait dit, lorsqu'ils s'étaient rencontrés ce jour-là dans la forêt. Il était entré dans la clairière, quand elle se trouvait près du Lackatubber, et il avait souri. Il lui avait raconté qu'il aimait venir là, parce qu'il y faisait frais et que c'était paisible. Elle n'était pas étonnée. C'était une personne calme, forte et douce, qui n'avait probablement pas choisi le bon travail. Ces derniers temps, elle s'était demandé pourquoi il en était venu à épouser Susan. Ils n'allaient pas ensemble. Susan adorait l'activité et cultivait la fibre entrepreneuriale, elle était déterminée à réussir dans les affaires. Günther était réservé et timide, accaparé par sa fille. Jazz l'observa. Une lueur d'amusement brillait dans les yeux bleus de Günther. Holly se renversait de la sciure sur les cheveux d'un air solennel. Alors que Susan lui aurait certainement demandé d'arrêter, Günther cherchait plutôt à comprendre.

– Pourquoi est-ce qu'un oiseau a besoin de sciure sur les ailes ?

Holly lui fit une grimace.

– Ce n'est pas de la sciure, c'est de la pluie. J'ai fait mon nid au mauvais endroit.

– Oh, non ! Tu as pris une mauvaise décision. Maintenant, tu devras vivre avec.

Les yeux de Holly s'arrondirent comme ceux d'un bébé chouette.

– Pourquoi ?

– Parce que c'est ce que les oiseaux et les gens apprennent à faire.

Jazz secoua la tête en souriant.

– Ma mère dit que les rêves peuvent parfois se changer en prison. On ne devrait jamais se refuser la liberté de partir.

Dans la forêt, ils s'étaient assis sur le rocher près de la fontaine, et sans raison, elle s'était confiée à lui. Günther l'avait écoutée posément, la tête inclinée vers le soleil. Elle avait parlé de la voiture, et comment l'accident l'avait ébranlée. Elle se sentait bête et elle avait peur de le raconter à quelqu'un d'autre.

– Mais je sais qu'il le faut. Je veux dire, c'est soit ça, soit j'arrête de conduire. Et comment travailler alors ? Ici, je veux dire. Comment est-ce que je pourrais rester à Finfarran ?

– Tu en as envie ?

– Oui. Je crois. Ma seule raison d'habiter en France, c'était mon travail. Et c'est terminé. Je n'ai aucune raison de vivre à Londres. C'est fini aussi.

Dès qu'elle eut exprimé cette pensée à voix haute, elle avait été transpercée par sa dureté. Il n'y avait plus rien pour elle à Londres, maintenant qu'elle avait découvert la vérité sur son père. Tout ce qu'elle avait construit là-bas reposait sur des mensonges. Les gens s'éloignaient, elle le savait : la moitié de ses camarades de classe avaient des parents divorcés. Mais durant son existence entière, son père avait trompé sa mère. Chaque Noël, chaque anniversaire, chaque sortie en famille lui paraissait vide de sens. Même la nuit de sa conception, il pensait à quelqu'un d'autre.

Elle avait chassé cette pensée et s'était tournée vers Günther.

– Tu voudrais bien m'aider ?

– Moi ? Mais comment ?

– En fait, je panique quand je conduis seule. Pas toujours. Parfois. Mais si quelqu'un monte avec moi, je pourrais passer le cap. Quelqu'un qui m'accompagne.

C'était tout ce qu'elle voulait. Quelqu'un de confiance. Günther avait hésité, surtout à cause du secret. Elle s'était expliquée.

– Je ne veux pas faire d'histoires, tu le sais. Je veux seulement avancer et continuer ma vie.

Devant son air dubitatif, Jazz avait senti ses yeux s'emplir de larmes. Elle ne voulait pas pleurer et avait réussi à s'arrêter à temps. Puis, il avait posé un bras autour de son épaule et elle avait su que tout irait bien.

Chapitre 39

Conor allait acheter une bague de fiançailles à Aideen. Elle serait en or rouge, avait-il décidé, aussi rouge que ses cheveux. Il avait cherché des rubis sur Internet, mais ils coûtaient une fortune. La grosse pierre précieuse qu'il avait imaginée resterait un rêve. En y réfléchissant, il s'était dit qu'elle trouverait qu'une grosse pierre était tape-à-l'œil. Parfois, il valait mieux privilégier la discrétion. La première fois qu'il lui avait montré le psautier, elle s'était bien plus intéressée aux petites illustrations dans les marges qu'aux grandes. Même devant le dessin en pleine page de la femme en doré qui grimpait la montagne, elle avait été attirée par les petites choses, comme les nids d'oiseaux colorés.

Conor manœuvra la Vespa avec précaution entre un car de touristes et un camion. Sur le site internet d'une boutique de Carrick, il avait trouvé deux ou trois bagues dans ses prix. D'après la présentation, elles étaient conçues et fabriquées sur place. Pourtant, on pouvait en douter. En or véritable, ornées de vraies pierres, mais moins chères que des rubis. Les diamants, avait-il découvert, pouvaient coûter dix fois plus qu'un taurillon.

Le jour où Aideen était venue prendre le thé, il l'avait trouvée dans la cuisine à son retour du champ. Quand Paddy et Joe étaient arrivés à l'épicerie, elle était prête à partir. Conor voulait se doucher et se changer avant son arrivée, cependant quand il était entré tout crasseux et couvert de sueur, elle discutait recettes avec sa mère. Joe était attablé avec une tasse de thé, et leur père assis dans le fauteuil, l'air presque enjoué. Le vieux chien, qui avait l'autorisation de rester à l'intérieur depuis l'accident de Paddy, était allongé contre lui, le museau posé sur le genou de son maître. Aideen était superbe. Ses joues et son nez se couvraient de taches de rousseur en été, mais étrangement, elle ne devenait pas rose comme une crevette. Sa peau prenait une jolie teinte dorée et ses yeux devenaient bleu foncé. Elle portait un jeans, un haut en étamine, et tout un tas de bracelets en argent. Mais elle avait aussi des petites créoles en or, signe qu'elle n'aimait pas que l'argent. En fait, elle appréciait toutes sortes de bijoux. Dans sa chambre, sur sa coiffeuse, il y avait une coupelle remplie de bagues et de bracelets, ainsi que des chaînettes et des colliers suspendus au miroir.

Sa maman avait souri quand il était entré et Aideen avait bondi dans ses bras. C'était la première fois qu'elle se comportait ainsi devant sa famille et il ne savait pas où se mettre. Du coin de l'œil, il voyait Joe en train de faire une grimace. Pourtant, même si son frère était un idiot, Conor devinait qu'il aimait bien Aideen lui aussi. Elle se sentait comme chez elle dans la cuisine. Elle l'avait dispensé de se changer puisqu'il devrait ressortir pour les vaches.

Le gâteau au chocolat était délicieux, on ne sentait pas du tout les pruneaux. La plupart du temps, quand Paddy revenait de chez le médecin, il était de mauvaise humeur pour le reste de la soirée : il montait dans sa chambre pour regarder la télé. Mais ce jour-là, il était resté en bas dans la cuisine à discuter et à se moquer des amuse-gueule d'Una.

– On n'a pas été élevés avec des tomates séchées, si ?

Una lui avait rétorqué :

– Parle pour toi, Paddy McCarthy ! Et encore, ce n'était pas toi le garçon qui me commandait des carafes de retsina, quand tous les autres buvaient des pintes ?

Ils étaient partis en vacances en Grèce dans les années 1990, expliqua-t-elle, et Paddy avait adopté des nouvelles lubies. Il s'était mis à porter des casquettes de baseball et des lunettes de soleil avec verres rabattables. Or, très honnêtement, c'était assez étrange à la ferme.

– Je lui ai inculqué les bonnes manières dès que nous nous sommes mariés, dit Una à Aideen, avec un clin d'œil. Et regardez-le maintenant, dans son tricot de chez Penney et son pantalon en velours côtelé de chez Lidl.

Ils avaient ri et discuté jusqu'à l'heure des vaches. Conor comptait laisser Aideen dans la cuisine, mais elle avait apporté ses bottes en caoutchouc. Tous deux étaient sortis et montés sur la Vespa ; les vaches broutaient dans le champ sur la falaise. Il était donc plus facile d'y aller en roulant. Quand il l'avait sifflée, la chienne, Bid, était sortie de l'étable en aboyant. Elle en avait assez de ses chiots et elle était heureuse de travailler.

C'était une soirée formidable. Un beau soleil et pas mal de vent pour chasser les moucherons. Aideen était assise à l'arrière, les bras autour de la taille de Conor et le menton posé sur son épaule. À mi-pente, il s'était arrêté pour lui montrer le champ où il avait perdu un mouton. Il était petit, à l'époque, peut-être dix ou onze ans, et Paddy les avait envoyés Joe et lui pour déplacer le troupeau. Mais en haut, il n'avait pas bien refermé le portail du champ et le temps qu'ils les bougent, trois de ces maudites bêtes manquaient à l'appel. Il avait failli mourir. Aideen avait les yeux écarquillés.

– Que s'est-il passé ?

– J'ai parcouru les routes sur mon vélo pendant des heures. Et pendant ce temps, les moutons sont rentrés tout seuls. À partir de ce jour, j'ai toujours vérifié le portail avant de partir. Mon père n'a jamais remué le couteau dans la plaie. C'est comme ça avec Paddy. Il est dur, mais on ne peut pas le traiter de brute. Et quand il a vu dans quel état j'étais, il a su qu'il n'avait rien à ajouter. C'est surtout ma fierté qui a été touchée. Les moutons ne seraient pas allés bien loin, de toute façon, et il n'y a pas beaucoup de circulation dans les parages.

Aideen appréciait ce lieu pour cette raison. C'était calme et elle adorait les champs verdoyants tout autour.

Dans le champ sur la falaise, les vaches attendaient. Bid les avait fait revenir et Aideen était descendue de la Vespa pour fermer le portail. Elle était remontée dessus d'un bond, avec ses bottes boueuses. Conor suivait les vaches. Bid zigzaguait derrière elles en les poussant vers la maison, comme si elle en était responsable. Conor les avait dépassées sur sa bécane, quand elles avaient atteint la cour de la ferme. En général, il garait la Vespa près du fossé et les faisait rentrer. Il ne pouvait laisser le portail de la cour ouvert, parce que Dom Byrne conduisait toujours ses moutons sur la route. Avant qu'il n'ait le temps d'arrêter le scooter, Aideen avait bondi une seconde fois pour s'occuper du portail. On aurait pu croire qu'elle serait effrayée par les vaches, car elle n'était pas habituée à se trouver aussi près d'animaux. L'une d'elles l'avait même effleurée de son dos couvert de boue. Pas de souci. Elle avait tendu le bras et dévié une diablesse qui se dirigeait vers le fossé. Puis, elle était restée en retrait jusqu'à ce que Conor les conduise à l'étable pour la traite, avant de refermer le portail et de monter à la maison, laissant Joe et son frère continuer.

À Carrick, il régnait dans la bijouterie une ambiance feutrée un peu sinistre, mais le type en costume derrière le comptoir se montra plutôt aimable. Il n'y avait aucun intérêt à tourner autour du pot, alors Conor réussit à lui dire d'emblée ce qu'il cherchait. S'il avait pu, il aurait acheté ce qu'il y avait de plus beau à Aideen, mais il n'en avait pas les moyens. De toute façon, sa mère avait raison. Ils devaient songer à se trouver un endroit à eux, alors plus ils économiseraient, mieux ce serait. Il se renseigna sur les bagues qu'il avait repérées en ligne. Le type haussa un sourcil. Le père du propriétaire les confectionnait, expliqua-t-il, elles n'étaient pas « classiques ». Mais Conor campa sur sa position. L'homme partit donc les chercher. Apparemment, il les gardait dans un placard au fond de la boutique, tandis que tous les autres bijoux – des diamants sur des montures en platine – étaient disposés en vitrine, sur du velours.

Dès que le type en costume eut disparu, Conor sortit la bougie. Pendant des jours, il s'était trituré les méninges pour trouver un moyen de connaître la taille de la bague. L'idée d'utiliser une bougie lui est subitement venue. Aideen était très douée pour créer des ambiances quand ils se retrouvaient dans sa chambre. Il adorait sa façon d'installer des bougies sur l'étagère et des veilleuses sur sa coiffeuse, qui se reflétaient dans le miroir. La coupelle devant le miroir était en argent et cristal taillé. Les petites lueurs vacillaient à sa surface. Elle lui avait raconté que sa grand-mère l'utilisait comme objet décoratif, alors qu'elle avait préféré la remplir de bracelets et de bagues.

Au début, il avait pensé subtiliser une bague et l'emporter à Carrick : seulement il n'était pas sûr de revenir de sitôt dans la chambre et si elle découvrait le vol, sa surprise serait gâchée. Donc il avait tout planifié comme s'il était 007. Il avait laissé le vin en bas au réfrigérateur, au moment de grimper à l'étage avec les verres. Puis, il avait retiré ses vêtements en quatrième vitesse avant de les jeter sur une chaise et de se mettre au lit. Alors, elle avait dû redescendre. Dès qu'elle était sortie de la pièce, il avait attrapé une bougie chauffe-plat et il s'était brûlé la main. Puis, quand il avait tenté de l'extraire de sa base, la cire liquide l'avait éclaboussé et brûlé au téton. Il avait souffert le martyre et même James Bond aurait probablement hurlé. Néanmoins, il avait gardé son calme et réussi à extirper la bougie. Ensuite, il l'avait retournée et pris une empreinte de la bague. La cire avait vite refroidi, sans tacher la bague. Il avait balancé le bijou dans la coupelle et fourré la bougie sous ses vêtements. Il était sur le point de se glisser dans le lit, quand il avait aperçu la capsule de la bougie sur la coiffeuse. Il l'avait écrabouillé dans sa main, à l'instant où Aideen était entrée avec le vin. Elle avait paru un peu surprise de le trouver tout nu devant le miroir, mais il l'avait embrassée aussitôt, et avait brillamment sauvé les apparences.

Il tendit la bougie au vendeur qui était revenu avec les bagues. Le bonhomme sembla légèrement étonné, mais il saisit l'idée. Il mesura l'empreinte et déclara que la taille était standard. Ensuite, il déposa un plateau chargé de bagues sur le comptoir et fit pivoter une lampe pour que Conor puisse les admirer. Toutes les bagues étaient confectionnées dans le même or rouge. Le type précisa qu'il s'agissait de pierres précieuses. Des améthystes, des grenats, ainsi que des citrines que Conor avait d'abord prises pour de l'ambre – bien que, en regardant à travers, il en trouvât une aussi pâle qu'un citron. Certaines pierres étaient taillées en facettes comme la coupelle en cristal d'Aideen. D'autres simplement polies. Les grenats étaient rouges, comme des rubis, et les améthystes violettes. Une agate évoquait aussi une émeraude. Conor tendit la main pour la prendre, car Aideen avait dit aimer les champs verdoyants. Puis, à l'arrière du plateau, il en repéra une autre. Il la souleva et sentit son poids dans sa main. La pierre bleu foncé était entourée d'un cercle en or. Sa surface lisse était polie, mais quand on la bougeait, on discernait des mouchetures d'or.

C'était un lapis lazuli. Et il était parfait.

Chapitre 40

Hanna monta quatre à quatre les marches qui menaient à la bibliothèque du comté. Elle rapportait les clefs du bibliobus. Une autre journée ensoleillée venait de s'écouler et même les routes de campagne étaient fréquentées par les voitures de location et les randonneurs. Dans les champs, les cultures commençaient à mûrir et, avec la saison touristique qui battait son plein, les queues devant le bibliobus raccourcissaient de semaine en semaine. Connaissant le rythme des habitants, Hanna transportait beaucoup de livres jeunesse. Ils sauvaient les mères dont les enfants se lassaient des longues vacances d'été.

Après avoir déposé les clés à la réception, elle fouilla au fond de son sac à la recherche de la carte magnétique qui donnait accès au couloir « Réservé au personnel ». Au-delà de la porte blindée, se trouvait au sous-sol un dédale de réserves abritant la documentation qui n'était pas à la disposition du public. Comme chaque fois qu'elle venait à la bibliothèque du comté, elle se sentit coupable. Si sa campagne de sauvetage n'avait pas porté ses fruits, ce bâtiment aurait pu être un lieu ultramoderne et non plus cet endroit légèrement vétuste en manque d'espace. Pourtant, pratiquement aucun de ses collègues ne semblait l'en blâmer. En définitive, même les personnes qui auraient tiré profit de la centralisation des services avaient reconnu que l'alternative proposée était bien plus sensée. Non seulement la bibliothèque de Lissbeg et le bibliobus du comté perduraient, mais des investissements plus importants sur l'ensemble de la péninsule avaient bénéficié à tout le monde. En réalité, une fois les banderoles remisées, plus d'un collègue d'Hanna s'était rapproché pour lui témoigner son soutien. Aucun d'eux ne l'avait exprimé ouvertement, mais ce n'était pas surprenant. Contrairement à elle, ils devaient tous travailler en étroite collaboration avec Tim.

De son côté, elle s'efforçait de le croiser le moins possible. Bien entendu, il y avait des réunions et des événements obligatoires. Mais, malgré leur animosité constante, Tim ne représentait plus une menace. Même s'il était conservé à Lissbeg, le psautier avait valu à Tim des couronnes de lauriers, et à en juger par son comportement lors du vernissage, il s'en délectait. À ce moment de la soirée, Hanna avait peu de chances de le trouver à son travail, et elle en était bien contente. En fin de journée, Tim appréciait beaucoup les réunions à l'extérieur : elles lui permettaient d'allier les affaires de la bibliothèque avec des collations dans son bar préféré.

Alors qu'Hanna approchait de la porte réservée au personnel, elle s'ouvrit de l'intérieur et elle se retrouva nez à nez avec Brian Morton. Elle s'arrêta, gênée, sur le seuil, sachant que sa collègue de la réception pouvait les voir. Brian et elle ne s'étaient pas appelés depuis la journée sur la falaise, qui s'était terminée dans un silence pénible. Ils s'étaient quittés avec un bref mouvement de tête, sans même se faire la bise.

À présent, il paraissait imperturbable, voire content de la voir. Dans l'embrasure de la porte, il lui expliqua qu'il passait en revue les archives du comté.

– Je suis censé conseiller un comité de planification, et je voulais vérifier un point.

– Ce n'est pas numérisé, à notre époque ?

– Ça devrait, mais la moitié des archives n'est pas disponible. Tu sais combien coûte la numérisation.

Elle le savait. La collection sur l'histoire locale de la bibliothèque avait été récemment enrichie de documents des années 1920 et 1930, mais la grande majorité se trouvait encore au sous-sol, dans des cartons, et il n'était vraisemblablement pas question de la numériser dans un futur proche. C'était ce qu'elle était venue chercher. Outre les photographies des Lancy, cette documentation pourrait lui apporter des informations sur le père de Maggie et Liam.

Brian recula pour la laisser passer. Elle hésita.

– On pourrait descendre à la cantine prendre une tasse de thé ?

Ce n'était pas vraiment une cantine, malgré l'inscription sur la porte. Seulement une pièce avec des tables et une machine à café, où le personnel de la bibliothèque prenait ses pauses. Il y avait une fontaine à eau, et une bouilloire sur une table dans un coin. Dans le réfrigérateur, les gens déposaient les salades en barquette ou les sandwiches apportés pour le déjeuner.

Hanna marcha en tête le long du couloir. Quand elle avait quitté Brian sur le parking, au pied de Knockinver, elle avait craint que leur bref rapprochement ne soit terminé. Peut-être disparaîtrait-il à nouveau, comme il l'avait fait auparavant. Et si c'était le cas, elle ne pourrait l'en blâmer. Depuis l'accident de Jazz, elle avait l'impression de se comporter comme un personnage dans un roman de Georgette Heyer[1] : elle le berçait de faux espoirs avant de lui taper le dessus de la main avec son éventail. Elle n'avait pas voulu en arriver là, tout comme elle n'avait pas souhaité se jeter dans son lit par dépit, après Malcolm. De toute façon, elle devait garder son énergie pour Jazz. Comment pourrait-elle se pardonner si, en poursuivant un bonheur personnel, elle aggravait la situation de sa fille ? Quel droit avait-elle de mettre son divorce derrière elle, alors que son enfant – dont la vie avait été complètement chamboulée – continuait de lutter pour aller de l'avant ?

La pièce était étouffante et un brin défraîchie, mais Brian s'affala avec entrain sur une chaise en plastique orange.

– Alors, dis-moi ce que tu cherches. Quelque chose à voir avec le boulot ?

---

1. Il s'agit d'une auteure de romances historiques (1902-1974).

Autour d'un thé, elle lui raconta sa conversation avec Fury.

– Je ne sais pas pourquoi je n'avais pas saisi que le frère de Maggie était le père de mon père.

– Tu n'as jamais connu ton grand-père ?

– Mon Dieu, non. Il est mort quand mon père était tout petit. Et sa femme l'a suivi de peu. Mon père a été élevé par un cousin, venu pour tenir le bureau de poste.

Tom l'avait raconté à Jazz des années auparavant, lors d'une visite estivale à Finfarran. Un jour sur la plage, il avait sorti une enveloppe contenant d'anciennes photographies. Une enveloppe abîmée, froissée, qui renfermait peut-être autrefois une carte d'anniversaire.

– Je ne l'avais jamais vue, quand j'étais petite. Il y avait peut-être une photo de Liam dedans, mais je ne m'en souviens pas. Il devait y en avoir une. Une photo de mariage ou quelque chose du genre.

Elle se remémora une ligne du journal de Maggie. « John Joe Quinn, le rédacteur en chef de l'*Inquirer*, avait reçu le mot d'ordre l'année dernière de détruire toutes les photos des garçons qui se trouvaient dans les collines. »

Elle sirota son thé, l'air songeur. Elle avait oublié ce détail. Peut-être ne trouverait-elle rien dans les cartons du sous-sol.

– Qu'est devenue l'enveloppe de ton père ?

– Probablement enfouie dans un tiroir du pavillon de ma mère.

L'idée de consulter Mary ne l'avait même pas effleurée, elle ne voulait pas ouvrir cette boîte de Pandore. Elle haussa les épaules.

– Il y a des quantités de photos de sa famille et pratiquement aucune de celle de mon père. Ils devaient être discrets. Tout comme lui.

Mais dans le cas de Liam, il y avait une autre raison. S'il avait continué, comme tant d'autres, à se battre durant la guerre civile, son instinct lui avait soufflé de faire profil bas. Il était décédé dans les années 1940, alors que les blessures émotionnelles et politiques étaient encore à vif. Hanna se souvint de ce qu'elle s'était dit, sur le banc avec Fury : les haines et les alliances se liguaient pour dissimuler le passé.

Brian posa sa tasse, se leva et lui tendit la main.

– Allons explorer les archives ensemble, tu as éveillé mon intérêt.

Mais ils ne trouvèrent rien. Les documents rangés dans les cartons, remontant au tournant du XXe siècle jusqu'aux années 1930, avaient été grossièrement classés par année. À l'approche du centenaire de l'Insurrection de Pâques, Tim avait lancé plusieurs appels sur une radio locale en quête de documents reliés à 1916 ou à la création de l'État. Il avait recueilli des coupures de journaux et des lettres, des nécrologies et des formulaires pour l'obtention de pensions militaires. Le personnel de la bibliothèque avait organisé des séances de mémoire orale : les enregistrements des personnes âgées avaient ensuite été retranscrits par des gamins dans les écoles. Les documents s'entassaient dans des cartons, et quoiqu'ils soient très intéressants, aucun d'eux ne mentionnait Liam.

En progressant dans les décennies, Hanna et Brian remarquèrent que la documentation sur les années de guerre civile était rare. D'anciens frères d'armes s'étaient alors battus et étaient morts à cause des termes du traité négocié avec la Grande-Bretagne, à la fin de la guerre d'indépendance. Comme Fury le lui avait fait remarquer, certains souvenirs portaient en eux trop de ressentiment.

Ayant perdu tout espoir, Hanna finit par s'adosser à sa chaise. Brian la prit dans ses bras. L'espace d'un instant, elle se raidit, mais ensuite, elle se laissa aller contre lui, humant le coton de sa chemise. Au bout de quelques secondes, elle s'écarta en se remémorant la collection Lancy à l'étage.

Dans l'espace ouvert au public, Hannah transporta dans un bureau les albums datant de l'époque victorienne. Eux non plus ne lui révélèrent rien. Comme elle s'y était attendue, des photos de domestiques les montraient alignés, solennels et respectueux. Plusieurs groupes comprenaient des petits garçons, vêtus d'un tablier ou tenant des outils de jardinage. Mais rares étaient les photos datées et aucune n'était accompagnée d'une liste de noms. Même celles de l'aristocratie étaient anonymes. Comme toute autre famille, les Lancy n'avaient pas prévu qu'un jour la belle en faux cul ou l'homme de haute taille, avec le fusil de chasse, ne seraient plus reconnaissables au premier coup d'œil comme étant la tante Flo ou le cousin Jim.

Brian regardait par-dessus son épaule. Hanna finit par se retourner pour l'encourager à partir.

– Ça ne sert à rien et en plus, je t'ai interrompu dans ton travail.

– Non. Je n'avais pas l'intention de retourner au bureau. J'allais marcher jusqu'au *Royal Vic*.

– Mon Dieu, tu es aussi vilain que Tim Slattery !

– Non, ce n'est pas vrai. Je n'ai pas envie de cuisiner ce soir, alors je me suis dit que je dînerais là-bas.

Il baissa les yeux sur Hanna, visiblement perturbée.

– Quel enjeu derrière cette photographie ?

– Je ne sais pas. Je voulais voir son visage.

– Celui de Liam ? Ou le cireur de chaussures de l'époque victorienne ?

– L'un ou l'autre. Les deux. Un parent de mon père. Peut-être que je pensais me rapprocher de lui.

– Mais… et Maggie ?

C'était une bonne question et, maintenant qu'il l'avait posée, elle craignait d'avoir la réponse. Tout comme Mary Casey, elle avait écarté Maggie pour atteindre Tom. Peut-être, tenait-elle plus de sa mère qu'elle n'avait envie de l'admettre.

Brian souleva deux albums et se dirigea vers la bibliothèque. Voulait-elle l'accompagner au restaurant de l'hôtel pour avaler un steak ?

Hanna secoua la tête.

– J'aurais adoré. Vraiment. Mais j'ai dit à Jazz que je serais à la maison ce soir, et elle pourrait passer.

Il mit un pied sur le tabouret et replaça les albums sur l'étagère. Puis, il se retourna, baissa la tête et l'interrogea du regard.

– Je n'ai pas besoin de le dire, n'est-ce pas ?

– Je ne sais pas ce que tu veux dire.

– Si tu le sais. J'allais te demander si tu prendrais un jour du temps pour toi.

– Tu veux dire pour toi.

– Je veux dire pour nous.

Et les voilà, à nouveau, revenus à l'endroit précis où ils s'étaient trouvés la dernière fois. C'était idiot de se mettre en colère, alors Hanna choisit d'en rire.

Il y eut un moment de silence. Puis Brian tendit la main et lui toucha le visage.

– Tu as raison, tu sais… Je veux dire du temps pour moi. Ce qui est une connerie, parce que je me suis juré de ne pas être un de tes projets.

Cette fois, Hanna ne comprenait pas ce qu'il voulait dire. Il revint prendre le dernier album.

– Qu'est-ce que la nonne en anorak avait dit ? Sœur Michael ?

– Que je suis nulle quand il s'agit de prendre une décision.

– Oui. Je me souviens. Mais ce n'est pas ma façon de te voir. Je vois une femme tellement enferrée dans la culpabilité qu'elle ne sait pas comment lâcher prise.

Elle ouvrit la bouche, mais il l'interrompit avant qu'elle ne puisse parler.

– Et, je suis sérieux, Hanna, je ne veux pas être un autre dossier à propos duquel tu te sens mal. Épargne-moi cette indignité.

Chapitre 41

Ameena rencontra Conor dans le hall d'entrée, à l'instant où elle débutait ses heures de l'après-midi. Dès qu'il l'aperçut, il lui dit qu'elle avait une démarche toute sautillante.

– C'est vrai ? C'est une magnifique journée.

En réalité, la chaleur était torride, et dès qu'elle se retrouva dans la boutique, elle grimpa sur une chaise pour ouvrir la fenêtre. Ensuite, elle retourna à la caisse et jeta un regard autour d'elle. Tout comme elle l'avait pressenti dès le début, c'était un endroit génial. Le décor de la boutique avait du style et les objets en vente étaient très cool. Elle trouvait aussi super que sa mère se soit habituée à son emploi, et qu'elle adore travailler, elle aussi, au jardin des nonnes. Comme Ameena à la boutique, elle avait commencé par quelques heures, mais maintenant elle faisait du bénévolat au jardin quatre jours par semaine. Ameena sourit à un client qui approchait de la caisse et se dit qu'elle adorait sa vie.

Pas étonnant que Conor ait noté sa démarche guillerette. En réalité, sa joie ne s'expliquait pas uniquement par son plaisir à travailler dans cette boutique : le soir même, elle avait un vrai rendez-vous avec Lar.

Elle n'aurait pas cru une seconde qu'il lui plairait. Quand ils avaient décidé de sortir avec le reste de la classe, le soir qui marquait la fin des examens, cela les arrangeait tous les deux : lui venait de rompre avec sa petite amie et elle voulait sortir avec un garçon qui ne buvait pas d'alcool. Elle l'avait retrouvé en ville, vêtue d'un sari vert et argenté ayant appartenu à sa grand-mère. Les autres garçons étaient juste habillés avec une élégance décontractée, Lar, lui, était arrivé dans le smoking de son grand-père. Au début, elle avait cru qu'il pensait aller à un bal de fin d'études, puis elle avait compris qu'il le portait pour plaisanter. Un moment, elle s'était dit qu'il se moquait d'elle. En réalité, c'était seulement son sens de l'humour. Lar était drôle, vif d'esprit, mais il se montrait aussi charmant et très intelligent. Assez vite, sa bouche de travers et son smoking bizarre n'avaient plus eu aucune importance.

Avant la fin de la soirée, elle avait déjà craqué pour lui. Il ne l'avait même pas embrassée pour lui souhaiter bonne nuit. Le jour suivant, elle s'était dit que c'était un idiot. Pendant plusieurs semaines, elle avait cru à son propre mensonge. Puis, il était passé à la boutique à l'improviste pour lui proposer de déjeuner avec lui. Même ce jour-là, il n'y avait rien eu de « romantique » entre eux. Ils avaient mangé une quiche sur le banc près de l'abreuvoir et, après, il s'était éloigné avec un geste de la main. Mais la veille au soir, il lui avait téléphoné alors qu'elle regardait la télévision. Il avait avoué s'être préparé à l'inviter.

– Alors, je t'en prie, ne fais pas ta timide ou ne me dis pas que j'ai raté ma chance. Franchement, Ameena, je me sens comme un parfait crétin. Ça te dit ? Je viendrai te chercher vers vingt heures.

Il ne lui avait pas fait de charme, et elle avait accepté immédiatement. Elle n'avait jamais été aussi excitée de toute sa vie.

Conor était de retour de sa pause déjeuner, juste à temps pour qu'Hanna démarre le club de lecture. Un message d'Ameena l'avertissait qu'elle aurait adoré continuer à venir, mais qu'elle ne pouvait le caser dans son emploi du temps. Hanna sourit à sa vue. Elle s'était doutée que, après la dernière séance, Ameena ne reviendrait pas. En fait, le club avait une dynamique bien à lui. Essayer de la modifier en introduisant une donnée différente n'avait aucune chance de fonctionner.

C'était au tour d'Oliver de choisir un ouvrage et, au soulagement d'Hanna, il s'était présenté avec quelque chose de sensé, même s'il avait opté pour sa méthode de sélection habituelle. Il s'agissait du deuxième recueil du poète irlandais Seamus Heaney, *Door into the Dark*.

– Je vous le dis, mademoiselle Casey, je l'ai repéré dans une vitrine. Je savais que ce serait un livre génial, et j'avais raison.

Avec un geste ample, il avait brandi un livre de poche de chez Faber sous le nez d'Hanna. La couverture était sobre avec du rouge, du noir et du blanc, et un dessin d'enclume sous le titre.

– Regardez-moi ça, pour un vrai livre c'est un vrai livre, mademoiselle Casey. L'homme à un coup d'œil génial. Une seule image d'enclume, avec un trait rouge tout autour. On sent même son poids dans le dessin. Et les poèmes qu'il a écrits à l'intérieur sont tout aussi bons.

Il avait paru plus simple de ne pas contredire sa supposition que Heaney dessinait lui-même ses propres couvertures, si bien qu'Hanna s'était contentée d'acquiescer. Plus tard, quand elle avait commandé des exemplaires du recueil *Door into the Dark* par le système de prêts inter-bibliothèques, elle avait constaté, avec consternation, qu'aucun n'était dans l'édition qu'admirait Oliver. Et à présent, pour couronner le tout, Susan arrivait armée de son propre exemplaire, une première édition de chez Faber dépourvue d'illustration.

Oliver fronça les sourcils à sa vue. Les couleurs, dit-il, pourraient être identiques, mais crénom, il manquait l'enclume. Le problème, c'était l'enclume. L'essentiel. Il ouvrit son exemplaire au poème qui commençait par : « *All I know is a door into the dark* », « Tout ce que je connais c'est une porte donnant sur l'obscurité ». Comme tout le monde l'imitait, Hanna se dit qu'au moins, ils allaient entrer dans le vif du sujet. Oliver frappa le poème avec le dos de sa main. Ceci, dit-il, était tout ce sur quoi portait le livre. Un jeune garçon qui examinait l'intérieur d'une forge. Et le son du marteau sur l'enclume.

– L'enclume, remarquez.

« *Horned as a unicorn* », « Cornue comme une licorne », c'est ainsi que Heaney la qualifiait. Et c'était une description assez juste, bien qu'Oliver ne l'appréciât pas plus que cela. Il aimait mieux le passage suivant, quand il la qualifiait de « carrée » et d'« immuable ». Parce que c'était là une véritable enclume. Carrée, sauf la partie pointue, qui peut ou pas faire penser à une licorne. Et assurément immuable. Quoi qu'il en soit, on passerait un bon bout de temps à essayer d'en soulever une. « Immuable » était ce que les poètes appelaient le « mot juste ».

Susan déclara qu'il y avait plus de trente autres poèmes dans le recueil. Alors, le livre ne se résumait pas à l'enclume.

Oliver pépia en signe de dérision. Alors pourquoi, s'enquit-il d'un air triomphant, notre homme avait-il mis une enclume sur la couverture ? Et pourquoi avoir intitulé le recueil *Door into the Dark* ? Il aurait pu l'appeler *Mon deuxième recueil de poèmes*. Mais il ne l'avait pas fait. Loin de là. Il voulait avertir les lecteurs. Et leur donner un renseignement. Il devait coller tous les autres poèmes dedans pour justifier le prix. Comme Susan se lançait dans la bataille, Hanna abandonna tout espoir et laissa ses pensées dériver.

23 septembre 1920

Papa ne m'emmenait jamais à la forge quand le cheval avait besoin d'être ferré. C'était un endroit pour les hommes. Maman disait qu'ils avaient l'habitude de rester sans rien faire, adossés à la porte. J'ai interrogé James là-dessus quand on entreposait la tourbe. Il s'est moqué de moi. Papa s'est moqué de Maman aussi. Il a dit qu'il y avait des affaires menées à la porte de la forge et plus d'un marché conclu.

On construit toujours les forges à des carrefours, près des bois et des points d'eau. Le bois pour le feu et l'eau pour apaiser la chaleur. James dit que la guérison se trouvait là où le maréchal-ferrant refroidissait ses fers. Selon lui, on ne laissait pas un apprenti ferrer un cheval avant qu'il ne soulève l'enclume. J'ai demandé s'il était capable d'en soulever une et il a éclaté de rire. Il a répondu que les hommes avaient moins de force dans les bras aujourd'hui qu'avant, et moins de force dans leurs âmes pour affronter la tentation. À l'intérieur d'une forge, il fait noir comme dans un four, mais le feu vous brûle les orbites. D'après lui, le bruit d'un marteau sur l'enclume rappelle le bruit d'une cloche d'église.

L'entrée se terminait là. Entre celle-ci et la suivante, écrite des semaines plus tard, Maggie avait quitté le foyer de Mme Carr. C'était une série de plaintes sur l'avarice de son employeuse, qui l'avait surprise en train de constituer des réserves de nourriture et l'avait jetée dehors. Elle ne revenait pas sur l'histoire du maréchal-ferrant qui était venu pour mettre de la tourbe de côté pour sa mère, et aucune allusion à Liam sauf pour dire qu'elle avait appris qu'il était en sécurité. Elle travaillait dans une usine et elle n'aimait pas le bruit ambiant. Elle voulait rentrer chez elle, mais ne le pouvait pas. Et elle ne donnait aucune explication.

Quand le club de lecture se dispersa, la bataille faisait toujours rage. Oliver et Susan n'avaient aucune pitié l'un pour l'autre. Hanna remarqua que Darina et Nell avaient décroché. En rangeant la salle de lecture, elle se dit que, au moins, la dispute avait été déclenchée par le livre dont ils étaient censés discuter. C'était un progrès énorme par rapport aux semaines précédentes.

Conor était le dernier à quitter la bibliothèque. Mademoiselle Casey avait filé juste après la fin de la séance, ce qui l'arrangeait bien, parce qu'il espérait voir Aideen après le travail. Une fois tout le monde parti, il avait fermé à clé et s'était éloigné avec désinvolture. Il voulait emmener Aideen quelque part et lui offrir la bague. Ce matin, il s'était dit qu'il était grand temps de se jeter à l'eau. Il la trimballait partout depuis plus d'une semaine, attendant l'occasion parfaite, mais à ce rythme, ils recevraient tous les deux leurs pensions de retraite avant d'être fiancés.

À dix-sept heures trente précises, Ameena passa la tête. Elle avait fermé la boutique, et ne travaillait pas le lendemain. Elle le verrait donc à sa reprise. Dès qu'elle fut partie, Conor traversa l'espace d'exposition pour inspecter rapidement la boutique. Si on oubliait de fermer quelque chose, l'alarme devenait folle quand on l'enclenchait. Aussi vérifiait-il toujours portes et fenêtres. Ameena était quelqu'un de fiable, mais il n'y avait aucun mal à passer derrière elle.

Quelques secondes plus tard, après avoir interpellé Jimbo dans la cour pour lui demander de surveiller la bibliothèque, il se précipita sur Broad Street derrière Ameena. Celle-ci marchait à vive allure et sursauta quand il la saisit par le bras.

– Qu'est-ce qu'il y a ? J'ai oublié quelque chose ?

Conor acquiesça.

– Ce n'est pas grave, parce que je l'ai refermée, mais une des fenêtres de la boutique était restée ouverte.

Elle plaqua une main sur sa bouche.

– Non ! Je suis vraiment désolée ! C'était celle en hauteur ? Il faisait tellement chaud là-dedans, que je l'ai ouverte en arrivant.

– Ça n'a aucune importance, tout va bien, je vérifie toujours de toute façon. J'ai seulement pensé que tu pourrais t'en souvenir ce soir et te mettre dans tous tes états.

Avant même de comprendre ce qui lui arrivait, elle avait lancé ses bras autour de son cou. Sur le moment, il perdit l'équilibre, chancela sur le côté et l'attrapa par la taille. Ils se rétablirent en gloussant comme deux idiots. Puis, Ameena l'embrassa sur la joue et se retourna. S'il n'avait pas pris la peine de la rattraper, elle se serait rappelé la fenêtre au beau milieu de son rendez-vous.

Conor fit demi-tour et se frotta la joue là où elle l'avait embrassée. Malgré la circulation, il aperçut Aideen, debout sur le trottoir, devant l'épicerie. Rayonnant de joie, il traversa la route d'un bond.

Chapitre 42

Brian opta pour la version sépia. La lumière du soleil sur le visage d'Hanna vira à l'ambre et à l'ocre. Ensuite, il cliqua sur « Annuler » et observa ses cheveux et ses yeux s'animer et la bruyère derrière elle prendre des nuances violet améthyste et doré. Il garda les yeux rivés sur l'écran un instant. Puis, d'un simple clic, l'image passa au noir et blanc.

Repoussant la chaise du bureau, il prit une bière dans le réfrigérateur avant de saisir un carnet de croquis et une boîte de fusain. Il sortit sur le balcon. Son appartement donnait à l'ouest et le soleil couchant chauffait toujours le banc près la balustrade. Il s'installa dans un coin, adossé au mur, ouvrit la canette, tourna une page et choisit un bâton de fusain. La première grande courbe sur le papier restitua la forme de sa tête.

Ne pas décrocher son téléphone pour appeler Hanna était l'une des choses les plus difficiles qu'il ait jamais faites. Mais il devait tenir bon. Il lui avait dit la vérité dans le jardin des nonnes : les six mois qui avaient suivi la soirée de l'accident, il avait gardé ses distances parce qu'il n'avait su comment l'approcher. Leur séparation avait été trop compliquée. S'il avait franchi le seuil cette nuit-là, il savait qu'ils auraient fini ensemble dans un lit. Or à cette époque, elle était tellement sous le choc et épuisée, qu'il avait craint qu'elle ne le regrette. Même s'il s'était éloigné, il n'avait jamais eu l'intention de ne pas revenir. À présent, c'était différent. En prenant sa photo sur la falaise, il avait ressenti autre chose et cette impression s'était cristallisée le jour où ils s'étaient rencontrés à la bibliothèque de Carrick. Dans l'intérêt de chacun, il fallait qu'Hanna se décide. Il lui appartenait de faire le pas suivant. À elle seule.

Le visage d'Hanna apparaissait maintenant sur la feuille devant lui, les yeux écartés, le front large, ses cheveux noirs balayés par le vent. Il l'avait vue vieillir de dix ans en une nuit, quand Jazz avait eu son accident, et avait observé ses traits s'adoucir ces derniers mois. En effet, elle appréciait son travail, adorait sa maison et occupait une vraie place au sein de la communauté. Grâce à tous ces plaisirs, elle commençait à se détendre. Le soleil d'été avait bruni son visage et son corps s'était assoupli grâce aux heures passées dehors à jardiner.

Du pouce, il lissa les ridules autour de ses yeux. Il esquissa ses sourcils droits, inflexibles, avant d'ajouter le pli qui se formait entre eux chaque fois qu'elle était perturbée. Tendant la main pour attraper sa bière, il s'adossa contre sa chaise et contempla le visage de son dessin. Ce n'était pas l'expression ouverte et riante qu'il avait immortalisée sur la photo : c'était Hanna songeuse, grave, celle qu'il avait aimée en premier.

La canette de bière à la main, il fixa son regard sur l'horizon. Chaque soir où il s'asseyait là, il était conscient de sa présence dans le lointain. À quelques kilomètres, elle travaillait probablement dans son jardin ou était installée sur son banc au-dessus de l'océan, buvant un verre de vin. Parfois, il se demandait si elle pensait à lui. Et depuis le soir du vernissage, il tressaillait en se demandant si elle pensait à Malcolm. Ce n'étaient pas les costumes Armani de l'ex-mari ou son air d'ambassadeur cultivé qui le dérangeaient. Enfin, pas que ça. Ils partageaient un passé auquel personne ne pourrait jamais accéder. Et il avait la certitude que, pour le bien-être de sa fille, Hanna ne chasserait jamais Malcolm de son esprit.

Brian retourna à son dessin avec nervosité, esquissant les contours d'un collier. C'était le torque en argent orné du rectangle d'ambre qu'elle portait le soir où ils avaient discuté dans le jardin des nonnes. Un instant, le fusain hésita au-dessus de la page. Souriant, Brian prit conscience qu'une autre image s'était interposée entre son cerveau et sa main : la petite nonne replète en anorak gris qui avait dit d'Hanna qu'elle était la pire personne au monde pour prendre des décisions. Il n'était probablement pas le seul à être déçu. Hanna souffrait aussi. Mais cette idée ne le réconfortait pas pour autant. Il se sentait humilié quand des gens comme Conor McCarthy lui lançaient un regard entendu. Lui aussi détestait l'idée qu'on l'épie. Il était venu sur Finfarran après le décès de son épouse pour échapper aux regards de compassion.

Le fusain sur le papier ne pouvait rendre l'éclat de l'ambre et de l'argent. Il s'attaqua au regard, qui n'avait rien à voir avec celui de Sandra. Son expression grave était aux antipodes de l'éclat qui brillait dans les yeux de Sandra. Les fils argentés dans la chevelure noire d'Hanna rendaient le souvenir de son épouse étrangement jeune. Mais, à cette époque-là, elle était jeune – dix ans de moins que lui – et fragile comme un oisillon au moment de son décès. Aujourd'hui, il y avait Hanna, très différente et de cinq ans son aînée, avec son élégance massive et ses mains carrées, dépourvues de bagues. Ses doigts aux ongles sans vernis étaient la première chose qui l'avait attiré, en même temps que le port droit de ses épaules et le creux entre ses sourcils, qu'il aurait voulu effacer.

Brian avait atteint le moment critique où chaque ajout risquait de tout gâcher. Son esquisse était réussie. Derrière le regard circonspect d'Hanna, il avait su capter le sentiment de liberté et l'envie de rire qu'il avait vus en prenant cette photo. Son carnet de croquis à la main, Brian retourna à son bureau. Le portrait d'Hanna en noir et blanc le regardait sur l'écran, figé dans le temps, une main levée vers ses cheveux. Il cliqua de nouveau sur le premier des deux clichés pris sur la montagne. Il s'était détourné de l'océan et avait figé un instant d'immobilité totale, son visage calme et attentif, ses yeux clos. Au déclic de l'obturateur, elle les avait ouverts, surprise. Dans le champ au-dessus d'eux, une alouette avait chanté et loin en contrebas, sur les plages, les vagues évoquaient la soie bleu turquoise.

Des larmes lui piquaient les yeux. Brian referma brusquement son ordinateur portable. Puis il arracha son croquis du carnet, prit une autre canette dans le réfrigérateur. Plus tard, après avoir dîné et bu un café, il découpa à l'aide d'un couteau un support pour le dessin dans un morceau de carton gris, assorti à la peinture des fenêtres chez Hanna. Il pulvérisa du fixatif, inséra l'esquisse entre deux épaisseurs de carton ondulé qu'il assembla avec de l'adhésif. Il enveloppa le dessin de papier kraft et noua le paquet avec de la ficelle. Il avait presque fini d'écrire son nom et son adresse quand il s'arrêta. Dans leur intérêt à tous les deux, c'était à elle de faire le pas suivant.

Chapitre 43

Jazz conduisit jusqu'à ce qu'elle aperçoive l'embranchement vers la nationale, puis elle s'approcha du départ d'un sentier à l'herbe haute et aux haies broussailleuses. À l'évidence, aucun animal ni véhicule agricole ne l'avait emprunté depuis des semaines. Sachant que sa voiture ne gênerait pas, elle se gara tout près de la haie et décida de marcher sur le kilomètre et demi qui la séparait du pavillon.

Marcher sur la nationale en haute saison n'était ni plaisant ni relaxant, mais elle savait qu'elle était encore incapable de conduire, même si elle avait repris un peu confiance en elle. Elle se sentait mieux malgré tout. Beaucoup mieux. Grâce à Günther. Au départ, il s'était méfié de ses confidences et rétrospectivement, elle regrettait d'avoir employé le mot « secret » ; cela paraissait suspect. Elle voulait dire autre chose. Intimité. Un espace pour résoudre son problème. Impossible d'accroître sa confiance en soi sous les yeux de son entourage anxieux. Elle savait pertinemment que sa mère et ses grands-mères s'inquiétaient pour elle. Elles devinaient que quelque chose clochait, même si elles ne savaient pas quoi. Mais Jazz n'avait pas envie qu'elles en fassent toute une histoire, qu'elles essaient de l'aider à conduire, et l'idée même d'évoquer ses cauchemars à quiconque lui ôtait la parole. Même Günther n'en savait rien. Elle avait confiance en lui, cependant. Elle mettait littéralement sa vie entre ses mains.

Il était calme et d'une patience infinie. Il disait les choses telles qu'elles étaient. Elle était ébranlée, toutefois elle ne devait pas laisser cet état la définir. Il fallait qu'elle reprenne courage. Quand elle conduisait avec lui à ses côtés, Jazz avait l'impression de ressembler à Holly, ce jour-là, dans la remise : effrayée, mais ayant toute confiance en la force de Günther. C'était drôle d'aimer cette situation. Elle détestait que Susan s'approche avec ses manières de mère poule, ce qu'elle ferait sans aucun doute si elle était mise au courant. Face à l'efficacité de Susan, Jazz se sentirait deux fois plus inadaptée. Günther ne lui mentirait jamais, pas plus qu'il ne la ferait se sentir stupide ou perdue.

Ils avaient choisi des routes sans intérêt pour les touristes, car elles étaient moins fréquentées. Au fur et à mesure que sa confiance revenait, Jazz avait accepté de tenter les itinéraires plus près des plages et des falaises. Günther avait souri. Selon lui, partager la même route que les conducteurs de véhicules de location était le meilleur des défis : la plupart d'entre eux seraient sans nul doute plus nerveux qu'elle.

D'une certaine façon, c'était terrifiant, mais d'une autre, cela la rassurait. Et elle savait qu'avec Günther à ses côtés, elle ne blesserait personne. Une fois, elle s'était retrouvée derrière un touriste qui n'avait aucune idée de la largeur de sa voiture, et qui n'avait probablement jamais roulé à gauche. Après avoir avancé à une allure d'escargot, collé aux fossés, le chauffeur avait soudain accéléré et lui avait coupé la route en faisant une embardée, sans aucune raison apparente. Par instinct, Jazz avait eu envie de crier et de se couvrir les yeux, mais avec Günther pour copilote, elle avait réussi à réagir correctement. Quelques minutes plus tard, elle avait garé la voiture. Elle se sentait plutôt calme. Cette expérience avait marqué un tournant psychologique pour elle. Depuis lors, ses cauchemars s'étaient espacés et elle pouvait conduire des heures entières sans paniquer. La veille, Günther avait dit qu'elle emprunterait bientôt la nationale. À présent, en marchant d'un pas décidé vers le pavillon de sa grand-mère, Jazz sentit qu'il avait raison.

Louisa referma son livre. Le parfum des fleurs en pots flottant depuis la fenêtre ouverte était merveilleux et le fauteuil confortable qu'elle avait transporté du salon avec l'aide de Mary avait transformé sa chambre en une retraite fort plaisante. Mary, elle le savait, ressentait la même chose à propos de sa chambre. Et, à propos de sa cuisine aussi, qui mêlait des meubles des années 1980, un réfrigérateur gigantesque flanqué d'un autel en plastique consacré au Padre Pio, et un buffet en pin surdimensionné qui exposait sa vaisselle. La première fois, Louisa en avait presque eu le souffle coupé, mais son agencement était fonctionnel et très agréable. Avec son franc-parler si caractéristique, Mary avait mis les points sur les i dès le début. Elle avait déclaré que Louisa et elle avaient dépassé l'âge de se comporter comme des gamines en colocation. « Vous êtes mon invitée et la bienvenue, et je suis heureuse de vous recevoir, mais cette maison est la mienne et non la vôtre. »

Malgré ses manières, Mary n'était pas dépourvue d'imagination. Elle faisait preuve de perspicacité vis-à-vis des besoins d'autrui, bien qu'elle choisisse souvent de les ignorer. En réalité, Louisa en était venue à l'admirer. Chacune respectait l'espace intime de l'autre et les deux femmes appréciaient de se tenir compagnie. Pendant les quelques semaines écoulées, elles avaient pris l'habitude très agréable de partager les tâches ménagères et la cuisine. Il n'avait pas fallu longtemps à Louisa pour comprendre que, derrière son agressivité et son apparente excentricité, Mary supportait le veuvage avec résilience. Comme toute personne de son âge vivant seule, elle affrontait un futur effrayant.

Louisa posa son livre sur le rebord de la fenêtre et se leva pour contempler le jardin par la fenêtre. Elle était assise depuis une heure et sa hanche lui faisait mal. En réalité, les personnes âgées ont de bonnes raisons de se montrer égoïstes. Il leur faut épargner leurs forces non seulement pour gérer le chagrin, la déception et l'inquiétude, mais aussi les petits pépins physiques qui font partie du vieillissement.

Quand Louisa rejoignit Mary dans la cuisine, cette dernière préparait le glaçage d'un gâteau. Ni l'une ni l'autre n'avait vraiment évoqué son inquiétude pour leur petite-fille, mais chacune avait essayé, à différentes occasions, de s'asseoir et de discuter avec Jazz. Toutes deux avaient échoué. D'évidence, la jeune fille évitait de se retrouver en tête-à-tête avec l'une de ses grands-mères, et comme Mary l'annonçait, cette attitude n'augurait rien de bon. « Je vais vous dire, le problème avec cette enfant, c'est qu'elle ressemble beaucoup trop à sa mère ! »

D'une main experte, elle traça des traits parallèles en chocolat avec une poche à douille et se servit d'une fourchette pour les effiler. C'était la génoise préférée de Jazz, avec des couches de confiture préparée avec le cassis du jardin. Tom l'avait planté il y a des années et il donnait toujours une magnifique récolte, protégé des oiseaux par des filets.

Mary hocha la tête en regardant Louisa commencer la vaisselle. Elles étaient complètement d'accord : utiliser le lave-vaisselle pour un bol et quelques couverts était stupide. Les moules étaient déjà dans l'évier. Rien n'était plus facile à laver, si on les mettait tout de suite à tremper. N'était-ce pas terrible que le fils de Louisa ne tienne pas de sa mère ? Elle peinait à croire qu'une femme comme elle ait élevé un blanc-bec comme Malcolm. Toutefois, pour être honnête, il y avait pas mal de choses chez Hanna-Mariah qu'elle n'aurait pas voulu qu'on lui reproche.

Mary fit glisser le gâteau de la grille à pâtisserie sur un plateau. Elle se dit qu'il y avait un peu de Malcolm en la pauvre Jazz aussi. Cachottière comme son père et têtue comme sa mère, mais Dieu savait que c'était un cœur tendre. Ce mélange ne valait rien, quand on était jeune et perturbée. Et voilà la pauvre enfant qui leur rendait visite, parce qu'elle était trop gentille pour refuser ce plaisir à ses grands-mères, et trop maligne pour ne pas saisir cette chance d'éviter un tête-à-tête. C'était ce que Louisa avait dit quand Jazz lui avait envoyé un texto.

– Elle mise sur le fait que nous ne nous liguerons pas contre elle. Et je pense qu'elle a raison, je pense que ce serait trop.

Bien que cela ne soit pas dans sa nature, Mary devait lui donner raison. Elle se contenterait de lui servir du thé et de la faire asseoir dans le jardin. On ne pouvait pas la forcer à se confier. Mary éparpilla quelques cassis autour du gâteau en guise de décoration. S'il ne tenait qu'à elle, elle aurait probablement interrogé Jazz, puisqu'elle en avait l'occasion. Mais Louisa avait raison, et en plus, elle n'avait pas imposé son point de vue. Elle avait seulement exprimé son opinion, ce qui vous permettait de vous ranger à son avis ; et elle ne vous traitait pas comme une idiote.

Au moins, ce serait bon de revoir Jazz et de lui faire avaler un repas décent. Un peu plus tôt, Louisa avait préparé une énorme assiette de sandwiches : ceux au pâté et au saumon fumé que Jazz aimait ces derniers temps, ceux à l'œuf et à la tomate, avec de la mayonnaise, qu'elle adorait enfant. Mary avait fait des feuilletés à la saucisse aussi, les mêmes que ceux que Tom et Jazz dévoraient quand ils rentraient à la maison après avoir nagé ; le secret, c'était d'ajouter de la moutarde. Elles avaient dressé la table avec le service à thé des grandes occasions. Comme elle avait peur d'en avoir trop fait, elle n'avait pas mis de nappe. Et elle avait sorti le pot à lait habituel pour atténuer le décor.

Elle jeta un coup d'œil à Louisa qui accrochait le torchon. Toutes deux croisaient les doigts. Elles venaient à peine de s'asseoir à table que Jazz annonça qu'elle n'était libre qu'une heure.

– Susan est partie en vitesse se faire couper les cheveux, alors j'ai dit que je serais de retour pour aider Günther à mettre Holly au lit.

Mary se hérissa instantanément, car elle n'aimait pas du tout l'air de cette chanson. Elle voyait que Louisa l'incitait à la prudence, mais elle ne supportait pas d'imaginer Jazz traitée comme une bonne à tout faire. N'était-elle pas là-bas pour travailler à la maison d'hôtes, et non comme nourrice ?

– Tu sais quoi, ma fille ? Tu devrais faire attention ! Dieu sait ce qu'ils te feront faire la prochaine fois si tu tolères ce genre d'idioties. Assieds-toi et ne bouge plus jusqu'à ton heure de boulot !

Aussitôt, elle comprit qu'elle aurait mieux fait de ne rien dire. Jazz ne discuta pas, mais la fin du repas fut guindée. À peine une demi-heure après, elle repoussa son assiette et jeta un œil à sa montre. Louisa essaya de sauver la situation en papotant à propos du jardin. Mary aurait tout aussi bien pu la prévenir que ses efforts étaient vains. Jazz ressemblait comme deux gouttes d'eau à sa mère, prête à fuir chaque fois qu'elle se sentait acculée.

Au bout de dix minutes très gênantes pour toutes les trois, Jazz se leva et les embrassa.

– C'était sympa. Je suis heureuse de vous avoir vues.

Puis elle déguerpit à toute vitesse, comme si elle avait une meute de chiens à ses trousses. Et ses deux grands-mères sur le pas de la porte lui faisaient des gestes d'au revoir comme deux idiotes.

De retour dans la cuisine, Mary contempla la table. Le plat de roulés à la saucisse était intact et le magnifique gâteau n'avait pas été touché. Les mains tremblantes, elle rassembla les assiettes et regarda Louisa avec désarroi. Que se passait-il donc à la Forge ? Et pourquoi un père de famille ne pouvait-il pas mettre sa fille au lit tout seul ?

Chapitre 44

Agacée, la femme de la pharmacie avait dû parler plusieurs fois avant que Conor ne l'entende. Il ne prit conscience de sa présence qu'à l'instant où elle tapa sur le comptoir, et qu'elle lui demanda s'il était sourd. Elle avait un nez pointu et un horrible chemisier orange qui la faisait ressembler à une citrouille. C'était une de ces imbéciles qui recherchaient un « joli livre ». Dieu seul savait ce qu'elle entendait par là ou pourquoi elle ne pouvait le dénicher toute seule sur les étagères. Cette femme appartenait à un sous-ensemble de crétines, parce qu'elle voulait un joli livre pour son époux, qui, s'il était assez stupide pour épouser quelqu'un dans son genre, devait être passablement idiot lui aussi.

Conor se ressaisit et lui demanda poliment quel genre de livres son mari appréciait.

– Oh, mon Dieu, je ne sais pas. On dirait qu'il ne lit rien de ce que je lui apporte. Pour lui, venir ici est une perte de temps.

Conor s'efforça de rester calme et l'interrogea sur les passe-temps de son époux.

La femme le regarda d'un air dédaigneux.

– Il n'a pas de passe-temps. Il est dentiste.

Avec lassitude, Conor se leva et la conduisit vers le chariot des « Parutions récentes ». Peut-être trouverait-elle son bonheur parmi ces ouvrages. Avant qu'elle n'ait pu rouvrir le bec, il lui refila un livre dans les mains et battit en retraite dans la cuisine. Mademoiselle Casey n'aimait pas qu'il laisse le bureau sans surveillance, mais s'il devait supporter un instant de plus la citrouille, il allait exploser. Que diable s'était-il passé avec Aideen ? D'un air triste, il sortit son téléphone et jeta un œil à son dernier texto.

« Arrête d'apL et 2 paC arrête de ns embêter bríd et mwa arrête ça »

Conor se laissa tomber contre le plan de travail et mangea un biscuit à la vanille. La situation n'avait aucun sens, tout allait de travers.

Tout avait commencé le soir où il avait traversé la route, décidé à lui faire sa demande. Pour la centième fois, il essaya de se remémorer la soirée. Il avait laissé Ameena sur le trottoir après lui avoir parlé de la fenêtre. Puis, il avait aperçu Aideen devant l'épicerie. Elle était superbe dans une jupe rose et un petit tee-shirt jaune. À hauteur de l'abreuvoir, il avait traversé la route en esquivant les voitures. Puis, un camion chargé de balles de foin avait dérobé Aideen à sa vue. Cependant, elle se trouvait toujours au même endroit après son passage. Conor la rejoignit en courant. Il ne l'avait pas remarqué sur le moment, mais en y repensant, il se dit qu'elle était un peu pâle.

Depuis, il n'avait pas passé une nuit de sommeil digne de ce nom. Allongé jusqu'au petit matin, il s'était rappelé qu'elle était tendue et un peu étrange quand il l'avait embrassée. Rigide, c'était le terme. De toute façon, elle s'était comportée bizarrement le reste de la soirée. Il avait prévu de l'emmener en haut des falaises et de peut-être faire sa demande là-bas. En mangeant un autre biscuit, il fouilla tristement dans sa poche à la recherche de la bague. L'écrin était doublé de satin froncé, comme un cercueil, et la pierre bleue sur sa monture en or rouge avait la couleur exacte des yeux d'Aideen.

Étant donné l'état d'esprit d'Aideen le reste de la soirée, il avait renoncé à trouver le bon moment. La moitié du temps, elle n'était pas du tout avec lui. Il n'arrêtait pas de parler. Puis il s'était rendu compte qu'elle avait le regard dans le vague. À un moment, elle avait déclaré ne pas se sentir bien et il lui avait demandé si elle avait ses règles. Elle lui avait lancé un regard qu'il n'avait jamais vu auparavant.

La soirée entière s'était déroulée étrangement et elle était rentrée tôt. Puis, aux environs de minuit, il avait reçu le premier texto.

« dsl. Ça va pa marcher ns 2. Oublions ça »

Cela n'avait aucun sens, alors il l'avait appelée immédiatement. Mais elle avait éteint son téléphone. Depuis, on aurait dit qu'elle ne l'avait pas rallumé. Il avait téléphoné et envoyé des textos toute la nuit, il était passé chez elle au matin, mais en vain. Il avait essayé de la croiser dans l'épicerie. Il la voyait par la fenêtre, mais dès qu'il atteignait la porte, elle s'était volatilisée. Bríd se tenait derrière le comptoir pour lui annoncer qu'Aideen n'était pas disponible. Conor savait pertinemment qu'elle était là, dans la pièce où on accrochait les manteaux. Une fois, il s'était posté dehors pour l'attendre à la fin de son travail. Bríd était sortie.

– Écoute, est-ce que tu pourrais arrêter de la suivre partout ? Conor, elle ne veut pas te voir.

Conor l'avait regardée, bouche ouverte comme un crétin. Bríd avait rougi, mais elle avait tenu bon. Puis, elle lui avait demandé de partir, sans rien ajouter.

Il n'avait pas abandonné pour autant, bien entendu. Pourtant, plus d'une semaine s'était écoulée. Il avait envoyé une lettre à Aideen pour lui demander des explications. Le lendemain, une réponse était arrivée sur une carte-lettre ornée de fleurs. Son cœur avait bondi en la découvrant, et quand il l'avait ouverte, il n'avait pu en croire ses yeux.

« Si tu ne vois pas, pas la peine que je te le dise. »

Il se trouvait dans l'étable et il avait hurlé comme si elle pouvait l'entendre.

– Bon sang, Aideen, qu'est-ce que tu nous fais ?!

Elle était là-bas, se comportant comme un personnage de feuilleton télé, et il était ici, sentant que son cœur avait explosé dans sa poitrine.

Le même sentiment enfla dans sa gorge et il s'étouffa avec le biscuit sec. Tandis qu'il toussait, la pharmacienne tapa à la porte de la cuisine.

– Je n'arrive pas à me décider entre ceux-là.

Elle tenait deux ou trois livres. Parmi ses choix, deux s'avéraient complètement dingues : *Le Docteur Jivago* et *Sourires de loup* de Zadie Smith. Conor serra ses mains l'une dans l'autre, il vit ses articulations blanchir et se demanda s'il allait la tuer. Puis il recracha des miettes de biscuits dans l'évier et la reconduisit au bureau.

Chapitre 45

Le fenouil qui s'était transplanté à l'autre bout de la maison arrivait presque à hauteur d'épaule et les digitales sauvages qui se regroupaient au niveau du portail avaient disséminé leurs fleurs violettes sur le chemin. À son retour du travail, Hanna détacha quelques feuilles de fenouil. L'un des retraités de Knockmore lui avait donné deux maquereaux qui se marieraient bien avec une farce parfumée au fenouil. Ce soir, elle prévoyait d'en déguster un, assise dehors. L'été s'était complètement installé à présent, et récemment, elle avait traîné sa table de jardin, confectionnée avec le pied de la machine à coudre de Maggie, tout près de son jardin de rocaille en pleine croissance. À sa grande satisfaction, les herbes aromatiques gardaient les mouches à distance. Ces dernières semaines, elle avait dîné là-bas, dans une heureuse solitude, entourée des odeurs fortes de citronnelle, de menthe et de basilic, et des senteurs plus doucereuses du romarin et du thym citron.

Elle déposa le fenouil près de l'évier et le maquereau au réfrigérateur, puis partit se doucher et se changer avant de se mettre aux fourneaux. Louisa lui avait rapporté un savon de Londres, parfumé aux huiles essentielles. Il était moucheté de fleurs de lavande violet foncé, et il épousait à merveille la forme de la main. La minuscule salle de bains construite par Fury était éclairée par un vélux installé sur le toit incliné. Hanna apercevait le ciel quand elle était debout dans la douche. Elle n'avait plus rien à voir avec le tub en étain utilisé par Maggie, qu'elle accrochait en principe à un clou derrière la porte de l'ancien appentis. Enfant, elle avait demandé une fois à Maggie où elle trouvait de l'eau chaude pour le remplir et Maggie s'était moquée d'elle car Hanna ne savait pas qu'on chauffait l'eau sur le feu. Les serviettes de Maggie étaient élimées et rêches, mais agréables malgré tout. Elle les mettait à sécher sur un buisson où elles s'imprégnaient du parfum des ajoncs.

En nouant la ceinture de son kimono, Hanna se dit que la texture et l'odeur de la lessive séchée au soleil faisaient partie des joies de vivre dans cette maison. Mary Casey profitait de son énorme lave-linge séchant qui grondait chaque soir dans la buanderie, à côté de la cuisine. Le plus souvent possible, pour sécher les draps et les vêtements, Hanna suivait le système instauré par Maggie : dehors, sur une corde à linge ; quant aux serviettes, elle les étendait sur un buisson. En souvenir du bon vieux temps, elle sortit sa serviette près du massif d'ajoncs et l'étala sur les branches épineuses et les fleurs aux senteurs de noix de coco. Même en début de soirée, le soleil et la brise tiède la sécheraient en un rien de temps.

Lorsqu'elle se retourna pour rentrer, elle constata que ses fenêtres avaient besoin d'être nettoyées. Une fois encore, le vent de l'océan avait recouvert les carreaux d'une couche de sel. En regardant les panneaux de verre, assombris mais encore translucides, elle songea aux maisons en rondins, avec leurs fenêtres fabriquées dans des certificats de mariage graissés pour laisser entrer la lumière. Cette fois, elle se souvint où elle avait lu ces informations. C'était dans la trilogie de Conrad Richter : *Les Arbres*, *Les Champs*, *La Ville*. Elle l'avait d'abord trouvée à Londres, quand Jazz était toute petite. Elle s'était passionnée pour la saga de la famille Luckett, qui avait émigré de Pennsylvanie jusqu'à l'Ohio au lendemain de la guerre d'indépendance américaine. À l'époque, le travail de Richter sur la langue l'avait fascinée, ainsi que les tentatives épiques de cette famille très unie « qui suivait les bois comme certaines familles suivent la mer ». Aujourd'hui, il lui apparaissait que l'héroïne, Sayward, ressemblait beaucoup à Maggie Casey. Une femme déterminée et perspicace, élevée dans la pauvreté et le dur labeur, enfermée dans un silence têtu. Et toutes deux avaient survécu à des changements extraordinaires. C'était pour cette raison que ces romans l'avaient captivée. Elle les avait dévorés tous les trois à la suite. À la fin du troisième livre, Sayward, qui avait vécu jusqu'à un âge avancé, gisait sur son lit de mort, son plus jeune fils assis près d'elle. Ils n'avaient jamais été proches, et pendant des années, c'est à peine s'ils avaient communiqué. En regardant le visage de sa mère, sombre et implacable, comme s'il était gravé dans du chêne, il prenait conscience des nombreuses questions qu'il souhaitait lui poser. Mais elle se trouvait déjà dans un coma profond et il était trop tard.

Pendant qu'Hanna hachait du fenouil, râpait du citron et émiettait du pain pour farcir le maquereau, elle se rappela la librairie d'occasion sur Charing Cross Road, où elle avait acheté *Les Arbres*. C'était étrange de l'avoir acheté, parce que comme Oliver, elle avait été plutôt déçue par sa jaquette poussiéreuse. Après sa lecture, elle avait senti qu'il aurait fallu un Dürer ou un Peake pour proposer des illustrations adéquates. L'évocation austère de la lumière et de l'espace, la conscience aiguë du personnage, et la famille avançant pieds nus en une seule file à travers l'épaisse forêt. Elle ne savait pas où se trouvait cet exemplaire aujourd'hui. Tout ce dont elle se souvenait, c'était d'avoir jeté la jaquette sur le trajet jusqu'à chez elle. Les motifs abstraits qui ornaient la toile de jute recouvrant la couverture cartonnée l'avaient ravie pendant des années. Ils ressemblaient à un couvre-lit fait main, ou à un échantillon de lin : ces choses qui, comme Brian l'avait dit, se décomposaient au fil du temps.

Elle n'avait pas eu de nouvelles de Brian depuis leur rencontre à la bibliothèque. Chaque fois qu'elle pensait à lui, elle se sentait démunie. Et atterrée. Elle avait peut-être pris sa patience pour acquise au point de supposer qu'il réapparaîtrait bientôt, qu'il s'encadrerait dans une porte, lui sourirait et agirait comme si tout allait bien. Si c'était le cas, elle avait eu tort. C'était à elle de faire le prochain pas.

Après avoir savouré son dîner, elle déplaça sa chaise face au soleil couchant et se replongea dans le livre de Maggie, un verre de vin blanc posé près de son coude. Après l'entrée du 23 septembre suivaient d'autres pages anecdotiques : des listes de courses, des relevés de ses économies et des couplets de chansons populaires soigneusement retranscrits. Elle survola Gershwin et Irving Berlin, et tomba sur des pages avec des bandes de papier et des coins déchirés, comme si Maggie avait récupéré du papier dans le journal au gré de ses besoins. Plus loin, une publicité découpée dans le *Liverpool Daily Post* proposait « des corsages à des prix très compétitifs ». Elle était attachée au cahier jauni avec une épingle qui avait laissé des marques de rouille sur la page. À l'entrée suivante, le jour n'était pas indiqué, seulement le mois et l'année.

Décembre 1920
Ils sont sur le point de brûler le centre de Cork. Les journaux ici disent que les garçons dans les collines ont mené des représailles à cheval. Dans une lettre, Lizzie m'a annoncé que son frère est mort. Elle n'a rien dit du tout sur Liam et je crois que si elle avait entendu quelque chose de mauvais elle m'aurait prévenue. J'envoie tout le temps quelques sous à Mme Donovan, mais il n'y a toujours aucun mot de Maman. J'ai dû envoyer une

demi-douzaine de cartes postales et je me demande si elles sont posées sur la cheminée. Madame D dit que Maman n'a pas le cœur à écrire, mais elle est contente d'avoir l'argent. Je ne sais pas si c'est vrai. Seigneur, j'espère que je pouvais faire confiance à Paud. Seigneur, j'espère que j'ai bien su à qui faire confiance. On ne peut jamais être sûr.

Hanna regarda fixement le champ à côté de la maison, au-delà des murs d'enceinte. D'après Fury, il avait appartenu aux Donovan, et leur maison s'était dressée là, aussi. La maison et ses propriétaires avaient disparu à l'époque où Hanna s'occupait de Maggie, pourtant, elle se rappelait des bâtiments en ruine là-bas, quand elle était petite. Il est probable qu'elle retrouverait les murs éboulés sous les ajoncs. Les Donovan, lui avait dit Fury, avaient quitté Finfarran pour l'Amérique pendant la guerre civile. Maggie n'avait jamais dit un mot à leur sujet, et enfant, Hanna n'avait jamais pensé à l'interroger. En tournant les pages, elle se rendit compte qu'il ne restait qu'une seule entrée au journal. Les pages restantes contenaient des listes d'adresses d'employeurs potentiels, des horaires de train de Liverpool à Londres, et un croquis dessiné à la main d'une pierre tombale avec les mots : « Seán Keogh. RIP[1] ».

Le frère de Lizzie était mort à la guerre, tandis que Liam avait survécu. Obéissant à la discipline qu'elle s'était imposée, Hanna referma le livre et reporta son

1. Requiescat in pace (« repose en paix »).

attention sur l'horizon. Jusqu'au dernier jour de sa vie, Maggie Casey s'était cramponnée à son indépendance, alors que les membres de sa famille avaient hâte de la savoir en sécurité dans une maison de retraite. Mary ne voulait pas uniquement se débarrasser d'une personne agaçante. Tom aussi était tourmenté par le sort de sa tante. C'était lui qui l'avait découverte un matin, en lui apportant le journal : elle était tombée ou avait eu une attaque en descendant au puits.

Hanna se rappelait vaguement les chuchotements qui circulaient lors des funérailles : des voisins s'accordaient sur le fait que grâce à Dieu, c'était Tom qui l'avait retrouvée et non « l'enfant ». Elle comprit plus tard qu'ils parlaient d'elle. Maintenant, pour la première fois, elle se demandait comment les choses se seraient passées si elle avait trouvé le corps. Pas seulement pour elle, mais pour ses parents. N'avaient-ils jamais envisagé cette possibilité quand ils avaient fait d'elle l'aide à domicile de Maggie ? Qu'est-ce qui aurait changé si les choses s'étaient déroulées ainsi ? Elle savait que son père se serait reproché d'avoir cédé à sa mère. Mary aurait-elle été capable d'accepter sa part de responsabilité ?

Hanna finit son verre de vin puis se leva. Inutile de regarder en arrière et de critiquer le passé. Maggie répétait toujours : « Si les si et les mais étaient des marmites et des poêles, les rétameurs n'auraient plus de travail. » Et il n'y avait aucun intérêt à blâmer qui que ce soit. D'une génération à l'autre, partout dans le monde, la plupart des familles faisaient du mieux possible.

Chapitre 46

Les cauchemars revenaient moins fréquemment à présent, et Jazz avait moins peur de conduire. Cette nuit, elle peinait à se rendormir, uniquement à cause de l'éclat trop vif de la lune. Elle s'était éveillée d'un profond sommeil. Les rayons de l'astre tombaient pile sur son oreiller. Une fois debout, elle était allée regarder la nuit au-dehors. Chaque arbre de la forêt ressemblait à une gravure en argent. La terre sous sa fenêtre remontait doucement vers une épaisse ceinture de fougères qui traçait la démarcation entre la forêt et le champ derrière la forge. Quand ils avaient acheté la propriété, Günther et Susan avaient planté des pommiers dans le champ, et maintenant, en se penchant à la fenêtre, Jazz distinguait de petites grappes de fruits brillant sur les branches. Aucun souffle d'air.

Récemment, Holly s'était mise à réclamer une histoire du soir. Elle voulait que Jazz la lui lise, parce que sa maman n'avait pas le temps. Susan lui avait fait remarquer que Jazz était là pour les aider avec les clients.

– Elle n'est pas ici pour te courir après, alors arrête de la harceler.

Jazz répondit que cela ne la dérangeait pas. Elle lirait une histoire courte à Holly pendant que Susan mettrait à jour les e-mails des fournisseurs.

– Si ça peut te rendre service. Puis, l'un de vous pourrait venir lui dire bonne nuit.

En général, Günther passait une tête à la porte d'Holly à l'heure du coucher. C'était à peu près la même chose quand Jazz était petite. Sa mère lui lisait une histoire, puis son père entrait et l'embrassait pour lui souhaiter une bonne nuit. Ensuite, ils sortaient de la chambre ensemble et elle baignait dans un sentiment de sécurité.

Dans l'étagère de Holly, Jazz avait trouvé un recueil de contes de fées : les préférés de la petite fille. En se calant dans le creux du bras de Jazz, elle avait déclaré dans un murmure rauque que les meilleures histoires étaient celles des princesses. Au fil des pages, Jazz avait trouvé *La Reine des abeilles*.

– Et si on lisait celle-là ? Tu la connais ?

Jazz la connaissait. Dans son album pour enfants des frères Grimm, *Contes de l'enfance et du foyer*, elle était illustrée par une gravure en couleur montrant trois princesses vêtues d'écarlate, avec de longs cheveux tressés de guirlandes de perles. À l'époque, effrayée par les images sombres du livre, elle n'avait pas réussi à comprendre pourquoi le motif principal était une abeille brillante.

Il s'agissait d'un conte sur l'avidité.

– « Trois frères entreprirent un voyage, au cours duquel le plus jeune empêcha ses aînés de blesser des créatures rencontrées en cours de route. Puis, ils arrivèrent dans un château enchanté dont les habitants avaient été changés en pierre. Un petit homme gris rejoignit les frères à l'entrée. »

Holly baissa les paupières.

– Qu'est-ce qu'il leur a dit ?

En la bordant, Jazz continua à lire.

– « L'homme confia aux frères des missions susceptibles de rompre l'enchantement. La première consistait à ramasser un millier de perles, éparpillées dans une forêt profonde. La deuxième à trouver la clé de la chambre à coucher des princesses. La troisième à identifier la plus jeune des princesses, alors qu'elles étaient toutes trois identiques. »

– Qu'est-ce qui s'est passé ensuite ?

Voyant que la petite fille était à moitié assoupie, Jazz résuma le reste de l'histoire.

– Les frères plus âgés étaient méchants et cruels, si bien que personne ne voulait les aider. Ils échouèrent donc à accomplir leurs tâches. Mais le plus jeune demanda l'aide des créatures qu'il avait protégées. Alors les fourmis trouvèrent les perles pour lui. Des canards lui rapportèrent la clé du fonds d'un lac sombre. Et la reine des abeilles identifia pour lui la plus jeune princesse.

– Comment ?

– Toutes les princesses avaient savouré quelque chose de sucré avant de s'endormir. La plus âgée avait eu du sucre, la deuxième du sirop et la plus jeune du miel. La reine des abeilles la choisit et tout rentra dans l'ordre.

– Est-ce qu'ils se marièrent, vécurent heureux et eurent beaucoup d'enfants ?

La voix de Holly était sourde comme le bourdonnement d'une abeille. La porte s'était ouverte et Günther leur souriait. Jazz avait fermé le livra et répondu que oui, bien sûr, ils se marièrent et vécurent dans le château pour toujours ; et ils appelèrent leur petite fille Holly. Elle avait souri à Günther, qui s'était penché pour embrasser Holly. Jazz l'avait embrassée aussi avant de quitter la pièce. À l'instant où Günther éteignait la lumière, Holly s'était rassise dans son lit, agressive et complètement réveillée.

– Mais la princesse n'était pas endormie du tout, tu le sais très bien. Tu as dit qu'elle avait été transformée en pierre.

Susan considérait la fin de soirée comme le meilleur moment pour s'occuper de la paperasse. Entre la maison d'hôtes, les chèvres et sa famille, elle gérait plusieurs dossiers en même temps et avait des comptes à mettre à jour. Une fois tout le monde couché, elle pouvait s'y attaquer sans être interrompue.

Cette semaine, la plupart des clients étaient des randonneurs, aussi avaient-ils tendance à aller au lit assez tôt et à se lever aux aurores. Il fallait que Günther se lève très tôt le lendemain matin pour préparer les petits-déjeuners et Jazz savait déjà dans quelles chambres changer les draps et le linge et lesquelles nettoyer. Le matin, Susan jonglerait avec les commandes de fromage de chèvre à envoyer à des clients et les provisions hebdomadaires pour la cuisine de la pension, qu'elle commanderait à distance.

Un peu plus tôt dans la soirée, Holly s'était montrée difficile à calmer, elle pleurait sans raison et voulait qu'on laisse sa lumière allumée. Mais à présent, elle dormait à poings fermés. Susan avait éteint les lumières du rez-de-chaussée. Petit à petit, les clients avaient fait de même dans leur chambre à l'étage. Günther était allé se coucher, sur les conseils de son épouse.

– Je fais une petite heure d'ordinateur, puis je te rejoins. Tu sais bien que je dors deux fois mieux si je déblaie un peu de travail.

Il l'avait embrassée. Si elle veillait trop, il descendrait la chercher, avait-il précisé. Et il l'aurait fait, il était si gentil. Mais il était aussi épuisé qu'elle, et c'était lui qui commençait le plus tôt.

Les recettes étaient remarquables. Comme elle l'avait espéré, le reportage télé avait changé la donne, attirant des clients d'Allemagne et d'Autriche, où le programme avait également été diffusé. Le flot de clients fidèles avait continué à se développer lui aussi. Les gens qui avaient découvert *L'Ancienne Forge* dans les premières années se sentaient un peu responsables de son succès croissant. Parmi eux, certains étaient farfelus bien entendu, mais dans l'ensemble, c'était agréable de revoir d'anciens visages, et de sentir que vos clients vous soutenaient. Susan se réjouissait de ses futurs projets de vacances en famille, qui étaient toujours en bonne voie.

En regardant les chiffres, elle se dit qu'elle pourrait, maintenant, réserver sur Internet la croisière sur le Rhin. Ce serait une charmante surprise pour Günther, à qui elle n'en avait pas encore touché mot. D'un autre côté, cela n'avait pas vraiment de sens. Si le projet impliquait de laisser Holly chez ses grands-parents à Freudenstadt, il n'était pas correct de choisir des dates sans les consulter au préalable. Elle avait mis un marque-pages sur le site dans son navigateur, et alors qu'elle devait travailler, elle s'autorisa un coup d'œil furtif. Les bateaux étaient splendides, blancs et luxueux, avec des lignes pures, et les cabines privées paraissaient tout droit sorties d'un film. Susan était parfaitement consciente de l'effet d'un objectif fisheye sur une photo, d'ailleurs le glamour s'étendait même aux passagers de la croisière : le teint hâlé, vêtus de vêtements de créateur. Il s'agissait de mannequins bien entendu, et elle savait que les chambres avaient été soigneusement éclairées pour les photos, mais tout ce qu'elle voyait, c'était Günther et elle en train de se prélasser et de boire du champagne. Par professionnalisme, elle s'était sérieusement renseignée sur la compagnie de croisières. N'importe qui pouvait voir qu'elle proposait un merveilleux voyage. Pratiquement toutes les remarques des passagers s'accompagnaient de quatre ou cinq étoiles, et de nombreux auteurs spécialisés dans les voyages avaient rédigé des articles dessus. Le champagne se résumerait probablement à une seule coupe au moment d'embarquer, et la plupart des passagers seraient en tee-shirt et short, mais au moins ce ne serait pas des retraités peinant à marcher. C'était le choix parfait pour une escapade romantique avec une pointe de luxe. Günther et elle avaient travaillé dur pour la mériter.

En attendant, il fallait qu'elle poursuive la gestion de ces fichus comptes. Elle ferma le site et cliqua sur un dossier intitulé « TRUCS DE CHÈVRES », puis elle tendit la main vers la tasse de café à côté d'elle. Une heure plus tard, son téléphone sonna, Günther l'appelait de la chambre.

– Tu ne dors pas ?

– Non, je lisais. Tu viens te coucher ?

– Dans dix minutes.

– Fais ça en cinq.

– Tu seras endormi d'ici là.

– Non, ça je ne crois pas.

Susan rit doucement, se déconnecta et monta à l'étage.

Chapitre 47

Sur le chemin du *Café du jardin*, Louisa fit un détour par la boutique de souvenirs. Elle était censée rentrer bientôt dans le Kent et souhaitait remercier Mary avec une carte. Elle sentait qu'elle aurait du mal à partir, et pas seulement parce qu'elles avaient apprécié de passer du temps ensemble. Toutes deux s'inquiétaient toujours pour Jazz.

Ameena Khan, qui se trouvait derrière le comptoir, lui montra un présentoir de cartes postales. Louisa examina une série de détails floraux extraits du psautier, et choisit un bouquet de bourgeons et de roses rose foncé qui se détachaient sur un fond bleu saisissant. L'illustration représentait un bon compromis entre la beauté vive du manuscrit et le style exubérant de Mary. Alors qu'elle payait les cartes, elle sourit en pensant au papier peint qui recouvrait sa chambre au pavillon. Bien qu'elle n'ait rien laissé paraître quand elle l'avait découvert à son arrivée, elle avait été horrifiée ; et cette première nuit, la vue de son peignoir imprimé de roses étalé sur sa couette de couleur vive l'avait fait grimacer. Même aujourd'hui, elle se sentait plus à l'aise en contemplant le jardin conçu par Tom, le dos tourné aux couvre-lits de couleurs criardes et aux murs roses de Mary ; mais personne ne pouvait nier l'énergie et la chaleur qu'ils dégageaient. Pas plus qu'on ne pouvait nier la cordialité des inconnus qui vous saluaient dans la rue. Il lui avait fallu un moment pour s'y habituer, ainsi qu'aux hochements de tête et signes de la main des conducteurs sur la route. Mais, aujourd'hui, cela allait lui faire tout drôle de retourner à sa vie dans le Kent.

Tandis qu'elle approchait de la fontaine, avec un verre de thé glacé à la menthe, elle aperçut Saira Khan qui travaillait à l'un des parterres d'herbes près d'un banc en bois usé. Longeant le bassin en granite, où l'eau jaillissait de fleurs, tout autour des pieds de saint Francis, Louisa s'approcha pour la saluer.

Saira leva la tête, surprise.

– Louisa ! Comment allez-vous ?

– Je vais très bien. Cela me fait plaisir de vous voir. Puis-je m'asseoir ?

Saira épousseta la terre de ses mains et fit un geste accueillant en direction du banc.

– Bien sûr. Venez discuter avec moi.

Louisa leva son verre de thé à la menthe.

– Auriez-vous envie d'un thé ?

Saira secoua la tête. Elle allait continuer à travailler, parce qu'elle était censée terminer bientôt. Mais il était agréable d'avoir quelqu'un à qui parler, pendant qu'elle désherbait le reste de l'aneth.

Louisa posa son verre sur le banc et s'assit avec une légère raideur, au plus près du parterre d'herbes. Saira, qui était agenouillée sur un coussin imperméable, se leva et le tendit à Louisa. Cette dernière secoua la tête.

– C'est très gentil à vous, mais je n'en ai pas besoin. Le banc est tout à fait confortable, c'est seulement la vieillesse.

En fait, le contact du bois chauffé par le soleil dans son dos était exquis. Elle se retourna pour regarder la plaque vissée sur la barre derrière elle. Elle était manifestement beaucoup plus récente que le bois sur lequel elle était fixée et une inscription à la peinture rouge ressortait sur le cuivre lustré : « Sœur Michael, née Sarah Cassidy, une travailleuse dans ce jardin ».

Saira s'agenouilla à nouveau et lui expliqua que sœur Michael était l'une des dernières nonnes à avoir vécu dans l'ancien couvent.

– Je ne l'ai pas connue, mais les bénévoles disent que c'était une femme sainte.

Elle plissa les sourcils et s'assit sur ses talons.

– L'un d'eux a dit qu'elle était fine comme un renard, mais je ne suis pas certaine de ce qu'il voulait dire.

– Je pense qu'en Irlande « fine » veut dire « pleine de ressources ». Sœur Michael n'a-t-elle pas participé à la campagne pour sauver la bibliothèque ?

Saira hocha la tête.

– Peut-être. Tout le monde ici se connaît si bien, parfois je n'aime pas demander. Je sais qu'ils respectent profondément son souvenir.

Elle regarda vers la rambarde qui entourait le cimetière des nonnes.

– Et j'aime qu'ils aient planté des œillets d'Inde sur sa tombe.

– Je crois qu'il s'agit d'une tradition musulmane ?

Louisa hésita, en proie au doute. Cela paraissait idiot, voire offensant d'ignorer quelque chose de fondamental. Cela dit, elle en savait aussi peu sur les rites de l'Église catholique.

Saira retira la terre de ses mains et jeta un coup d'œil vers le cimetière.

– Cela fait partie de la tradition hindoue, pas de la nôtre. Et comme ces nonnes, nous n'avons pas de pierres tombales volumineuses. Ma mère adorait les œillets d'Inde, malgré tout. Je pense à elle quand j'en vois. Elle disait que, tout comme les fleurs de jasmin, ils encourageaient l'amour. (Elle sourit à Louisa.) De nombreuses cultures les considèrent comme sacrés. Et ils renferment de nombreuses vertus médicinales. Et cosmétiques aussi.

– Des crèmes pour le visage et des shampooings, encore une fois ?

– Et de l'huile de massage. Là où j'ai grandi toutes les grands-mères en fabriquaient.

Elle vint s'asseoir sur le banc à côté de Louisa.

– Il faut que j'aille me laver les mains et me préparer pour aller chercher Ameena. On s'est dit que l'on rentrerait ensemble à pied, à la fin de sa journée.

– Je viens de la voir à la boutique. C'est une jeune fille vraiment polie et aimable.

– Ses professeurs disent toujours qu'elle est très intelligente. Elle va me manquer quand elle partira. Je ne pense pas qu'elle reviendra.

Saira allongea les jambes et s'adossa contre le banc avant de tirer son foulard orange vers l'avant sur ses cheveux foncés.

– C'est étrange de penser qu'elle est venue jusqu'ici depuis le lointain Pakistan, et d'imaginer qu'Ameena aimerait s'installer à Lissbeg. Même si je ne l'ai pas réellement imaginé. Seulement espéré.

– Qu'est-ce qui vous fait penser le contraire ?

– Je ne sais pas. Peut-être que je ne le pense pas, mais que je le redoute. Pourtant, je sais qu'il est inutile de la retenir. (Elle lança un regard à Louisa, soudain malicieuse.) Et peut-être que j'ai complètement tort. Depuis quelques jours, elle a un petit copain.

Louisa éclata de rire.

– Cela peut changer la donne.

– Et qui sait si c'est pour un bien ou un mal ? Ma mère m'aurait dit de laisser cela aux mains de Dieu.

Saira serra ses mains sur ses genoux.

– Quoi qu'il en soit, je suis heureuse d'avoir trouvé ce travail au jardin. Je n'ai jamais eu l'impression de m'enraciner en Irlande. Peut-être vais-je commencer par là.

Les racines. C'était le nœud du problème. Lorsque Saira se leva et partit rejoindre Ameena, Louisa sirota le reste de son thé. Personne ne pouvait blâmer Hanna d'avoir déraciné Jazz de Londres, et une fois que la fillette s'était installée à Finfarran, elle avait semblé bien se débrouiller. Elle adorait cet endroit depuis l'enfance, et elle était partie se former au métier d'hôtesse de l'air avec un groupe d'amis venus de Lissbeg. Plus tard, la colocation en France lui avait donné le goût de l'indépendance. Pourtant, au milieu de tout cela, Londres paraissait être son lieu d'ancrage. C'était son foyer, son lieu de naissance et là où elle avait grandi. À présent, ce sentiment de sécurité s'était évanoui. Les mensonges égoïstes de Malcolm l'avaient exilée de Londres, en même temps que son opération l'avait contrainte à quitter la France.

Et personne ne pouvait décemment blâmer Hanna. Là où une autre femme aurait été broyée par la trahison de Malcom, sa belle-fille était courageusement retournée à ses racines et avait recommencé sa vie. Malheureusement, la maison, dont chacun voyait qu'elle avait été une planche de salut pour Hanna, n'avait pas de place pour Jazz.

D'un point de vue pratique, cela ne posait pas de réel problème. Nul doute qu'il y aurait toujours une place pour Jazz au pavillon et que Malcolm lui aurait acheté volontiers une propriété n'importe où. Mais vivre avec Mary Casey n'était pas une solution. Connaissant la vérité au sujet de son père, Jazz n'accepterait jamais son aide. Elle avait besoin d'un projet qui l'enracinerait ici, à Finfarran. Qui lui ferait sentir que c'était son foyer.

De l'autre côté du jardin, les bénévoles qui avaient terminé leur travail riaient et papotaient autour d'un café. Pendant que Louisa les observait, un groupe arrivant du centre de l'ancien couvent les rejoignit. Parmi eux, elle reconnut l'encadreur qui travaillait avec Nell et la vieille Mme Reily, Trish, la jeune fille qui faisait les chocolats, et Phil, la responsable des ateliers du centre. D'après Hanna, la décision de transformer l'ancien couvent en plate-forme dédiée au développement du commerce avait modifié l'existence de ces gens. Jeunes ou âgés, issus de milieux radicalement différents, ils avaient exploité leurs talents et concrétisé leurs projets.

Un oiseau juché sur les fleurs en pierre du bassin s'envola, fit le tour de la fontaine et traversa rapidement le jardin pour se percher sur le dossier du banc. Sœur Michael, qui avait été fine comme un renard, gisait sous une pierre grise et des œillets d'Inde. Sans la moindre crainte, l'oiseau tourna la tête et fixa Louisa du regard. Celle-ci froissait une feuille de menthe entre ses doigts en réfléchissant à un plan.

Chapitre 48

La dernière entrée du livre de Maggie était rédigée au stylo-bille bleu et intitulée « Finfarran 1965 ». Hanna cligna des yeux quand elle lut la date : c'était l'année de sa naissance. L'écriture de Maggie ne faisait plus penser à celle d'une lycéenne. En tournant attentivement les pages, Hanna remarqua que, une fois encore, on en avait enlevé plusieurs avec une lame tranchante. Les pages manquantes précédaient immédiatement cette dernière entrée, qui commençait par trois phrases brèves.

> Tom est passé. Des cheveux noirs, hauts comme un râteau et pas une once de gras sur lui. C'est le portrait craché de Liam au même âge.

Plusieurs lignes blanches les suivaient. Hanna se laissa aller contre le dossier de sa chaise et s'émerveilla. Elle n'avait pas besoin de photo après tout, Maggie lui avait donné la réponse à ce qu'elle cherchait dans la bibliothèque de Carrick. Liam, le grand-père qu'elle n'avait jamais connu, était le portrait craché de son père, Tom. Elle fut submergée par une bouffée de chaleur. Elle posa le livre sur ses genoux et se demanda si Tom avait toujours su. Avec un père décédé quand il était tout petit, il avait dû être tributaire des souvenirs de Maggie. Mais elle pouvait se montrer aussi muette qu'une carpe, alors peut-être ne lui avait-elle rien dit.

Elle baissa les yeux sur le livre et poursuivit sa lecture.

> Les vaches m'ont manqué quand elles sont parties. Paud Donovan les a emmenées au marché de Lissbeg, trois jours après que Papa s'est fait tirer dessus. Les voisins ne pouvaient pas s'en occuper indéfiniment et je ne pouvais pas laisser Maman pendant la traite ou le temps de les conduire au champ. Je ne savais pas ce qui adviendrait de nous et Maman n'arrêtait pas de pleurer.
>
> Les voisins ont enterré Papa et Hannie. Je voulais aller à l'enterrement mais l'état de Maman a empiré quand on a emporté les cercueils de la maison. L'un des Donovan serait resté avec elle, mais elle a crié jusqu'à ce que je retire mon manteau. J'avais peur que Liam aille au cimetière, pourtant il ne l'a pas fait. Paud a dit que, selon la rumeur, il était retourné dans les montagnes. J'ai prié pour qu'il y reste.

La nuit où Papa s'est fait tuer, les Tans[1] ont laissé leur camion en haut de la route et sont descendus à pied à la maison. Si certains n'avaient pas été soûls, nous ne les aurions jamais entendus arriver. Seulement l'un d'eux est tombé quand ils ont contourné le mur pignon, juste avant qu'ils ne donnent un coup de pied dans la porte. Liam était dans la chambre avec son fusil et essayait de dormir. Nous autres étions autour du feu dans la cuisine quand on a entendu le bruit dehors.

Quand Papa a levé la tête et les a vus passer devant la fenêtre, il a fait tomber la lampe de la table. Puis quand ils ont défoncé la porte, il est sorti en courant, il est passé entre eux aussi vite qu'un taureau qui fonce dans un portail et il s'est dirigé vers le fossé. Le policier et deux ou trois des Tans se sont retournés pour lui tirer dessus et je pense que celui qui se trouvait dans la maison avec nous ne savait pas quoi faire. Quoi qu'il en soit, pendant une minute, il est resté planté là sans bouger. Puis, il a dû comprendre que la fuite de Papa était une diversion, parce qu'il est allé vers la porte de la chambre. Maman et moi avons essayé de l'arrêter, même si je me doutais bien que Liam avait déguerpi dès qu'il avait entendu le vacarme. J'écoutais dehors et j'ai entendu les coups de feu sur la route.

1. Les Black and Tans (les Noirs et Fauves) formaient une milice engagée par le gouvernement britannique dès 1920 afin de réprimer avec une grande violence les mouvements indépendantistes.

Mais Hannie a entendu les Tans tirer sur Papa et elle a couru derrière eux en passant par la porte d'entrée. Je ne pense pas que celui qui l'a touchée savait que c'était une enfant. Elle est arrivée dans son dos, dans le noir. Il a fait volte-face et a percuté la tête d'Hannie avec le bout de son fusil. J'étais sur le seuil, mais je n'ai pas pu arriver à temps.

Il faisait noir comme en enfer dehors, alors j'ai pensé que Papa s'était peut-être enfui. Les Tans ne sont pas allés dans les champs pour voir s'ils l'avaient touché. Quand le policier a vu ce qu'ils avaient fait à Hannie, et que les hommes qu'il avait laissés plus haut sur la route sont redescendus sans Liam, il a juré et ordonné que tous retournent au camion. Les voisins ont trouvé Papa au matin. Il avait fait le plus gros du chemin jusqu'au fossé lorsque la balle l'a touché au cou. Hannie a tenu jusqu'au jour d'après, mais le docteur a dit que son crâne était fracturé et elle est morte.

Il y avait encore un espace de quelques lignes et l'entrée se poursuivait dans une couleur différente.

Je crois que Maman a accepté l'idée que Liam s'était peut-être fait tuer. Deux garçons qui avaient rejoint les volontaires avec lui sont morts dans une embuscade en avril. Un autre est décédé après avoir été traîné derrière un camion par les Tans. Liam était son seul fils, mais si elle avait appris sa mort, je pense que Maman aurait pu le supporter.

Il était prêt à mourir pour l'Irlande et elle avait dit que c'était la volonté de Dieu. En revanche, elle ne s'est jamais attendue à ce que Hannie et Papa partent avant. Après coup, elle s'est dit que Liam ne serait jamais venu à la maison cette nuit-là s'il n'avait pas entendu dire qu'elle était malade. Elle était seulement embêtée par une toux persistante, mais quelqu'un avait dit à Liam qu'elle n'était pas en forme. Avant, ils étaient là-haut dans les collines au-delà de Cork, alors il n'aurait pas pu venir même s'il l'avait voulu. Seulement, en avril les gars ont reçu l'ordre de rentrer à Finfarran et ça l'avait rapproché de la maison.

Ils n'étaient de retour que depuis une journée quand il est arrivé. Il y avait une récompense sur sa tête depuis des lustres, grossissant à chaque embuscade. Il aurait dû avoir assez de jugeote pour ne pas nous rendre visite. Il était complètement cuit quand il est apparu à la porte, et on a seulement bavardé un petit moment avant qu'il ne descende à la chambre pour dormir. Maman avait fait du thé et des œufs à la coque. Il était maigre comme un clou. Liam n'avait pas vu Hannie depuis plus d'une année et il n'en revenait pas de combien elle avait grandi. Il avait un sucre d'orge dans sa poche pour son douzième anniversaire qu'il allait manquer, et elle a répondu qu'il avait manqué Noël et mes dix-sept ans aussi : où étaient les cadeaux ? Maman a ajouté que sa seule vue lui redonnait des forces, comme un second Noël.

Il était de bonne humeur cette nuit-là. Il a dit qu'il avait un bon commandant, il estimait qu'il pouvait résister pendant des mois s'ils avaient assez de balles. Selon lui, les Anglais s'enfuyaient, morts de peur, et ils devraient bientôt négocier. Et il avait raison, mais quand la fin est arrivée, c'était trop tard pour Papa et Hannie.

Hanna referma le livre. Hannie. Une petite sœur qui avait douze ans. Ses yeux posés sur la fenêtre à travers laquelle le père de Maggie avait vu les hommes approcher. La famille avait dû veiller tard, assise là cette nuit d'avril, s'il faisait sombre quand la porte s'était ouverte d'un coup de pied. Mais bien entendu, Liam ne se serait déplacé qu'à la faveur de l'obscurité. Peut-être les avait-il réveillés en arrivant et sa mère avait-elle ratissé les cendres avant de raviver le feu pour le thé.

Hanna jeta de la tourbe sur son feu et frissonna. Liam devait adorer sa famille pour avoir pris le risque de rendre visite à sa mère souffrante. Qu'avait-il ressenti par la suite, sachant que son père et sa petite sœur étaient morts à cause de cette visite, alors que lui avait survécu ?

Chapitre 49

Quelques minutes avant la fermeture, Charles Aukin pénétra avec nonchalance dans la bibliothèque suivi de près par Diablo. Étant donné son statut de bienfaiteur, Hanna ne formula aucune plainte, mais quand Fury arriva quelques minutes plus tard, elle lui dit à voix basse sur un ton implacable que les chiens n'étaient toujours pas autorisés à l'intérieur. Il réagit en faisant basculer Diablo par la porte d'entrée, du bout de sa botte.

– De quoi avez-vous peur, mademoiselle Casey ? Qu'il coure partout pour manger vos livres ?

Hanna l'ignora et reporta son attention sur Charles qui faisait un saut à la bibliothèque chaque fois qu'elle était censée tourner une page du psautier. D'après Fury, qui l'accompagnait en voiture jusqu'à Lissbeg, l'ouvrage lui manquait au château.

– Cela dit, je dirais qu'il y faisait à peine cas quand il l'avait. Mais le livre était là s'il lui prenait l'envie de le feuilleter rapidement un soir.

À cette pensée, Hanna avait grimacé. Elle-même ne touchait le psautier qu'avec une conscience aiguë de son grand âge et cela la choquait de songer aux générations Lancy qui l'avaient parcouru chaque fois que l'envie les prenait.

Avec Charles au coude à coude, Fury et Conor sur les talons, elle traversa la salle d'exposition, ouvrit la vitrine en verre, et tourna une page avec précaution pour révéler une nouvelle double page. Le texte sur la page de gauche était le Psaume 147 et l'illustration qui lui faisait face était d'une richesse éclatante, pareille à une boîte à bijoux. Conor réinitialisa les écrans interactifs tout autour. La semaine suivante, les visiteurs s'en serviraient pour zoomer sur les détails de l'illustration, lire les traductions des vers latins et, en cliquant sur d'autres écrans, explorer la version numérisée du psautier. Hanna s'apprêtait à faire un commentaire à l'attention de Charles sur le succès de l'installation informatique quand elle se souvint de la plaisanterie de Conor. Il lui avait dit qu'Aideen trouvait cela ennuyeux. Ces derniers jours, toute allusion à Aideen, aussi vague fût-elle, semblait le blesser. C'est pourquoi elle ne fit aucune remarque et regarda la page enluminée.

La page dépeignait un paysage rural sous des saisons variées. Les croupes musclées de trois énormes chevaux l'occupaient en grande partie. Deux avaient la tête baissée et contemplaient des touffes de pâquerettes. Le troisième regardait par-dessus son épaule vers la silhouette d'un petit maréchal-ferrant qui tenait un gros fer à cheval dans une paire de tenailles. Les champs alentour tissaient une toile de fond composée de verts pâturages, de maïs jaune et de neige sur le dos de moutons laineux. Mais le centre d'intérêt résidait dans le cheval qui regardait le maréchal-ferrant. Il était rendu dans un bleu pâle qui se détachait sur un embranchement gris et avait un strabisme plutôt réussi de l'œil gauche.

Fury, qui regardait par-dessus l'épaule d'Hanna, lança un petit rire admiratif.

– Qu'est-ce qu'il regarde exactement ici ?

Conor cliqua sur l'écran et trouva la traduction du psaume.

– Hum... « Il compte le nombre des étoiles »... Attendez... « Il prépare la pluie pour la terre... Il donne la nourriture au bétail... » Non, ça doit être ça. Ayant jeté un coup d'œil sur la suite pour voir s'il trouvait quelque chose de pertinent, il lut à haute voix le dixième verset. « Ce n'est pas dans la vigueur du cheval qu'il se complaît, Ce n'est pas dans les jambes de l'homme qu'il met son plaisir. »

Charles fit un clin d'œil à Fury.

– Rien ne vaut le portrait d'un laideron qui louche.

En voyant l'expression légèrement choquée de Conor, Hanna expliqua à la hâte que le manque d'intérêt du psalmiste concernant les jambes des hommes et la force des chevaux était sa façon de présenter un dieu de paix.

– Les guerriers montaient les chevaux dans les batailles, vous voyez, et les armées étaient entraînées à marcher sur de longues distances.

– Mais pourquoi le verset sur les chevaux était-il important ? Je veux dire pourquoi notre homme a décidé de peindre celui-ci au lieu d'un autre ?

Contente de le voir intéressé, Hanna répondit que, selon elle, cela participait de l'attraction exercée par le psautier. Personne ne savait pourquoi l'illustrateur avait fait ce choix spécifique. Peut-être aimait-il la musique du verset. Peut-être une partie de son devoir avait-elle un lien avec les champs du monastère. Les chevaux qu'il avait créés ressemblaient bien plus aux animaux de ferme qui étaient jadis rassemblés autour de l'abreuvoir sur Broad Street qu'aux chevaux de race des batailles de l'Antiquité.

Conor se pencha pour examiner le psautier et fut d'accord avec elle. Un percheron ou un Shire, dit-il, en montrant plus d'animation qu'elle ne lui avait vu depuis des semaines. Au bout de quelques instants, il retourna dans la bibliothèque d'un pas lent, l'air abattu. En verrouillant la vitrine, Hanna se retrouva près de Fury.

– Problème de cœur, je dirais.

Hanna grimaça.

– Quelque chose a mal tourné, je pense, mais je ne veux pas lui demander quoi. C'est si triste. Aideen faisait toujours un saut pour jeter un œil au psautier. J'imagine que c'est à cela qu'il pensait à l'instant.

– C'est une chose bizarre la manière dont ce machin signifie quelque chose pour chacun.

La même pensée avait traversé l'esprit d'Hanna.

– Vous croyez que Charles vient nous rendre visite parce que cela lui rappelle sa femme ?

Fury poussa un grognement moqueur.

– Je ne pense pas. Pour sûr, est-ce qu'elle n'est pas là-bas au château ? S'il veut se souvenir, il lui suffit d'aller sur sa tombe. Non, je dirais qu'un petit coup d'œil de temps en temps à un cheval bleu lui manque vraiment. C'était un déchirement, tu sais, de le céder. C'est ainsi que sont les riches, ils sont élevés pour se cramponner à leur butin.

Hanna secoua la tête.

– Les Lancy ont acquis le psautier de façon parfaitement légale. Ils l'ont acheté au temps de la Réforme. Ils ont même gardé le reçu.

– Et où crois-tu qu'ils ont acquis l'argent pour l'acheter ?

Elle sourit en se remémorant une ligne du journal de Maggie : « Je dirais qu'ils avaient toujours un paquet d'argent, et où l'avaient-il eu sinon en l'enlevant de la bouche du peuple ? » Elle la cita à Fury qui gloussa.

– Pour sûr, même un cheval qui louche serait capable de voir qu'elle avait raison.

Lorsqu'ils tournèrent les talons, Fury regarda en arrière et lui fit un clin d'œil.

– Et est-ce que Charles n'a pas eu raison de le rendre au peuple ? Peut-être qu'il a sauvé sa femme et lui-même de l'enfer.

En observant sa réaction étonnée, il rejeta la tête en arrière de plaisir.

– Bon sang, tu es la meilleure femme qui soit au monde, Hanna Casey, de mordre si facilement à l'hameçon !

Elle admit qu'il avait réussi son coup et lui fit une grimace.

– Alors vous ne croyez pas au châtiment divin ?

– Pas pour quelque chose d'aussi complexe que la colonisation. Je dirais que le Tout-Puissant se casserait les dents là-dessus. Et est-ce qu'on n'a pas expulsé ces pauvres casse-pieds au final de toute façon ? Et laissé toutes les magnifiques maisons que nous avions construites pour eux tomber en ruine.

Conor les rejoignit après avoir vérifié portes et fenêtres. Il avait l'air tellement déprimé qu'Hanna avait envie de le serrer dans ses bras. Elle se contenta de le regarder traîner des pieds tristement vers la cuisine pour aller chercher son casque et ses gants. Fury lui lança un regard oblique.

– Diable, les jeunes pensent que leurs ennuis dureront pour toujours ! Et le truc désespérant c'est que, quand ils n'ont pas le moral, ils prennent justement des décisions stupides.

Hanna le regarda, inquiète.

– Vous ne pensez pas que Conor va faire une bêtise ?

– Je ne dirais pas ça, non. Est-ce qu'il n'a pas une ferme et une famille à prendre en considération ?

Tandis qu'il quittait la bibliothèque, Fury mentionna en passant qu'il avait vu Jazz rouler quelques fois sur les petites routes en compagnie de Günther.

– Je leur ai fait signe et Diablo a aboyé, mais ils ne m'ont pas du tout remarqué.

Chapitre 50

Hanna n'aurait pas choisi du gris pour vernir ses orteils, mais sur les pieds bronzés de Jazz, c'était très joli.

– De mon temps, on restait bloquées sur le rouge écarlate.

– Qu'est-ce que tu veux dire par « de mon temps » ? Tu as encore de beaux jours devant toi.

– C'est une horrible expression. Et dans mon cas, c'est discutable.

– Eh bien, des gens ont encore le souffle coupé par tes choix audacieux. Je me souviens que tu étais la première à aimer la peinture grise.

– Sur des rebords de fenêtres, oui. Pas sur mes ongles de pieds.

Jazz arbora un grand sourire et sauta d'un rocher à l'autre, ses espadrilles à la main. Hanna la suivit avec plus de précaution, sentant les algues crisser et déraper sous ses talons nus. Elles atteignirent une crique abritée et remontèrent péniblement la plage de sable fin et argenté jusqu'au pied de la falaise. Jazz étala un sweat-shirt et s'assit. Elle remonta ses lunettes de soleil sur sa tête et cligna des yeux face au ciel sans nuages.

Hanna cala son dos contre un rocher et lui donna un petit coup de coude.

– Tout l'intérêt de porter des lunettes, c'est de protéger tes yeux du soleil.

– Les mères ne s'arrêtent jamais de titiller leurs filles et de faire ce genre de remarques ?

– Regarde ta grand-mère.

Jazz émit un petit rire et remit ses lunettes.

– Tu avoues donc lui ressembler ?

Hanna sortit de son sac le porte-documents en plastique.

– En fait, je pense que l'autoritarisme des Casey pourrait bien être d'origine génétique.

– C'est quoi ? Le livre de Maggie ?

Hanna acquiesça. Elle avait appelé Jazz la veille au soir et organisé leur virée à la plage pour lui remettre le livre. Dernièrement, Jazz s'était montrée si évasive et distante qu'Hanna s'était attendue à un texto annonçant qu'elle ne pourrait pas venir. Mais alors qu'elle sortait le livre du porte-documents, Jazz paraissait détendue.

– N'avais-tu pas dit que c'était un journal ?

– J'ai dit qu'il y avait des entrées comme dans un journal. Mais pas dans un ordre logique. Il y a d'autres trucs aussi. Et certaines pages ont été arrachées.

Jazz étudia la reliure.

– Pourquoi ?

– Qui sait ? Peut-être seulement pour récupérer le papier.

– Et elle l'avait enterré ? Pourquoi ? Parce que la partie sur les Black and Tans était triste ?

En la voyant feuilleter les pages, Hanna eut soudain envie de les protéger. Pour elle, le livre de Maggie et sa maison étaient des liens qui la reliaient à un passé fragmenté. Si Fury avait insisté pour conserver la couleur originelle du buffet et si Brian en savait autant sur la structure de la maison, c'est parce qu'ils partageaient un intérêt pour les époques passées. Et il en allait de même de son impression nouvelle sur la personnalité de Maggie, découverte dans les pages manuscrites. Des pages qui auraient pu disparaître si facilement. Mais cette conscience faisait défaut à Jazz. Bien qu'elle puisse trouver le livre intéressant, les liens n'existaient pas.

– Fais attention à ne pas le recouvrir de sable !

Elle avait parlé plus fort qu'elle ne l'aurait voulu, et Jazz parut légèrement surprise. Elle replaça le livre dans le porte-documents. Hanna sourit pour s'excuser.

– Je ne sais pas pourquoi elle l'a enterré. Oui, probablement à cause de cela. Les familles ne parlaient pas beaucoup à cette époque. Je veux dire à propos des Tans. Ou de la guerre civile.

Ou à propos de la jalousie de Mary et de la façon dont Tom l'avait supportée.

– Est-ce que Liam a aussi pris part à la guerre civile ?

– Je ne sais pas.

Hanna se faisait l'effet d'un perroquet.

– Cela paraît fou, mais vraiment, je ne sais pas. C'est tout le sujet, je pense. Ce qui est là est là et c'est tout ce qu'elle nous a laissé. Les espaces blancs sont peut-être arbitraires, ou choisis au contraire.

– « En temps de guerre sainte, les gens veulent protéger leurs enfants. »

À l'évidence, c'était une citation, mais Hanna ne la reconnut pas. Jazz fronça les sourcils avec ironie.

– C'est ce que tu m'as dit à propos de ton divorce.

Le silence se fit pendant que Jazz mettait le porte-documents dans son sac et qu'elles s'allongeaient côte à côte sous les rayons de la fin de journée. La chaleur s'infiltrait dans les os d'Hanna, et être ici avec sa fille, les savoir heureuses ensemble, la comblait. Elle tourna la tête.

– Tu sais, on pourrait dire que le livre s'étend sur cinq générations. Le père de Maggie était ton arrière-arrière-grand-père.

Jazz remua sa main dans le sable. Elle faisait s'écouler les grains sur ses doigts.

– C'est cool. Comment s'appelait-il ?

– John. Elle le nomme simplement Papa.

Quand elle avait terminé le livre, Hanna avait fait des recherches dans les relevés de recensement de 1901 et 1911 et elle avait trouvé les noms. Hannie était apparue en 1911, âgée de trois ans. Elle avait quinze ans de moins que Liam, qui avait lui-même dix ans de plus que Maggie. Selon les standards irlandais, c'était une petite famille, sans doute des frères et sœurs étaient-ils décédés. Mais c'étaient les seuls noms qu'Hanna avait trouvés. Elle aurait pu fouiller d'autres registres. Des certificats de naissance, de décès et des registres de mariages. Mais elle ne l'avait pas fait.

– Pourquoi ?

– Sans véritable raison. Toi, tu pourras aller plus loin. Comme ça, tu n'iras pas traîner dans la rue pendant ce temps.

– Non, sérieusement, Maman, pourquoi ? Ça ne t'intéresse pas ?

– En quelque sorte. Oui et non.

Comment expliquer son manque d'intérêt à faire défiler des informations en ligne par rapport à l'attraction exercée par le livre manuscrit ? Cela lui rappelait la réaction d'Aideen face au psautier : elle n'avait pas été intéressée par les écrans qui donnaient accès à tous les détails. Elle était attirée par l'idée de la plume qui courait sur la page. En se souvenant de Conor, Hanna soupira. Il était toujours replié sur lui-même et elle ne supportait pas de le voir aussi déprimé.

Jazz regarda vivement autour d'elle et plissa les yeux.

– Qu'est-ce qu'il y a ? Tu as encore ton regard de mère poule.

– Non.

– Mais si, tellement !

– OK, c'est bon, je pensais à Conor. Aideen et lui ont rompu.

– Oh, Maman, bon sang !

Hanna la dévisagea en proie à une authentique incompréhension. Jazz secoua la tête.

– C'est comme s'il fallait toujours que tu te stresses pour quelqu'un. Si ce n'est pas Papa, c'est Grand-mère Lou et si ce n'est pas elle, c'est moi. Et maintenant c'est ce foutu Conor. Ce dont tu as besoin, c'est une vie à toi.

Elle tendit le bras tout comme Hanna l'avait fait et lui donna un petit coup de coude dans les côtes. Puis elle sourit quand Hanna s'éloigna.

– Tu as raison, ça doit être génétique ! Mais, franchement, Maman, c'est vrai. Tu aimes ton boulot, tu as un endroit à toi, pourquoi est-ce que tu ne te détends pas un peu ? Demande à ce gentil Brian Morton de passer te voir et ouvre une bouteille de vin.

– Ça ne te dérangerait pas ?

– Mais pourquoi donc ?

– Eh bien, tu es toujours fâchée à propos de ton père.

– Ah, ben voyons ! (Soudain, l'accent anglais de Jazz disparut pour laisser place au pur parler de Lissbeg.) Veux-tu bien avoir un peu de bon sens ? Je n'ai plus six ans, Maman, et tu ne rajeunis pas. Tu n'as pas à mettre ta vie sur pause en permanence.

Hanna ignora l'écho de ces paroles avec celles de Brian. Elle s'assit et entoura ses genoux avec ses bras.

– Mais tu es encore fâchée, n'est-ce pas ?

– Si c'est le cas, c'est entre Papa et moi. Tu ne pourras pas veiller sur moi éternellement, Maman. Il faut que j'arrive à dépasser ça et à poursuivre mes rêves.

Hanna la regarda d'un air songeur, en se mordant la lèvre inférieure. Sous son air détendu, Jazz était toujours irritable et nerveuse. Peut-être même plus qu'auparavant.

– Tu ne te sens pas seule loin de tes amis ?

– Je vais bien.

– Et tu t'entends bien avec Susan ? Et avec Günther ?

L'espace d'une seconde, elle sentit Jazz se raidir à côté d'elle, et la voix de Fury résonna soudain dans son esprit. Il avait vu Jazz quelques fois rouler sur les petites routes avec Günther. Et, maintenant qu'elle y pensait, elle les avait vus elle-même une fois. C'était une journée brumeuse et elle n'avait aperçu la voiture qu'un bref instant, mais les larges épaules de Günther et ses cheveux blonds étaient reconnaissables entre mille. À cette époque-là, elle n'en avait rien pensé, mais à présent, elle reconnaissait le regard vide que Jazz avait l'habitude d'adopter quand, enfant, elle se faisait prendre. Puis, avant qu'elle n'ait pu parler, le regard enfantin se changea en agressivité d'adulte.

– Qu'est-ce que tu veux dire ?

– Rien du tout. C'est juste que… Je sais que je ne devrais pas m'inquiéter, mon amour, mais je veux que tu sois heureuse. Et prudente. Que tu fasses attention.

Elle ne savait pas ce qu'elle voulait dire, ni si le commentaire de Fury n'était qu'une simple observation. Mais soudain, Jazz fut sur ses pieds, balançant son sac sur son épaule et époussetant le sable sur sa jupe.

– Quelqu'un est venu te raconter des trucs, pas vrai ? A accouru pour colporter des mensonges.

– Quoi ? Non. Personne.

– Mince, Maman, c'est ignoble !

Hanna se releva avec difficulté, se sentant atrocement mal.

– Je ne suis pas en train de dire que tu as fait quelque chose de mal…

– Merci !

– C'est seulement que… Écoute, personne n'a répandu de ragots. Je t'ai vue avec Günther.

– Et… ?

Hanna eut l'impression qu'un gouffre s'ouvrait sous ses pieds. Puis, une expression qu'elle ne connaissait que trop bien adoucit l'émotion sur le visage en colère de sa fille. Cela aurait pu être Malcolm debout, là, en train de lui faire face, son esprit inaccessible derrière l'armure familière qu'elle l'avait vu revêtir au tribunal. Jazz se pencha pour enfoncer ses pieds dans ses espadrilles. Le vernis gris de ses orteils était recouvert de grains de sable brillants. Essayant toujours de saisir ce qui se passait, Hanna tendit la main.

– Écoute, ne t'en va pas. Il faut qu'on parle.

C'était une perte de temps et elle le savait. Parce que, quand Jazz se retourna pour partir, son esprit était déjà loin.

Chapitre 51

Même si *La Mercerie* et la bibliothèque étaient séparées par Broad Street avec sa circulation et son terre-plein central où se trouvait l'abreuvoir rempli de fleurs, elles étaient encore bien trop proches. Chaque fois qu'Aideen arrivait pour ouvrir l'épicerie, elle vérifiait son téléphone ou faisait semblant de chercher quelque chose dans son sac à main. Elle ne supportait pas de lever la tête de peur que Conor se trouve dans les parages. Et, le plus affreux, c'était que tous ceux qui la connaissaient savaient ce qui se passait. Bríd avait plus ou moins renoncé à l'interroger, mais des clients compatissants ne cessaient de lui sourire d'un air entendu et de la questionner sur son moral. Les pires étaient ceux qui jetaient un coup d'œil furtif vers l'autre côté de la rue. Comment allait Conor ? Était-elle allée dernièrement à la bibliothèque pour jeter un œil au psautier ? Une femme s'était même penchée sur le comptoir et avait discuté pendant des heures du club de lecture. Cela semblait amusant, disait-elle, et sa fille prévoyait de s'y inscrire en septembre. Pourquoi Aideen ne l'accompagnerait-elle pas ? Il était impossible de savoir si elle le faisait exprès ou si elle était tout à fait inconsciente. Quelle que soit la réponse, cela ne changeait rien. Toute allusion à Conor ou à la bibliothèque, innocente ou intentionnelle, conduisait Aideen au bord des larmes.

Pleurer dans son tablier ne la soulageait pas. La nuit, elle devait fourrer sa tête sous l'oreiller, sinon Bríd serait venue l'engueuler dans sa chambre. Alors les seuls moments où elle pouvait vraiment verser toutes les larmes de son corps, c'était durant de longues marches le soir ; ensuite, elle grimpait à l'étage en courant pour dissimuler ses yeux rouges.

Sans un mot, elle avait organisé ses horaires de travail pour éviter d'arriver et de partir au même moment que Conor ; cependant même les jours où il travaillait à la ferme, elle se sentait tendue. Il devait toujours venir à Lissbeg pour chercher quelque chose. Son estomac se nouait à sa vue. Une fois, elle l'avait aperçu sur sa Vespa, juste avant qu'il ne prenne un virage. En la remarquant, Conor avait failli percuter une camionnette. L'idée qu'elle aurait pu le tuer la rendit malade pendant des heures. Elle avait même préparé le pesto avec du sucre au lieu de sel ! C'était la même chose quand elle devait livrer le *Café du jardin* et qu'elle pensait à la bibliothèque, de l'autre côté de la cour, c'était au-dessus de ses forces.

La porte s'ouvrit avec un bruit de sonnette et un fracas de ferraille. La mère de Mlle Casey fit irruption. Aideen sourit et lui demanda en quoi elle pouvait lui être utile. Mary Casey fit un hochement de tête vers une feuille de papier A3 encadrée sur le mur derrière le comptoir. C'était un agrandissement de l'article sur le vernissage de l'exposition. Récemment, Aideen avait voulu l'enlever, mais Bríd était devenue folle.

– Cet article est la meilleure publicité que nous ayons jamais eue, plutôt mourir que de le décrocher pour satisfaire ta névrose !

Aideen avait compris qu'elle était sérieuse et elle avait cédé. Parce qu'elle travaillait le dos tourné au mur, elle n'avait pas à le voir, de toute façon, sauf parfois quand elle surprenait son reflet dans un miroir. Comme tout le reste, s'était-elle dit avec tristesse, la joie des murs couverts de carreaux miroir s'était transformée en une source de peine.

À présent, Mary Casey agitait la main vers l'article et annonçait qu'elle recherchait les choses qu'elles avaient servies ce soir-là à la bibliothèque.

– Les canapés ?

– Si c'est comme ça que tu veux les appeler. Je dirais que c'étaient des morceaux de pain et des bouts de poisson. En tout cas, Mme Turner, qui séjourne chez moi, les a vraiment aimés, alors j'ai dit que je viendrais pour voir comment vous les préparez.

Aideen expliqua que le pain était une commande spéciale à la boulangerie de Ballyfin.

– Mais nous vendons quelques-uns de leurs pains artisanaux maintenant. C'était du pain de seigle.

– Artisanal, c'est ça ? Tu veux dire hors de prix ! Mais bon, comme Mme Turner l'aime bien, je suppose que je vais en prendre une miche.

Aideen sourit.

– Nous les avons servis avec du saumon fumé et du cresson biologiques. Et en assaisonnement, nous avons déposé une crème à la moutarde ou au raifort sous le poisson. Je peux vous en préparer un ou deux pots à emporter si vous le souhaitez.

– Fais donc. Et je suppose que je vais devoir prendre les trucs biologiques si tu n'as rien de normal.

Aideen commença à préparer les assaisonnements, et Mary se pencha lourdement sur la vitrine réfrigérée.

– Tu as dû être verte de rage quand tu as vu comment ce freluquet de Dublin a volé ton travail. (Elle désigna encore l'article accroché au mur.) Est-ce que la moitié des trucs qu'il a dits là-dedans n'ont pas été recopiés de ton prospectus ? D'après ma fille Hanna, il devrait avoir honte. Enfin, ma fille ne l'a pas formulé exactement comme ça, ajouta-t-elle à la hâte. En réalité, je l'ai remarqué moi-même dès que j'ai lu le journal. Et quand je l'ai signalé à Hanna, j'ai pu voir qu'elle était en état de choc. Enfin, pas exactement choquée. Mais je le lui ai dit et elle rejoignait mon point de vue, ça se voyait bien. Eh bien, elle est bibliothécaire. Le plagiat n'a pas de secret pour elle. (En se penchant sur la vitrine, elle inspecta un bol de cœurs d'artichauts.)

Je ne me ferai jamais à ces machins, ils sont visqueux, c'est la stricte vérité.

Aideen s'entendit dire bêtement que les artichauts étaient extrêmement bons pour la santé. Prête à tout pour empêcher Mme Casey de la bassiner avec la bibliothèque.

– Note bien, dit Mary, que je n'étais pas la seule à être très impressionnée par ton prospectus. Un paquet de dames du cours d'informatique le trouvaient très bien aussi. Tu as fait des recherches sur l'interweb ?

La tête toujours baissée, Aideen le confirma. Mary tendit la main et lui donna un petit coup avec le doigt.

– Tu sais quoi, jeune fille ? Tu es en train de faire l'imbécile ! Et ne me dis pas que je ne sais pas de quoi je parle. Je le sais parfaitement ! N'importe quel gamin capable d'enseigner à une foule de retraités comment faire de l'ordinateur vaut la peine. Note bien, il y en a quelques-uns parmi nous qui rament encore avec Windows 10. Mais ce n'est absolument pas la faute de ce pauvre Conor McCarthy. À quoi donc pensais-tu quand tu l'as laissé filer ?

Mary redressa les épaules et dévisagea Aideen, dont la lèvre inférieure tremblait.

– Ah, au nom de Dieu, mon enfant, ne commence pas à faire des histoires, je dis seulement la vérité.

Aideen crut pouvoir se maîtriser. Puis, son nez ruissela, elle ouvrit la bouche et brailla.

Ensuite, tout devint confus. Bríd apparut à la porte, chargée d'un repas à emporter. Aideen se retrouva dans l'arrière-boutique, en train de sangloter la tête enfouie dans les manteaux. Elle entendait Bríd parler à Mme Casey dans la boutique.

– Non pas du tout, ne soyez pas bête, elle va très bien, vraiment. Elle a attrapé une légère grippe et cela l'a un peu déprimée.

Les assaisonnements n'étaient préparés qu'à demi, le pain n'était pas emballé. Madame Casey proclama d'une voix forte que les jeunes filles d'aujourd'hui étaient bien trop délicates. Mais, tant bien que mal, Bríd la fit sourire et la conduisit vers la sortie. Aideen entendit leurs au-revoir joyeux sur le pas de la porte. Puis la sonnette retentit quand Bríd referma la porte et elle avança à grands pas vers le fond de la salle.

– Bon, ça suffit, sers-toi un café, on va discuter.

Elle avait retourné l'écriteau sur la porte et descendu le store.

– Mais… Et les clients ?

– Nous n'aurons bientôt plus de clients si tu continues comme ça.

Bríd tira un tabouret de derrière le comptoir et ordonna à Aideen de s'asseoir. Elle fit les cent pas tout autour comme un lion en cage.

– Tu dois arrêter ça, Aideen, et tu le sais. Bon sang, qu'est-ce qu'il vient de se passer ?

Aideen se moucha et prit une gorgée brûlante de café.

– Elle parlait de l'exposition à la bibliothèque…

– Et…

– Et j'allais bien, je mélangeais deux ou trois accompagnements…

– Et ?

La voix d'Aideen se mua en gémissement.

– Et elle m'a touchée avec le doigt et elle a commencé à dire que je n'aurais pas dû quitter Conor.

Bríd se posta devant elle et la regarda dans les yeux.

– Et tu sais parfaitement qu'elle a raison.

Elle tira un autre tabouret d'un coup sec et s'assit en face de son amie.

– OK, j'en ai assez de faire la gentille. J'ai couvert ton attitude et j'ai envoyé bouler Conor ; je vous ai observés dépérir l'un et l'autre, comme deux imbéciles. Et je ne sais toujours pas ce qu'il a bien pu fabriquer de mal. Eh bien, tu peux mettre mes fiches à jour maintenant, ma fille, et non n'est pas une réponse.

Aideen détourna le regard et se mordit la lèvre.

– Je suis sérieuse, Aideen, cet endroit, c'est mon gagne-pain. J'ai le droit de savoir ce qui se passe si cela doit affecter ton travail.

À la fin, elle déballa tout dans un nouveau torrent de larmes.

Bríd s'adossa et la dévisagea. Bon sang, est-ce qu'Aideen avait perdu la tête ?

Aideen chercha un autre mouchoir dans ses poches.

– Je te le dis, je les ai vus devant la bibliothèque. Ils s'embrassaient.

– Non. Tu m'as dit l'avoir vue, elle, l'embrasser. Sur la joue.

– Il avait le bras autour de sa taille.

– Et ensuite ?

– Il a traversé la route pour me rejoindre, comme si rien n'était.

– C'est une piste, Aideen. Parce que, clairement, il ne s'est rien passé.

– Mais…

– Ceci n'a rien à voir avec Conor ou Ameena. Il s'agit uniquement de toi.

Aideen cessa de renifler et la contempla bouche bée.

– Je n'ai rien fait du tout !

– Si. Tu as décidé que tu n'es pas assez bien pour Conor. Mais tu n'as pas résolu la question. Au lieu de cela, tu l'as accusé lui.

– Ce n'est pas vrai. Je n'ai jamais dit qu'il était coupable.

– Qui alors ? Ameena ? La grande et méchante étrangère venue ici pour nous piquer nos hommes ?

– Bien sûr que non !

– Bien sûr que non. Qui alors ? De qui parle-t-on si ce n'est ni l'un ni l'autre ?

Aideen la fixa du regard, sonnée. Bríd se leva, alla au comptoir et coupa deux tranches de gâteau. Elle en déposa une sur une assiette et la poussa sous le nez d'Aideen.

– Voilà, mets-toi ça dans le ventre. On dit que le sucre, c'est bon pour les états de choc.

Elle attaqua l'autre tranche avec une fourchette et s'appuya contre le comptoir.

– Au cas où tu ne l'aurais pas remarqué, Ameena Khan sort avec Lar Walsh. Oh, mais qu'est-ce que je dis ? Tu ne l'auras pas remarqué, parce que tu marches avec la tête coincée dans ton derrière.

La mâchoire d'Aideen s'affaissa.

– Et n'aggrave pas les choses en disant que ça prouve que c'est une garce.

– Je ne dirais jamais ça !

– Bon. Au moins tu n'es pas aussi stupide que ça.

Bríd reposa son assiette et prit un air renfrogné.

– En fait, s'il faut accuser quelqu'un, c'est probablement moi.

– Mais pourquoi ?

– Parce que si j'avais eu une once de bon sens, je t'aurais forcée à me dire ce qui n'allait pas. À la place, j'ai été pleine de délicatesse en pensant que Conor avait fait quelque chose d'affreux. Dieu sait pourquoi, parce que, voyons les choses en face, ce n'est pas exactement son genre.

Elle avait parlé sur un ton tellement dédaigneux qu'Aideen prit la mouche.

– Qu'est-ce que tu veux dire par là ?

– Eh bien, ce n'est pas un don juan, pas vrai ?

– C'est méchant ce que tu viens de dire !

Bríd la dévisagea un instant avant d'éclater de rire.

– Oh, bon sang, tu vas devoir traverser la route et te mettre à plat ventre devant lui.

Un long silence s'ensuivit, puis Aideen se leva et se moucha. Lorsqu'elle ouvrit la porte de l'épicerie, Bríd lui cria :

– Et pendant que tu y es, pourquoi ne découvrirais-tu pas si vous êtes fiancés ?

Chapitre 52

Toutes les chambres de la Forge étaient réservées pour un enterrement de vie de jeune fille. La future mariée était de Dublin et travaillait à Stuttgart. Elle avait vu l'interview de Günther à la télévision allemande. Ses copines étaient d'anciennes camarades d'école et des collègues de travail, toutes avaient quelques années de plus que Jazz et se comportaient comme des adolescentes riant bêtement. Jazz était habituée à gérer ce genre de personnes. Elle avait servi des boissons à des filles comme ça maintes fois dans des avions bondés pour Torremolinos et Malaga. Elles n'étaient pas méchantes et la meilleure manière de s'en sortir consistait à rire avec elles et à se joindre aux plaisanteries.

Malheureusement, elle n'était pas d'humeur à rire. La dispute avec sa mère deux jours plus tôt l'avait ébranlée, et les blagues bruyantes du groupe commençaient à lui taper sur les nerfs. Le matin, elles étaient toutes descendues petit-déjeuner avec des cornes de diable rouge et des ailes d'ange, mortes de rire à cause des propos de Günther sur Susan à la télé. La demoiselle d'honneur, qui avait organisé le voyage, bondit sur une chaise pour faire un discours.

– Calmez-vous, calmez-vous, mesdames ! C'est notre dernier jour à *Fun*farran et ce soir on va faire la fête à Carrick. Et je veux vous rappeler que c'est clairement l'endroit pour trouver le mari idéal ! Clodagh a déjà trouvé le sien – elle s'interrompit pour laisser passer les acclamations, puis continua, élevant encore la voix – alors les autres feraient mieux de se magner ! Et n'oubliez pas que notre charmante hôtesse a trouvé un homme à Carrick, un homme qui a accepté de se mettre devant une caméra pour dire au monde entier qu'elle est superbe ! Voilà qui est sexy !

Toute la pièce se déchaîna et Jazz, qui avait eu une panne de réveil après une nuit d'un sommeil entrecoupé, crut que sa tête allait exploser.

En agitant sa serviette autour d'elle, la fille termina, triomphale.

– Et ils se sont rencontrés à Carrick là où, ce soir, nous allons danser jusqu'à l'aube ! Alors, avalez un bon petit-déjeuner, les filles, vous feriez mieux d'être prêtes !

Une fois le petit-déjeuner terminé et les tables débarrassées, Jazz prit un croissant et un café dans la cuisine pour sa pause de onze heures et alla jusqu'à la réception. Susan nettoyait les chambres à l'étage. Elle fut tentée de se faufiler jusqu'à sa chambre où le livre de Maggie, qu'elle avait lu jusqu'aux petites heures du matin, gisait sur le lit défait. Mais il y avait quantité de notes de bar à imprimer et des e-mails à traiter, alors le rangement de sa chambre devrait attendre.

Lorsqu'elle s'assit pour travailler sur l'ordinateur, le groupe de filles se pressa dans le hall, en riant et en bavardant. Elle sourit et leur dit au revoir en songeant que cela faisait une centaine d'années qu'elle n'était pas sortie avec un groupe de copines pour se faire pomponner. Elle ne voyait pas où et quand cela aurait lieu à nouveau.

Le téléphone sur le bureau sonna et elle décrocha d'un geste automatique.

– Pension de *L'Ancienne Forge*, bonjour, Jazz au téléphone. En quoi puis-je vous être utile ?

Sa voix avait un charme tout professionnel, mais son esprit était toujours sur les notes de bar. Puis elle entendit la voix à l'autre bout du fil : c'était son père.

– Écoute, mon cœur, ne raccroche pas, je veux parler avec toi.

Jazz était révoltée. Elle avait rejeté environ une vingtaine d'appels sur son portable depuis qu'il était rentré à Londres, mais elle n'aurait jamais imaginé qu'il aurait le culot de l'appeler à la réception. Bon sang, Susan aurait pu répondre !

– Qu'est-ce que tu fous, bordel, c'est le téléphone de mon travail !

– Je sais, mais il faut que nous parlions.

– Je n'ai pas besoin de parler avec toi. Ni maintenant, ni jamais.

– Eh bien, j'ai besoin de parler avec toi, ma chérie, alors s'il te plaît, écoute-moi. Je sais que tu es en colère et tu as le droit de l'être. Et je sais que tu veux me punir, et je le comprends très bien. Mais si le fait de me punir implique de te faire du tort, je ne peux pas me contenter de t'observer sans rien dire.

Elle ouvrit la bouche et il perçut certainement la colère dans son inspiration.

– Non, écoute. S'il te plaît. Une fois que j'aurai dit ce que j'ai à dire, je te promets que je ne t'appellerai plus. Écoute, je ne t'ai pas soutenue quand tu as décidé de travailler pour la compagnie aérienne. Et je mentirais si je disais que, après l'accident, je n'ai pas espéré que tu reviennes à la maison pour passer un diplôme. Mais c'est ta vie, je le comprends très bien. Je ne supporte pas de te voir la gâcher. Au moins, quand tu travaillais pour la compagnie aérienne, tu avais la perspective d'une carrière professionnelle. Quelle sorte d'avenir penses-tu avoir en bossant à la Forge ?

C'était comme s'il lui avait balancé un verre d'eau au visage. Jazz cligna des yeux et lutta pour trouver les mots, mais, avant qu'elle ne puisse rassembler ses esprits, il continua. Il était rodé, songea-t-elle avec amertume, avec toutes ses années à prendre des poses et à plaider dans les salles d'audience. La voix de Malcolm se fit insistante, tout en restant mesurée et maîtrisée.

– Voilà où je veux en venir, j'aimerais que tu saches que j'ai mis de l'argent de côté pour tes études. Si tu n'as pas envie d'aller à l'université, tu peux l'employer autrement. J'ai toujours vu que tu avais le goût des affaires. Réfléchis-y, ma chérie. Demande-toi où tu as l'intention de vivre dans le futur. Tu pourrais suivre un cours de marketing ou, je ne sais pas, quelque chose d'autre. Quelque chose qui t'ouvrirait des portes et te permettrait d'avancer.

Jazz retrouva sa voix, même si, quand elle parla, elle eut l'impression de s'étrangler.

– Non, Papa, voilà où *je* veux en venir, et je ne peux pas le dire plus clairement que ça. Sors de ma vie, et reste loin. Et ne me rappelle pas !

Elle raccrocha brutalement et recula loin du téléphone, comme si elle avait peur de se faire mordre. Puis, à sa grande honte, ses yeux s'emplirent de larmes. Au même instant, Günther sortit de la cuisine. Cherchant un Kleenex qu'elle savait ne pas avoir, Jazz détourna la tête. Mais elle ne pouvait empêcher ses épaules de trembler.

– Jazz ? Qu'est-ce qui se passe ? Qu'est-ce qui ne va pas ? (L'inquiétude se lisait sur son visage.) Tu vas bien ?

– Oui. Bien sûr. Pardon…

– Raconte-moi ce qui s'est passé.

Elle enfouit son visage dans ses mains et s'entendit brailler. D'une certaine manière, ses sanglots lui firent du bien, parce qu'ils couvraient la petite voix dans sa tête qui lui disait que son père avait raison. Qu'est-ce qu'elle fabriquait ici et où croyait-elle aller ?

Elle sentit les mains de Günther lui saisir les coudes et elle baissa les siennes. Ses yeux bleus trahissaient un intérêt soucieux. Ensuite, alors qu'ils se dévisageaient, il l'enveloppa de ses bras. Elle ferma les yeux si fort qu'elle vit des éclairs derrière ses paupières, et ses larmes imprégnèrent la chemise de Günther.

Puis elle s'écarta de lui à l'aveuglette et attrapa son sac sous le bureau. Elle n'avait pas terminé de traiter les notes du bar et un tas d'autres tâches l'attendaient, mais rien n'importait en cet instant que son instinct de fuite.

Chapitre 53

Aideen avait passé la nuit entière morte de honte, la tête enfouie sous l'oreiller, à essayer d'oublier ce qu'elle avait fait. Bríd avait raison. Il fallait qu'elle aille voir Conor et qu'elle rampe à plat ventre devant lui. Il ne voudrait plus d'elle, bien sûr, mais elle devait lui faire des excuses. Comment avait-elle pu croire qu'il l'avait trompée ? Bríd avait raison : si elle l'aimait vraiment, elle aurait dû lui témoigner plus de respect. Et que dirait-il s'il savait ce qu'elle avait pensé d'Ameena ? Parce qu'elle avait vu Ameena avec Lar Walsh et elle l'avait chassée de son esprit en la traitant de garce. Mais elle ne pouvait même pas l'admettre devant Bríd, comment serait-elle capable de l'avouer à Conor ? Et voulait-elle tout lui raconter ?

Elle avait envie de se précipiter dehors dans sa chemise de nuit, les cheveux tout emmêlés, et de descendre Broad Street en courant, droit dans les bras de Conor.

Elle voulait tout lui raconter et lui demander pardon. Et ensuite, elle pourrait mourir.

Quand elle avait quitté l'épicerie la veille, elle pensait traverser la route tout de suite, mais finalement elle y avait renoncé. Elle était rentrée dans sa chambre et avait pleuré pendant des heures. Après avoir versé toutes larmes de son corps, elle était allée se regarder dans le miroir, en proie à un sentiment étrange. Voilà à quoi ressemblait une personne, dont la vie était finie et bien finie. C'était intéressant aussi bien que tragique. Elle s'était penchée en avant pour étudier ses yeux. Puis, elle s'était rappelé Conor nu devant sa coiffeuse, l'air un peu bizarre. En fait, pas bizarre, mais superbe. Ses épaules étaient joliment musclées et sa peau d'un brun doré. Non pas couvertes de taches de rousseur, comme la sienne, mais bien bronzée. Et il avait des poils dorés sur les bras, qui étaient doux quand on frottait sa joue dessus, des hanches étroites, et des jambes droites comme les statues que l'on voyait à Rome. En pensant à lui, ses yeux s'étaient embués et son visage dans le miroir était devenu tout flou. Et elle s'était souvenue de la manière dont il s'était retourné et l'avait emportée dans ses bras. Elle avait une bouteille de vin dans la main, mais une éternité s'était écoulée avant qu'ils ne la boivent. C'était la dernière fois qu'il s'était trouvé dans cette pièce.

Elle s'affala au bout du lit et s'exhorta à aller de l'avant. Elle ne pouvait pas rester enfermée dans sa chambre pour toujours, son visage pareil à un ballon dégonflé. La veille au soir, Bríd était allée se coucher sans lui parler. Aideen avait entendu la porte d'entrée, et des bruits dans la cuisine et aux toilettes, puis la porte de la chambre se refermer. Ce matin, elle avait entendu l'eau couler dans la salle de bains et la porte claquer quand Bríd était partie travailler. Elle aurait dû y aller aussi, mais elle ne pouvait affronter Bríd sans avoir parlé à Conor. Alors maintenant, elle ferait mieux de filer sous la douche.

Une demi-heure plus tard, les cheveux propres, elle descendait Broad Street. Tout avait l'air normal. Les gens entraient et sortaient des commerces et des entreprises, des touristes scrutaient des cartes et, à côté de l'épicerie, les aiguilles de la vieille horloge avec l'inscription « Grainetiers » étaient bloquées sur trois heures moins le quart. De l'autre côté, sur le parking, elle aperçut la Vespa de Conor. Devant la bibliothèque, une file de personnes attendaient pour entrer dans l'exposition. Incapable de passer devant eux, elle traversa la route et s'assit près de l'abreuvoir fleuri. Des pétales de géranium étaient éparpillés partout sur le banc comme de petits rubis.

Au bout de dix minutes, elle ne pouvait plus repousser. La file s'était éclaircie et dans son dos, Bríd l'observait par la porte vitrée de l'épicerie. Aideen se leva d'un air las, regrettant d'avoir choisi ce tee-shirt. Celui qu'elle avait enfilé après sa douche était trop délavé et tout détendu.

Une fois en haut des marches, elle aperçut la salle d'exposition, où Oliver Banister agitait les mains et faisait un exposé devant une foule : deux ou trois types avec des sacs à dos, un groupe d'écoliers accompagné d'une femme qui devait être la mère de l'un d'eux et toute une bande d'Américains cramponnés à leurs guides touristiques. Debout dans le hall d'entrée, Aideen serra les dents. Par la porte de droite, elle étudia les gens qui se trouvaient dans la bibliothèque. Un vieux monsieur qui lisait un journal, un groupe de jeunes mamans dans le coin des enfants, et quelques personnes qui consultaient des ouvrages sur les étagères. Entre la bibliothèque et l'espace d'exposition, Conor était assis au bureau, le dos tourné à la paroi vitrée.

Aideen pensa soudain qu'il était impossible d'entrer et de le déranger en plein travail. L'endroit était bondé. Elle ne pouvait ouvrir la porte et commencer à discuter. Elle eut l'impression que la scène se déroulait au ralenti, et durant un instant affreux, elle crut qu'elle allait défaillir. Et tout à coup, il leva la tête et elle passa la porte.

Puis les bras de Conor étaient autour d'elle et tous deux ne cessaient de s'interrompre mutuellement.

– Je suis désolée…

– Non, c'est moi…

– J'aurais dû m'expliquer…

Elle voulait tout lui raconter, mais elle n'en eut pas la possibilité parce qu'il l'embrassa. Il lui broyait littéralement les côtes, mais elle ne voulait absolument pas qu'il arrête. Puis, étrangement, il se mit debout sur le bureau et fourragea dans la poche de son sweat à capuche. Ensuite, il posa un genou sur le bureau et lui tendit une petite boîte. C'était la bague parfaite et il lui passa au doigt. Elle lui allait à la perfection. Elle avait fait tout le voyage depuis l'Afghanistan sur la Route de la soie avec des caisses d'épices.

Elle se tint immobile. Ensuite, le silence fut rompu par des applaudissements. Et tout autour d'elle des gens sifflaient comme à un match de football : les jeunes mamans et le vieux monsieur au journal et, bizarrement, Mlle O'Rourke qui avait été sa professeure aussi. Gobnit Kelly se balançait aux étagères dans le coin des enfants. Et derrière le bureau, où Conor se tenait comme Cú Chulainn[1], tous les touristes visitant l'exposition poussaient des cris d'encouragement et agitaient les mains de l'autre côté de la paroi vitrée.

Ils auraient tout le temps de discuter plus tard. Tout de suite, elle tendit la main à Conor. Il la fit grimper près de lui et les acclamations se firent encore plus fortes. Puis il repoussa les cheveux de son visage et baissa la tête, et elle ne fut plus consciente de rien que de son baiser.

1. L'un des héros les plus connus de la mythologie celtique irlandaise.

Chapitre 54

C'était un petit pub que Jazz n'avait jamais fréquenté. Dans d'autres établissements, conçus sur le même type, on avait supprimé les cloisons pour s'adapter aux soirées des touristes, mais ici, l'intérieur était toujours divisé en deux petites salles, avec leur bar verni d'un marron terreux au centre et une petite arrière-salle sur le côté. Les minuscules fenêtres, encadrées par des rideaux en dentelle jaunissante, ne laissaient pratiquement pas passer la lumière et le grand écran au-dessus du bar diffusait une chaîne par satellite.

Malgré l'obscurité, Jazz vit que le lieu était pratiquement désert. Les tables de la première salle étaient inoccupées et la salle suivante ne comptait qu'un groupe de trois ou quatre garçons. Elle ne savait pas s'ils étaient du coin ou si c'étaient des touristes, mais elle s'en moquait. Elle avait besoin d'un verre – de préférence un grand – et d'une place près du feu. Mais le foyer ici ne contenait qu'un tas de cendres.

Quand elle s'était ruée hors de la Forge, elle ne savait pas où aller exactement : elle voulait se poser pour réfléchir. Une fois au volant, elle avait aperçu Günther sur le seuil qui la regardait partir. À cet instant, elle avait compris qu'elle ne voulait pas réfléchir du tout. La conduite, qui avait été sa bête noire, devint une source de réconfort. En se concentrant uniquement sur la route, elle se coupait du monde extérieur. Elle avait passé des heures à conduire sans but précis sur les petites routes, jusqu'à ce qu'arrive le moment où son esprit était prêt à se remettre en marche. Alors l'envie d'un verre et d'un feu de cheminée l'avait submergée, et elle s'était garée au bord de la route en apercevant le petit pub.

C'était un endroit probablement joyeux quand il était bondé, mais là, sans feu dans la cheminée, et avec le cliquetis de la pluie sur les carreaux, il était lugubre. Jazz commanda un brandy. Puis, elle s'avachit sur une banquette recouverte de skaï rouge déchiré et regarda avec colère les ronds sur la table où le barman posa son verre. Sur l'écran de télé, une présentatrice météo articulait silencieusement les prévisions. Jazz se demanda avec amertume pourquoi la femme avait choisi des sous-vêtements qui la comprimaient et mettaient en valeur des régions de son anatomie si peu attrayantes.

Elle avala la moitié de son brandy en une gorgée. Elle frémit quand il lui brûla la gorge et qu'il diffusa sa chaleur dans son estomac. Après une autre gorgée, elle serra les dents. En vérité, son père n'était qu'une partie du problème. En son for intérieur, elle en voulait à sa mère depuis des mois. Et à sa mamie aussi. Toutes deux savaient qui était vraiment son père et elles lui avaient menti. Du moins, elles avaient noyé le poisson. Ou quelque chose du genre. Jazz avait tout gobé comme une idiote en croyant à Super papa, et tout le monde se prêtait au jeu. Mary avait peut-être estimé que ce n'était pas juste, mais elle n'avait rien fait. Et même si sa mère était tourmentée, elle aurait dû faire preuve de plus de discernement.

Elle termina son verre et alla tapoter sur le comptoir pour en commander un autre. Dans l'arrière-salle, le groupe de garçons était attablé avec des pintes. L'un d'eux essaya de capter son regard et elle le dévisagea avec froideur. Elle en avait ras-le-bol des mâles suffisants qui faisaient du charme.

Il faisait un froid glacial de ce côté du bar : le vent soufflait sous la porte et agitait les cendres dans le foyer. Alors qu'elle finissait son deuxième verre, elle se souvint qu'elle n'avait pas mangé depuis une éternité. Dans la plupart de ces pubs, on pouvait acheter du chocolat, un paquet de chips ou de cacahuètes, mais quand elle interrogea le barman, il haussa les épaules et répondit qu'il n'avait rien.

Par la porte derrière lui, elle aperçut une cuisine avec une bouilloire sur le feu, et hésita à lui demander s'il pouvait lui préparer un sandwich. Mais à en juger par sa mine sombre, elle préféra s'abstenir.

L'un des gars de la salle du fond s'approcha du bar, un paquet de biscuits à la main.

– Si ce type n'a rien à manger, tu en veux un ?

Ils séjournaient dans un hôtel un peu plus loin, dit-il, et ils avait fait un saut au pub pour boire une pinte après avoir fait les courses pour le dîner. Un peu dans les vapes, Jazz accepta de prendre un cookie. Puis, voyant qu'il commandait une tournée, elle fouilla dans son sac pour trouver son portefeuille.

– Écoute… Laisse-moi payer ces verres.

Il éclata de rire et déclara que cela faisait cher le cookie.

– Eh bien, en fait, tu me sauves la vie, parce que je meurs de faim.

Dans un autre éclat de rire, il lui mit le paquet dans les mains, et la seconde d'après, elle se retrouva entourée par tous les autres. Le gars se présenta, il s'appelait Dean. Il porta les verres jusqu'à sa table. Jazz et les autres le suivirent et, s'efforçant toujours de trouver son portefeuille, elle prit place au bout de la banquette. À sa grande surprise, il y avait un brandy parmi les pintes.

Alors qu'elle souhaitait toujours payer les boissons, Dean se glissa à côté d'elle. Il portait une grosse doudoune. Écrasée dans le coin, Jazz commençait à se réchauffer. Les quatre garçons, à peu près du même âge qu'elle, avaient un accent de Dublin et paraissaient avoir descendu pas mal de pintes. L'un d'entre eux saisit le paquet de biscuits et le secoua au-dessus de la table. Il y eut une espèce de mêlée émaillée de rires durant laquelle ils se jetèrent sur les biscuits, et Jazz se retrouva avec un seul cookie. Elle l'avala en deux bouchées arrosées d'une lampée enflammée de brandy. Un moment plus tard, un autre verre de brandy apparut sur la table, mais à ce moment-là, elle ne se sentait plus seulement vaseuse, elle avait carrément la nausée.

La conversation tourna presque exclusivement autour du football. Elle dut s'assoupir un moment parce que, soudain, sa tête fit un mouvement brusque et elle sentit la main de Dean lui saisir la nuque.

– Allez, on s'réveille.

Il lui bougeait la tête d'avant en arrière comme si elle était une marionnette, ce qui ne plaisait pas du tout à Jazz. Elle batailla pour se redresser, mais elle était coincée dans l'angle, entre le corps de Dean et l'extrémité de la banquette. Dean était le seul de son côté de la table. Les autres, riant aux éclats et le visage brillant, étaient entassés en face d'elle avec leurs pintes à la main.

– J'te propose un truc... (L'un d'eux se pencha vers elle.) Pourquoi tu viens pas avec nous à l'hôtel, on se f'rait un p'tit dîner ?

– Ouais, pourquoi pas ?

Un autre type, avec un piercing dans le nez, lui souffla de la Guinness au visage. Le premier gars reposa bruyamment son verre sur la table, en visant un sous-bock qu'il manqua. Le sous-bock fut projeté au sol, et Jazz essaya de se mettre debout. Dean l'entoura par les épaules.

– Allez, Jazz, ne sois pas rabat-joie.

Quand leur avait-elle dit son prénom ? Elle lutta pour se libérer, mais il l'attrapa par les cheveux et poussa le verre de brandy vers ses lèvres.

– Allez, chérie, finis ton verre, on va rentrer pour le dîner.

Il lui faisait mal à la tête. Les autres types ricanèrent quand le brandy coula le long de son menton. Terrifiée, elle tituba vers l'avant, renversant la table et envoyant les verres valser au sol. Puis, on entendit un cliquetis de griffes sur le plancher et un Jack Russell terrier jaillit de l'arrière-salle.

Dean agrippa Jazz, tandis que les autres s'éparpillèrent. Diablo se planta solidement devant eux, les poils hérissés et les babines retroussées.

– Bon sang !

Le type avec le piercing, qui avait essayé de lui donner un coup de pied, hurla quand les crocs du chien se fichèrent dans sa cheville. Puis, Fury O'Shea s'adressa à eux depuis le seuil.

– Bon, on arrête de se comporter comme des enfants de quatre ans. Allez, mademoiselle, tu rentres à la maison.

Il fit un mouvement brusque de la tête vers Jazz et claqua des doigts à l'intention de Diablo, qui décrocha sa mâchoire et vint se poster à ses pieds. Deux des types nettoyaient la cheville sanglante de leur camarade qui gémissait. Sans prêter attention au reste du groupe, Dean arrima son bras autour des épaules de Jazz.

– On est en démocratie, pas vrai ? Elle peut aller et venir comme elle veut sans qu'un vieux type lui balance des ordres.

Un long silence s'installa. Fury se contenta de le dévisager. Jazz sentit la prise sur son épaule se relâcher et – consciente de se comporter exactement comme Diablo –, elle tituba sagement vers Fury, qui l'agrippa par le bras.

Une bouffée d'air humide lui fouetta le visage et lui coupa le souffle lorsque Fury l'entraîna dehors à grandes enjambées. Ensuite, elle sentit l'odeur de sciure et d'huile de lin quand il la repoussa vers le siège passager de sa camionnette.

Ils descendirent la route avec Diablo dans leur dos. Jazz se concentrait pour ne pas vomir. Les effets des deux cookies aux pépites de chocolat et des verres de brandy n'étaient pas très bénéfiques.

À côté d'elle dans la cabine, Fury sifflait entre ses dents. Dix minutes passèrent avant qu'il ne lui jette un coup d'œil.

– Tu crois qu'il y a une chance que tu grandisses un jour ?

Jazz se tortilla pour lui faire face, l'air indigné. Il avait rentré ses épaules osseuses sous sa veste imperméable et portait un bonnet en laine miteux sur ses cheveux gris épars.

Elle éleva la voix pour couvrir le bruit de la camionnette qui rebondissait sur les nids-de-poule.

– Écoutez, je suis désolée, je sais que je devrais vous remercier de ce que vous avez fait.

Fury lâcha un grognement bruyant et ironique.

– Un peu que tu le devrais.

– Mais en réalité, mes choix ne vous regardent absolument pas.

Il ne répondit pas. À la place, il continua de siffler faux et elle s'affala contre son dossier. Une éternité s'écoula avant qu'il ne reprenne la parole, en lui lançant un regard bienveillant.

– Je t'ai dit une fois que les imbéciles intrépides étaient un danger pour leur entourage. C'est la même chose pour ceux qui reculent de peur, s'accrochent, et ne peuvent lâcher prise.

Jazz était trop dans les vapes pour lui répondre, alors elle garda les yeux rivés sur le pare-brise où les essuie-glaces balayaient à toute vitesse la pluie battante. Elle se concentra à nouveau sur le monde extérieur et se dit que le pub devait être le QG de Fury. Elle avait conduit en cercles concentriques jusqu'à retourner sur la route de la forêt.

Ils roulaient entre la forêt et les falaises, la Forge se trouvait à moins d'un kilomètre et demi. Elle se dit vaguement qu'elle n'aurait pas à marcher longtemps pour récupérer sa voiture. Le mouvement hypnotique des essuie-glaces lui donnait à la fois la nausée et le tournis, à tel point qu'elle voulait seulement s'écrouler sur son lit et dormir.

Fury la déposa un peu avant le portail de la Forge et elle vacilla jusqu'à la porte de derrière. Les lumières de la cuisine étaient allumées. Par la fenêtre, elle vit Günther et Susan attablés. En chemise de nuit, Holly était assise entre eux, et elle étreignait Ginger en buvant un verre de lait. Jazz se demanda si elle se faisait consoler à cause d'un cauchemar avant qu'on la remette dans son lit.

Elle passa devant la fenêtre sans se faire remarquer et pénétra dans la maison par la buanderie, plongée dans l'obscurité. Puis, incapable d'affronter la famille dans la cuisine, elle chercha son chemin à tâtons jusqu'à sa chambre et se laissa tomber sur son lit.

Son dernier souvenir fut le livre de Maggie à côté d'elle et le bruit qu'il fit en heurtant le sol.

Chapitre 55

On avait écrit au crayon à papier et l'entrée portait en en-tête l'inscription : « Finfarran, le 15 août 1940 ». Libérées de la reliure bricolée, les pages gisaient éparpillées sur la couette. Le papier kraft de la couverture, détaché de son verso cartonné, s'était retrouvé au sol. Jazz regardait fixement la page dans sa main. Quand elle avait ouvert les yeux, sa tête la lançait et sa bouche ressemblait à du papier de verre. Elle s'était endormie vautrée sur son lit défait. Puis, en gigotant, elle avait repéré le livre par terre près d'elle. En tombant, le dos du journal s'était coupé en deux. En le ramassant, Jazz avait constaté qu'entre le papier kraft et le carton se trouvait une espèce de matelassage moelleux. Sa mère avait fait preuve de délicatesse pour préserver la couverture. Jazz avait braqué son regard sur la lumière matinale, et était partie à la recherche d'un cutter.

Au fur et à mesure de sa lecture, elle oublia sa gueule de bois. Les pages qu'elle découvrit à l'intérieur de la reliure correspondaient au nombre et à la taille de celles découpées. L'emploi d'une machine à coudre et le nom sur la couverture suggéraient que sa mère avait eu raison de penser que Maggie l'avait fabriqué elle-même. Selon les preuves, c'était elle qui avait dissimulé les pages à l'intérieur. Elles étaient écrites de la même main d'écolière que les pages reliées dans les années 1920.

> Liam est parti de cette maison et je lui ai dit qu'il n'était plus le bienvenu. Ces quinze dernières années, il avait hâte de se marier avec Mariah Keane du bureau de poste à Crossarra. Il peut aller là-bas maintenant que Maman est morte et enterrée.
>
> Je suis revenue d'Angleterre à temps pour les funérailles et quand j'ai vu l'état de la maison, ça m'a rendue furieuse. L'endroit ressemblait à une cabane selon lui. Il n'y avait aucun confort. Je n'ai rien dit quand j'ai passé la porte, ni à l'église ni au cimetière. Je suis restée debout pendant que le prêtre faisait ses prières et que les voisins s'agitaient et reniflaient.
>
> Ensuite quand Liam est rentré à la maison, la nuit venue, j'ai su qu'il avait bu avec ses copains. Je les ai vus à l'arrière de l'église avec leurs costumes noirs et leurs torses bombés. Ils étaient tous partis comme lui par le passé se battre contre les Anglais. Liam et deux ou trois autres faisaient partie de ceux qui ont tenu bon contre le traité jusqu'à la fin. Certains des hommes qui étaient à

l'enterrement aujourd'hui ont passé des mois en prison avec lui, et je dirais qu'un ou deux ne vont plus bien dans leur tête après ce qu'ils ont traversé.

Il n'y a rien qui cloche chez Liam, par contre. Je ne lui reproche pas d'avoir bu, mais la manière dont il m'a parlé quand il est rentré à la maison m'a rendue furieuse. Maman n'a jamais dit un mot contre moi, je le sais. Elle n'a jamais dit un mot méchant contre lui non plus, mais quand elle a écrit pour me dire qu'elle me laissait la maison, elle m'a remerciée de lui avoir envoyé de l'argent. Elle n'a rien reçu de la part de l'audacieux Liam toutes ces années où il n'était pas là. Et maintenant je vois que depuis son retour il n'a été bon à rien. Pas un petit coup de peinture sur la maison ni un drap propre sur le lit. Et la faïence de Maman toujours propre, jetée en tas sur le buffet.

Et alors il s'est tenu droit, le dos tourné au feu, et a dit que j'avais abandonné mon devoir. Il était à moitié soûl, les yeux injectés de sang, son gros ventre se balançait, et il a hurlé que quand il était rentré à la maison, la pauvre maman était comme une ombre. Je ne doutais pas de ses paroles. Comment en aurait-il été autrement avec son mari mort et son cœur qui pleurait ses filles ? Je lui ai dit que ce n'était pas moi qui avais causé les ennuis dans cette maison. J'ai dit que je ne serais jamais partie si j'avais eu le choix.

Dans ma tête, je criais, mais j'ai gardé une voix calme. Je n'ai pas dit que c'était sa faute si j'avais eu des problèmes ensuite. Pourquoi lui aurais-je donné la satisfaction d'apprendre la cause de mon départ ?

Je lui ai seulement dit de rejoindre Mariah Keane, parce que la maison et le champ étaient à moi maintenant. Le reste des terres a disparu depuis longtemps : Maman et lui ont vécu sur ce que je leur envoyais. Je ne retournerai pas en Angleterre. Il pourra aller chercher sa pension si Dublin le laisse en toucher une. Il peut faire l'inventaire de ses médailles et leur envoyer la liste. C'est vrai qu'il a donné sa vie pour l'Irlande. Il a pris les nôtres en passant, même si Maman ne le lui a jamais reproché. Moi si, pourtant. Je l'accuserai jusqu'au jour de ma mort. Non pas d'avoir fait ce qu'il considérait comme son devoir, malgré tout ce qui a suivi. Mais d'être venu ici la nuit de son enterrement et d'avoir dit que j'avais délaissé mes obligations.

Ainsi Liam avait pris part à la guerre civile. Jazz posa la page sur le lit et en choisit une autre. Elle se cala contre son oreiller, releva les genoux pour y appuyer les pages. Après avoir terminé, elle ferma les yeux et pleura doucement.

La dispute avec sa mère ne portait pas sur la conduite avec Günther. Elle n'avait pas avoué que, dernièrement, ils se promenaient dans la forêt. Depuis son départ de la plage, elle s'était dit qu'elle n'avait aucune raison d'avoir honte. Ils se retrouvaient par hasard. Après qu'ils avaient arrêté de conduire ensemble, elle était tombée sur lui là-bas. Comme la première fois. Elle avait emprunté le sentier sinueux jusqu'à Lackatubber et il avait pénétré dans la clairière. C'était une coïncidence et leur amitié ne regardait personne d'autre qu'eux. Maintenant, dans les rayons du soleil qui inondaient son lit, elle sut que ce n'était pas vrai. Même les yeux clos, elle voyait toujours l'écriture de Maggie.

> Le prêtre s'est approché de nous quand James et moi étions dans la forêt. Il avait dû nous épier depuis des semaines. Nous étions à un endroit où James et sa femme avaient l'habitude d'aller avant de se marier. Je savais très bien ce que je faisais. James a dit qu'elle ne sortait pas beaucoup ces derniers temps à cause du bébé. Et je me suis dit quand j'ai entendu ça, quelle importance ? Ce qu'elle ne savait pas ne pouvait pas la blesser. Et James a dit que s'il ne pouvait plus me voir, cela le tuerait. C'est ce qu'un homme dit toujours, alors je n'y ai pas trop fait cas. Je savais que cela me tuerait, pourtant, d'être assise toute la journée dans la maison avec Maman.

« Ce qu'elle ne savait pas ne pouvait pas la blesser. » C'était sûrement ce que Tessa et son père s'étaient dit à propos de sa mère. Le prêtre de Maggie semblait avoir fulminé comme Moïse dans un film de série B. En premier, il ordonna à James de rentrer chez lui. Cela avait dû être affreux. D'après Maggie, il « s'est éloigné comme un chien battu, la queue entre les jambes ». Jazz imaginait la jeune femme chez elle, le bébé dans les bras. S'était-elle jamais demandé où allait son mari quand il sortait ?

> Le prêtre s'est tourné vers moi quand James est parti et je ne savais pas ce qu'il allait me dire. Mon esprit a flotté. Je me suis demandé si James était venu proposer son aide quand nous avions enterré Papa et Hannie parce qu'il lorgnait déjà sur moi et s'il attendait seulement une occasion. Puis je me suis dit que, quoi qu'il se passe, j'avais la tourbe pour Maman de toute façon. Et le prêtre a dit qu'il me donnait le choix : je montais sur un bateau et je partais pour l'Angleterre, ou il prêcherait contre moi depuis sa chaire et me ferait honte devant tout le monde. Il se tenait là, les oiseaux chantaient tout autour de lui et il m'a demandé comment je pouvais faire ça à ma mère. Elle avait perdu tout ce qu'elle avait et Liam ne lui reviendrait peut-être jamais. Alors comment pouvais-je salir sa réputation ?

On ordonna aussi à James de quitter la paroisse. Sa femme avait-elle demandé à son époux pourquoi il avait décidé de déraciner la maisonnée ? Ou savait-elle qu'il valait mieux ne pas poser la question ? Et qu'en était-il de l'enfant à qui on n'expliquerait jamais tout à fait ce déménagement ? Avait-il grandi sans avoir de contact avec sa famille au sens large ? Avait-il découvert plus tard le comportement de son père, et dû dépasser ce traumatisme ?

Et qu'en était-il de la Maggie de dix-sept ans confrontée à ce choix épineux ? Elle n'aurait jamais pu expliquer cette situation à un membre de son entourage, et à sa mère encore moins. Il y avait tout un passage sur ses nausées sur le bateau. Se pouvait-il qu'elle ait été enceinte ? Que ce soit le cas ou pas, elle avait dû croire le prêtre capable de mettre sa menace à exécution. Elle avait probablement raison d'ailleurs : il paraissait cinglé. Avait-elle réellement sauvé un mariage ? se demanda Jazz. Cela valait-il la peine s'il reposait sur des mensonges ? En faisant la grimace, Jazz se rappela les mots de sa mère sur la complexité de ces situations. Peut-être l'étaient-elles, mais une chose était certaine : en cherchant un peu de réconfort, Maggie avait fini par semer le chaos. Et avec beaucoup moins d'excuses, Jazz avait failli provoquer le même résultat.

Elle se souvint de Susan riant un jour dans la cuisine. Günther était l'homme le plus gentil au monde, avait-elle dit, si gentil que l'on profitait de lui. Durant toutes ces semaines, n'en étaient-ils pas conscients l'un comme l'autre ? Ou est-ce que l'un d'eux ou tous deux avaient choisi de fermer les yeux sur la vérité ? Elle ne savait pas. Tout comme, au souvenir de ses bras autour d'elle, elle ne savait pas comment elle s'en sortirait sans lui. Malgré tout, elle allait donner sa démission à la Forge.

Chapitre 56

Le temps qu'Hanna obtienne des flammes à partir d'une poignée de petit bois dans le foyer, l'eau de la bouilloire était prête. Elle saisit le châle épais sur le dossier d'une chaise, le jeta sur ses épaules et se prépara un café. Alors qu'elle attrapait un bol dans le buffet, Fury apparut à la porte d'entrée.

– Maggie Casey ne buvait jamais de café.

– Tout ce dont je me souviens, c'est du thé trop infusé avec autant de sucre que dans du sirop.

Hanna leva la cafetière.

– Vous en prendrez un peu ?

– Tant qu'on me le sert dans une vraie tasse avec une anse. Pas dans un de tes trucs venus du passé pour faire prétentieux.

Il alla jusqu'à la cheminée et attisa les flammes avec deux ou trois mottes de tourbe. Hanna lui versa une tasse de café et s'en remplit un bol. Quand ils s'assirent l'un en face de l'autre, Diablo montra son museau à la porte. Fury fit un brusque mouvement de tête vers lui et le petit chien s'approcha en trottinant avant de s'allonger près du feu.

– J'ai entendu dire que Jazz allait quitter la Forge.

Bien sûr qu'il l'avait entendu. Il n'y avait aucune information sur Finfarran que Fury n'ait pas avant les autres. Hanna s'était déjà demandé s'il lisait dans les pensées. Elle acquiesça en disant qu'elle s'en réjouissait.

– Est-ce que tu n'as pas du coup tout un tas de choses sur lesquelles t'inquiéter ? Qu'est-ce qui va lui arriver maintenant ? Qu'est-ce qui pourrait aller de travers ? Comment se sent-elle ?

– Eh bien, c'est là que vous vous trompez, parce que je pense que tout ira bien pour elle.

La veille au soir, alors qu'elle rêvassait jusque tard près du feu, elle avait entendu le bruit d'une voiture sur la route. Quand elle avait ouvert la porte, elle avait découvert une enveloppe sur le seuil avec le livre de Maggie et une note griffonnée.

« Désolée de l'avoir démonté. Nous pourrons le faire relier à nouveau si tu veux. J'ai donné ma démission à la Forge. Ne fais pas d'histoires. Je trouverai autre chose. J. »

Elle se leva et alla chercher l'enveloppe matelassée dans la chambre.

– En général, je ne reçois pas les gens en robe de chambre. Jetez un œil là-dessus le temps que j'enfile une tenue décente.

Quand elle revint, Fury avait ravivé le feu et les pages étaient éparpillées autour de lui. Autour d'un autre café, elle expliqua comment elle avait découvert le livre. Puis elle lui apporta la boîte en fer et l'emballage en papier sulfurisé. C'était du Maggie tout craché, dit-il, de cacher des choses. Hanna prit une page et la fit tourner dans sa main.

– Je suppose qu'elle s'en est tenue aux travaux domestiques quand elle était là-bas en Angleterre.

– Elle m'a dit qu'elle était femme de chambre. Peut-être qu'elle a gravi les échelons.

– Toutes ces années là-bas, alors qu'elle aurait pu être ici avec sa mère.

Fury haussa les épaules.

– Ce n'est pas comme si elle avait eu le choix.

– Et je suppose que dès que sa mère est morte, la menace du prêtre ne voulait plus rien dire. Si elle se fichait complètement de ce que pensaient les voisins, elle pouvait se réinstaller ici et être critiquée par eux.

– Le prêtre le savait aussi. Je doute qu'il ait dit un mot en fin de compte : Liam était un héros local et l'histoire de Maggie datait de presque vingt ans.

– Mais quand j'étais petite, presque personne ne lui parlait.

– C'était un vieux machin à l'air aigri, alors je suppose que ça marchait dans les deux sens.

Hanna fronça les sourcils.

– Elle s'inquiétait d'envoyer de l'argent chez elle par le biais des Donovan. Ils habitaient la porte à côté. Elle dit deux ou trois fois ne pas avoir confiance en Paud, le mari, même si elle appréciait la femme. (Hanna chercha au fil des pages.) Mais vous avez raison. Elle avait une dent contre tout le monde. Tout juste après son départ : « Je regrette de ne pas savoir à qui faire confiance. On ne peut pas être sûr. »

Fury choisit une page au sol. Il en lut une ligne d'une voix douce.

– « Les Tans ont laissé leur camion en haut de la route et sont descendus à pied à la maison. Si certains n'avaient pas été soûls, nous ne les aurions jamais entendus arriver. »

Le visage impassible, il dévisagea Hanna, qui écarquillait les yeux.

– Oh, mon Dieu ! Ce n'était pas une rafle au hasard. Ils savaient pourquoi ils venaient…

Fury acquiesça.

– Quelqu'un avait dû dénoncer Liam, et Maggie pensait à Paud.

– Mais est-ce que c'était le cas ? (Hanna leva soudain la tête.) Qu'est-il arrivé aux Donovan ?

– Je ne sais pas. Comme je te l'ai dit, tout ce que je sais c'est qu'ils ont quitté Finfarran pendant la guerre civile.

Parce que c'étaient des informateurs ? Ou parce que des gens le croyaient et qu'ils furent chassés ?

Elle sourcilla à nouveau en réfléchissant.

– Mais s'ils étaient coupables, et qu'ils sont partis, pourquoi Maggie se méfiait-elle de tout le monde ? (Les yeux embués de larmes, Hanna regarda Fury.) Elle n'a jamais su. Elle n'a jamais pu en avoir le cœur net.

Cela aurait pu être n'importe lequel de ses voisins. Elle n'était même pas certaine qu'il y ait un informateur.

Diablo tressaillit dans son sommeil et Fury posa une main sur lui.

– Période difficile. Pas étonnant que les gens n'aient plus voulu en parler. (Il se leva.) Tu as raison. Elle ne pouvait pas savoir. Elle vivait avec tout ce poison en elle. Elle n'avait personne à qui parler, alors elle l'a écrit dans un cahier.

Quand ils eurent terminé leur café et qu'il s'apprêtait à partir, Fury s'arrêta sur le seuil pour la regarder.

– Est-ce que quelqu'un t'a déjà raconté ce qui s'est passé à Castle Lancy à la fin de la guerre civile ?

– Non. Quoi ?

– Les Lancy avaient quitté les lieux depuis bien longtemps. Je suppose qu'ils ne se sentaient plus en sécurité quand la guerre d'indépendance a commencé.

Les phrases de Maggie résonnèrent dans l'esprit d'Hanna : « Ils ont déguerpi au premier signe de danger, mais je suppose qu'il ne fallait pas s'attendre à ce qu'ils restent pour finir brûlés ou pire encore. »

Fury s'était adossé au chambranle. Son visage se trouvait dans l'ombre et Hanna percevait uniquement sa voix.

– Le château était vide avec un seul gardien à l'intérieur. La guerre était presque terminée, et les purs et durs se battaient plus ou moins dos au mur. Il était évident que le traité passé avec les Anglais serait maintenu. Mais un petit groupe a dévalisé un train et a mis la main sur tout un arsenal. Des fusils, des bombes, des munitions... Ils ont tout apporté au château et ont dit au gardien d'aller se faire voir. Ils avaient un plan pour coopérer avec un autre groupe, afin que les trucs aillent dans les poches d'autres gars anti-traité qui se trouvaient encore en haut dans les collines. Mais le château s'est fait encercler et ils ont su qu'ils n'avaient plus aucun espoir.

– Qu'est-ce qu'ils ont fait ?

– Ils se sont rendus à la fin, mais pas avant d'avoir décidé de faire sauter le château. Ils ne voulaient pas que les autres récupèrent les munitions.

– Mais comment se fait-il que le château soit toujours debout ?

– Apparemment, ils ont fini par se bagarrer entre eux. Quelqu'un a estimé qu'il y avait eu assez de destruction. Le groupe au dehors en a profité pour rentrer et les a capturés alors que la bagarre continuait.

Fury fit un clin d'œil à Hanna avant de se retourner et de faire claquer sa langue vers Diablo. Hanna souffla. Son esprit las venait à peine de comprendre ce qu'elle avait entendu. D'après Charles Aukin, le psautier était toujours resté dans la salle de lecture du château.

Fury haussa les sourcils.

– Si la bâtisse avait explosé, le psautier aurait sauté avec elle. On dit qu'un seul homme a réussi à retenir tous les autres.

– Maggie dit que Liam était l'un des derniers à résister.

En voyant son expression, Fury rit et secoua la tête.

– Tu voudrais que cet homme, ce soit Liam, n'est-ce pas ? Moi aussi. Mais la vérité c'est que personne ne sait.

Chapitre 57

NS SOM EN ROUT HAP 5 ENV LOL MAMIE

Jazz regarda son téléphone et afficha un grand sourire. D'après Mary Casey, si LOL ne signifiait pas « *Lots of love* », il le devrait. C'est ce qu'elle voulait dire, elle, de toute façon. Et si les gens pensaient que cela voulait dire autre chose, ils la prendraient pour quelqu'un d'autre. C'était le genre de conversation qui rendait la mère de Jazz complètement cinglée. La jeune femme, elle, n'y prêtait pas attention, tout au moins pas par une journée ensoleillée comme celle-ci.

Elle gara sa voiture et marcha jusqu'au *Café du jardin*. Tout l'été, elle avait rêvé de traîner ici, et aujourd'hui, elle avait réussi à conduire sans aucun problème. Le jardin était magnifique, une sorte de paradis à l'écart de la circulation dense sur Broad Street. Les parterres d'herbes aromatiques diffusaient des senteurs agréables et autour de la statue de saint Francis, des oiseaux descendaient en piqué. Jazz prit un verre au café et s'assit à une table près de la fontaine. Puis elle rouvrit son téléphone et fit défiler le message de Carlos. Elle devinait qu'il n'était pas certain de sa réaction ; le ton oscillait entre le sérieux et la plaisanterie, et sur son selfie, il affichait une mine éplorée. Il avait déménagé de l'appartement, disait-il, et son histoire avec Sarah était terminée. Que dirait-elle de prendre un verre ou de manger un bout la prochaine fois qu'il ferait escale à Cork par exemple ?

Jazz brandit son téléphone et prit un selfie avec la fontaine derrière elle. Puis elle le lui envoya aussitôt avec un message disant « Peut-être ». Même si elle ne comptait pas lui faciliter la tâche, ce serait sympa de revoir Carlos.

Tandis que Louisa et Mary coupaient par la cour, Conor et Aideen sortirent de la bibliothèque, main dans la main. Mary s'arrêta net, les bras écartés.

– Alors ! Tu as un peu de jugeote finalement !

Conor jeta un regard oblique à Aideen, qui devint rouge écarlate. Mary lui donna un petit coup dans les côtes :

– Eh bien, allez ! Montre-nous la bague.

Elle tendit la main, saisit celle d'Aideen et leva un sourcil.

– Bon, ce n'est pas exactement le Koh-i Nor.

Louisa la désapprouva faiblement, mais Conor éclata de rire, la tête en arrière. C'était mieux que cela, dit-il à Mary. Beaucoup, beaucoup mieux. C'était du lapis lazuli qui avait fait tout le chemin depuis l'Afghanistan. Et il était exactement de la même couleur que les yeux magnifiques d'Aideen.

En traversant le jardin, Louisa secoua la tête vers Mary, qui s'arrêta et se retourna vers elle.

– Quoi ?

– Vous auriez pu faire preuve d'un tout petit peu plus de tact.

– Ah, pour l'amour du ciel, Louisa Turner, vous ne me connaissez toujours pas depuis le temps ?

– Je suppose que je devrais savoir qu'un peu de tact, c'est trop demander.

– Eh bien, ne vous inquiétez pas. Je vous laisse ce qui vient.

Elles rejoignirent Jazz au soleil près de la fontaine, un plateau chargé de tasses de thé. Louisa tira une chaise supplémentaire d'une table voisine.

Jazz la regarda, surprise.

– Quelqu'un d'autre va se joindre à nous ?

– Dans quelques minutes. Je voulais échanger quelques mots avec toi d'abord.

Louisa lui saisit les mains et déclara qu'elle avait pris une décision. Une décision mûrement réfléchie, alors Jazz devait écouter et ne pas discuter.

– J'ai décidé de vendre la maison dans le Kent.

Elle était bien trop grande pour elle maintenant, bien trop isolée, et il était inutile de rester là-bas, puisqu'elle serait contrainte d'en partir un jour ou l'autre.

– Alors je vends et j'investis cet argent dans une start-up.

Mary tendit la main vers la théière. Louisa approcha sa tasse avec un hochement de tête et dévisagea Jazz avec calme.

– Ne me regarde pas bouche bée, chérie, j'y ai bien réfléchi et je suis vraiment emballée. Je vais investir les bénéfices de la vente dans une entreprise nouvelle ici à Finfarran. Des cosmétiques aux herbes biologiques. J'ai fait des recherches et il est évident qu'il y a un marché en Irlande.

– Mais, Grand-mère, tu n'as aucune expérience dans les affaires.

– Bon, il est entendu que je ne la dirigerai pas moi-même.

– Qui, alors ?

– Il me faudra un directeur. Un associé, en réalité. Quelqu'un à qui je pourrai faire confiance et qui travaillera avec moi sur un business plan en bonne et due forme.

– Mais sur quel produit ?

– Eh bien, c'est là toute l'idée. Nous devrons les développer. Avec une subvention peut-être, au stade de recherche et de développement du processus. Et peut-être des investissements plus tard quand nous aurons grossi.

Louisa sourit et ouvrit un sachet de sucre.

– Fort heureusement, nous n'aurons pas besoin d'un prêt pour le lancement.

– Stop, attends une minute. Tu ne peux pas vendre et risquer tout ce que tu possèdes dans un concept idiot !

– En fait, ma chérie, je peux faire tout ce que je veux. Ton grand-père m'a légué le manoir ainsi que de considérables économies. Je peux en disposer comme je l'entends. Bien sûr, j'ai toujours eu l'intention de te transmettre mes biens. Mais j'espère être encore dans les parages quelque temps.

– Bon, bien sûr... Je ne voulais pas dire... Je veux dire que ton argent est à toi et que tu fais ce que tu veux avec. Mais... Et Papa ? Le manoir c'est sa maison.

– Des bêtises, Jazz, c'est du pur sentimentalisme ! Ton père a quitté la maison il y a plus de trente ans. Il ne peut pas s'attendre à ce que je garde son nounours dans sa chambre.

Un roitelet huppé atterrit près d'elles et picora des miettes. Jazz fronça les sourcils.

– Mais où vas-tu trouver tous ces gens ? Les investisseurs ? Un associé ?

– Oh, je ne pense pas que ce sera un problème de trouver des investisseurs le moment venu. Il y a des tas de nantis à la City pour qui George et moi avons joué les hôtes. Des gens que Malcolm a amenés à la maison, tu vois, quand il développait son réseau de contacts. Je ne doute pas qu'ils décrocheront leur téléphone si je les appelle.

Jazz appuya ses coudes sur la table et la dévisagea.

– Et cet associé, ce sera qui ?

– En fait, ma chérie, j'espérais que ce serait toi. (Louisa choisit un sablé.) Toi et moi en collaboration, une équipe ici, dans le centre de l'ancien couvent. Nous trouverions un administrateur dans le coin. Tu serais la directrice marketing. Et Saira Khan nous aiderait en recherche et développement.

– Tu le lui as demandé ?

– Bien sûr, chérie, elle va nous rejoindre dans une minute.

– Et que feras-tu si je ne suis pas partante pour ce boulot ?

– Je trouverai quelqu'un d'autre bien sûr, même si cela ne me plairait pas. Pourquoi ? Tu préférerais faire autre chose ?

Louisa la dévisagea d'un air impassible en sirotant son thé.

Jazz hésitait entre la colère et l'enthousiasme. Déjà, des idées commençaient à germer dans son esprit. Elles pourraient se procurer les herbes dans le jardin des nonnes, tout au moins au début. Plus tard, elles achèteraient un terrain ou, encore mieux, trouveraient différents producteurs du nord au sud de la péninsule. Le voisin de Mamie, Johnny Hennessy, avait un jardin qui regorgeait d'herbes. En se fournissant à plusieurs endroits, elles pourraient développer des marques distinctes. Une crème démaquillante de Crossarra, disons, ou un baume à lèvres de Lissbeg. Une huile pour le bain de Ballyfin. Quelque chose provenant d'Owenacrossa, peut-être, mais il faudrait y réfléchir sérieusement. En voyant son esprit s'emballer, elle finit par en rire. Puis elle fronça les sourcils et reporta son regard sur Louisa.

– Mais, une minute, si tu vends le manoir, où est-ce que tu vas habiter ?

– Eh bien, je n'aimerais pas perdre tout ancrage en Angleterre. Alors je prendrai peut-être un pied-à-terre à Londres, ou je ferai remarquer à ton père que sa maison est trop grande pour ses besoins. Tout ce qu'il me faut, c'est un lit et une baignoire.

– Tu veux dire que tu projettes de t'installer par ici ?

De l'autre côté de la table, Mary Casey releva le menton.

– Bien sûr que oui, et pourquoi pas ? Elle va venir habiter avec moi.

Jazz dévisagea Louisa, qui souriait gentiment.

– Nous avons tout planifié et estimé les coûts, n'est-ce pas, Mary ? C'est la solution parfaite pour nous deux.

– Nous sommes allées voir un architecte et il va transformer mon pavillon en deux appartements.

Mary fit claquer une main décidée sur la table.

– La moitié pour Louisa, la moitié pour moi, et une cuisine-salle à manger commune au milieu. Et chacune décorera son appartement à son goût.

Jazz fit un large sourire.

– Alors qui décorera le milieu ?

– Nous parviendrons à un compromis.

Louisa acquiesça sereinement.

– Après quoi nous ferons à la manière de Mary. Tout ira bien.

La lèvre de Mary trembla faiblement et elle donna un petit coup avec le doigt à Jazz.

– Et ne va pas me faire remarquer que ton grand-père a bâti ce pavillon. S'il savait que j'ai envie d'un changement, il me dirait de foncer.

Louisa acquiesça.

– Alors, voilà où nous en sommes, à déterrer d'anciennes racines et à en replanter de nouvelles. Je sais que c'est un peu surprenant, et je n'ai pas besoin d'une réponse immédiate. Mais j'espère que tu décideras de faire de même. (Louisa leva sa tasse et sourit à Jazz.) Ton grand-père George était remarquablement doué en affaires. « Chassez le naturel et il revient au galop. »

Mary Casey se hérissa.

– Et l'autre côté de ta famille est très dynamique. Ton grand-père Tom était le premier receveur des postes de tout Crossarra à installer une trancheuse à bacon électrique.

Le regard de Jazz passa d'un visage souriant à l'autre, sentant des projets bouillonner en elle. Rien à voir avec ce qu'elle avait craint ou anticipé. Elle savait que ce serait génial.

Chapitre 58

Finfarran. Septembre 1975

Il est juste que l'enfant soit nommé comme la mère de Tom, mais je suis heureuse qu'il l'ait appelée aussi comme Maman et Hannie. Elle a douze ans et ses cheveux et ses yeux ressemblent exactement à ceux d'Hannie. Je sais bien que sa mère l'envoie ici parce que Tom est venu trop souvent. Dans un sens, je suis contente qu'il ne soit pas ici comme avant. Il posait toujours des questions à propos de son père, et comment pouvais-je lui dire que Liam et moi ne nous sommes plus jamais reparlé depuis la mort de Maman. Comment pourrais-je dire un mot de tout ça à qui que ce soit ? La haine est entrée dans cette maison la nuit où Papa et Hannie ont été tués.

Hanna ouvre à peine la bouche et je parle peu moi aussi. C'est une grosse travailleuse. Je suis allée à Lissbeg l'autre jour et j'ai pris rendez-vous avec le notaire. Je veux que cette maison lui revienne et les champs quand je serai morte. Peut-être, un jour, aura-t-elle besoin d'un endroit où se sentir en sécurité et être heureuse. Si c'est le cas et qu'elle possède cet endroit, je pense que Maman en serait heureuse.

Sans Jazz, se dit Hanna, elle n'aurait jamais découvert ce message. Et maintenant, l'ayant relu, elle ne voyait pas l'intérêt de le conserver. Il lui était destiné et à personne d'autre. L'écriture était toute serrée sur une feuille de papier plus petite que les pages du cahier d'écriture. Hanna reconnut un papier Basildon Bond bleu. Tom Casey en avait, de même que des crayons à papier Staedtler et des stylos à bille, sur une étagère au bureau de poste de Crossarra. Elle se souvint qu'il en avait apporté à Maggie qui s'était plaint de ne pas se rappeler la moitié des courses à acheter à Lissbeg. Mary Casey avait maugréé et souligné que Tom faisait lui-même le plus gros des courses de la vieille dame. Mais Tom s'était contenté de faire signe que non. Quand on est vieux, avait-il dit, on a envie de sentir que l'on maîtrise sa vie.

Hanna plia la feuille et la tint au-dessus du feu. Le reste du livre, dans son papier d'emballage sulfurisé, reposait dans la boîte à biscuits dans le buffet de Maggie. Un jour, elle le ferait peut-être relier à nouveau. Un jour, elle le donnerait à Mary Casey pour qu'elle le lise. Un jour, Jazz irait certainement sur Internet et reconstituerait leur histoire familiale, avec des dates et des noms issus de sources officielles. Quant à elle, elle était satisfaite de l'histoire à demi racontée par Maggie, avec tous ses blancs et ses incertitudes, et tous ses non-dits.

Une flamme jaillit du feu et Hanna lâcha le papier. Tandis qu'elle le regardait se réduire en cendres dans le foyer, une brise s'engouffra par la porte fermière, mêlée des riches senteurs de l'automne précoce. Puis Brian parla dans son dos et elle se tourna vers lui, sourire aux lèvres. Il était debout dans l'encadrement de la chambre en jeans et tee-shirt, les pieds nus.

– Bonjour.

Il s'étira avec plaisir, les bras dépassant le linteau le plus bas. Puis il l'étudia.

– C'est vraiment un beau kimono. Tu devrais porter de la soie tous les matins, malgré le climat irlandais.

Elle éclata de rire.

– C'est ce que je fais.

– J'ai tellement de choses à apprendre sur toi.

Il marcha jusqu'à la porte et contempla le jardin. Dehors, le soleil brillait et les mouettes tournoyaient au-dessus de l'océan. Il recula vers Hanna et prit ses coudes dans ses mains.

– C'est tellement bizarre de me réveiller ici, dans ton magnifique lit.

Le cœur d'Hanna s'emballa quand il lui sourit. La veille au soir, elle était restée éveillée pendant qu'il dormait près d'elle et son souffle régulier l'avait bercée. Dès qu'elle avait lu les mots de Maggie, elle avait su qu'elle devait l'appeler. Jazz, qui était adulte maintenant, et plus une enfant, l'avait clairement su aussi.

Collé au papier à lettres bleu, il y avait un Post-it avec une seule ligne au stylo rouge.

« Mets cette bouteille de vin au frigo et appelle ce gentil gars tout de suite !!! »

C'était la logique même, le juste moyen de remercier sa bonne étoile pour le cadeau qu'elle lui avait fait : un endroit où elle se sentait en sécurité et heureuse. Elle devait à Maggie, à Jazz, et à elle-même d'accepter ce présent et d'avancer.

Brian déposa un baiser au sommet de sa tête et jeta un regard en arrière vers la chambre.

– J'étais allongé là-dedans et je regardais la lumière entrer par la fenêtre. Nous pourrions faire une extension au niveau du mur du fond et doubler la taille de la pièce.

Hanna le regarda d'un air ahuri.

– Une extension ? Pourquoi ?

– Eh bien, je sais qu'autrefois une famille vivait ici, mais franchement, Hanna, c'est un peu petit pour nous deux.

« Nous deux » ? L'esprit d'Hanna s'emballa. Il pensait qu'elle allait lui demander d'emménager ? Non, une minute, est-ce qu'il croyait qu'il pouvait emménager sans lui demander son avis ? Comment diable allait-elle gérer cela ? Avant de répondre, elle comprit qu'il riait.

– Fury O'Shea a raison, c'est un jeu d'enfant de t'énerver.

– Qu'est-ce que tu veux dire… ?

– Je plaisantais, bien sûr. C'est ta maison, je ne vais pas t'envahir. Nous avons enfin passé une nuit ensemble, c'est un début. Dieu seul sait où cela nous mènera.

Encore sous le choc et légèrement en colère, elle s'écarta en fronçant les sourcils, mais il l'attira vers lui et de ses pouces, suivit le tracé de ses sourcils. Elle se détendit et finit par rire avec lui. Après tous ces mois à le faire attendre, c'était bien fait pour elle.

Brian se pencha pour l'embrasser.

– Nous étions tous les deux impliqués, tu sais, mon amour. Et nous étions aussi mauvais l'un que l'autre.

Hanna en doutait, mais l'heure n'était pas au débat. Quelque chose lui dit qu'ils auraient tout le temps pour cela.

– Tu sais quoi ? Commençons par partager les tâches. Tu laves les verres d'hier soir et je me mets au petit-déjeuner.

Elle le poussa doucement vers l'évier et alluma la bouilloire. Puis, elle prit deux bols dans le buffet. Elle trouva de la crème et du sucre et les posa sur le plateau, à côté des bols. Le vernis usé était craquelé ici et là, mais le beau motif floral brillait toujours au-dessous.

Brian souriait quand il la rejoignit. Il ne proposa pas de porter le plateau, puisque c'était sa maison et son royaume. Ensemble, ils marchèrent dans le jardin de Maggie. Les mouettes tournoyaient au-dessus de leur tête et les derniers rayons de soleil de l'été réchauffaient la terre.

Remerciements

Je remercie mon éditrice Ciara Doorley, toute l'équipe de Hachette Books Irlande et, comme toujours, mon agent Gaia Banks chez Sheil Land Associates, Royaume-Uni.

Vous avez aimé
Le Petit Café du bonheur ?
Vous adorerez le nouveau roman
de Jenny Colgan !

Dépôt légal : juin 2018

Imprimé en France par EPAC Technologies
N° d'impression : 4550414321620
Dépôt légal : juin 2019